水上勉の時代　◎　目　次

第一部　水上勉の再発見

第二部　編集者・水上勉――雌伏のとき

第三部　作家・水上勉――飛躍のとき

カバー写真　槇野尚一
口絵　司　修

水上勉の時代

第一部　水上勉の再発見

作家紹介

一〇一年目の水上勉

――生涯とその文学をたどる

大木志門

再発見される水上文学

本年、二〇一九年に生誕一〇〇周年を迎えた水上勉（一九一九～二〇〇四）の再評価の気運が高まっている。とりわけ二〇一一年の東日本大震災によってもたらされた福島第一原子力発電所事故の後、『コレクション戦争と文学』第十九巻「ヒロシマ・ナガサキ」（二〇一一年、集英社）に、水上の郷里・若狭の原発作業員を描く「金槌の話」（一九八二年）が収録された他、同じく郷里と原発の問題を描く『地の乳房』（劇団青年座、二〇一四年）と『故郷』（劇団文化座、二〇一七年）が次々と上演された。また、新たに水上の原発をめぐる小説やエッセイを集めて編んだ『若狭がたり――わが「原発」撰抄』（二〇一七年、アーツアンドクラフツ）も刊行され、その先見性に光が当てられるようになった。なお、『コレクション戦争と文学』の第十六巻「満洲の光と影」（二〇一二年）にも「小孩」が収録されており、少し前には『水上勉作品集　日本の戦争』（二〇〇八年、新日本出版社）が刊行されるなど、日本近代史の暗部を体験から描き出した作品も評価し直されている。没後十年の二〇一四年に世田谷文学館で開催された「水上勉のハローワーク　働くことと生きること」展は、直木賞受賞の頃に「三十七の職業を持った男」と呼ばれたように、様々な職業を経験した水上の「仕事」をテーマにしたユニークな試みであった。

つまり、水上文学の大きな一側面である社会性にあらためて注目が集まっているということである。戦後すぐに私小説連作の『フライパンの歌』（一九四八年）で文壇に登場し、長い雌伏期を経て松本清張にならぶ社会派推理小説作家として一時代を築き、

『雁の寺』（一九六一年）で直木賞を受賞して以降、長く文壇の中心的存在として活躍した水上文学の真価は今後ますます明らかになってゆくはずである。本書ではまず、その生涯と創作史を振り返るところから始めたい。

若狭という場所

水上勉の前半生は小説以上に小説的と言われる。日本海沿岸の都市が米騒動に揺れる一九一九年三月八日、福井県大飯郡本郷村字岡田（現おおい町岡田）にて棺桶造りや大工をしていた父・覚治（当時三十二歳）と母・かん（同二十一歳）の間に生を享けた水上は、五人兄弟妹の次男として育った。大飯郡は若狭地方の西側に位置する海岸地帯、その中の本郷村は商家の多い産物集散地で、水上が生まれた岡田の集落はその海岸から山へ入った場所であった。わずか六十三戸の集落のなかに水上家は一戸きりで、六左衛門、通称「ロクザ」が屋号であったという。「村の人は乞食谷《こじきだん》といったが、正式にはどう呼ぶの

母・かんの膝の上で。左は兄の守。（水上蕗子氏提供）

菩提寺である岡田山西安禅寺の鐘。施主「水上六左衛門」と記されている。この寺の和尚が水上が瑞春院へ行く仲立ちとなった。（2018 年、筆者撮影）

か今も知らない。私の生れた家は、その谷のわきを登ったもう一つの小谷のとば口にあった」(「落葉帰根」)と水上は書いている。一家が住んだ家は、もともと地主の松宮林左衛門の所有する薪小屋であったのを、父が手を入れて住めるようにした。過去に金沢の輜重隊《しちょうたい》にいたこともある父・覚治は腕利きの大工だったが、神社建築に関わったことで負債を抱え、家族を貧困におとしいれた。

「とにかく、ぼくの幼少期の瞼にある家のなかの光景は、カンナ屑いっぱいの土間にななめにわたした四角材があって、止め釘が打たれたところへさしこんだ板をけずっている父の姿である」(『私の履歴書』)

岡田にて家族と。(1961年夏)
左から母、父、弟の亨、水上。(槇野尚一氏撮影)

岡田にて母と。（1961年夏、槇野尚一氏撮影）

父は形に残るものだけに価値を置く人だったので、水上の直木賞受賞の際も「お前は何を作ったのか」と尋ね、小説を書いたのだと答えると「そんなことは信じられん」と言ったという（「人生の三人の師」）。その職人気質の父の姿を水上は一定の敬意を持って描いており、それは『越前竹人形』（一九六三年）の主人公の姿などにもいかされた。なお、その覚治が一九一五年に福井県内に建てた民家が、台日交流古民家移築事業の一環で台湾に移築され、「一滴水紀念館」（新北市淡水区和平公園内）となって現在まで残っている。

以上のように腕は良いが、お世辞にも勤勉とは言えない父の代わりに、近所の田仕事で賃金を得て家計を支えたのが母・かんであり、冒頭で触れた『地の乳房』（一九八一年）はこの母がモデルとなっている。もとは素封家筋の次女であったが、京都の下駄屋に奉公した後に帰郷し、覚治に嫁いだ。「葬式があるたびに、棺桶は、わが家の南面をさえぎる高道をかつがれていった」(『わが六道の闇夜』)という生家をはじめ、その郷里の姿は水上文学の中に数えきれぬほど顔を出している。中上健次における紀州や大江健三郎における四国の森のように、水上にとっての若狭は物語が生まれる場所であったのだ。

小僧時代から満洲渡航まで

やがて幼少期の水上は、本郷の町で「葬具一式」の看板を掲げて店を開いた父と二人暮らしをするようになる。だが十歳になる一九二九年に京都の臨済宗寺院相国寺塔頭瑞春院に小僧として修行に出され、翌年から徒弟として住み込むことになる。出家は貧しい実家の食扶持減らしのためであったが、本人も父母の喧嘩を毎日目の当たりにすることや年の近い兄との対立に嫌気がさして、家を出たいという思いがあった。この幼少期の寺での体験は、後述のように水上に生涯の文学的テーマを与えることになったが、別の観点からいえば、村の子供たちがほとんど小学校しか出ず郷里に骨を埋めてゆく中で、都である京都に出て進学する道が開けたという点で、その後の人生に光を与えることになった。

しかし寺に入った水上は、修行の厳しさや住職夫妻の赤子のオムツを洗うことなどに嫌気がさし、すぐに出奔してしまう。だが連れ戻されて同じ相国寺塔頭の玉龍庵を経て、天龍寺派別格地衣笠山等持院に移り、住職・二階堂竺源のもとに預けられることになった。等持院は由緒ある寺だったが、当時は満洲事変の後で、国賊足利尊氏の寺として参拝者も少なく寂れていたという。ここでは兄弟子たちに相当いじめられたようだ。「ぼくは、のちに軍隊にはいって、人間の集団生活の修羅を経験することになるが、集団における人間のエゴイズムによる陰湿な地獄図は等持院の庫裡生活を思い起こせば足りた」(『私の履歴書』)と水上は書く。

そのように振り返られる寺時代の体験は、その後の作家生活を貫いて様々な形で表れている。『雁の寺』はもちろんのこと、銀閣寺事件を基にした『銀の庭』(一九六三年)、自伝的な『男色』(一九六九年)、そして『一休』(一九七五年)をはじめとする

等持院時代、野村芳亭の葬儀にて。(1934 年、左端の小坊主が水上。水上蕗子氏提供)

仏教評伝などであり、そこで体感した仏教界の矛盾は『金閣炎上』(一九七九年)の重要なテーマにもなっている。なお、等持院は境内に東亜キネマ撮影所を持っていたので、寺にはしばしばカメラが入り、小僧らは銀紙を貼ったレフ板を持つのを手伝ったり、トーキーのお経の録音に立ち会ったりしたという。しかし、映画界に貢献した笠源住職は病に倒れ、水上は花園中学を卒業した後に二度目の脱走をして、そのまま還俗してしまう。

その後は立命館大学国文学科の夜間部に通いながら(のち退学)、八条坊城にいた伯父の下駄屋、「むぎわら膏薬」を販売していた西村才天堂での行商、自動車組合の集金人などの職を転々とする。やがて悪友たちの影響で五番町遊郭へ日参するようになり、ここでの体験が後年の『五番町夕霧楼』(一九六二年)などを生むことになる。

続いて京都府庁の満洲開拓少年義勇軍応募係として大陸へ渡る人々を斡旋する仕事につき、山間部の村人に「大陸の稲つくり」という映画を見せて回ったが、新天地の魅力に自身が感化されてしまう。そこで役所を退職して「はるぴん丸」で大連に渡り、奉天に移って国際運輸会社で働き始める。二度と日本には戻らない覚悟であったが、喀血して数か月での帰国を余儀なくされ、しばらく郷里で療養生活を送ることになる。この時代に貧しい少年たちを勧誘し、多くの者が満洲の大地で行方知れずになったことや、奉天で中国人を酷使する苦力監督見習いとして働いたことは、水上の中に澱のように残り、後年になってから『比良の満月』（一九六五年）、『小孩』（一九七九年）、『瀋陽の月』（一九八六年）などで作品化されることになった。

上京から終戦まで

等持院時代、龍谷大生であった住職の長男が庫裡の二階を勉強部屋にしていたので、水上はその本棚の文学書を勝手に借り出して、寺の押入でむさぼり読んだという（『ことばの出所』）。コナン・ドイルや『家なき子』『ロビンソン・クルーソー』などの海外文学や、大佛次郎『赤穂浪士』、直木三十五『南国太平記』、中里介山『大菩薩峠』などの日本の大衆文学に触れ、やがて古本屋で購入した改造社の円本全集で谷崎潤一郎や芥川龍之介、葛西善蔵や近松秋江、宇野浩二などの作品に親しんだ。それだけでなく、新聞や雑誌に投稿するようになり、二十歳になる一九三九年に『月刊文章』に「日記抄」を投稿し、これが高見順の選で選外佳作となった。その翌年に『作品倶楽部』の選者で文通をしていた農民作家の丸山義二を頼って上京し、そのつてで日本農林新聞に入社、さらに丸山の紹介により早稲田系の同人誌『東洋物語』に参加する。ここに発表した五十枚ほどの短篇「山雀の話」を、水上は「処女作」と言っている。

私生活では一九四一年に加瀬益子と同棲を始め、男子（凌）を授かるが、やむなく靴磨き業の家の養子に出し、益子とも別れることになる。この子供がのちの窪島誠一郎（美術評論家、「信濃デッサン館」「無言館」館主）であり、水上は空襲で死んだと思い込んでいたのが戦後もかなり経って一九七七年六月に再会し、新聞にスクープ記事が掲載されることになった。この子供を授かって手放すまでのことは私小説『冬の光景』（一九八〇年）に書かれており、また窪島側からの証言は、『父 水上勉』（二〇一三年、白水社）などにまとめられている。

この間の水上は、短い間に報知新聞、学芸社、そして三笠書房へと次々と移っているが、それは生活の乱れが原因であった。酒を呑んでは喧嘩をして、

分教場の助教の時代。後列左端。
（水上蕗子氏提供）

時には警察の厄介にまでなった。以後さらに映画配給公社、日本電気新聞社へと移り、この映画会社時代に出会った松守敏子と結婚することになる。戦時体制が深まってゆく中で、一九四四年に郷里に疎開し、青郷国民学校高野分校の助教を務めることになった。小さな分校には住宅が付いており、四年生までの三十二人の子供を一教室で教える複々式学級であった。しかし、すぐに召集されて京都伏見の中部第四十三部隊輜重輓馬隊教育班に入隊し、「輜重輪卒が兵隊ならば蝶もトンボも鳥のうち」と岡田集落の盆踊り唄に歌われたような軍隊内での差別を体験し、この経験が後の『兵卒の鬃』（一九七二年、吉川英治文学賞）、『馬よ花野に眠るべし』（一九七三年）、『馬の話』（一九八三年）など、一連の軍隊もの作品となった。このときは二ヶ月ほどで召集解除となったが、乙種幹部候補試験を受けた戦友の幾人かは台湾海峡で輸送船もろとも沈んだので、まさに大きな運命の別れ道であった。

除隊後は再び国民学校の助教を務めて終戦を迎えたが、この代用教員時代は文学修行時代でもあり、愛読していた高見順『故旧忘れ得べき』、宇野浩二『蔵の中』『子を貸し屋』、近松秋江などの浄書を繰り返し、「文体と同時に作品を構成する骨法も学んだ」（『泥の花』）という。

後年、分教場で教え子たちと再会、教壇にも立った。（1976年10月、槇野尚一氏撮影）

二度のデビュー、人気作家の道へ

戦後に再び上京すると、出版業をしながら作家活動をすることを思いついた。妻・敏子の叔父である奥田利一の封筒工場二階に仮寓しながら虹書房を興し、学芸社時代の同僚である山岸一夫とともに雑誌『新文芸』を創刊する。その創刊号には水上若狭男の名で短編「もぐら」を書き、中島健蔵や上林暁らの原稿を載せた。雑誌は焼け跡で活字に飢えていた人々に飛ぶように売れたが、それも長くは続かず、一九四七年に虹書房は解散し、水上は池沢丈雄の文潮社に移ることになる。その間、一九四六年三月には長女蕗子が誕生、また信州松本に疎開中だった宇野浩二の知遇を得て、その後上京した宇野を文学の師と仰ぐようになる。

文潮社に勤めながら第一著作『フライパンの歌』（一九四八年）を刊行するとこれが評判を呼ぶ。本作のキャッチコピーは「昭和の貧乏物語」であり、水上一家の貧乏暮らしを連作仕立てにした私小説であった。戦後間もない皆が貧しい時代の中で、それを明るく笑い飛ばす作風が読者に好感を持って迎えられたのであった。映画化の話も出たが残念ながら実現せず、この頃には神田を出て浦和（現さいたま市）の富裕な農家・内田家の離れに転居した。

なお、不明点が多いこの神田時代と浦和時代のことについては、水上家が寄宿した奥田家と内田家の親族から貴重な証言を得ることができ、当時の様子がかなり明らかになった（本書インタビュー参照）。

このように順風満帆の文壇デビューと見えたが、親しくなった田中英光と酒を飲み歩く生活や、食べるための仕事に追われる中で創作は上向かず、文潮社の嘱託や童話の執筆、幻灯写真の脚本を書くなどで食いつなぐことになった。やがて家計を助けるためにダンスホールに出ていた敏子が別の男性の元に走り、協議離婚をすることになる。さらに結核の再発が追い打ちをかけ、幼い娘・蕗子を抱えた水上は困窮することになった。そのため蕗子を若狭の実家に預け、山岸一夫の紹介により日本織維経済研究所に移り、続いて山岸がおこした東京服飾新聞社に勤務したが、これも金融引き締めに伴う不況で立ち行かなくなり、洋服生地の行商によってなんとか生計を維持する生活に入ることになる。服飾新聞時代には、旧知の北条誠の連載小説を載せ、和田芳恵に随筆の原稿をもらったが、自身は長く文筆活動から遠ざかることになった。松戸市下矢切に転居して、

虹書房の時代
（1946年、水上蕗子氏提供）

浦和の内田家に現存する、水上一家が暮らした離れ。（2018年、筆者撮影）

一九五六年に西方叡子と再婚してから生活が立ち直りはじめ、叡子が川上宗薫の義妹と旧知であったことから川上を知り、同人誌『半世界』に参加する。そこで田畑麦彦、佐藤愛子、宇能鴻一郎、真継伸彦らと知り合い、さらに菊村到を紹介されて小説執筆の意欲が再び湧き上がってゆく。

このころ、行商で足利との間を行き来する電車内で松本清張の話題作『点と線』（一九五八年、光文社）を読みふけったことがヒントになった。台風で混乱する電車の中で発案したという（水上蕗子氏のインタビュー参照）、繊維会社時代に知った日本共産党の「トラック部隊」を題材にした社会派推理小説「箱の中」を書き始め、河出書房の名編集者・坂本一亀との二人三脚で複数回にわたる書き直しを経て『霧と影』の題で出版されると、これが初版三万部を一ヶ月で売りあげるヒットとなる。妻を神田のキャバレーで働かせながら、足にできた原因不明の湿疹に苦しめられて消毒液を入れたバケツに足を浸しながら書いたという『霧と影』完成までの経緯は、水上自身が繰り返し記している。

『霧と影』に続き発表した、水俣病を題材とした『海の牙』（一九六〇年、探偵倶楽部作家賞）のさらなる好評で水上は一躍人気作家となり、松本清張に続く社会派推理小説の代表作家として一世を風靡した。敗戦後の物資をめぐる殺人事件を描く『野の墓標』（一九六一年）、ダム建設をめぐる人間模様を描く『黒壁』（同）など、この時代の作品は『水上勉社会派傑作選』（全五巻、朝日新聞社、一九七二―一九七三年）、『水上勉社会派小説シリーズ』（全十巻、実業之日本社、一九七八年）などにまとまっている。このジャンルの到達点が洞爺丸事故を題材にした『飢餓海峡』（一九六三年）であり、映画化（一九六五年、内田吐夢監督）をはじめとして複数回のテレビドラマ化、舞台化されるなど現在まで読み続けられる人気作品となった。

それにしても、まず「不知火海岸」（一九五九年）として発表され、四倍近くまで書き足して成立したという『海の牙』における公害問題への関心は非常に早い。まだ一部のマスメディアが取材を始めていた時期であり、テレビでドキュメンタリーを見た翌日にすぐに現地へ取材に向かったという行動力は、まさに「社会派」と言うにふさわしい。また、苦難の末に作家として成功を掴んだ者は、複数の子供を文字通り犠牲にして『破戒』を書いた島崎藤村をはじめ何人も挙げられるが、水上ほどドラマチックな展開を見たものは稀有であろう。少なくとも、生まれ持った環境や才能によってさほどの苦も無く世に出たエリート型の作家とは異なる、たたき上げ型の作家であることは確かであり、その人生の経験値が作品の底流を支えているのである。

浅間山を背に。（1962年、槇野尚一氏撮影）

直木賞受賞と多作の時代

その後、『別冊文藝春秋』などの中間小説雑誌や『新潮』などの純文芸雑誌の依頼も増え始め、殺人事件とその背景を探る社会派推理の形式を借りつつ寺の小僧であった体験を生かした『雁の寺』（一九六一年）で第四十五回直木賞を受賞し、名実ともに文壇に認められることとなった。なお、この時の編集者が劇作家・岡栄一郎（漱石門下で徳田秋聲の遠戚にあたる）の娘の岡富久子で、岡は書き渋る水上を山の上ホテルに缶詰にしたが、原稿用紙が足りなかったので、たまたま滞在していた吉行淳之介から原稿の束を借り出し、これで水上も後にひけなくなって作

京都の等持院にて。（1961年、槇野尚一氏撮影）

品を完成させたという。水上は『冬日の道』（一九八〇年）において「陽かげを歩いてきて、はじめて陽をうけたのが、『雁の寺』での直木賞受賞である」と書いている。この受賞の時点で四十二歳であり、非常に遅咲きの作家であった。しかし長命だったことや、何より旺盛な創作意欲によってその後長く活躍し、多くの作品を残すことになったのだ。

なお、水上が文壇に再登場するきっかけを作ってくれた恩人・川上宗薫とは、些細な仲たがいがきっかけで、まず川上が『作家の喧嘩』（一九六一年）を発表、これに腹を立てた水上も『好色』（一九六四年）で応酬して決裂し、ようやく一九六九年に共通の友人である佐藤愛子の直木賞受賞で和解したことが知られている。そのような私闘が文学的事件となったのが当時の文壇なのであり、また人気作家・水上はそうした話題になり得る対象だったのである。この事件は佐藤が『終りの時』（一九六三年）で小説化し、川上自身も『流行作家』（一九七三年）で振り返っている。

その直木賞受賞後は、『五番町夕霧楼』（一九六三年）、『越前竹人形』（同）、『越後つついし親不知』（同）、『西陣の女』

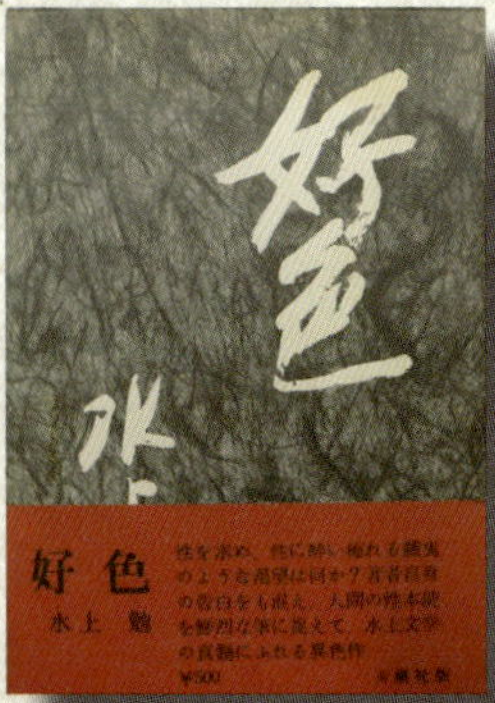

『好色』（1964年、新潮社）

（一九六八年）、『櫻守』（一九六九年）、『静原物語』（一九七二年）などの物語性の豊かな長短篇が続々と生み出された。中でも『越前竹人形』は、晩年の谷崎潤一郎より深沢七郎『楢山節考』以来の感激を覚えた「純然たる日本の田舎の世界」を描いた「古典を読んだような後味が残る」作品（『越前竹人形』を読む」）という評価を受け、水上には大きな自信となった。

なお、中央公論社の編集者として、同作の京言葉の手伝いをしたという伊吹和子（谷崎『夢の浮橋』を口述筆記し、その京都弁を監修した）によれば、『越前竹人形』もはじめは推理小説的趣向で構想されており、京都の人形屋の番頭が死体で発見される場面などが考えられていたが、伊吹が「せっかく美しい物語になっているのに、血なまぐさい事件にするのはそぐわないのではないか」と意見した結果、その構想は変更されたという（『めぐり逢った作家たち』二〇〇九年、平凡社）。谷崎も『雁の寺』と比べて「推理小説めいたところのないのがいい」（同前）と書いているので、この方向は正しかったのである。

それにしても一九六〇年代の水上の多作ぶりは驚くべきもので、ミステリと文壇向け作品を並行して書いていた一九六一年から一九六七年まで毎年十冊以上の単行本を刊行しており、中でも六三年は十五冊、六七年も同じく十五冊にのぼる。尋常な量ではない。しかし、もともと宇野浩二門下で純文学志向であった水上は、社会派推理小説での成功にむなしさを感じており、また宇野や中山義秀からのアドバイスを受けて「人間を描きたい」という気持ちが強くなっていた。そのため、次第に作風と掲載誌を純文学寄りにシフトしてゆき、濫作を正してゆくことになる。

とはいえ、その生涯にわたる執筆量はやはり驚異的で、単著だけで三百冊を超え、生前に中央公論社から二度出た全二十六巻の『水上勉全集』（一九七六—一九七八年）と全十六巻の『新編水上勉全集』（一九九五—一九九七年）は、全集とうたいつつも全文業が全く網羅しきれていないのだ。もちろん、このような事態は多作の作家にはままあることなのだが、戦前戦後の初期作品や社会派推理小説時代のも

成城の家の書斎における執筆風景。（槇野尚一氏撮影）

のは一部の代表作をのぞいてほとんど無視されており、著作目録も完備されていないためエッセイや選評やアンケート、その他雑文や対談やインタビューなど、全集はもちろん単行本にも収められていないものがどれくらいあるのか全貌がつかめない。

この作品の膨大さと多ジャンルにまたがる創作活動が水上文学の大きな特徴であるとともに、多くの文学研究者に二の足を踏ませる一因となっていることはたしかである。しかし、水上が自身で全集から排除したと考えられる初期作品や社会派推理時代の作品群にも、歴史的・研究的な意義だけでなく今読んでも面白い佳作が多数紛れ込んでおり、これらもいずれ何らかの形でまとめられるとともに、その価値が再検証されるべきである。その一助となることを期待して、本書では、水上がお蔵入りにしていたと推定される初期の未発表原稿から、四つの短篇を翻刻した。

充実の時代と拡散してゆく才能

　水上が一九七〇年代に純文学的な方向へと軌道修正した以降に書かれた私小説の傑作が『壷坂幻想』（一九七七年）、『寺泊』（同、川端康成文学賞）、『わが風車』（一九七八年）などである。純粋な私小説という意味では『フライパンの歌』の時代に戻ったともいえるが、軽妙さが持ち味だった『フライパンの歌』とは異なり、年齢を重ねた深みも加わった内省的な作品群となっている。自伝的な私小説長編『凍てる庭』（一九六七年）、『わが六道の闇夜』（一九七三年）、『冬の光景』（一九八〇年）も前後して発表されており、最も正統派の作品が生み出されている。中上健次が『壷坂幻想』と『寺泊』収録の作品に「語り」の魅力を見たように（「短編小説の力」）、この時代の水上文学を最も評価する者も多い。

　『宇野浩二伝』（一九七一年、菊池寛賞）にはじまる評伝文学にも新境地を見出し、このジャンルでは若狭から出て大逆事件に連座した若者を扱った『古河力作の生涯』（一九七三年）や三島由紀夫『金閣寺』の向こうを張って書かれた『金閣炎上』（一九七九年）が一つの到達点である。このように綿密な調査に基づく評伝文学の方向は『一休』（一九七五年、谷崎潤一郎賞）、『蓑笠の人』（一九七五年）、『良寛』（一九八四年、毎日芸術賞）、『破鞋 雪門玄松の生涯』（一九八六年）などの仏教評伝の方向に進化した。ただし、たとえば『蓑笠の人』における「越佐草民宝鑑」や『一休』における「一休和尚行実譜」は架空の資料であり、また「『事実』らしいものを資料に

川端康成文学賞授賞式にて。
（1977 年、槇野尚一氏撮影）

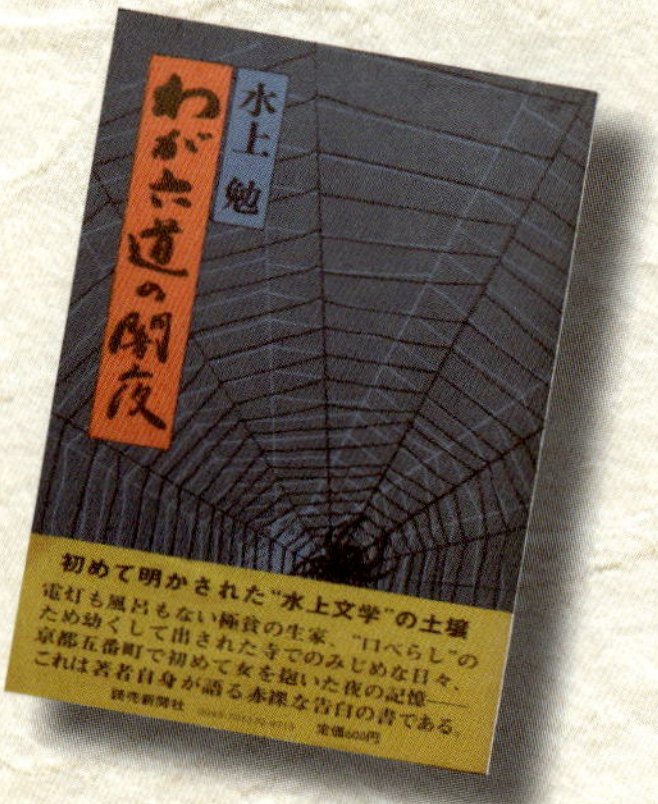

『わが六道の闇夜』
（1973年、読売新聞社）

あたりながら、架空の人物をそこにまぶしこむ楽しさ」（全集第一三巻あとがき）と自作解説されてもいるように、水上の評伝文学は史実に忠実なノンフィクションというよりも歴史文学の実験と考えるべきである。よって、明暗寺の開祖・虚竹禅師を描いた最後の長編『虚竹の笛―尺八私考』（二〇〇一年、親鸞賞）もまた、虚実入り交じる歴史語りの妙を堪能すべきなのだ。没後刊行された、くる病とともに生きた詩人・横瀬夜雨を題材にした『筑波根物語』（二〇〇六年、初出は一九六五年）にもこの水上文学のエッセンスが凝縮されている。

また、これらとは別に、天明の飢饉における若狭農民を描いた『城』（一九六五年、文藝春秋読者賞）をはじめ、京極高次を取り上げた『湖笛』（一九六八年）、佐渡金山における悲恋物語『佐渡の埋れ火』（一九六八年）、若狭の武田家の衰運の時代を描いた『玉椿物語』、（一九七二年）『流れ公方記』（一九七三年）、越前の朝倉義景を描いた『越前一乗谷』（一九七五年）などの、より歴史小説らしい歴史小説も書かれている。

ここまで、その生涯と関わらせながら代表作を紹介してきたことからもわかるように、水上の文学には私小説にも、そうでない作品にも彼自身の人生が様々な形で生かされている。そして人生が反映していると言えば、これだけではない。次女の直子が重い障害を持って生まれたことから、障害児の福祉政策を批判した「拝啓池田総理大臣殿」（一九六三年）を発表し、またそれを含む『生きる日々―障害の子と父の断章』（一九八一年）や、フィクション『くるま椅子の歌』（一九六七年、婦人公論読者賞）を発表するほか、その育児経験や分教場時代の教育経験を『ものの聲ひとの聲　自伝的教育論』（一九八五年）として著している。

「弥陀の舞」の取材のため、武生の中条製紙工場を見学中。（1965年頃、槇野尚一氏撮影）とにかく「調べる」作家であった。

　また、下積み時代に宇野浩二の代筆を含む童話の執筆や幻灯の脚本を手がけていたことから、子供向けの作品も複数発表している。なんと言っても、『蛙よ、木からおりてこい』（一九七二年）として発表され、現在は改題の『ブンナよ、木からおりてこい』として親しまれている児童文学作品は、一九七八年に青年座で初演され、学校演劇としても現在まで上演され続けており、生死の問題を問いかけて大人の読者にも訴えかける。他にも『ヨルダンの蒼いつぼ』（一九六二年）、『さすらい山河・地底の声』（一九七七年）、『日本霊異記　くさらなかった舌』（一九七七年）など再話を含む作品や、自身の境遇と重ね合わせながら書いたというアンデルセンの伝記『あひるの子―アンデルセン幻想』（一九七六年）もある。ちなみにアニメーション監督の宮崎駿が二〇一〇年に選んだ岩波少年文庫五〇冊の中には、水上編『日本霊異記』（一九九五年）が含まれている。

　さらに水上文学を語る際に言い落とせないのがエッセイの巧みさであり、『落葉帰根』（一九七九年）、『閑話一滴』（一九八六年）、『骨壺の話』（一九九四年）、『文藝遠近』（一九九五年）をはじめ、口述筆記による最晩年の『泥の花』（一九九九年）、『仰臥と青空』（二〇〇〇年）まで旺盛に発表し続けている。創作にも存分にその生涯や人間性が浮かび上がるが、より直接的に人物像が現れるエッセイでは、特に晩年に近づくほど死生観や宗教観をにじませた人生の風格が増している。寺育ちと別荘暮らしの体験を生かした精進料理の本『土を喰ふ日々』（一九七八年）、『精進百撰』（一九九七年）は現在のスローライフ志向を先取りしているし、豊富な転居と旅行の経験から土地をテーマにした『停車場有情』（一九八〇年）、『私版京都図絵』（一九八〇年）、『私版東京図絵』（一九九六年）や、より本格的な紀行文学である『わが山河巡礼』（一九七一年）、『越の道』『若狭』（二〇〇〇年、シリーズ「日本の風景を歩く」）などまで幅広い。

『骨壺の話』
（1994年、集英社）

　これらエッセイ類の面白さは、本書収録のインタビュー・座談の中でみなが口をそろえて語る講演上手ともつながっているであろう。そして、これらの中でも同じ話が繰り返し語られながら、そのディテールはしばしば異なっているのだ。水上は「人は何ども思いうかべているうちに、そのことを信じ、虚実の境を問わなくな」ると書いている（『若狭幻想』）。これは直接にはふるさとのことを言っているが、すなわち自らの物語の方法それ自体を語っているのだ。水上文学の魅力の一方にはリアリズムと伝統的な純文芸には欠けていると言われてきた社会性がある。しかし他方には幼少期に村の古老たちの昔語りに耳を傾けたのが文学の原体験というように、語り物文藝などの物語の伝統が生きているのだ。それゆえ、私小説や評伝を書いても、それは事実をそのまま書くということとはやはり異なるのである。水上は自作について、「真実なんだけど、事実じゃない。そこのところの真実を見取ってもらいたい」「それが文芸の技」と簡潔に表現しており、さらにその方法の由来を、宇野浩二の口述筆記をする中で、たとえば手水鉢の前に実際に「八手」があったのをそう聞き書きしたのが、活字になるといつの間にか「砥草」と変わっていることから、「事実を虚に変えて、それで文章に真実が出る」ことを学んだと語っている（以上、『文章修行』より）。よって、大きくいえば、水上文学には事実や調査に基づく実録性が魅力になっている作品の系譜と、物語性を前面に出した作品の系譜があるということになるが、その分類は必ずしも明確ではなく、また題材によって厳密に分けられるわけでもない。そこでは事実と物語がグラデーションになっており、それらが渾然一体となって紡ぎ出されているのである。

「才能の山」を持った作家として小林秀雄が水上を評したことに強く嫉妬したことを瀬戸内寂聴が繰り返し書いているが、他にも前述の谷崎潤一郎や吉田健一、中上健次など、一癖ある文壇の玄人好みであったことも水上の特徴である。そして、それが物語性や幻想性を支持した実作者たちでもあるところに、水上文学の本質もあるのかもしれない。

先祖たちが眠る岡田の墓所にて。
（1962 年、槇野尚一氏撮影）

晩年と水上文学の今日性

水上が映画や芝居好きであったことは知られており、特に芝居については、若狭での村芝居や、分教場時代に卒業生や青年団を集めて書下ろし戯曲「一機還らず」で戦没者遺家族慰問公演を行ったほどであった（「私の演劇体験」）。その作品は映画や演劇というメディアと相性が良く、「霧と影」（一九六一年、石井輝男監督）以降、「雁の寺」（一九六三年、川島雄三監督）、「飢餓海峡」（一九六四年、内田吐夢監督）など六〇年代から七〇年代にかけて代表作が次々に映画化された。演劇の方では、はじめ村山知義演出「雁の寺」（一九六二年）や菊田一夫演出の「越前竹人形」（一九六四年）などが上演された後、文学座（のち地人会）の木村光一に依頼された「山襞」（一九六六年）を皮切りに、自ら戯曲化して上演するようになった。一九八〇年には「はなれ瞽女おりん」（五月舎、木村光一演出）で有馬稲子が紀伊國屋演劇賞を、「釈迦内柩唄」（前進座、水上勉演出）で浅利香津代が文化庁芸術最優秀賞を、「あひるの靴」（三蛙房、宮永雄平演出）で斎田喬戯曲賞を、一九八二年には「越後つついし親不知」（文化座、木村光一演出）で佐々木愛が紀伊國屋演劇賞を、同作の舞台成果も文化庁芸術祭大賞を受賞と、この分野でも次々に評価されている。

これに並行して竹人形を用いた舞台をはじめ、一九七八年に人形劇団「越前竹人形の会」を結成し、窪島誠一郎の「キッドアイラックホール」で「越前竹人形」（木村光一演出）を上演すると、さらに本格

勘六山の自宅にて、2004年3月8日の誕生日。この年の9月8日に永眠した。
（水上蕗子氏提供）

的な人形で「北の庄物語」を上演、一九八五年には郷里のおおい町に専用劇場を併設した若州一滴文庫を設立し、翌年には「若州人形座」を旗揚げした。一九八九年のくるま椅子劇場のこけら落とし公演以降、水上亡き後も同地を拠点に現在まで活動が継続している。なお、その若州一滴文庫は現在、水上文学の顕彰拠点となっているが、自分で文学記念館と劇場を建ててしまった点でも、水上は作家として破格である。ただし、これは自身を顕彰するための施設ではなく、読書と芸術文化の拠点とすべく生まれ

料理をする水上。
（1975 年頃、槇野尚一氏撮影）

故郷に私財を投じたのであり、この水上の思いについては本書収録の同館学芸員・下森弘之氏の文章に詳しいので、そちらをお読みいただきたい。

七十歳になる一九八九年に、訪中作家団の団長として訪れた北京で天安門事件に遭遇し、帰国後に心筋梗塞で倒れて重体に陥った。この北京滞在と病中病後の体験は『心筋梗塞の前後』（一九九四年）にまとめられているが、ここから奇跡的に再起したものの、晩年は網膜剥離など病気との戦いであった。しかし執筆意欲と人生を楽しむ意欲は衰えなかったようで、後者については手漉きの竹紙づくりや骨壺づくりに精を出したほか、当時はまだ新しいパソコンやインターネットへの関心を寄せるようになったことにも象徴される。その老いてからのパソコン体験をテーマにした『電脳暮らし』（一九九九年）の第一部は、当時最新の音声入力装置に向かって話したことをワープロで清書してもらい成立している。

先ほどの映画や演劇に、竹人形、精進料理に焼き物、増築を続けて大きくなっていったという勘六山の自宅の話など、人間・水上から受ける印象は常に

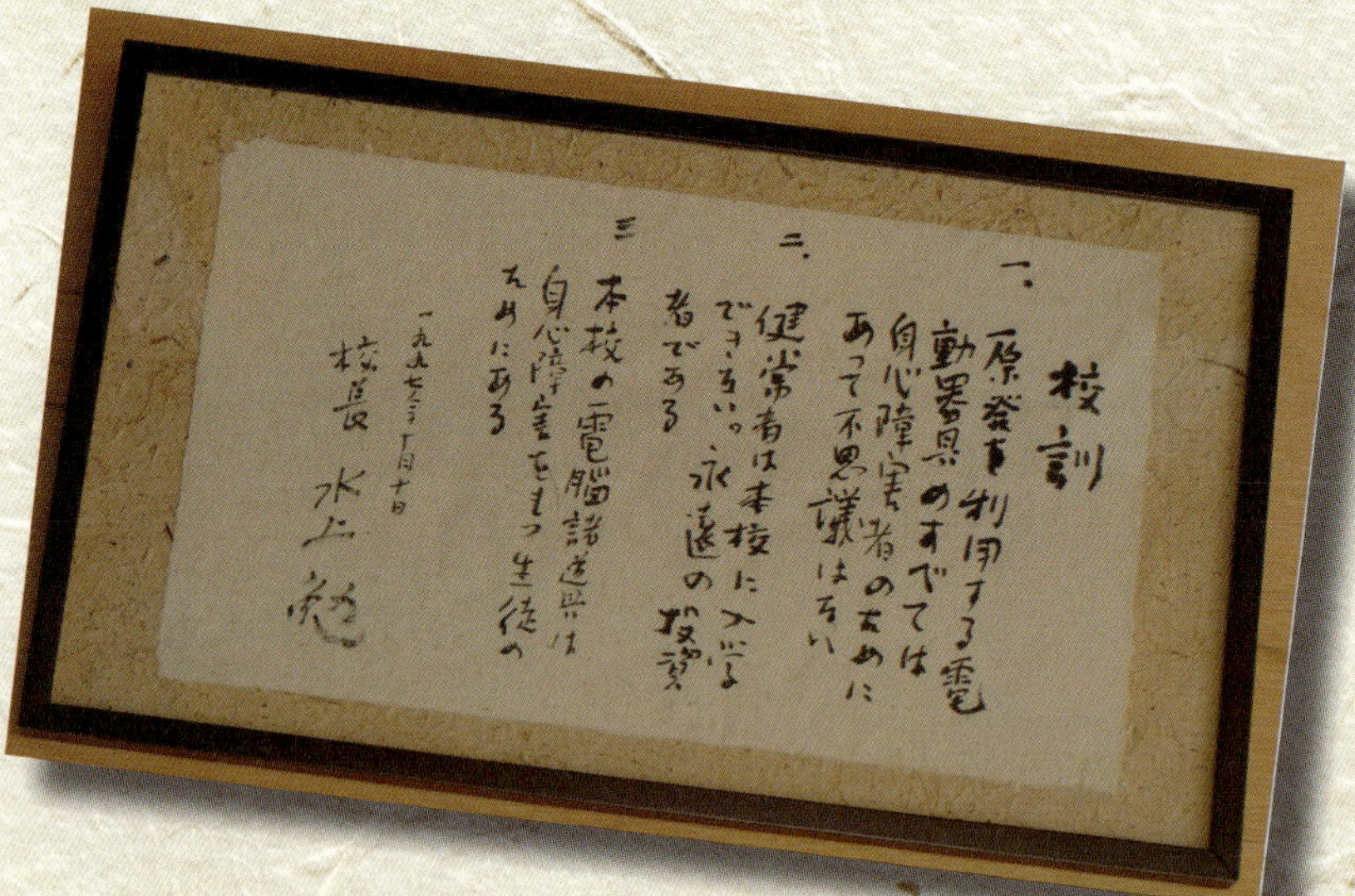

1997 年、勘六山自宅の稽古場に掲げられた電脳学校の校訓。

1974年、軽井沢の書斎にて（槇野尚一氏撮影）

動き続けている人であり、その作品と同様に多方面への旺盛な興味とそれを実現するエネルギーである。それが前述の小林秀雄の言う「才能の山」の源泉ということかもしれないが、少なくとも水上文学が質量ともに単純には掘り崩せない「才能の山」としてそびえていることはたしかである。

生誕一〇〇年、没後十五年を迎えたいまこそ、この山に向かい合う必要があるのではないだろうか。おそらくこれから本格的な水上文学の再評価の時代が来るであろう。もともと物語性が豊かであるために、今後も映画や演劇をはじめとするさまざまなメディアと結びつき得るし、より現代的なコンテンツとの親和性もありそうである。

本書がそのような水上文学の読み直しの第一歩となれれば幸いである。

新資料紹介1

『金閣炎上』原稿

水上勉の代表作『金閣炎上』（一九七七・一～一九七八・一二『新潮』、新潮社より一九七九年刊）は、一九五〇（昭和二十五）年七月二日に門徒・林養賢の放火により発生した京都の鹿苑寺舎利殿（通称・金閣）焼失事件を題材にした作品である。この事件を基に三島由紀夫が『金閣寺』（一九五六年）を書いたことで知られており、少し前に両者の作品を比較した長篇エッセイである酒井順子『金閣寺の燃やし方』（二〇一〇年、講談社）が話題になったことも記憶に新しい。水上は自身の出生地が京都府舞鶴市成生出身の林養賢と近いことや、戦時中にその成生岬を望み舞鶴市と福井県高浜町にまたがる青葉山の高野分教場で教鞭をとっていたことから、二十年にわたる構想と、複数回の現地取材によって本作を書き上げたのである。

このたび、この作品の原稿が水上の旧宅から発見された。決定稿と複数の草稿である。いずれも第一回の出だしの部分であり、水上がこの物語の始発のところで考えあぐね、繰り返し構想を練り直し、何度も書き直して現在の形に至ったことが想像される。作家の創作の現場がかい間見られるその草稿から決定稿までの変容を書き出しの変遷から追ってみよう。

（大木志門）

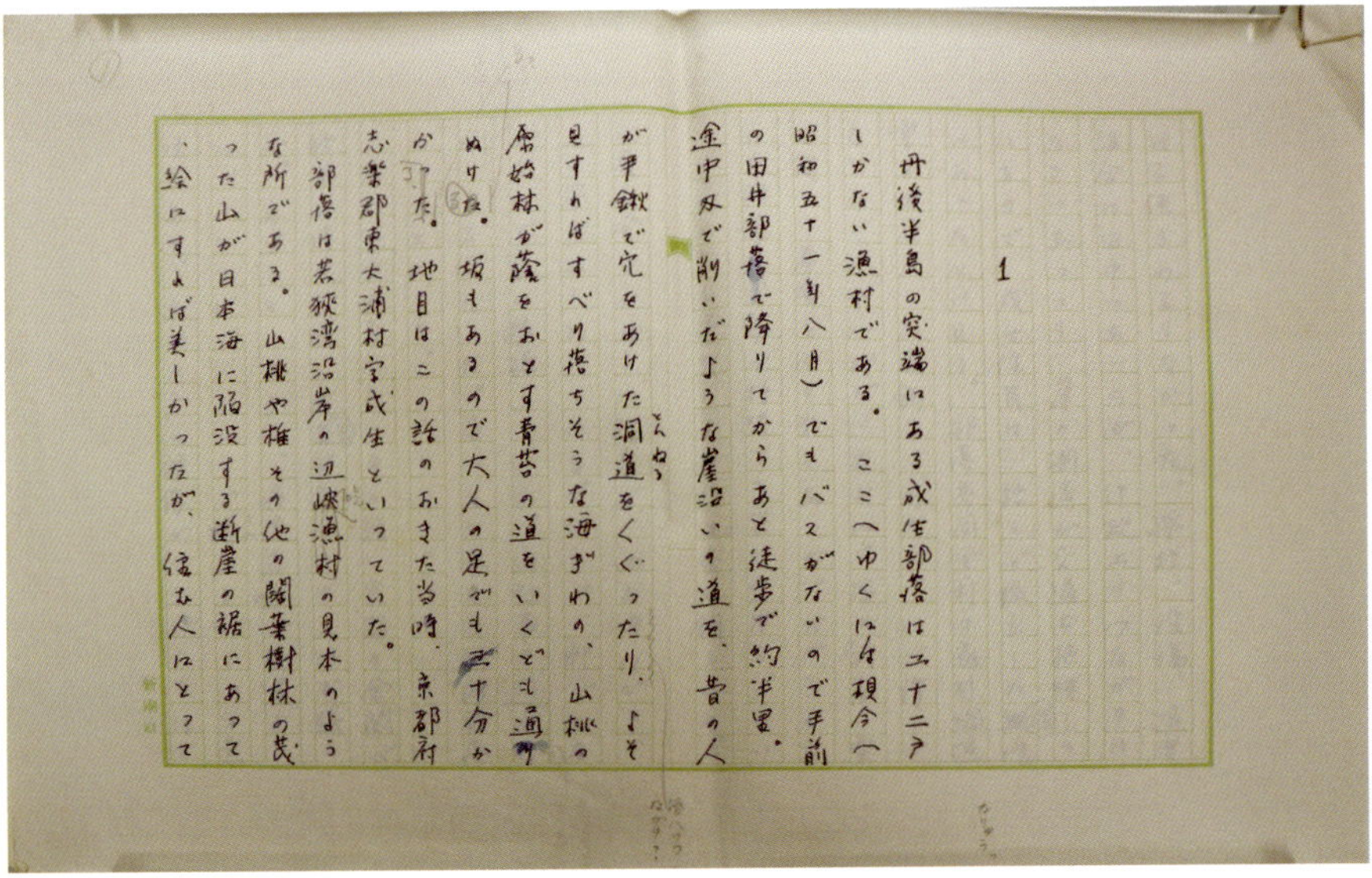
1

丹後半島の突端にある成生部落は二十二戸しかない漁村である。ここへゆくには現今（昭和五十一年八月）でもバスがないので手前の田井部落で降りてからあと徒歩で約半里。途中刃で削いだような崖沿いの道を、昔の人が手鍬で穴をあけた洞道《とんねる》をくぐったり、よそ見すればすべり落ちそうな海ぎわの、山桃の原始林が蔭をおとす青苔の道をいくども通りぬけた。坂もあるので大人の足でも二十分かかった。地目はこの話のおきた当時、京都府志楽郡東大浦村字成生といっていた。部落は若狭湾沿岸の辺峡漁村の見本のような所である。山桃や椎その他の闊葉樹林の茂った山が日本海に陥没する断崖の裾にあって、絵にすれば美しかったが、住む人にとって

草稿〔無題〕

《丹後半島の突端にある成生部落は二十二戸しかない漁村である。ここへゆくには現今（昭和五十一年八月）でもバスがないので手前の田井部落で降りてからあと徒歩で約半里。途中刃で削いだような崖沿いの道を、昔の人が手鍬で穴をあけた洞道《とんねる》をくぐったり、よそ見すればすべり落ちそうな海ぎわの、山桃の原始林が蔭をおとす青苔の道をいくども通りぬける。》

現在の本文の冒頭とは全く異なり、養賢の同郷の旧友・酒巻広一を視点人物としながら、広一が金閣炎上の一報を聞いたところから始まり、客観小説として展開されてゆく。なお、この原稿は試験的に書いたものを誰かが清書したようだ。このときはまだタイトルも定まっていない。

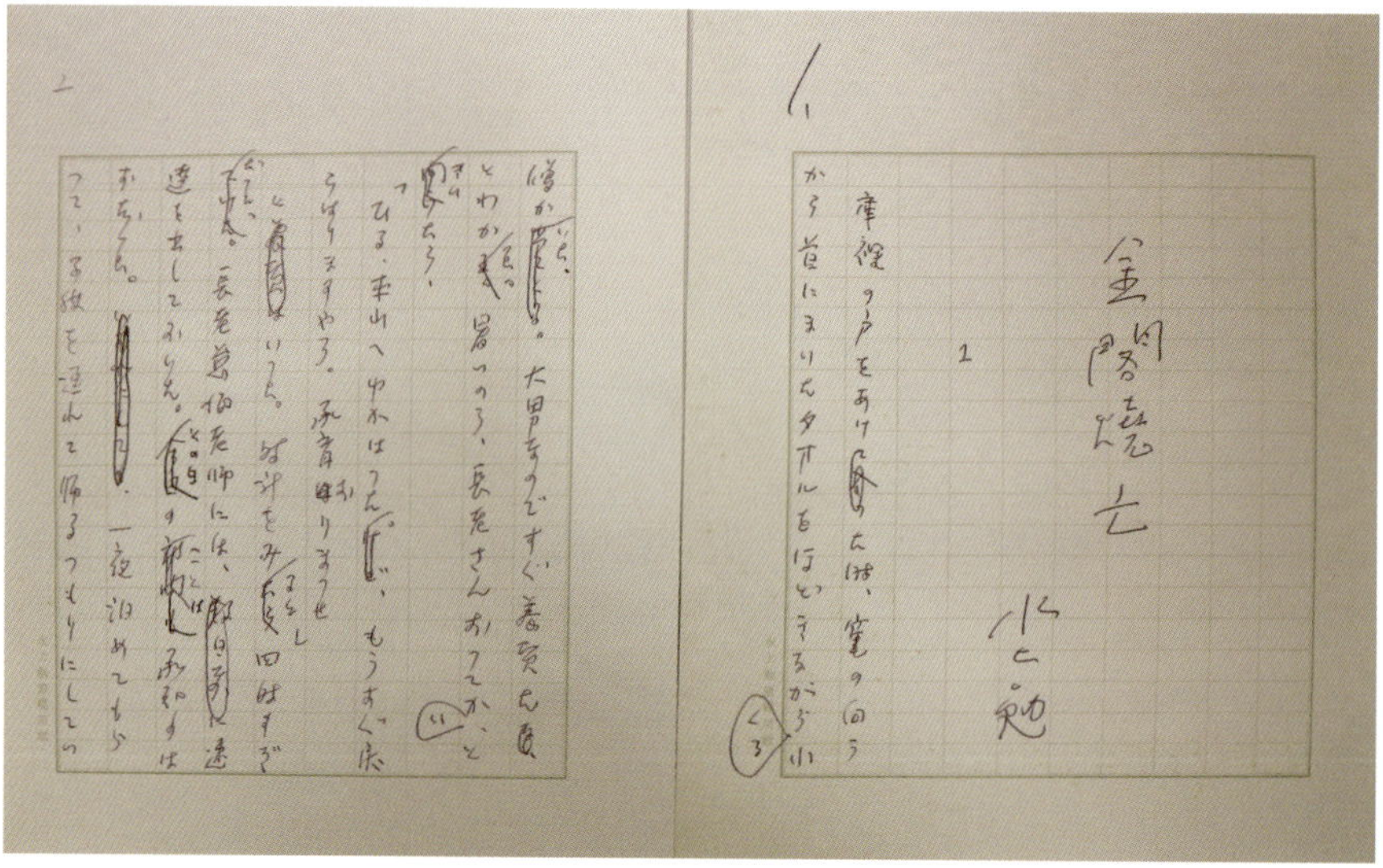

草稿「金閣焼亡」

《庫裡の戸をあけた時、竈の向うから首にまいたタオルをほどきながらくる小僧がいた。大男なのですぐ養賢だとわかった。暑いのう、長老さんおってかい、ときいたら、

「ひる、本山へゆかはった。もうすぐ戻らはりますやろ。承育おりまっせ」

といった。》

タイトルは「金閣焼亡」とある。このタイトルは小林秀雄がエッセイに用い、三島由紀夫に影響を与えたものと同一である。語りの視点はいきなり金閣寺と思われる場所に据えられ、金閣寺に放火する前の林養賢その人が姿を現す。「私」が誰かは分からないが、息子を金閣寺に預けているらしい。この「私」という架空の物語内存在を語り手として、あるいは探偵役として放火の「謎」を追ってゆく展開を考えていたのではなかろうか。

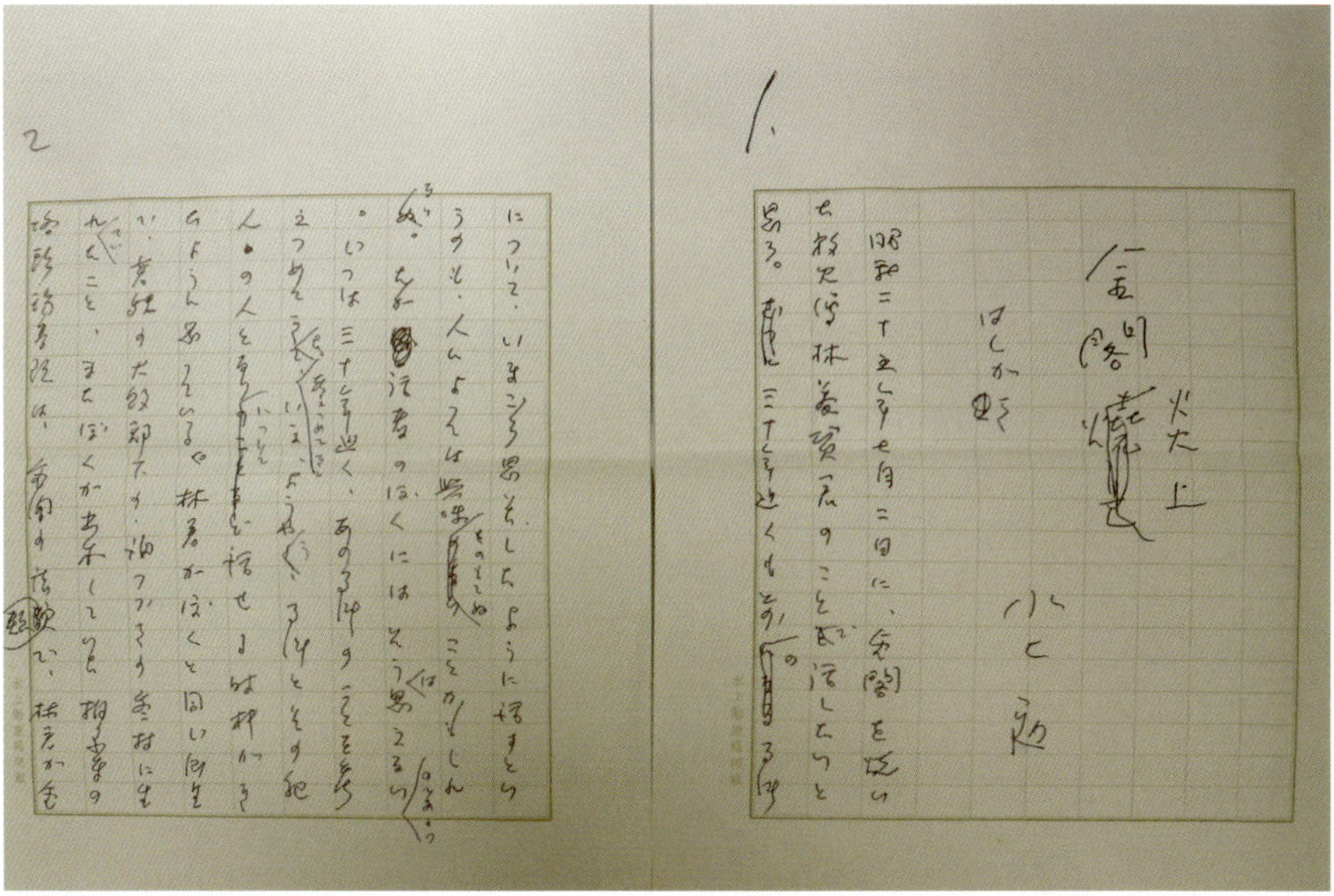

草稿「金閣炎上」

《昭和二十五年七月二日に、金閣を焼いた放火僧林養賢君のことを話したいと思う。三十年近くも前の事件について、いまごろ思いだしたように話すというのも、人によっては興味をの《ママ》もてぬことかもしれない。だが話者のぼくにはそうは思えないのである。じつは三十年近く、あの事件のことを考えつめてきた。考えつめてきていま、ようやく、事件とその犯人の人となりについて話せる時機がきたように思っている。》

まず「はしがき」が置かれ、作者の分身らしい「ぼく」が語り始める。ここで作品はノンフィクションの体裁に変わっている。またタイトルは「金閣焼亡」から現状の「金閣炎上」へと改められた。ただし、林養賢との縁については「直接会っていない」とされ、決定稿における杉山峠での印象的な邂逅は描かれていない。

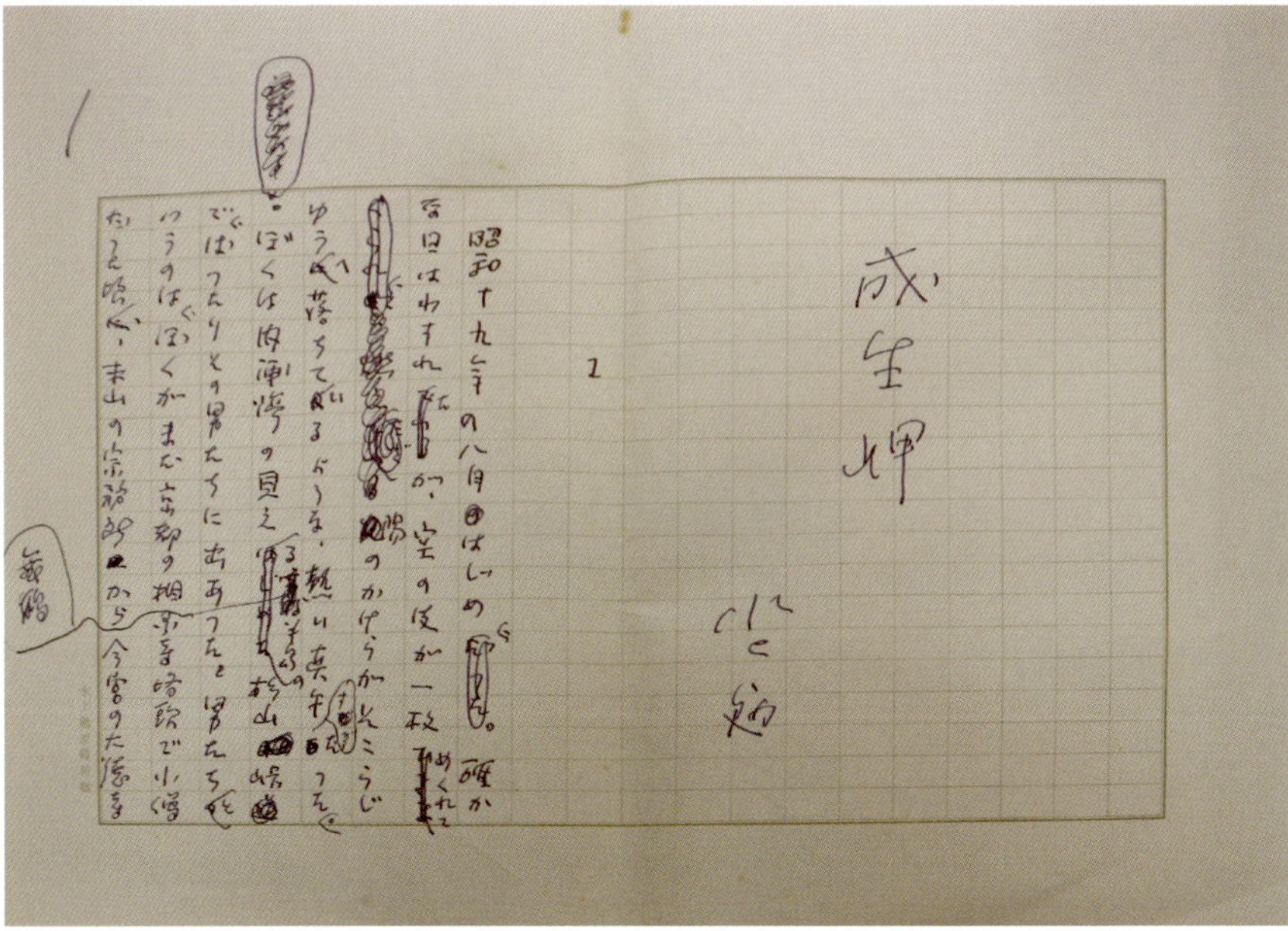

草稿「成生岬」

《昭和十九年の八月はじめ、確かな日はわすれたが、空の皮が一枚めくれて陽のかけらがそこらじゅうへ落ちているような、熱い真午すぎだった。ぼくは内浦湾の見える舞鶴半島の杉山峠で、ばったりその男たちに出あった。男たちというのは、ぼくがまだ京都相国寺塔頭で小僧だった頃、本山の宗務所から今宮の大徳寺よこにあった般若林へ通っていた滝谷雪州と、もう一人ははじめて見る若者だった。》

タイトルは「金閣炎上」から「成生岬」へと変わっている。事件の起きた現場ではなく、林養賢の出生地であり、水上が分教場の助教時代に青葉山から遠望していた場所の名に変わった。これとともに、決定稿では第2章に登場する、戦時中における杉山峠での林養賢との偶然の出会いが描かれ始める。ノンフィクションの中に虚構が生まれ、物語が動き出す瞬間である。

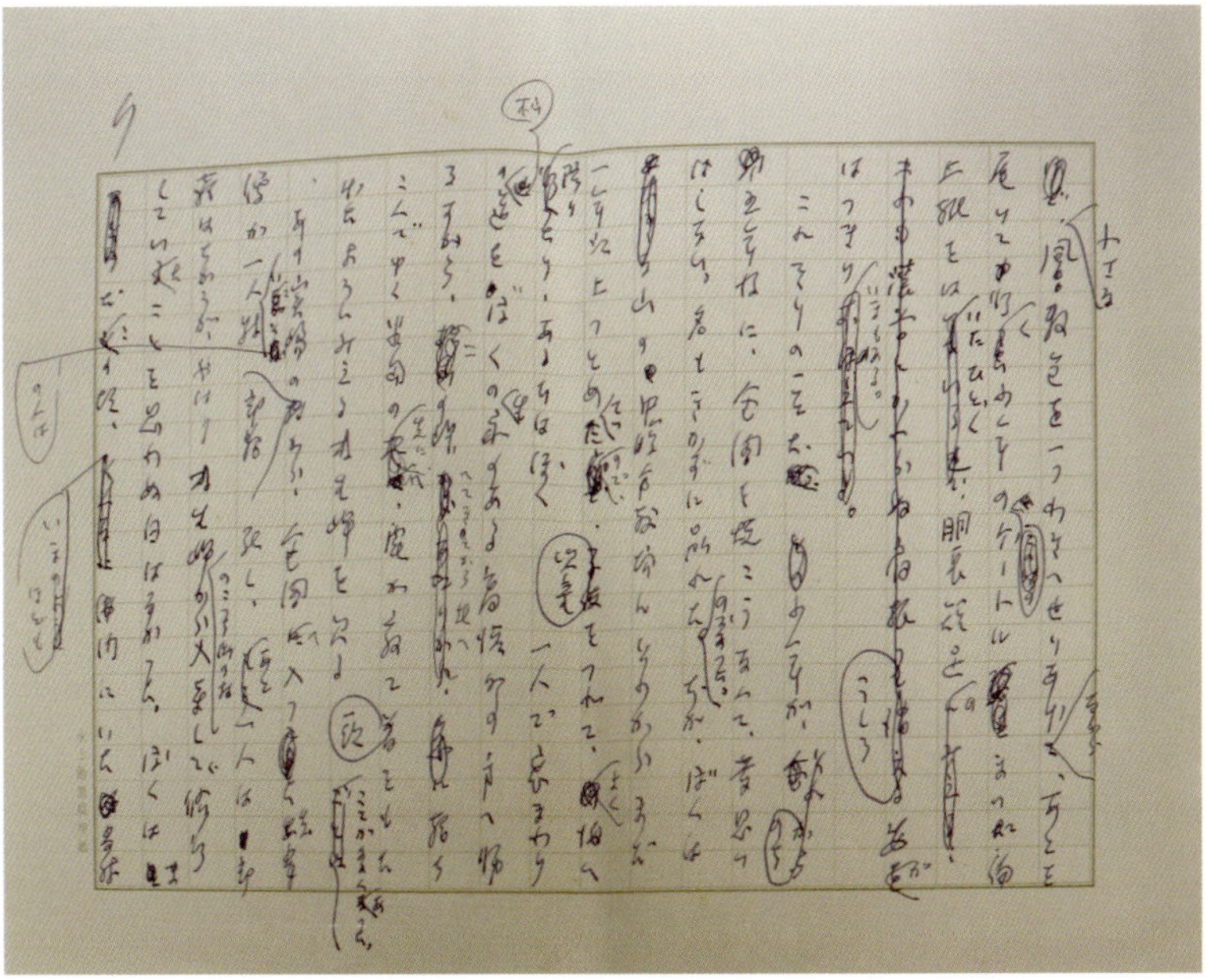

《ぼくにはあとでぺこりとお辞儀して細道を入れちがって、小さな風呂敷包を一つわきへせりあげながら、あとを尾いて行く少年のゲートルまいて編上靴をはいたひどく胴長短足のうしろ姿がはっきりいまもある。

これきりのことだ。少年が、のち五年後に、金閣を焼こうなんて、皆思いはしない。名もきかずに別れたのであった。》（7枚目）

※これらの草稿の翻刻の全体は、「水上勉『金閣炎上』未定稿の紹介と翻刻」（『山梨大学教育学部紀要』二〇一九・三）に掲出した。

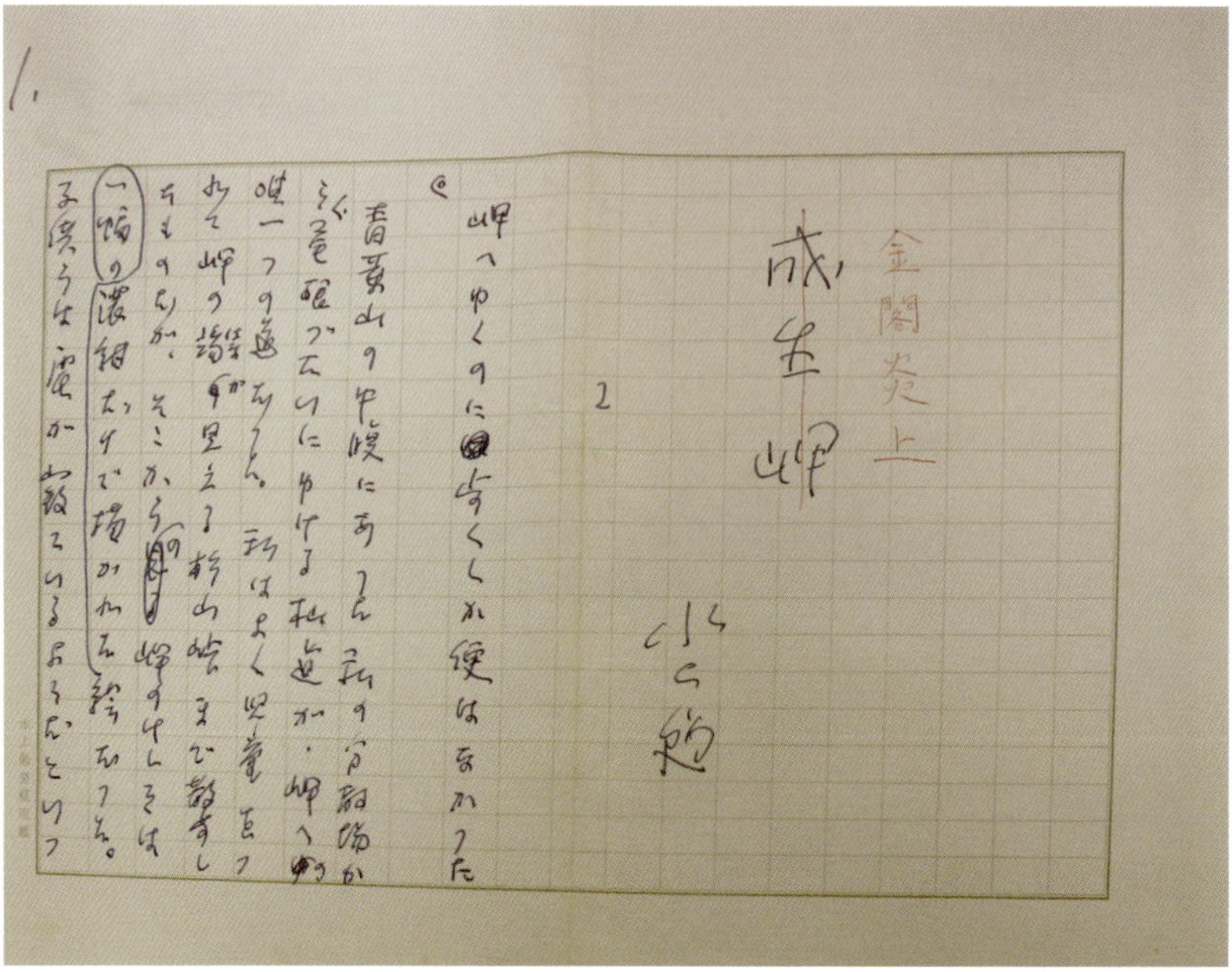

決定稿「金閣炎上」

《岬へゆくのに歩くしか便はなかった。
青葉山の中腹にあった私の分教場から、尾根づたいにゆける杣道が、岬への唯一つの道だった。私はよく児童をつれて岬の端《はな》が見える杉山峠まで散歩したものだが、そこからの岬のけしきは濃紺だけで描かれた一幅の絵だった。》

草稿にもあった成生岬までの道のりと分教場からの光景が最初におかれ直し、杉山峠での林養賢との出会いは次章に回された。ここでも当初の題は「成生岬」であったが、原稿に赤で修正をして「金閣炎上」に戻された。作品は、このような事実と虚構を積み上げる改稿の繰り返しによって完成したのである。

新資料紹介2

水上勉未発表作品　四篇

未発表短篇「黄檗山」について

掛野剛史

「黄檗山」と題された未発表の短篇小説を発見したのは、水上勉が遺した資料の整理調査を始めて三年ほど経ってのことだった。もっとも資料整理の過程で、それ以前に目にしていた可能性もあるのだが、資料自体が膨大で、まずは整理に注力を注ぎ、個別の原稿に目を通す余裕がなかったのである。整理が一段落した段階で、「黄檗山」も含めた、多くの自筆原稿を詳しく確認したが、多くは草稿、未定稿であり、首尾一貫した作品として残されていたのは「黄檗山」を含めてここに掲出した四作品であった。

「黄檗山」は、四〇〇字詰原稿用紙二四枚に万年筆によって書かれている。メーカーなどの記載はないが、同じ種類の原稿用紙に「空気の歌」も書かれているほか、末尾に「(昭、二十四、五、十六)」とあり、擱筆日を示すものと思われる。題として一枚目二行目に「黄檗山」と書かれ「わうばくさん」とルビがふられている。三行目に「水上勉」と署名があり、五行目から書き始められている。

　現在まで発表されたことのない、この未発表作品「黄檗山」は、水上勉にとっては重要な意味を持つ作品である。一読してすぐに気づくが、これは水上の輜重隊所属時代に材をとった作品であり、一九七二年に発表され、吉川英治文学賞を受賞した「兵卒の鬃」と関わるものである。「兵卒の鬃」は、発表後に水上自身が、

私は、野戦にはゆかなかったが、訓練をうけた五十日の思い出を、いつの日か、小説にしたいと考えて、二十数年を経た。そうしてようやく書くことが出来た。終戦の日に日記風に書き出した草稿もあったが、これも失ってしまっていた。二十数年の歳月は、私に格好な「語り口」をあたえてくれていたので、さほど苦労せずに書けたが、書かれてあることとの九分どおりは本当のことである。

（「「兵卒の鬃」のこと」『波』一九七二年一〇月）

と述べ、完成するまでの「二十数年の歳月」の存在を明かしているが、今回発見された「黄檗山」は「兵卒の鬃」に至るまさにこの「二十数年の歳月」を埋める重要な作品となる。そしてさらに同じモチーフを描いた別の作品、「宇治黄檗山」（『別冊文藝春秋』一九六一年一〇月）の存在を含めて考えると、彼の「二十数年の歳月」は一筋縄ではいかない興味深い行程を辿ってきたものであることが明らかになるのである。

今回初公開となる「黄檗山」は、「私」の視点から、輜重隊時代の思い出を語る作品である。時期は「五月」とだけあるが、硫黄島が陥落しているということから昭和二〇年の物語である。つらい苦しい兵隊生活を送って三か月目にはじめて宇治川べりへ営外に演習に出ることになる私は、行軍の途中、馬の世話に追われ、疲労困憊する。途中の黄檗山萬福寺の大門前での大休止で、通りかかった娘が叉銃線の前でまごつき、兵士たちはそれを見て歓声をあげる。たしなめた谷二等兵は、それを聞きとがめたH軍曹に素手で馬糞を片付けるように命じられる。糞まみれになって谷二等兵は片付け、それを待って部隊は再び出発する。この光景も見納めになるという予感の中で、私は興奮した馬を制しながら、川に落

ちないように轡をひきよせて歩く。ふりかえった私には、萬福寺の森がかすんで見えた。

結果的にこの作品は陽の目をみることがなかった。だがその後、ここでのモチーフは変奏した形で現れる。『別冊文藝春秋』に発表された「宇治黄檗山」がそれである。ここでは推理小説仕立てになり、雑誌の「推理小説特集」の一篇として、佐野洋、戸板康二、城山三郎と並んで目次を飾ることとなった。「京都の東南にそびえたつ宇治の黄檗山万福寺。その門前に展開された馬卒と下士官との確執と殺意を描く野心作！」という惹句が添えられており、推理小説作家として文壇に再登場した水上が、自らの抱えるモチーフをそうした文壇的な期待に沿った形で書き直したのだと推測することは無理がないだろう。「黄檗山」における「私」は、「宇治黄檗山」においては「瀬木音松」という人物に変更され、三人称の語りとなっている。また昭和二〇年八月一日の一日の出来事として、「黄檗山」に描かれた「H軍曹」と「谷二等兵」をめぐるエピソードが中心的に取り込まれて、「畠山軍曹」と「加藤二等兵」との間の「殺人事件」の話へと変奏されている。

四〇〇字詰原稿用紙五〇枚ほどの長さの「宇治黄檗山」のあらすじはこうだ。黄檗山への行軍の途中、瀬木は左眼のない加藤二等兵を眼にし、徐々にその存在が気になりだす。小休止の時、瀬木は畠山軍曹と加藤二等兵が睨みあっている光景を偶然眼にする。行軍は再開され、次の大休止の時、加藤二等兵は瀬木の近くにくる。自分の眼玉をくりぬいたのが畠山軍曹だったのだと憎悪を込めて話す加藤は、ある覚悟を決めていたようにみえ、瀬木の胸は騒ぐ。大休止が終わり、出発した部隊は、畠山軍曹が川へ落ちたという知らせを受け、その後、畠山軍曹の溺死体が発見される。報告によると、突然馬が暴れて畠山軍曹は振り落とされ、手綱をとっていた加藤二等兵は馬を鎮めようと躍起になったが、軍曹の落下を防ぐことが出来なかったとされる。瀬木は「あの男がやったのだ」と思いながら、加藤が漏らした言葉を誰にも言うまいと心に誓うのであった。

敗色濃厚で故郷には帰れないかもしれないという瀬木の不安感とともに、部隊内での一事件がサスペンス仕立てで描かれた短篇として書き直されているのである。

「黄檗山」という未発表短篇が書かれたのが一九四九年、そしてこの推理小説的な「宇治黄檗山」が発表されたのが一九六一年、これを経て、「兵卒の鬃」へと結実するのがその約一〇年後の一九七二年のことだ。

水上の代表作の一つともいうべきこの作品は、前二作と異なり、実際に水上が軍隊体験を送った昭和一九年に作品内時間が設定されている。昭和一九年五月一日に召集令状を受けた私、安田万吉は、藤田貞志軍曹のもとで輜重兵としての生活を始めることになる。『輜重兵操典』と『馬事提要』をテキストに、個性豊かな他の兵たちとともに馬の世話に悪戦苦闘する軍隊生活が描かれた中篇である。

「黄檗山」と「宇治黄檗山」に重なる場面は、物語の最終盤にあたる。六月五日に宇治黄檗山に向かって行進する藤田班は、途中、馬の高安が暴れはじめ、引き綱を持っていた長谷川が地面に叩きつけられ、引きずられたまま高安とともに行方不明になるという事件が起こる。小休止の後の出発の際、真田と三島が平島一等兵に馬糞の片付けを命じられ、手でそれを片付ける。その後宇治川の岸に出た行進の際、割り当てられた馬、照銀の手綱を牽く私は突然頭に痛みを感じる。倒れてはいけないと思いながらも重心を失い、輓馬隊の歌う「愛馬進軍歌」が聞こえてくる中、馬に引きずられて体が宙に浮くところで作品は終わる。

水上自身が「二十数年の歳月は、私に格好な「語り口」をあたえてくれていた」と語る通り、この作品は、「私（安田万吉）」の視点から語られるが、時に、上官から暗記朗読させられる『輜重兵操典』と『馬事提要』の漢文調の無機質な文章が挿入され、またその上官とのやりとりは時に滑稽さを感じさせる。召集されてからの輜重兵生活のむなしさ苦しさが静かに伝わるような、戦争を語る文体として独特の位置を獲得している。

だがこの物語はこれで終わらない。二〇年後の一九九二年、再び「黄檗山」の記憶は甦ることになる。当時、自ら漉いた竹紙に描いた絵とともに文章を連載していた『サライ』誌上の「折々の散歩道」で、水上は宇治を訪れ「黄檗山萬福寺」の文章を絵とともに記す。

そこで回想されるのは「黄檗山」でも書かれた、休憩中の兵の叉銃線を横切ろうとしてまごついていた女性の姿である。そして水上はこう書く。

あれから五十年近く経った。私も七十三になった。思い出もかすんでいるが、黄檗山の山門前に佇むと、そのような女のひとが浮んで厳粛な気分になるのは妙だ。

（「黄檗山萬福寺」『サライ』一九九二年一月一六日）

その生涯をかけて自らの体験を作品化してきた水上勉の一つの終着点がここにはある。「黄檗山」の記憶は終生彼のもとから離れなかったのである。

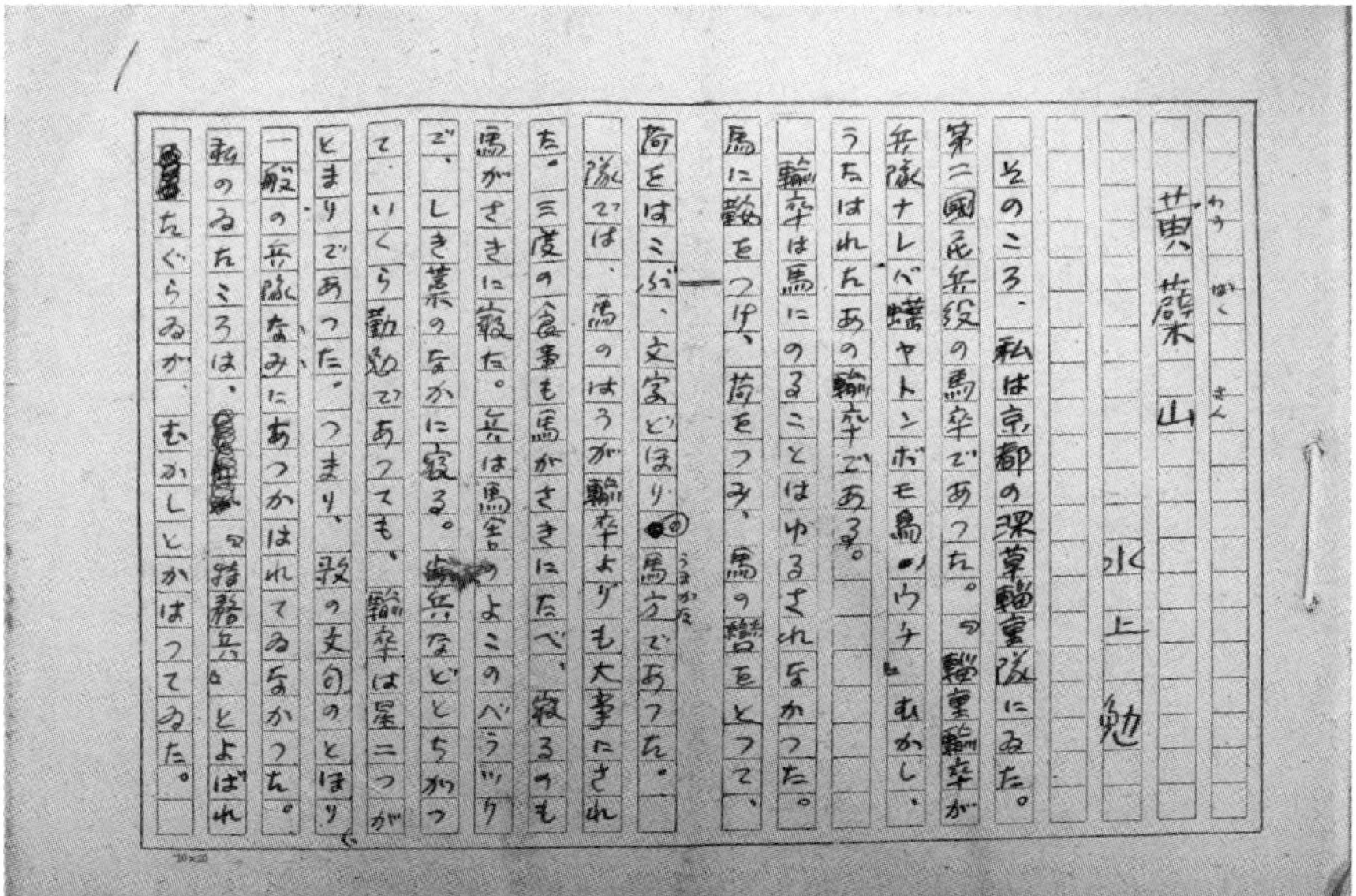
黄蘗山《わうばくさん》

水上勉

そのころ、私は京都の深草輜重隊にゐた。第二国民兵役の馬卒であつた。「輜重輜卒が兵隊ナレバ蝶ヤトンボモ鳥ノウチ」とむかし、うたはれたあの輜卒である。

輜卒は馬にのることはゆるされなかつた。馬に鞍をつけ、荷をつみ、馬の轡をとつて、荷をはこぶ、文字どほり「馬方《うまかた》」であつた。

隊では、馬のはうが輜卒よりも大事にされた。三度の食事も馬がさきにたべ、寝るのも馬がさきに寝た。兵は馬舎のよこのベラックで、しき藁のなかに寝る。兵などとちがつて、いくら勤勉であつても、輜卒は星二つがとまりであつた。つまり、歌の文句のとほり一般の兵隊なみにあつかはれてゐなかつた。私のゐたころは、「特務兵」とよばれたぐらゐか。むかしとかはつてゐた。

黄檗山

水上 勉

そのころ、私は京都の深草輜重隊にいた。第二国民兵役の馬卒であった。『輜重輪卒が兵隊ナレバ蝶ヤトンボモ鳥ノウチ』むかし、うたわれたあの輪卒である。輪卒は馬にのることはゆるされなかった。馬に鞍をつけ、荷をつみ、馬の轡をとって、荷をはこぶ、文字どおりの馬方《うまかた》であった。

隊では、馬のほうが輪卒よりも大事にされた。三度の食事も馬がさきにたべ、寝るのも馬がさきに寝た。兵は馬舎のよこのバラックで、しき藁のなかに寝る。歩兵などとちがって、いくら勤勉であっても、輪卒は星二つがとまりであった。つまり、歌の文句のとおり、一般の兵隊なみにあつかわれていなかった。私のいたころは、『特務兵』とよばれたぐらいが、むかしとかわっていた。

戦争は敗け気味が濃く、すでに硫黄島は陥落していた。沖縄もまぢかに危険がちかづいていた。国じゅうは竹槍のけいこと、穴を掘ることがはやり、人びとは、アメリカの兵隊が上陸してくる予想で、たべものを埋めたり、山の中に小舎をつくったりしていた。

私は故郷にお産のせまった女をのこして、隊に入った。若狭から京都まで、一日の余裕しかない緊急令状であった。けれども、きてみると、仕事はさほど緊急な用務でもなかった。朝から晩まで、馬の足を洗ったり、背中の毛をこすったり、しき藁をほしたりする仕事なのである。

なれない仕事なのでたいへん疲れた。夜はふる綿みたいになって寝た。それだけであった。もともと馬がきらいだった私は、当座は、馬におびやかされてばかりいた。馬は新兵の私をよく知っていて、なかなか手こずらせた。調練のゆきとどいた馬は外地へおくられていたから、内地にのこっているのは、みなあらっぽい若馬が多かった。そういう荒馬のお守り役に、赤紙の令状は私たちを地方から集めたのだった。

馬に蹴られて、あばら骨を折られ、入隊五日めに死んだ同僚を見た夜などは、私は馬にうなされて、夜どおし寝られなかった。

みんな妻子持ちの老兵が多かった。そしてみんなは馬ぎらいであった。なかには息子を二人とも戦死さした親がきていた。みんなはまた星一つであった。若いものもいるにはいた。しかし、彼らは、片眼のつぶれた者や、指のない者が多かった。私の班には『猪首』といって、顔が左のほうを向いたまま動かない人がいた。彼は幼少時に、マンホールに落っこちて片輪になったと説明したが、『猪首』でも、馬の役目はけっこう果せたのである。

遠い地方は青森、岩手。混成の隊だったから諸国の兵隊がいりまじった。汗くさいそれらの戦友にまじって、私は馬方よろしく、トタン屋根のバラックの寝藁にくるまり、寝るのだった。

日本はかならず敗けるだろう。そんな予感は寝ていてもわかった。アメリカはB29という最新兵器で、豊橋も水戸も、名古屋も、全滅さしていた。飛行機の下で、馬のお尻を始末している労役があほらしかった。馬はむかし、箱根八里をこえるために役だったものである。まったく、兵役に服し甲斐のないことだと、残念でたまらなかった。

しかし、敗けるという予感にはふるえた。そんな予感がすると、故郷にのこしてきた女がふしぎに浮びあがった。寝藁はあたたかかった。藁にまじった乾し草のにおいは、せつなく私の肉感をそそった。

女は東京で場末の踊り子をしていた。私は親にナイショでその女をめとったのだった。二人きりのアパート暮しだったが、結婚しても女は籍がはいっていなかった。私がぶらぶらあそんでいたので、女は劇場へ出た。私は召集をうけても、月給の下りる勤め先がなかったので、それに、東京がやがて飛行機で壊滅する予感もあり、女をつれて、若狭の村へ帰ったのだった。お腹の子は九ヶ月になる。もう十日もすればうみ月だろう。村は日本海辺の漁村だった。そこで、はじめての子をうむ女が、これまでにないいとしさで、私にせまった。

つらい日がつづいた。はげしい労働がつづいた。睡眠不足と胃腸カタルの、熱っぽいからだをひきずって、くたくたに日をおくった。そして私たちには、一年にも思われる長いふた月の日がすぎた。三月目のある日だった。私たち二等兵は、営外へ演習にでることになった。ふた月のあいだ、まったく見なかった営外へ出ることはうれしかった。馬に鞍をつけること、車輛に荷をつむこと、いちいちそれには厳格な規則があった。かんたんな荷造り紐の結びようにも、しきたりがあって、それを隊では『輜重兵むすび』といった。そんなことばかり習ってきた。それを演習によって、実際に応用してみるわけであった。

一人の兵に、馬二頭、弾薬代用石ころ函二箇。一ヶ分隊に車輛一車、身には銃と帯剣をつけた。荷はおもかったけれど、はじめての外出はうれしかった。私たちは未明の四時にラッパをきき、営庭に点呼をうけ、出発の用意をした。

その日は、伏見から宇治へぬけて、宇治川のほとりで馬を洗い、昼食をかねた『大休止』があるという噂がひろまった。休止のすきをねらって、禁じられていた文通を、この機会にしようと、兵たちは腹まきのなかに、ハガキをしのばせるのだった。私は私の女が、あれから子をうんだものか、どうかは知らなかった。不寝番の目をぬすんで、うす暗い寝藁の中で走りがきに、子ハウマレタカ、と私はかいた。そして、女ナラ蕗子、男ナラ葉介、ヨウスケトヨメ。とかいた。死産でもしていたら、これは用を足さないわけであった、うまく士官の目をぬすんで、ポストに投函できるものやら、どうやら、それも自信がなかった。

それにしても、宇治川べりの大休止ときいただけでうれしかった。ちょうど五月であった。新緑の山々が、そこからは乳色にかすんでみえることだろう。宇治川の流れの岸は、鮒や小魚が、いっぱい泳いでいるすがたが見られるかもしれない。なによりも、私は宇治川の水が呑みたかった。岸へよつんばいになり、水を手ですくい、腹いっぱい呑んでみたかった。中学時代に、一度だけ見学したことのある平等院の鳳凰堂、池、万福寺の迦藍のすがたなどもしのばれるのだった。私たちは五時に出発した。

ぜんぶで三ヶ中隊だった。馬と兵、兵のあとには車輛、そうぞうしい行列は、営門をでると伏見の町をとおって、かわいた坂道にかかった。道のほこりが雲のように舞うのだった。そのほこりのなかを、延々と行列がつづいた。

暑くて汗がでた。馬と馬とのあいだにはさまって、両方の轡をもって歩いた。馬もあついらしかった。背なかは汗だった。鞍の下から腹へかけて、腹革がぬれるほどながれていた。馬の足が早いから、人間のほうが早くまいった。疲れてくると、轡の手に力がはいり、しぜんと馬にもたれかかっていた。すると、馬は怒るのだった。首をあげて、前足を二三歩行列からずらしてあばれだすのだった。すると他の頭が、うしろ向きになって、立ち止った。それで列が乱れた。とまた、戦友の馬があばれ出した。手がつけられなかった。いくら馬があばれても、こちらの馬の頭と前方の馬と尻とが、規定の尺度を保たねばならなかった。少しでもはなれていると、乗馬の士官がどなりつけた。ときどき、前の馬のお尻が、私の顔に密着することがあった。私は蹴られはしないかとひやひやしながら、前の馬が、尾毛のつけ根を空へあげて、肛門からコッペパンのような脱糞をすませるのを、睨んでいた。こんな無茶な行進は、うまれてこのかた、このとき以外あとにもさきにもない。

せまい馬小舎の中で、ふた月、あくせく骨おしみして働らいた足が、無茶な行軍で、べりべり音をたてて痛んだ。同僚もみんな同感らしかった。みんなだまって歩いていた。みんな、涙とも汗ともわからぬ粘液でほほをべとべとにしていた。

たのしみにえがいてきた娑婆のけしきは、ほこりまみれの目に、しょっぱく、むざんな風景にうつった。ただ、自然のなかを歩いているということが、人馬もろともかなしかった。前方には敵が待っているというというのではなかった。なぜ、こんなに休みなしに歩かねばならないのか、合点がゆかなかった。

宇治は茶畑である。そして竹藪である。ゆったりした五月の山城の自然であった。それはむかしから、日本のけしきの中でも、美しい所の一つだと人もうたったあの宇治の茶畑の中であった。ただただ、兵と馬はだまって歩いた。

地図をもたない馬卒どもは、中隊ごとに三四名いる乗馬の士官の目をぬすんで、歩きながら、タバコをすうわけにゆかず、しゃべるわけにもゆかず、たいくつと疲労のかさなる業苦にたえてあるいた。だいたい、朝から、桃山をこえ、小栗栖の村々をとおった。はるかに左うしろにあおいだ山崎は、醍醐のあたりになるんだ、とぼそぼそはなしながら、まるで蟻の行軍であった。

ふと、ある地点へきたとき、私たちは女をみとめた。女は白い手拭をかむっていた。茶摘女だった。ひろいさみどりの茶畑のなかに、女の顔は白くうきたってみえた。肩からつるした籠をかかえるふうにして、女は無心にこちらをみていた。日にやけて、くろい顔だったが、手拭が白いので、うつくしかった。

「わーいッ」

と兵のひとりが合図した。すぐそのあとで、

「しーいッ」

という声がした。乗馬の士官がちかづいてきたのである。さきに声をあげた兵は、なにかぶつぶつ言った。その声で、私たちは、じぃーっと茶畑のほうをにらむのであった。とおり過ぎると、小さくはなしあった。なにか卑猥なことばをなげてゆく兵もいた。ちょっと馬のあいだから、手をあげる兵もいた。みんな、士官の目をぬすんで、やってみては止める。女はいつまでもこちらをみていた。

私はだまって、馬のよだれのおちかかる手のだるさにたえていた。私は私の女のことを思った。私の村も茶摘みじぶんだった……。

朝から休みなしに、ぶっとおしに歩いた酷烈な人馬の行進は、正午になって、士官の声でぴたりと静止した。それは松や樫の常緑樹のおいしげったお寺の前であった。くたくたにつかれた足が、急な静止によって、しばらく宙にういたような気がして困った。止った場所は、涼しい木の下である。私の目には、大きな山門がうつっていた。それは『黄檗山万福寺』とよめたのである。


山門のまえで大休止であった。大休止といっても、まず馬を休ませるのが役目なので、兵はつかれていても、腰をおろすことはできない。はじめに、ふり分けにした石ころ函を下ろして、馬の鞍を取りはずし、背なかの汗を藁たばでふいてやらねばならなかった。そして、兵が呑むまえに、まず馬に氷嚢をあてがってやる。馬がすっかり終ってから、兵は手綱を木にくくり、馬をはなれた。そして、銃をくんで『叉銃線』をつくると、そこで昼食であった。

へとへとにつかれたからだには、食事はまずかった。私は、腸カタルがひどかったので、大豆入りの飯（大豆が六分で米四分の）をみると、たべるまえに、のどまで吐き気のつばがでてこまった。けれども、そこに腰を下ろしていることが、どんなにうれしかったことか。これまでに、あんな美しい樹立ちのしげみを見たことがない。

こんもりしげった常緑樹のわくら葉が、きらきら小鏡をちらしたように風に鳴っていた。そして、下へゆくほど、青さと黒さをます樹立ちは、ふるびた唐づくりの山門のいらかを、包むようにしてかむさっている。さしかわす松の枝のむこうには、朱塗りのさびた廻廊がちらちら見え、そりみをうった迦藍のひさしが、いぶし銀のようにみどりの中でしずんでみえるのだった。涼しい風がふいていた。

兵隊たちは、食事をしまうと、てんでに寝ころんだり、木に根っこにもたれたりして、すこしでも疲労を回復するために、かぎられた休止の時間をむさぼった。私も同僚とあおい杉苔のはえた場所にすわって、おぼろげな、この寺の歴史について、ひとこと、ふたことしゃべってみたが、ひどくつかれていたので、ものを考えたり、追究したりするようなことはたいへん大儀であった。

そこに寝ころんで、まもなく、うつらうつ眠ってしまった。

どれほどの時間がたったか知らなかったがふいに、兵隊たちのどよめくような声に起された。出発用意のラッパの音ではなかった。ただ、兵隊たちが、大声でどなったり、わらったりしている声であった。おき上って、声のするほうをみてみると、一人の女が目に入った。娘さんだった。片手に日傘と旅行用の小型ケースを提げている。山門の道路を占領している「叉銃線」のなかで、娘さんは立ちどまっていた。兵隊のさけび声は、あきらかにこの娘さんになげられているのであった。

「おーい女ッ」

と下品な言葉がとんだ。また、別の声で、

「女よッ、叉銃線をまたぐと営倉三日じゃ」

どっと兵隊の笑声がおこった。娘さんは銃列のなかでどきまぎして、まだ前方に鉄砲がたくさんあるので、どこを歩いていいかわからぬらしかった。黄檗山を見学にきた旅行者らしい。一般の人は、兵とちがって、叉銃線をよぎるといけない軍規は知らなかった。しかし娘さんは、わかったらしく、あと戻りしはじめた。ちょっと顔をあからめると、兵隊たちの前を小走りではしりはじめた。道路をとおって、銃列を迂回するつもりらしい。

「うわーいッ女よ、そこで止まってくれいッ」

「ぜんたあーい、止れッ」

「おいちに、おいちに」

二三人のふざけたかけ声に、兵隊たちは手をたたいた。飯盒をたたいたり、石ころを娘さんへむかってころがす兵もいた。

私は娘さんの顔をちょっとみて、すぐ目を伏せた。十九かはたちぐらいの娘さんだった。髪のかたちが、田舎の娘とちがって、美しくうしろでたばねられていたが、白い襟もとが、恥しさで、あかく染っていた。娘さんは小さくなって、やがて鉄砲の列を廻りおわると、山門のなかへころげるように入っていった。

ちょっとした、ほんのつかの間の出来事だった。兵たちはたのしい事でも見たかの

ように満足げな顔でまた寝ころびはじめた。すると、そのとき、私のすぐうしろで、

「なんだ、つまらないや、フェミニストは一人もいやしねぇ」

と、つぶやく兵の声がした。ふりむくと、その兵隊は、いくらかおこったような顔をして、軍靴で松の根を蹴っていた。私の班ではないので見おぼえがなかったが、

「兵隊のくせだよ、お嬢さん、かんべんしてくんな」

言葉つかいから察すると、江戸ッ子にちがいなかった。兵隊は、そういうと、はだけた胸をだして、げらげら笑いはじめた。

この兵隊の笑い声は、他の兵隊たちにもきこえない道理はなかった。けれども、運わるく、すぐちかくの樫の木の下にいた下士官のたまりへきこえた。ちょうど、兵隊のげらげら笑う声が止まった、と同時に、

「こらッ」

と下士官のたまりから声がした。Hという私も見おぼえのある軍曹が立ち上るのがみえた。Hは立ちあがると、こちらへむかって、

「いま笑った奴はどいつじゃッ」

とどなった。そして、あたりの兵たちが、その声でしんとしずまり、起きあがる中で、

「名は、階級はッ」

とさけんで走ってきた。もちろん、さきほどの兵隊は、胸をはだけたままで、不動の姿勢で直立していた。

「貴様かッ」

と軍曹の声が叱咤する。

「はい、谷二等兵でありますッ」

兵隊はズボンの縫い目のところで指をのばした。いくらか、その声も、手もふるえていた。見おぼえのない顔だったけれど、立っている姿はたいへんやせていて、顔の色も青白い男だった。Hはその男の前に立ちはだかって、

「貴様ッ生意気な奴じゃな」

といって、ひと睨みしてから、

「フェミニストとはなんだッ、日本軍人か、女たらしか、どっちじゃ」

とどなった。兵隊は、

「はい、日本軍人であります」

といった。

「うそこけッ女たらしじゃろ、貴様、地方で何をしとったッ」

「はい、教員であります ッ」

「なに、教員ッ女たらしの先生かッ、貴様ッ罰則として、馬つなぎ場の糞を道路の隅へあつめるんじゃ、よいか、すぐ行けッ」

軍曹は命令してしまうと、兵隊の中をたいぜんとして向うへ歩いていった。

フェミニストを名のり、教員をしていたという江戸っ子弁の兵隊は、やがてボタンをかけると、馬つなぎ場へ走っていった。馬つなぎ場の松の根や、道の真ん中には、馬糞がいくつもちらばっていた。それを、兵隊は、一人でとりかたづけはじめた。馬卒は馬糞を始末するのは当然の役目といえた。けれども、この場合、一人だけに負わ

されるこの任務は、たいへん気の毒だった。兵は素手で胸もとに馬糞をかかえて、いくどもいくども隅へ運ぶのである。チリ取りも鍬もなかった。手でかきあつめ、手でかかえて運ぶ。馬糞は馬の生理によって、ねばりのあるのや、かさかさに乾いたのや、いく山もあったので、兵隊の鼻の頭や胸もとはくそまみれになった。

美しい黄檗山の庭に、気まぐれな兵隊の大休止が、馬糞のかたまりをのこして去ることに、H軍曹はしのびがたかったのかもしれない。気の毒な目にあった二等兵は、やがて、くたくたになって、馬糞をひとところに積み終わった。すると、それを待っていたかのように、出発用意のラッパが鳴るのだった。私たちはラッパの音で、いっせいに持ち馬の毛色を探し、走って行った。そして荷造りをすますとまもなく行進がはじまった。

馬卒どもは、隊へ帰ることだけはわかっていたが、道順はどこを通るものか知らなかった。また二頭の馬にはさまり、「前へ」の号令で歩きだした。前の馬のお尻の向く方へ、一尺ほどへだててただ歩くだけであった。こんどは、休止のあとだったので、かえって疲れが早くきた。一町ほど行くと足が痛みだした。午後の日がまうえから照った。森をぬけると、また、ひろい茶畑なのである。私はいちど茶畑のなかで、黄檗山をふりかえった。けれども、山門は見えなかった。うしろの馬のたてがみと、車輛の荷で、銀色の屋根瓦が見えかくれしていたが、それもやがて欅の若葉でかくれた。

私はこのとき、不意に、もう黄檗山も見おさめだぞ、と思った。つらい演習がおわったら、私たちは一期を終えた兵となり、北満か支那へ送られる筈になっていた。外地へ出たら、生命も、もうわかったものでなかった。豊橋も水戸も、やられているのだから、もはや内地にいても、それは戦場とかわりはない筈であったが、外地ゆきという予感は、一層なさけない思いがするのだった。黄檗山万福寺の森も、いつかはB29の爆撃一個で灰燼になってしまわないともかぎらぬ。そう思えば、もうお別れだ。とそんな気がした。しかし、もうお寺は見えなかった。

竹藪へさしかかっていた。みえるものは、兵と馬と車輛の行列だけだった。藪をぬけてゆくと、また眼前がひらけて茶畑へ出た。しばらくすると土堤へきた。長い橋がみえた。宇治川であった。中隊の先頭はすでに向うへわたりきっていた。人馬の行列が、橋の上を一直線に、ほそく長くのびていた。馬のいななきが、ここへきて、いっそう大きくきこえた。橋へかかったとき、私はなるべく欄干によるようにして、馬の下から川をのぞいた。かなりな水勢であった。白い流れの皺が、いく本もの重なりをみせて、うねり、遠い下流へくだっていた。川の向うはみどりの土堤。そしてあおい空だった。ひづめが石ころを嚙むのである。馬が橋のひびく音におののいて、ぐんと前足をつっぱった。どう、どう、前でもうしろでも、同僚が声をかけていた。轡がぴんとはって、たてがみが空でみだれ、いく頭も後足立ちになっていなないているのがみえた。たづなごと兵隊はすくい上げられた。私は川の中へ落っこちてはたいへんだと、両方の轡を肩さきへひきよせて歩いた。馬のあいだから、ふとまた黄檗山をふりかえると、万福寺の森は遠くで乳色にかすんでみえるのだった。

（昭、二十四、五、十六）

「黄檗山」解題

四〇〇字詰原稿用紙二四枚。原稿用紙のメーカーは不明。一三枚目までは欄外左下に「10×20」とあるが、一四枚目からは欄外左下に「20×20」、欄外上部にはノンブルを入れるための〔　〕が二か所にある。末尾に「(昭、二十四、五、十六)」と記載。万年筆書。

掲載にあたっては、表記は新字新かなにあらため、明らかな誤記は訂すなどの校訂を行った。

(掛野剛史)

牛にのった話

水上　勉

二度ばかし牛にのったことがある。その話を書く。

戦時中といっても、終戦近い昭和十九年の五月に、日本海辺の山の上の分教場につとめた。東京をひきあげて、故郷へ帰ったのだが、ブラブラあそんでいるわけにもゆかなかった。小学時代の恩師の世話で、代用教員になった。そのときのことである。山の上の分教場というのは、詳しくいうと、福井県の南端、若狭と丹後の境い目にそびえている青葉山という山の、てっぺん近い所に村があって、そこの子供たちが、毎日山の下まで下りて本校まで授業をうけるわけにはゆかない。低学年の子供らは、その村にできている十畳敷きぐらいのバラックみたいな教室で勉強していた。その分教場の主任にならぬか、という話で、別に教育の理想というようなことも考えていたわけでなかったが、身すぎ世すぎのためであり、割りに楽しい仕事場とも思えたので、さっそくつとめることにした。恩師を介して、県の教務課へ手続きを済ましてもらい、月俸三十四円也の辞令をもらうと、妻をつれて山へのぼることになった。

青葉山はだいたい、海抜千尺ほどの山である。スリ鉢をふせたような姿をしていて、故郷では『若狭富士』とよんでいた。その上の村というのは、戸数三十戸たらずの部落が二つあるきりで、だいたい百姓と炭焼きが多い。百姓といっても、山の上のことだから、左様に広い田圃があるというわけでない。山の小襞を流れてくる溝川を利用して、人工田をつくり、なかには畳一枚ほどしかない田圃もある。その田圃は平坦場にかぎられていたから、あとは山の傾斜を利用した畑だ。そこでは主に陸稲、大麦、小麦、芋類がつくられているが、五十戸あまりの二つの部落が成立してゆけるだけのものでしかなかった。したがって、貧農部落である。下界とまるで縁を切ったように、部落は山の上で孤立していた。若狭古語録に、

医者の薬礼と青葉の牡丹取りにゆかれず先次第

というのがある。青葉山の部落がいかにへんぴであるかを物語っているのであるが、医者が呼ばれて薬をはこんでも、金を受けとりにゆくとなると面倒で結局先方の心次第、持ってきてくれるのを待つしかないというのである。それにまた、青葉の牡丹は紅葉である、秋になって全山紅葉した風景は、下の村々からみると牡丹の花が咲いたようにみえる。紅葉は黒い常緑樹の森の中に、斑点となって色どられているから、牡丹だとだまされて取りにゆくと、失敗だぞと注意した意味であろう。

分教場は二つの部落の中ほどの畑の中に建っていた。十畳敷きほどの板の間の部屋が教室で、それに六畳の間がくっついている。その間が教師の宿舎であり、児童の昇降口にもなっていた。一年生から四年生まで十三人。五年生以上は冬のあいだだけで、春夏秋は本校へ下りていった。本校へ下りる子らは、朝六時に出て夜くらくなってか

ら帰ってくる。途中で、栗を拾ったり、花をつんだり、季節季節で途草があったわけだが、その途草の時間をけずっても子供の足であるいて二時間かかった。千尺の山を一直線に下りるわけでないから、途は曲りくねって、九十九折にうねっていたのである。

だいたい、これくらいの予備知識しかなかった。十三人の生徒、三年生はその年は一人しかいないときいていた。その分教場へ、妻をつれて赴任する段取りになったのであるが、東京から疎開したのであるから、かなりな荷物もある。蒲団袋と台所用品などごたごたしたものだけでも私たち二人には持てなかった。それで、山の下の駅まで手荷物にして送り、あとはなんとか担いで上らねばならない。観念して私たちは手ぶらで駅に下りた。駅に下りてみると、山は目の前に屛風のようにそびえているのである。村は見えなかった。山の中腹から上の方は、いちめん霞がかかっていた。白い乳のような霞であった。あの霞の中に、これから住む仕事場があるのだと思うと、ひと月ほど前までは東京で、しかも、丸之内の新聞社街で、働らいていたこと故、なんともいえないいやな心地がして、妻をふりかえった。

「どうだい、思ったより高い山じゃないか、だいぶ予想がはずれてゆくね」

「仕方がありませんわ、上ってしまえば下りる必要がありませんもの、ハイキングのつもりで行きましょうよ」

と妻はいった。妻はハイヒールをぬいで草履にはきかえた。

しかし、私たちの赴任することは、さきに通知してあったので、駅の改札を出ると、村の人が待っていてくれた。そして、駅前の砂利の敷いてある所で、パラパラ散らばってあそんでいた子供たちが、私達をみると、急に直立して、砂利の上で整列しはじめた。大柄な子供が号令をかけているのである。

「集れッ、右へならへッ」

とその子供はいった。そして、ポケットに石を入れたりしていた子供らは、石をもったままで二列にならんだ。さきの子が、

「番号ッ」

というと、順番に一、二、三、四ィと高い声でいった。七番までいた。七番目は『欠』といった。全員十三名なのである。これが分教場の子供らであった。わざわざ私たちの赴任をむかえにきてくれたのにちがいなかった。みんな筒袖の着物をきていた。あの霞の上の山から、二時間もかかって、と思うと、私は急に目がしらが熱くなるのをおぼえた。村の顔役らしい五十近い百姓さんが二人寄ってきて、

「水上先生でござりまするか」

といって立止った。そうだ、とこたえると、百姓さんは妻のほうに向って、

「水上先生の奥方さまでござりまするか」

といった。妻はそうですとこたえたが、固くなっていた。百姓さん二人は、同音でいった。

「おむかえにあがりました。それではさっそくご案内いたしまする」

といって、ていねいに頭を下げた。私たちの荷物は駅の荷物口に出ていたが、その荷物を、百姓さんの一人が見ると、私に、

「あの荷物がそうでございますか」

とたずねた。そうだとこたえると、べつの百姓さんが、ならんでいる子供の一人に、

「松ぅ、べた引いてこいッ」

といった。すると、松ぅとよばれた子供は、列からはなれて、駅の陽かげの方へ走っていった。まもなく、その子は両手に手綱をもって、二頭の牛をつれてきた。一頭は赤牛で、一頭は黒牛であった。両方ともよだれを流していた。牛が私たちの前へくると、百姓さんは、軽々と蒲団袋と他の荷物二包みを赤牛の背中へ運んだ。荷物がつみ終ると、百姓さんはいった。

「それでは出発いたします。先生には、ただ今から牛にのられますか」

といった。私は、

「けっこうです」

といった。まだ牛にのったことはなかったからである。はじめに牛が立った。そのあとを私と妻が歩いた。そのあとを十三人の子供らが、ぞろぞろついて来た。こういう順番で山の上り口にさしかかった。うしろの子供らが何かざわざわいって笑ったり、声をたてたりすると、先ほどの松ぅとよばれた子が、子供らに注意していた。すると、子供らはだまった。百姓さんの一人は牛の横腹を一つ綱でたたいてから、私にいった。

「ただ今の子供が級長でございます。もっとも、召集になられました外山先生の時分の級長でございまする故、水上先生になりましてからはどうなるものやらわかりませんん。けれども私らは、昔のしきたりを重んずるより仕方がありませなんだ」

といってもういちど牛の腹を綱でたたいた。外山先生というのは、私の先任の教師

でこんど召集になって二日前に入隊していたのである。
山へかかると海の風がふいてきた。山裾づたいに海がきていてその海が、半里ほど向こうで丹後半島の方へ曲っているのである。山の色は段々赤土の色にかわった。

「牛にのった話」解題

四百字詰原稿用紙九枚。中央下部に「（文潮社原稿用紙）」とある。万年筆書。なお、今回の掲出にあたり表記は新字新仮名にあらため、明らかな間違いと思われる個所は訂した。

水上が戦時中に疎開先の若狭で青郷国民学校高野分校に助教として赴任した時の体験を描いた、小説ともエッセイとも見える小品である。「二度ばかし」とある牛に乗った体験が一度しか描かれておらず（それも本文中ではまだ乗っていない）、また原稿末尾に脱稿日の記載もないことから未完の可能性がある。しかし、比較的よくまとまっており、水上が生涯にわたって繰り返し描いた、複々式学級だったという分教場の子どもたちのことや、青葉山の情景がよく表現されているため、ここに掲出した。

（大木志門）

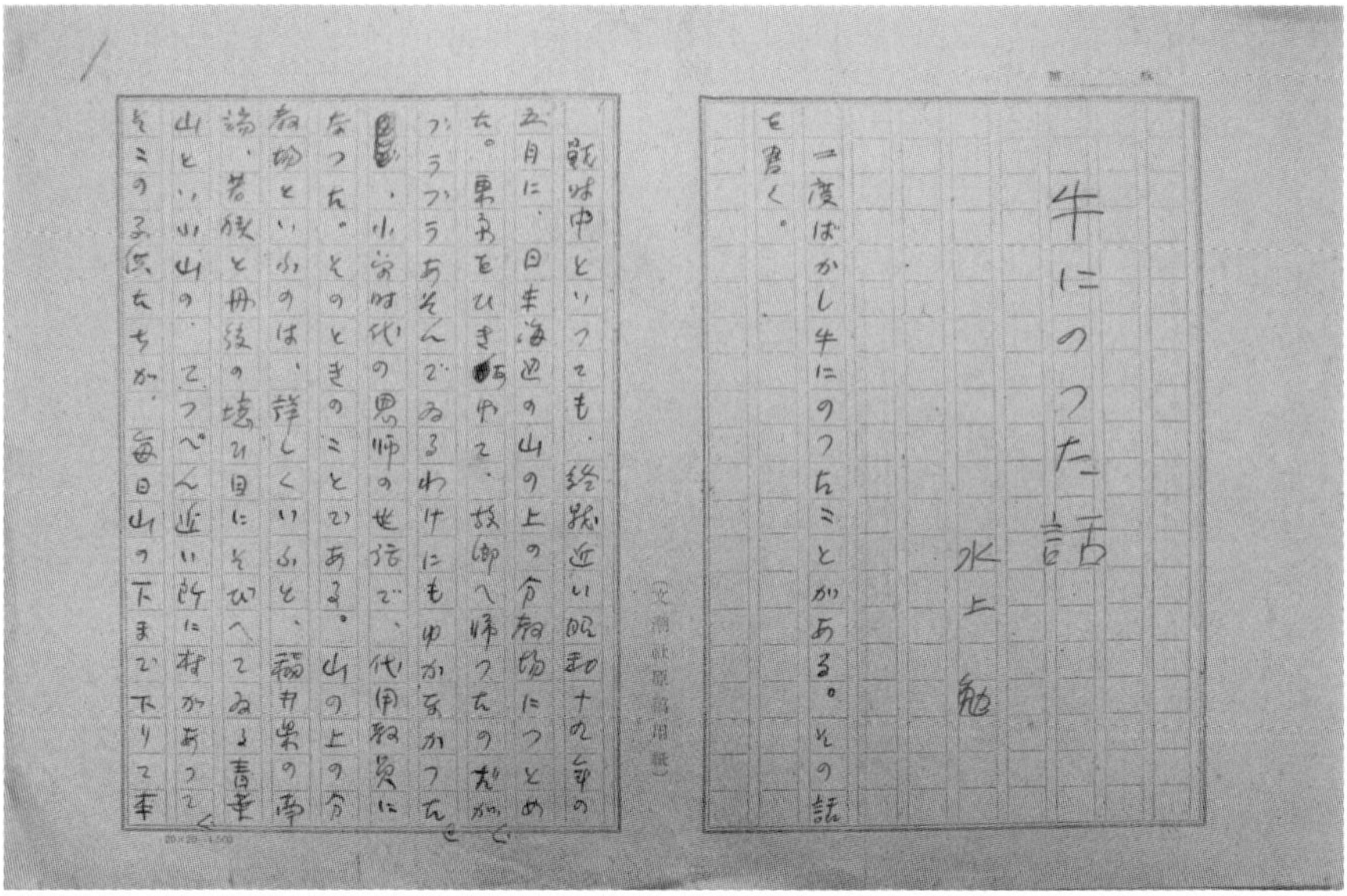

牛にのつた話
水上勉
一度ばかし牛にのつたことがある。その話を書く。
戦時中といつても、終戦近い昭和十九年の五月に、日本海辺の山の上の分教場につとめた。東京をひき払つて、故郷へ帰つたのだが、ブラブラあそんでゐるわけにもゆかなかつた、小学校時代の恩師の世話で、代用教員になつた。そのときのことである。山の上の分教場といふのは、詳しくいふと、福井県の南端、若狭と丹後の境ひ目にそびへてゐる青葉山と、いふ山の、てつぺん近い所にあつて、そこの子供たちが、毎日山の下まで下りて来
（文潮社原稿用紙）

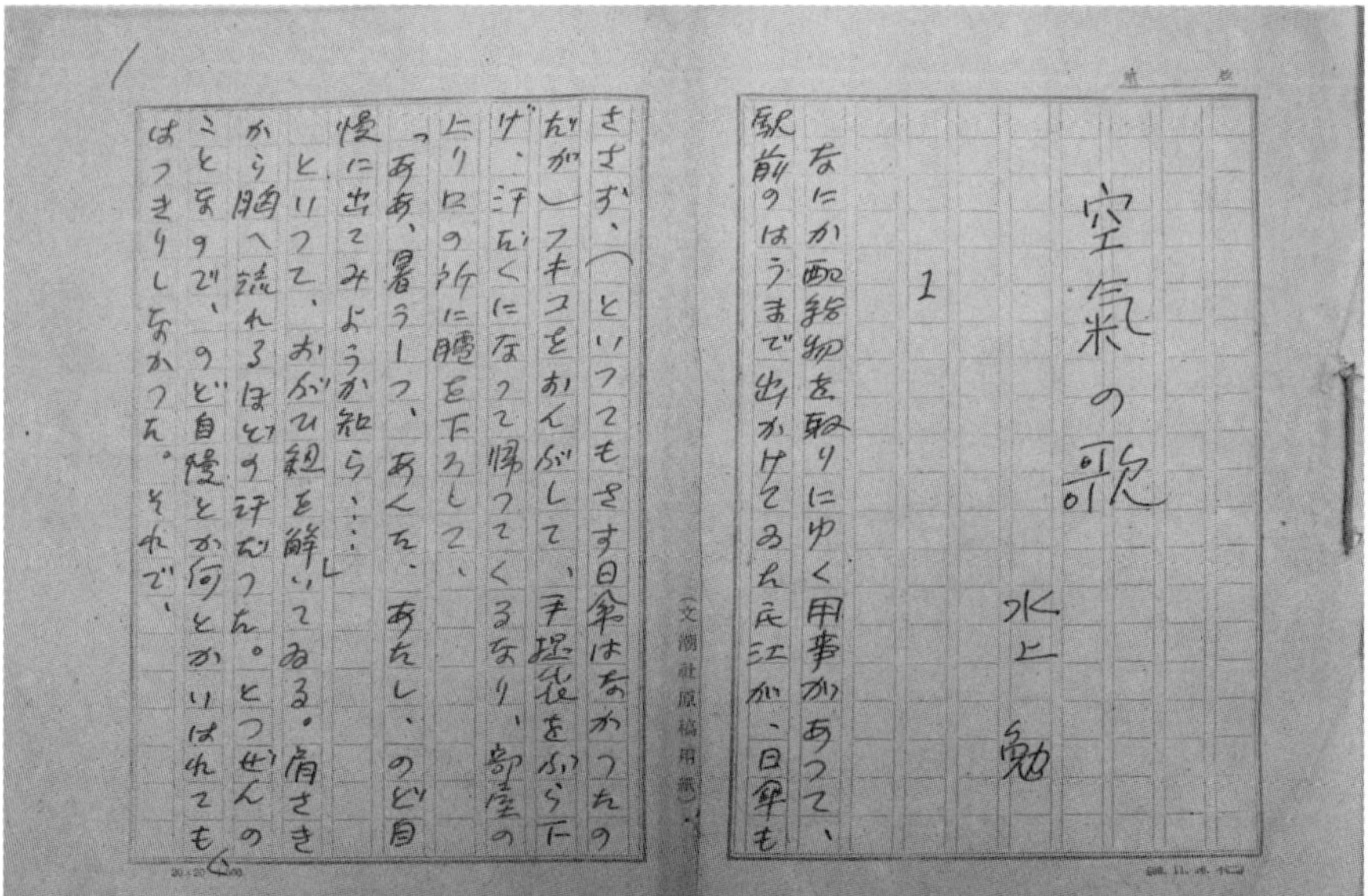

空氣の歌
水上勉
1
なにか配給物を取りにゆく用事があつて、駅前のはうまで出かけてゐた兵江が、日傘も
さゝず、（といつてもさす日傘はなかつたのだが）フキコをおんぶして、手提袋をぶら下げ、汗だくになつて帰つてくるなり、部屋の上り口の所に腰を下ろして、
「あゝ、暑うしつ、あんた、あたし、のど自慢に出てみようか知ら……」
といつて、おぶひ紐を解いてゐる。肩さきから胸へ流れるほどの汗だつた。とつぜんのことなので、のど自慢とか何とかいはれても、はつきりしなかつた。それで、
（文潮社原稿用紙）

空気の歌

水上　勉

1

なにか配給物を取りにゆく用事があって、駅前のほうまで出かけていた民江が、日傘もささず、（といってもさす日傘はなかったのだが）フキコをおんぶして、手提袋をぶら下げ、汗だくになって帰ってくるなり、部屋の上り口の所に腰を下ろして、

「ああ、暑うーっ、あんた、あたし、のど自慢に出てみようか知ら……」

といって、おぶい紐を解いている。肩さきから脚へ流れるほどの汗だった。とつぜんのことなので、のど自慢とか何とかいわれても、はっきりしなかった。それで、

「なんの話かね」

机の上に広げた原稿紙から目をそらせて、私は窓の下の、陽をいっぱい吸っている向日葵の花が、一輪だけ大きくしおれているのに目をやった。

「一等から三等まで、商品とお金が貰えるんだって……」

お金というところに民江は妙に力を入れたいい方で言った。

それで、今朝方民江と口論したことを思いだした。金詰りは、私のような貧乏作家

にも影響して、貰えるべき稿料もとんと貰えない。実は昨日も、あてにしていた雑誌社のお金が、約束の日がとうにすぎて十日もたっているのに、持参してくれるというのが、またまたスッポかされてしまっていた。それで、私たちはまったく無一文になっていた。民江との口論も、その貧窮からくるものであって、とにかく当座の配給物を取るお金だけでもどうにかしてくれ、とせっつかれて、私は朝早くから一着きりの夏服を質屋へはこんだ。そのお金で、さっそく民江は、たまっていた買い物をしに出かけてきたのだ。古い夏背広だったので、五百円しか金が出来なかったから、帰ってきた民江の買物袋のふくらみを見ていると、もうあといくらも残っていなそうに思われるのだった。

「へーえ、のど自慢で、お金がねえ……」

「そうよ、三千円よ、あんた」

どういう話しなのか判然しないけれども、民江がいくらか顔をほころばせて、汗もぬぐわずに、私を見かえしているところをみると、これはてっきり、外出先きで、何か拾い物をしてきたことにはまちがいはない。それで、

「なにかね、ＮＨＫか、どこかの……」

ときくと、

「ちがうのよう、浦和の町だけののど自慢なの。十五周年だか何だかいってお祭りしているあの余興にあるのよオ……」

というのである。

「へーえ」

といったが、それでわかった気がした。私たちの住んでいる浦和市は、何でも市制がしかれて、十五年目になったとかで色々と記念行事を催し、ここ三日前からにぎやかなお祭り騒ぎなのであった。東京の住宅難で、ようやく見つけた浦和市内といっても、市から離れた田圃の中の、百姓家の土蔵の屋根裏暮しの私たちにも、その市の騒ぎは遠聞きにわかっていた。行事の一つとして素人のど自慢大会をやるのかも知れぬ、と判断して、

「どこで聞いてきたのかね」

といぅと、

「どこで聞いたって、あんた、町へでてごらんなさいよ。電信柱にビラがいっぱい貼ってあってね、新聞社の主催なの。ビラの文句にね、若人よ来り歌え、歌うて器量は下がりません、われと思う新人歌手は急ぎ申込まれよだって……」

「ふーん」

「ふーんてあんた、えらく情熱がなさそうじゃないの。考えてごらんなさいよ、一等が三千円とタンス、二等が二千円、副賞の品ものは何か忘れたけれど、あたし、タンスなんかどうでもいい、お金がほしいと思うの、三千円あれば、今のところ助かるわ、あんた、どう、あたし出場してもいいかしら」

フキコを背中からはなすと、莚の上へごろんと寝ころがせて置いて、自分は「ああ、暑うーっ」といい、ブラウスをぬぐと、肩紐だけのシュミーズになり、脇の下の汗をふきはじめ、いかにも自信ありげなのである。

「あたし、いったい何をうたったらいいか知ら、あなた、きめてよ」

「きめてくれって、俺にはわからんよ」
「おかしな人ねえ、いつも聞いてくれているくせして……」

いつも聞いているというのは、何もこちらがあらためて、民江の独唱をきいていたという意味ではない。民江は『歌好き』で、炊事をしながらでも、洗濯をしながらでも、流行歌をいろいろ歌っている。それをこちらは仕事の邪魔にもなるものだから、味噌がくさるといってけなしたことが一二度あるので、その意味なのであろう。私は民江の歌に感心したおぼえはないのである。

「何がいいかしら、ブンガワンソロがいいか知ら、あたし、フランチェスカの鐘も自信があってよ……」

見ていると、民江はタンスはともかく、もう三千円を手中におさめ得たような表情になりすましていて、上り口の所に立ちはだかると、私の机を見下ろすようにしていうのだった。

「とにかく、申込んできたんだから、あたし、どうしても出なけりゃ駄目だわ、あんた」

決断をしめすふうにいい切ったのである。

「へーえ、驚ろいた。もう申し込んできたのかね」
「そうよ、お金が目あてなの、これ見てよ」

とさし出された紙切れを見てみると、電車のパスみたいな固い紙に印刷がしてあって、九野民江二十八才。出場番号八十三番。流行歌謡独唱。出演者は本證持参のこと。とあり、末尾に浦和市制十五周年記念事業団長の氏名捺印がしてあるのである。いわばおもおもしい番号札というべきであった。いくらか、あっけにとられた。

2

当日、仕事はやめにして、とにかく私は出かけることにした。フキコは私が抱いて行くことにして、民江はワンピースにアイロンをかけて、しゃんとして出かけた。すこし厚化粧のように思われたが、民江は舞台に立っても光線《ライト》をあびるのだから、これぐらいがいいといって、口紅をあつくぬった。夜、駅前広場へ八時に集合というのを、民江にせっつかれるままに七時半ごろに土蔵を出たのである。あれから三日ばかり、毎日、屋根裏の窓から首をつきだして、練習をつづけ、民江は今宵をたのしみにしていたので、かなり興奮していた。田圃途をあるきながら、

「どうかね、自信があるかい」

とたずねると、

「自信はあるわ、けれど、いざ今晩が出演だと思うと、ちょっと胸がどきどきするゥ……」

といって、胸へ大げさに手をあてた。なるほどそんなものかも知れないと思って、ひと足おそい民江をふりかえると、着ているワンピース、これはたった一着きりの民江の夏着だが、その胸もとの、右肩よりに、一輪赤い花がくっついているのを見とめた。

「それ、なんの記しだね」

「これ、この花」

と民江はさわってみていたが、

「お庭に咲いてた百日草、きれいでしょ」

得意らしく、花をなでているが、造花ならともかく胸かざりの花に、百日草の花を、しかも生花をブッ切って取りつけている民江の趣好をいくらか『行きすぎ』だと思った。けれどもだまっているしかない。それはそれで満足しているのだから、そっとしておいた方がいい。民江はつっかけの足音を、ころころ拍子とるみたいにして、私のうしろで、小さく歌うのであった。

ああ、あの人と別れた夜はァ
ただ何となく面倒くさくてェ
左様ならバイバイいっただけなのにィ
…………………………………………
…………………………………………
…………………………………………

途中でやめると、追いついてきていった。

「どう、うまいもンでしょ」

「なんて歌だね」

「これ、フランチェスカの鐘」

「へーえ、それに決めたのかね」

「これに決めたッ」

ひと息ついてから、民江はまた歩きながらあとをつづけ出した。

　フランチェスカの鐘の音がァ
　チンカラカンと鳴りわたりャァ
　胸は切ない涙がこぼれるゥ
　……………………

　駅前へゆくまでの途のりはたっぷり三十分はかかる。通る人びとは、みんな今宵ののど自慢を聞きにゆく人らしく、浴衣かけの村の青年や、チェッカ模様の流行スカートの娘さんたちが、足早やに私たちをやり過してゆく。民江は八十三番の出演であるから、八時からはじまったとしても九時ごろだという予定をしているのである。ゆっくり歩いてくるが、歌いながら、ひとふし、ふたふし同じところをくりかえしてみたりして、どうもへんだとか、あわないとかいって、時々、暗がりの中で、巻いている音譜をみたりしていた。

「なんか、いくらか自信がなさそうじゃないか……」

　ふりかえると、

「大丈夫よ、けれど、いっぺん伴奏つきで練習しないと、あわないかもわからないなァ、ちょっと心配になってきたァ」

と私に追いついてきて、小さくいったが、そのとき、民江は急に顔をかがやかせていうのだった。

「どう、あたしね、レコード屋へいって、歌ってみるから、あんた聞いてみてくれる」

変なことをいいだした。どういうことをするのか訳がわからなかったので、

「レコード屋で、そこで何するのかね」

というと、

「あたしね、音盤買うような顔をして、蓄音機屋さんにかけてもらうわ、そして、小さく合わして歌ってみるから、あんた、知らん顔してウィンドウのとこで聞いててェ。あうかあわないか、聞いててェ」

いかにも無理な注文のようにも受けとれた。けれど、なるほど、民江の歌は、いくらか自我流のところがある。正式の伴奏にあわないと、審査員の採点もわるかろうと思えたので、私は買わないで聞くだけで帰るということに危惧を感じたが、とにかく蓄音機屋へいって、かけてもらい、民江の歌うのとくらべてみればわかるとは思った。さし迫った今はそれしか方法はないではないか。

「よし、聞いてやろう」

「嬉しッ。うまくやるから、あたし買うような顔で入ってかけてもらうからね」

「レコード屋知ってるか」

「駅前から四辻の方へきた所にあるじゃないの。小さなお店……」

「うん、あったような気がする、とにかく蓄音機屋へ行こう」

「まだ早いから、たっぷり練習できてよッ」

こうなってくると、私も民江になんとか立派に役目を果してもらいたい気持になってきた。三千円とタンスと、一等商品の獲得はともかくとして、人に笑われないで、歌い終って貰いたいものである。乗り込んだ船故に、今は精一杯無理押しに漕ぐより他があるまい、と、いくらか、民江を応援する気持もでてきて、抱いているフキコを夜空の星が見えるように大きくほうりあげるようにして抱きあげていた。民江もいくらか度胸が座ってきたとみえて、私に寄りそって、フキコの手をとり、

「ああちゃん、歌をうたッって、チンチンチンて三つお鐘をもらう、フキチャン、ああちゃん歌うの聞いててェ、ネ、カチコイ子、お父チャンとオットイチテ、カチコクネ」

フキコはきょとんとして母親をみつめていたが、いつにない母親のおめかしした外出着の襟に手のばすと、

「アアチャン、チンチンチン、フキコチン、お父チャンダメネェ……」

「きっと合格して、お母ちゃん、フキちゃんにアメ買ったげるゥ……」

といって、民江は足早やに歩きだした。フキコは私の胸もとで手をたたいて、キャッキャッあばれだした。

3

駅前から一町ばかり離れた大通りの、商店街をなしている一角に、その蓄音機屋はあった。なるほど民江のいった通り、間口一間ほどの小さな店だが、片側にしつらえたウィンドウがあり、蛍光灯の淡い光線がポータブルか何かの蓋をあけた陳列品を照

らしている。店内はわりに奥深い感じがしたが、明るい電灯が、通りのまん中まで明りを投げていて、その光の放射が自然と歌っているような、喧噪なジャズの音を流してくるのであった。のど自慢の宵でもあるためか、今宵にかぎって蓄音機屋は拡声器をとりつけ、如何ようにして顧客をみちびき入れたらいいかに、腐心しているらしく思われる。人びとは会場である駅前広場へ殺到してゆくのだが、誰一人この蓄音機店へ入る者はないのであった。私がフキコを抱いて、ウィンドウの光りへ寄ってゆくと、民江は、ちょんと私の尻をこづいた。そして、

「しっかり聞いててネ」

小さくいって店内へ入っていった。硝子に額をくっつけるようにして、店の中をよそ目にのぞき込むと、民江はちょっとふりかえったようだったが、すぐ、店員らしい二十五六の男にむかって、

「あのネ、フランチェスカの鐘ある？」

とかなり大声でたずねていた。

「へい、ございますよ、ビクター盤でございます、へい」

「あったら、いっぺん、かけて見て下さらない……」

「へい、承知いたしました」

店員がサンダルをひっかけて、店内の片側が無数の小曳出しになっているレコード棚を、しばらく見つめていたが、まもなく隅の方から黒い盤を一枚抜いてくると、ジャズのかかっていた蓄音機のサウンドボックスを手軽に止めて、カタンと音をたてて盤を入れかえた。民江はこちらを見なかった。天井を仰向いていたのである。いくら

か、ひやかしてかえらねばならないという内心のひけ目が、動揺をあたえているのに相違なかった。手に持ったハンカチをくるくる廻したりして、店員の入れかえる操作は見ていない、まもなく蓄音機が歌いはじめると、それはその歌にふさわしい、静かなバスから起る伴奏なのであった。私は民江の歌う調子と、その伴奏とが、あうかあわないかをたしかめる役目があるので、心持ち、知らん顔をしながら、ウィンドウから身をずらせて、入り口のほうへ歩み寄った。すると、民江が天井をみながらもう歌っているのがきこえた。

ああ、あの人と別れた夜はァ
ただ何となく面倒くさくてェ
左様ならバイバイいっただけなのにィ
フランチェスカの鐘の音がァ
……………………………………
……………………………………

こちらもいくらか動揺するものを押えつけて、レコードの階調と民江の歌う歌詞とがぴったり行っているかをたしかめるのに、すこし時間がかかった。けれども、しばらく馴れてくると、民江の歌詞もぴったりしてくるようで、合の手にはいる伴奏のかるい拍子が、自然と音盤の歌手の声と民江の歌声とを二つともひとくるめにして私の耳へとびこんでくるのであった。

「よしよし、これで充分だな」

私は心のなかで計量しながら思った。すると、民江は店の中でだんだん声を大きくして歌いはじめたのである。度胸ができたというより、民江は自身の歌声に興奮しはじめたものに相違ない。口をいやに大きくあけて、仰向きになって、

ああ、ふたたび帰えらぬ人かァ
ただひと目だけあいたいのよォ
愛しているわ、愛しているのよォ
フランチェスカの鐘の音がァ
チンカラカンと鳴りわたりゃァ
胸は切ない涙がこぼれるゥ
…………………………
…………………………

民江の歌う声が大きいから、店員の青年はいくらか民江に好奇心を起したものと見てよい。彼はサウンドボックスに手をかけたまま、レコードを止めようか、それとも止めまいかと考えているらしく思われたが、電灯の光りで、テカテカに光る頭髪を下目にむけると、やがて、この珍入者である民江にむかって、

「お上手でいらっしゃいますね、奥さん」

といって、自分もサンダルのかかとを三和土に打ちつけて拍子をとりはじめるのだ

った。そして、

「何てたッて××さんはいま一番の流行ですからねェ……これはよく売れますよ、奥さん」

そういって、ようやくボックスを上へあげた。××さんというのは、その盤の流行歌手の名前らしかったが、私の所まではは っきりきこえなかった。民江は店員のほうをみると、ちょっとあとじさりするような格好で急に声を落し、

「どう、お兄さん、あたしの今の歌、レコードにちゃんとあってましたかしら。」

とたずねた。

「へい、あってましたよ、ほんとにお上手で」

これは、店員のお世辞にちがいないのであるが、しかし、民江はそれをまに受けているもののように思われた。私には、いったい民江がこれからどのような挨拶をして、店を出てくるかということが、心配なような、見もののような気がしていたのだ。そっとまたウインドウの方へ身を寄せて、知らん顔で店内をうかがってみると、民江がいっそうあとじさりし、

「あたし、ほんとうのところ、今晩、のど自慢に出るの、それで、悪かったけれど、一どお店の蓄音機で××さんのがききたかったのよ。これで安心したわ、お兄さんお金ができたら、いただきにくるから、きょうは、ごめんね……」

いくらかいいにくそうではあったけれど、それだけのことを、すらすらといってのけると、民江は、ぺこんと一つ頭を下げて、こちらへちょこちょこと出てきたのである。店員は何ともいわずに、ボックスを折りまげ、音盤をもとの曳出しにしまいに隅

へ行ったが、その時、急にこちらをむくと、

「しっかり、歌って下さいませ、あたしも店を早じまいして、うかがわせて頂きますよ。なに、大丈夫ですよ、奥さん……」

といった。察するところ、この店員も、今宵ののど自慢に出演する風采にも思われたのである。たいへん気分のよい蓄音機屋だと私は思った。これは呑み屋の場合でいうと判然とした無銭飲食に適当するものと思われたからである。ちょこちょこ寄りそうようにして、民江が通りへ出てきて、

「どう、あんた、上手だったでしょ」

というのへ、

「うん」

とかるく返事しておいて、歩きながら私はへんなことを考えた。つまり、今の民江の無銭傍聴のことにこだわっているのだが、音楽というものの哀しさだった。いわば空中へ放出してしまって、それで値段を得ているということの面白さなのである。書いている小説は、売れゆきはよくなくても、こつこつと印刷された雑誌なり本なりで残りはするけれども、歌手の歌などというものは歌えばそれきりのものなのであろう。あとには空気しか残っていないわけで、レコードに吹きこまれたところで、民江の場合のように無銭にて役目も果せる結果となる。考えてみればたよりない商売だ、といつか知人のダンスホールのバンドマンがこぼしたことを思いうかべた。知人は銀座のホールのバンドマスターだが、前にいたホールが不景気で閉業したとき、未収の給料を請求するのに、空中へ放出した音楽の請求書だから困ったと述懐した。向うが知り

ませんとつっぱねれば、證拠がないのだから致しかたない。こちらは負けですよ……とそのバンドマンが笑いながら語ったことである。

4

さて、会場へつくと物凄い人出であった。だいたいが狭い駅前のことだから、それほどにもと思ってやってきたのだったが、すでに中央の舞台、といってもトラックの上に紅提灯をつるして、造花の花輪でかざってあるだけなのだが、その前へ立ち入る隙はなかった。正面の見張りのきく柱に、「出演者はこちら」と矢印をした紙切れがみえ、傍聴する人々は広場ぜんたいを埋めつくしている。私たちが到着した時刻はすでにはじまっていた。四十才ぐらいと思われる日本髪の女が、マイクの前にたって、『伊那節』をうたっていた。四方に拡声器がとりつけてあるから、舞台は遠くても、歌は身近かにきこえるのであった。かなりうまいと思われたが、やがて、カンカンと鐘が二つ鳴りわたった。見物からは拍手や叫声がおこって、女はちょっと目礼してからトラックの舞台を下りていった。前へすすむこともできないので、フキコを頭の上にのせ、そのまま、私は立ってみていた。五十五番物まね浪曲、といって若い衆がランニング一つの姿ででてくると、虎造の節をひとことやっただけで、鐘がカンとなった。どっと笑い声がおこる。鐘はトラックの運転台の窓口にぶら下っていて、審査員の合図で係員が棍棒で打つ仕掛なのである。俄か舞台といった有様が、それで歴然とするのだけれど、どこか、愛嬌が感じられて、寝苦しい宵のひと時を、いわば退屈しのぎに見物にきた群集には、これでこの上なくたのしいのだと思われた。つまり、『納涼』の役目は果されているのである。つぎつぎと、自己の番号と曲目をいって登場する歌手たちは、白熱光の舞台で汗をかいていた。

「どうだい、自信があるかい」

民江をふりかえると、

「あるわよ」

といって、爪先だって、私の肩につかまり、民江は舞台をみていたが、いくらか、胸がどきどきしはじめたらしく、片手をあてて、いやに顔をこわばらせているのがわかった。

「六十五番だ、ぼちぼち、行ってこいよ」

と肩をつつくと、

「うん」

といったが、まもなく、だまって、人ごみの中をかきわけて消えて行った。出演者のたまりの方へ行ったわけである。

流行歌が多かった。男も女も流行歌をうたうのである、これはラジオの発達の影響かと思われたが、私にはそのとき、ひどく最近の男女が流行歌熱にうかされているような気がしてならないのであった。歌詞も曲も私は知らないが、『湯の町エレジー』だとか『懐しのブルース』だとか『あこがれのハワイ航路』とか、いずれもそのレコード歌手の個性のある歌い方を、こちらは真似て出てくるわけなのであろうが、見ているうちに同じ曲目が三つも重なるのだった。ふと、誰か、昔の歌でもうたってくれないかと思わないではいられない。私が青春のひとときに愛唱した歌は、『酒は涙か溜息か』だとか、『影をしたいて』だとかあるが、そういった歌のほうに、なにか身のとけこむほどの哀愁が感じられてならない。今の歌はどこか浅薄だと思えるのである。直接今の流行歌をうたって、心ときめく年齢でないために、私だけが左様に感じられるのであろうか。……

私は家にはラジオというものを持っていなかった。どうにかしてラジオはほしいと思うのだが――。民江も私の原稿料がはいるたびに、ラジオを買っていいか知ら、と遠まわしにいく度もねだるのだけれど、私はそういう余裕はないといって断わることにしていた。食うに追われている今日の生活に、ラジオ一台新調することはどうしてもできないからであった。フキコや民江のことを思うと、買ってやりたいと思う心は山々であったけれど、金は、いつも闇米のほうへ廻って、なかなか手が届かなかった。それで、隣家のラジオを垣根ごしにきくことで民江は辛抱している。垣根ごしにであっても、前にものべたように、空中へ放出される音楽のこと故、耳にさえ入れば、持ち主と同じ効用に浴するわけで、いっこうに不自由でも何でもないのである。そんなわけで、私はとうからラジオを購入することについては断念していた。あるいはこの私の意固地さは、ラジオときくと流行歌という直接的な害悪が併用されているためであろうか。私はラジオと流行歌とを、往々にして両者混同して困ることがある。……

さて、そのラジオで垣根越しにきかされるＮＨＫのど自慢なるものの実況放送と、いま私の目前に展開されている浦和市制十五周年祝賀納涼のど自慢大会とは、全くもって変っていた。つまり、私には、私の妻が、ただただ三千円とタンスと、つまり一等賞品を獲得したいため、出場しているからであった。私はかなり興奮していた。NHKののど自慢に出場する者の家族たちは、やはり日曜日正午のあの時間に、私と同じ興奮状態で、ラジオのスイッチをひねっているのかも知れないが……

そんなことを考えつつ、群集の頭と頭のあいだから、ぼんやり十間くらいはなれた舞台をみていると、ききおぼえのある声で、

「八十三番、フランチェスカの鐘」

と民江が出てきた。ちょっとポーズをつくってやがる、と思った。民江は巻いた音譜の紙を両手でささえて、臍のところにくっつけていた。いくらかマイクに遠いぞと思ったが、気があがっているのだろう、すこしのめるようにうつむいて、うたいだしたのである。顔をあかくしていた。電灯の火屋のまわりにいっぱい虫がむらがっている。

こういう場合には、つまり自分の身内の者が、晴れがましい所へ出て、歌をうたっている場合だからこちらにある先入したものがあるので、なるべく客観的に観察してやろうと思えば思うほど、身がほてってくる。耳の中に虻が一匹入りこんだような仕末なのである。何をうたっているのか、さっぱり歌詞などわからない。ただ、民江がややうつむきかげんになって、半泣きみたいな顔で、しきりに口をとがらせているような有様が大写しになって目に入ってくるだけだった。……

歌詞がいいかげん進んだと思うころ、鐘が二つかんかんと鳴り、民江がくるりと向うをむいて下へ消えるのが見えた。群集のなかを出はずれると、私はとにかく涼しいほうへ歩いて行った。汗をかいていたからである。すると、その頃になって、はじめ

て、民江が今しがた半泣きのような顔をしてうたった歌詞がよみがえってくるのだった。

ああ、あの人と別れた夜はァ
ただ何となく面倒くさくてェ
左様ならバイバイいっただけなのにィ
フランチェスカの鐘の音がァ
チンカラカンと鳴りわたりゃァ

なるほど、民江のあの歌いぶりでは、鐘は二つぐらいだ、と納得がゆくのであった。あとから民江らしい足音がついてくるのを意識したが、いくらかくやしく、私は、かんかんと二つなった あの鐘をもう一ど思い出していたのである。

暗い通りの上へ、ころころと百日草の花がころがってゆくのが見える。民江にちがいないと思ってふりかえると、案の定民江で、私とフキコにとりすがるように寄ってくると、

「ごめんね、ごめんね」

ぽろぽろ大粒の涙をこぼして、泣いているのであった。

「鐘が二つしか鳴らなかったのよォ、ごめんねェ」

私はフキコをきつく抱きしめて、家のほうへ曲る途を急ぎ足になっていた。こうい

う場合の、女の泣き顔などというものは、充分に黙視しているのに耐えがたいものを持っていたからだ。

「それほど、三千円とタンスが欲しかったのかね……」

しかしこれは咽喉のところで止めておいて、言わなかった。民江がかわいそうな気持もしたし、いくらか、そういう貧の身にある己れの方が不快であったからでもある。

「やっぱり身の程知らずというわけだったのね……」

しょぼんと民江がいった。

私はだまって、闇雲に歩いてゆくしかなかった。つい一時間ほど前、民江が入っていった蓄音機屋は大戸を閉めて消灯していた。私たちは、黙り勝ちで、とにかく田圃の中の土蔵へ帰って早く寝るしかなかったのである。つまり、屋根裏部屋で蚊をはらいながら、フキコを中にはさんで、川の字なりに、たぶんその時もなるべく黙り勝ちになって、ただもう寝るしかなかったのである。


（昭和二十四年七月二十八日）

「空気の歌」解題

四百字詰原稿用紙三〇枚。右側で綴じられている。原稿用紙は、一枚目と、一七枚目以降は中央下部に「(文潮社原稿用紙)」とある。二枚目から一六枚目までは欄外左下に「20×20」、欄外上部にはノンブルを入れるための〔　〕が二か所にあり、「黄檗山」一四枚目以降のものと同一。万年筆書。末尾に「昭和二四年七月二十八日」と記載。掲出にあたり、表記は新字新仮名にあらため、明らかな間違いと思われる箇所は訂した。

水上が虹書房を始めた神田の奥田家を出て、浦和の内田家に間借りしていた時代を題材にした私小説的作品。新婚夫婦の屋根裏の貧乏暮らしを描く『フライパンの歌』(一九四八年)の続編的内容で、同作の後半で浦和に転居した夫婦の後日談と読める。ただし娘の名は「ユキエ」から「フキコ」へと変わっている。前作同様、貧困をユーモアで受け流してゆく作風で完成度は高いが、実際の水上は夫婦関係の深刻な危機を迎えていた。同時期のものと見られる、「民江」の不義を題材にした書きかけの草稿が多数残されており、そのテーマは後年の『決潰』(一九六一年)でようやく作品として昇華されることになった。逆に言えば、そのような実人生における夫婦関係の変容が、この作品を発表することをためらわせたとも考えられる。

(大木志門)

踏切番の紅い花

水上　勉

　踏切りのむこうに学校がありました。学校がひけると、遮断機に、雀がとまったみたいに、生徒たちが、いっぱいならびました。お爺さんはだまって、遮断機の棒を、一メートルほど上げ、子供たちは遮断機に帽子をとられて半泣きになりました。三日も四日も、子供の帽子が、遮断機の高いところに、あんずの実のように、とまっていることもありました。


　お爺さんは雨がふっても、雪がふっても、毎日、遮断機のハンドルをまわしました。ロープをまくと遮断機は下がりました。反対にまわすと上がりました。真夜中の二時ごろでも、ちゃんと起きました。お爺さんのふるカンテラの光がよく見えました。

子供たちは、お爺さんにあいさつしてゆきました。朝、むこう側へ渡るときは、

「お爺さんお早よう」

退校時間になって、こちらへ渡ってくるときは、

「お爺さん、さようなら」

子供があいさつすると、お爺さんは白い眉をうごかして、すこしだけわらいました。
ある寒い晩。十二時すぎると、雪がふりました。町の方から、焼跡の中を、一人の少女があるいてきました。少女は焼跡から道路に出、踏切りにさしかかりました。少女はちょっと、番人小屋をみました。カンテラの灯が窓ガラスをそめていました。少女は十三才くらいでした。お下げの髪がしわくちゃになり、眉から背中までびっしょりでした。チビた下駄ばきの素足は泥だらけでした。遠いところをあるいてきたものにちがいありません。見るからに、少女は浮浪児だということがわかりました。

踏切りに遮断機が下りました。遠くの方に貨物列車の前灯がひかりました。その光りはだんだん大きくなってきました。お爺さんが小屋の出口から、カンテラをふりました。カンテラの光りは、まるく雪のしまを光らせました。さくにもたれて少女が向うむきに立っているのが、お爺さんにみえました。

列車がちかづきました。釜の火がポッポッと夜空をあかくしました。雪がななめになって釜の火にすわれました。はげしいピストンの音が路をゆすぶりました。車輛が少女をひきつけたようでした。少女はさくからはなれて、からだを線路へ浮かしたとき、お爺さんはカンテラを投げていました。カンテラの火が路上で散りました。

少女は線路のよこの溝の中に、あおむけにたおれていました。

踏切番の小屋は、畳が三枚敷いてありました。そこに、練炭の火がもえていました。お爺さんは少女を火鉢のよこにおろして、ぬれた洋服をぬがせました。少女はシュミーズ一枚になってから、ようやく気がつきました。

「どうして死のうなんて気をおこしたのかね」

お爺さんは、かすれた声でいいました。

「まだ子供じゃないか」

「死にたくなったのです」

少女はこたえました。わりにはっきりした声でした。

「馬鹿な、いったい、いくつになる」

「十三よ」

と少女はこたえました。

「十三にもなって。これまで生きてきたことがなんにもならないじゃないか、馬鹿だなァ」

お爺さんは自分にいいきかせるように、つぶやきました。

「人間というものは、ありがたい命《いのち》を神さまからさずかってるものなンだ。どんなことがあったって、自分から命《いのち》を捨てるもンではない。さあ、もっと、こっちへきてあたりな」

少女は部屋の空気にむせてきました。頭やのどのあたりがあかくなりました。荷物電車が通りました。カターンとシグナルの下りる音がしました。

翌朝は晴れていました。少女はふとんの中で目をさましてそっと入り口から外をみました。お爺さんが赤い旗をつきだして、遮断機のところに直立でたっていました。

線路のむこうには、馬車やトラックがいっぱい止まっていました。ピリピリピリとお爺さんが笛をふきました。ロープがきりきり音をたてました。遮断機が上がりました。馬や車や人びとが、水の流れのように両方から渡りはじめました。

学校の森はあおい空にくっきり見えました。子供たちの声がやかましくきこえました。ポーンと空にあがるボールが見えました。サイレンがなりました。授業がはじまったことがわかりました。

少女は番小屋の窓にもたれて、学校の方を見ていました。

「どうだ、お前さん、わしの子になったつもりで、ここから学校へかよわないかね、学校にはお友だちがたくさんいるぞな」

「……」

少女はだまっていました。

「それとも、また浮浪児の仲間入りがしたいかね、お前さん」

「……」

少女はまだ、だまっていました。

「わしは昨夜、お前さんの命《いのち》をたすけた、お前さんの命をたすけたわしのいうことだ、一つだけ聞いておくれてもいいだろう。お前はかわいい。わしの子どもになってくれたって、似つかわしいと思うがな」

お爺さんは、目をひからせ、鼻しるをすすりました。少女は心の中で思いました。

「お爺さん、わたしはわるい子なのです。わたしは露店のアメをぬすんだり、お金をとったりしました。そして、お巡りさんに追いまわされていたのです。こんなわるい子は死んだ方がよかったのです。お爺さんの子になれる資格がないわ」

お爺さんは、いくらか、声をひそめるようにしていいました。

「昨夜もいったとおり、お前はもう生れかわったのだ、むかしのことはすっかり消えたのだよ、お前はまじめな、かわいい子なんだよ」

「あたしの心がゆるさないわ」

と少女はいいました。お爺さんは上りはなにあゆみよって、やさしい声でまたいいました。

「お前の心、そんなものはゆるすもゆるさないもない。わしは今日、お前をつれて、警察へ行く。心のすむまで、これまでのことをお巡りさんに話すがよい。お前がまじめに生れかわるのなら、だれがそれを邪魔立てしたりしよう、みんなよろこんで、お前をゆるしてくれるにちがいないのだ」


少女が、踏切番の小屋に寝起きしはじめたことが、ひょうばんになりました。人びとは、その少女がいつ、どこから、やってきたのか知りませんでした。

夜おそく駅前の銭湯へゆくと、男風呂に入った少女が、お爺さんの肩をもんだり、背中をこすっているのをみる人がありました。

「お爺さん、いい娘さんだね」

と声をかけますと、

「はい、わしの孫娘ですたい」

お爺さんは、湯桶を枕にして、幸福そうに、少女に足をもんでもらっていました。

寒い冬がすぎ、線路のわきの畑に麦がでました。日光が一日じゅう小屋の屋根をてらしました。風はあいかわらず、野原の方から吹きました。少女は踏切りの向うの学校に入っていました。

生徒たちは、少女をふしぎがって見ました。けれどもだんだん仲良しになり、大ぜいの友だちができました。みんなは、

「踏切りの圭子ちゃん」

とよびました。圭子は頭もよく、勉強もしました。成績がずばぬけていました。それに、からだが、だれよりも大きかったので、男の生徒たちまでが、圭子には一目《もく》おきました。

その頃の綴り方の時間に幸福という題が出て圭子はこんなことを書きました。

幸福

私の家は踏切小屋です。私は窓から、汽車や電車の通るのを、何日も何日も見てくらします。

青森発の汽車は、春になっても屋根に雪をのせてきました。雪は煤でくろくなり、私にはこの雪がなんとなくなつかしまれます。私のお父さんやお母さんは、青森県の人だということでした。くわしいことは知りませんが、小さいころ、お

母さんの話した、リンゴ畑や、海のみえる林のはなしを聞いたことを、うろおぼえにおぼえています。

お父さんもお母さんも、八月十三日の爆撃で、赤羽の家で焼け死にましたが、私は疎開していましたので、たすかりました。帰ってみて、びっくりしました。

私は浮浪児をしたり、ながいこと上野や浅草や、本願寺にいましたけれど、今は、やさしいお爺さんとふたりで幸福にくらしています。

踏切番の小屋は、せまいけれど、ふたりはたのしい、お爺さんはピリピリピリと笛をふいて、ハンドルをまきます。

私は洗濯したり、炊事したり、ひまがあると、通る汽車の車の数を数えています。

汽車はさびしいもので遠くへ消えていく汽車のうしろの、赤い灯が、ラムネの玉ほどに小さくなるのを見ていますと、私は、かなしくなることがありました。あの汽車は、遠い北の方の、私の父母のうまれた国へゆくのだと思うと、私はかなしいのです。

けれど、一方では幸福であります。むかしの浮浪児のことを思うと、幸福であります。

圭子が学級園のアメリカ草を、先生からいただいたのはその頃のことでした。圭子は踏切小屋の雨だれの下にうえました。

アメリカ草は砂地に根づよくつきました。まもなく紅い花がさき、その花に、毎朝水をやるのが、たのしみでした。如雨露にいっぱい水をくんで、小屋を三廻りすると、如雨露はからっぽになりました。その年の二学期に、圭子は副級長になりました。紅い花はじゅうたんを敷いたように、小屋をとりまいていました。

暑い夏休みの一日のことでした。

一人の男の子が、下りている遮断機をくぐって線路へ走ってきました。その子は片手に虫籠をもっていました。虫が籠から逃げて、線路の方へとんだので、子供は夢中になって追いかけたのでした。見ていたお爺さんと圭子は「あっ」と声をあげました。お爺さんは青い旗をなげて、急に赤い旗をふって、汽車にむかってさけびました。

「止れえ」

けれども、全速力で走ってきた汽車は、すぐに踏切りへ突き進んできました。けたたましい汽笛がなりました。汽車は小さい少年のからだを車輪でもみくちゃにして、百メートルほど走ってからとまりました。

血が線路にとびちり、桃色の肉片が砂利にからみついていて、そこらじゅうにちらばっていました。少年のからだは、むざんなものでしたが、ふしぎに虫籠の虫はみんな、生きていました。

その死んだ少年は、この町の町長さんの子供だったことは、いっそう、町の人をかなしませました。町の有力者たちは、さっそく駅長さんや、校長さんをまねいて、会議をひらきました。その会議で、あの踏切りを廃止してはどうかという議論が出ました。だいいちあの踏切りは三十分も遮断機が下りたままのことがある。これでは不便で仕方がない。とくにまたあの踏切りのそばには、学校があるので、生徒の往来がはげしい。またあの踏切りは線路の両側町を結ぶ唯一の横断路で、県道になっているから、これからも交通がますます頻繁になることはわかり切っている。町は鋳物工場が栄えて、ますます発展する途上にあるのだから、この際、関係の役所を説き伏せて、地下道建設の立案を急ごう。これには学校の先生方もさんせいでした。そこで町には地下道建設委員会というものができて、それらの人びとは、東京の鉄道大臣や、内務大臣のところへ陳情に行きました。一人の少年の災難が、まったくの口火になったわけでしたけれど、町はむかしからの懸案であったこの仕事を、いよいよ実行することに乗りだしたのでした。やがて、まもなく、その工事が許可されました。莫大な予算が計上されて、そのことは町の新聞にものりました。その新聞には、今、立っている踏切番の小屋を中心にして、十六間もの大巾の道路が、線路の地下に出来て、地面には大穴があけられるということでした。このうわさは、学校でも、圭子の耳にはいりました。

「お爺さん、地下道ができたら、あたしたちどこへ行くの」

と、ある日、圭子はたずねました。

「なに、どこだって行くところはあるさ」

お爺さんはそういって、あいかわらず、笛をふきながら、遮断機をにらみつけていました。いくらか、圭子には、お爺さんのうしろ姿が不機嫌なように見えました。

踏切小屋が廃止になることになりました。学校がちかいものだから車やらがひっきりなしにとおるので、地下道にしたらいいだろうということになったのです。

夏の終り頃、ゴルフズボンをはいた測量技師が、何度も来ました。お爺さんと圭子の小屋のまわりを、ゴルフズボンをはいた測量技師が、ぐるぐる廻りました。


その技師の人と、お爺さんは一ども話しをしたことはありませんでした。

まもなく、野原の方にバラックが立ちました。そのバラックには大ぜいの人夫が寝泊りするようになりました。大きな鋼鉄製の機械や、いろんな道具がはこばれてきました。セメントの袋が、毎日、トラックから下ろされ、みるみるうちに山のようにつまれました。そして人夫たちは、毎日、野原に火をたいたり、大工さんのような仕事をはじめました。

駅長さんがある日、お爺さんをよんで、踏切小屋が廃止されること、廃止されれば、お爺さんには退職してもらわねばならないこと、代りの職業は、年齢上、鉄道員としてはむずかしいこと、などを話しました。その日の夜、お爺さんは圭子にむかって、

「圭子や、いよいよ立ちのく日がきたよ」

といいました。

「お爺さん、そいじゃ、あたしたちはどこへゆくの」

と圭子がたずねました。お爺さんはすこしだけ白い眉をうごかして、いいました。

「世間はひろいさ、どこだって行くところがあるさ。お前とわしのふたりぐらい、どこにだってくらせるよ」

その夜は霧のふる晩でした。野原の方では夜業をする人夫小屋の灯が見えました。やかましい仕事の音がしました。お爺さんはいつものように外に出ました。あいかわ

らず遮断機を下ろしたり上げたりしました。そしてカンテラを何ども振って路の方へ注意しました。
もう風はつめたくて、冬の先きぶれのような、ひやりとしたものが肌に感じられました。圭子は外に出て、お爺さんと一しょにハンドルの把手をとって廻しました。
霧の向うで、シグナルが、カターンと音をたてて下りました。

それから四五日ほどして、町の駅前の告知板に、小さな紙切れが貼られてありました。

競売告知
当駅北寄踏切廃止ニツキ左ノ物件ヲ競売ニ附ス
踏切番人詰所一棟（建坪一坪五合）
瓦葺キ屋根、周囲板壁、造作トモ
申込ミノ方ハ×月×日マデニ当駅長室ニ入札サレタシ。

町の人びとは、踏切番人の小屋なら、ちょっとした露店よりも丈夫だし、店舗にするのにはもってこいだろう、といいあいました。人々は、みんな、駅長室へ行って入札の手続きをすませました。
いよいよ締切りの日がきて、しらべましたらだいたい一万円前後の申込みが多いのでした。けれども、その中で、一人だけ、四万円というとびぬけた金額で申し込んでいる者がありました。その人の名前は女の名前で、

「池淵圭子」

としてありました。駅長さんはびっくりしました。これはお爺さんの家の圭子だったからです。お爺さんは退職金にもらったお金をすっかり圭子の名前で入札につかったのでした。

駅長さんや、立会った人びとはとくべつに一万二千円でお爺さんにゆずることにきめました。

秋晴れのあたたかい一日。

お爺さんと少女が、線路のよこの踏切小屋を、朝からこわしていました。お爺さんは屋根瓦を一枚一枚ていねいにそろえて、下にいる少女にわたしてみました。少女はそれを、かいがいしく、道路の横においてある荷車につんでいました。屋根がめくられてしまうと、こんどは周囲の枝かこいを、お爺さんはカナッチで打ってとりこわしていました。小さい小屋でしたから、またたく間にそれらはバラバラになりました。

お爺さんと少女が、こわした材木や枝を、枝は枝、柱は柱というふうに、ていねいに集めて、ひとくくりに紐でゆわえ、そして古釘をみんなボール箱に入れ終わったとき、工事に来ている人夫が、通りかかり、何かお爺さんにいいました。お爺さんはだまって、曲った釘をいちいち石の上でのばしていました。

「お爺さん、ひっ越しか」

と人夫がいいました。

お爺さんはちらりとそっちを見ただけで何もこたえませんでした。

夕暮れになると、雨がふりだしました。踏切りの線路はぬれていました。遮断機が空にあがったまま、赤錆びて雨にひかっていました。暗くなるころ、お爺さんと少女は、荷車に家財道具やら、材木やら、瓦やら、古釘やらをつんで、ごろごろ町の方へひいてゆきました。どこへいったのか町の人は知りませんでした。

やがて、地下道建設の工事がはじまりました。それはちょうど、お爺さんたちが立退くのを待っていたようにしてはじめられました。爆音や、叫声が、その工事場をつつんで、毎日毎夜、人夫たちの働くのがみえました。そして、まもなく、コンクリートの広い文化道路が、地下をもぐって、向う側にぬけました。十六間の広いガードは、人道と車道を区切って、人道には市松模様の石がしかれました。トラックも、自動車も、馬車も、もう踏切りで三十分も待たされないで、ラクに横断できるようになりました。学校の生徒たちは、毎日地下道をかよいました。

子供たちは、白い眉をしていたお爺さんと、成績がよくて、綴り方の上手だった圭子のことをだんだん忘れました。

春がきて、学級園のアメリカ草が芽をだしました。圭子の友だちや、先生たちは、ふと、あの踏切番の小屋のまわりに、圭子が栽培していた花園を思いだしました。みんなは思いあわせたようになつかしんで線路の方を見ました。すると、踏切りはもうありません。高いコンクリートのさくのある高架線を、省線電車がシューンと音高く走っています。

みんなはじっと目をつむりました。みんなの眼の奥に、紅い花が、じゅうたんのようになってうつりました。

踏切番のお爺さんと、圭子はどこへ行ったのでしょうか。雨のふる夕方、町の方へ消えて行ったまま、その消息はわかりませんでした。町の人びとの中で、行先きを知っているものは一人もありませんでした。ただ一人だけ、お爺さんと少女が東京の方に向って、荷車をひいてゆくのを見たという人がありました。なんでもふたりは雨にびしょ濡れになって、荒川の鉄橋を渡って行ったということでした。

（昭和二十五年二月五日）

「踏切番の紅い花」解題

四百字詰原稿用紙二六枚。原稿用紙のメーカーは不明。欄外左下に「10　20」とある。末尾に「昭和二十五年二月五日」と記載。万年筆書だが、青字の鉛筆で大幅な修正がなされている。本書の本文は訂正後のものを採用した。また、表記は新字新仮名にあらため、明らかな間違いと思われる個所は訂した。

一九五〇年から五二年にかけての水上は、文筆生活を維持するため、宇野浩二の代作でゲーテ原作『きつねの裁判』を書いたり、『家なき子』『ベニスの商人』『リア王』などのダイジェスト版、幻灯写真の脚本などを手がけたりと、子供向け作品を盛んに発表した。本作もこの時期に書かれた創作であり、苦労したらしく複数の草稿が残っている。後年の『ブンナよ、木からおりてこい』などにつながる、水上の児童向け作品の初期のものとしてここに掲出した。

（大木志門）

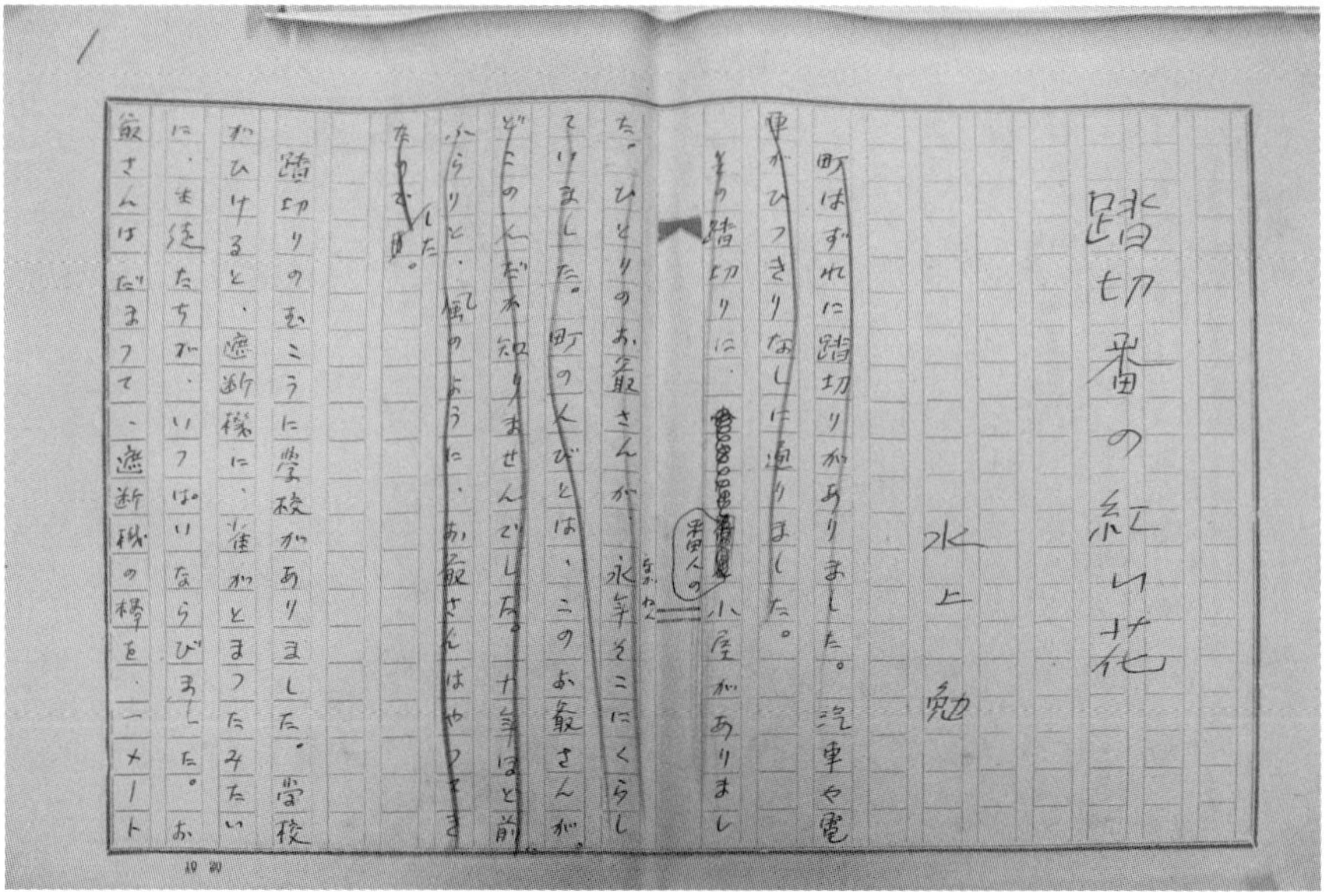
踏切番の紅い花
水上勉
町はずれに踏切がありました。汽車や電車がひっきりなしに通りました。
その踏切に、番人の小屋がありました。
ひとりのお爺さんが、永年そこにくらしていました。町の人びとは、このお爺さんが、どこの人だか知りませんでした。十年ほど前、ふらりと、風のように、お爺さんはやってきたのです。
踏切のむこうに学校がありました。学校がひけると、生徒たちが、遮断機に、雀がとまったみたいに、いっぱいならびました。お爺さんはだまって、遮断機の棒を、一メート

第二部　編集者・水上勉——雌伏のとき

インタビュー

焼け跡の時代の水上勉

北野英子
奥田利勝

水上は終戦後に疎開先の若狭から戻り、当時の妻・松守敏子の叔父・奥田利一の家に寄宿し、友人の山岸一夫と文芸出版社・虹書房を興す。雑誌『新文芸』を創刊するも、すぐに同社が倒産して世田谷区北沢の文潮社に移る。やがて一九四八年に『フライパンの歌』を発表して新人作家として文壇に登場するとともに、編集者としての活動を通して師・宇野浩二をはじめ作家たちとの交友が始まる。私生活では敏子と娘の蕗子を連れて浦和市白幡の内田辰男宅の離れへ転居するが、敏子は別の男性と出奔してしまう。幼い蕗子を郷里に預けた水上は、護国寺前の青柳荘に転居、敏子との協議離婚を経て、人形町の日本繊維経済研究所に勤務、次いで日本橋堀留町で山岸と服飾新聞社を始めることになる。その繊研での見聞を元にした社会派推理小説『霧と影』（一九五九年）で作家として再出発する以前の雌伏の時代である。

　このたび、奥田家の次女・北野英子《えいこ》さんと弟の奥田利勝さんにお話をうかがうことができた。二人は従姉の配偶者であった水上と身近で接しており、特に芸術好きであった英子さんは十一歳年上の水上に可愛がられ、その紹介で繊維経済研究所に勤務した経験もあった。水上の私小説的作品や回想記からはわからない生活の様子や虹書房の実態、松守敏子の親族関係など多くのことが明らかになる貴重な証言である。

水上との出会いとその頃のこと

M女の叔母の夫君は奥田利一氏である。一厘社という封筒製造工場を経営しておられた。同じひつじ年で、ぼくより一まわり上、温厚な人柄でぼくは疎開前に一どあっていたし、御一家とはまったくの初対面ではなかった。

東京は焼野原、神田駅周辺は闇市場だった。スイトンや焼芋の屋台にむらがる飢えた人々。六畳ひと間に六人がくらす家はザラで、奥田家の親切は身にしみた。

「虹書房」という本屋をやってみないか、と奥田氏からいわれて、若狭に疎開してまなしに応召していた山岸一夫さんが復員してきたので誘った。『新文芸』という文芸誌の発刊で発行人は奥田氏。企画一切は山岸一夫。ぼくは編集をやった。（中略）焼野で本に飢えた人にこの雑誌は売れた。——『私の履歴書』

北野英子さん（以下**北野**）家に水上が来たのは終戦の年の九月か十月でした。従姉の敏子と来て、翌三月に蕗子が生まれたんです。私が女学校の三年生から四年生になるときで、神田の奥田久勝の所（奥田製袋工業所）の前に十階建てのビルがあったでしょう。あれが元のうちの跡なんです。本宅の隣に製袋と印刷をやった仕事場があって、まだ職人たちも復員してくる前で、そこの二階の八畳二間のうちの一間にいたんです。

奥田利勝さん（以下**奥田**）（次頁の写真を見ながら）これが、水上が結婚した松守敏子です。僕がこれで、姉（英子さん）がこれ。開戦前で、地方から出てきた兵隊さんが東京で泊まる所がないんですね。共同行軍か何かやったときに泊めてくれって町会から頼まれて、うちにも六人ぐらい来たんです。そのときに撮ったので、みんな軍服を着ている。

北野　これが敏子の姉の清ちゃん（清子さん）。お姉さんのほうが美人で、李香蘭に似ていて。伊勢の丁

昭和13、4年頃、奥田家にて。前列の子供が利勝さんと英子さん。後列右から清子さん（敏子の姉）、良子さん（英子さんの姉）、敏子。

子屋（もとは津市の洋品店で朝鮮や満州で百貨店を経営した）って、昔日本が満州に進出しているときに大きな百貨店を持っていて、そこに母親（政枝さん）が嫁いでいました。母は末っ子で、その姉が政枝。マーちゃんって母は呼んでいました。だから私の母は敏子の叔母になります。水上が結婚式をしたのが日本橋の三越から神田須田町の交差点の手前の右側、今でもあるお座敷本郷（現「ニュー本郷」）で父と母が仲人して、昭和一八年、私が女学校へ入った年でしたか。「きょう何なの?」と聞いたら、敏子の結婚式だって。その時は直接会わずに、実際に会ったのは、昭和二〇年にうちへ突然来てからです。

――工場の一厘社ですよね。

北野　ええ。工場の二階に、ほとんど寄宿で。そこに田中英光さんだの梅崎春生さんだの来ていたんです。昔祖父が中国旅行に行ったときに買った本象牙の彫刻の美しいマージャンを四六時中やっていました。私は水上のことをお兄さんと呼んでいましたけど、大人の世界って知らないときで、女学校から帰ってくると「おまえがいると、いい点数取れるから、ここにいろよ」って。そうすると、他の作家にも、「英ちゃん、私のとこにも来てよ」とか言われてね。小説家の卵っていうのは遊んでばっかりいるんだなって思った。

　あの時分の作家がうちに来ると、昔のドイツ製の大きな電蓄で母屋の二階を開け放してダンスをやっていました。私がタンゴを踊れるのは、水上が教えてくれたんです。それから、田中英光さんが夜になるとね、「水上さーん、水上さーん」ってすごいんです。そのうちに、「英光《えいこう》でーす、英光でーす」って言うんですよ。私は名前が英子だから、すごく嫌で。バルコニーをちょっと出て、二階から見ても英光さんって背が大きく見えて。また始まった、また私の名前呼んでいるって、それくらいしょっちゅう来ていましたね。マージャンもいろんな方、母が「武麟さんが見えたわよ」って、今、思うと武田麟太郎さん、それから、徳田秋聲さんの息子さん（徳田一穂）。水上はね、宇野浩二さんだけは宇野先生と呼んでいて、「きょうは宇野先生の用だから。なあ英ちゃん。宇野先生の所行くからね」って。

奥田　「本郷行ってくる」と言って出かけていた。

北野　しょっちゅう呼び出されたんですけど、一度は「ちょっと顔出しするだけだから一緒に行こう」って言われて宇野先生の下宿ですか、あまりさえない家に行ったけど、中へは入らないでいたんですね。ちょっと待っていたら出てきたの。そしたら、誰だか分からないんですけど、近所にいらした有名な作家も出てきて、寒いときで、その男の人と一緒に屋台のおでんを食べて、その間、文学の話とかして、外灯がつく頃に二重回しのマントの中に入って送っ

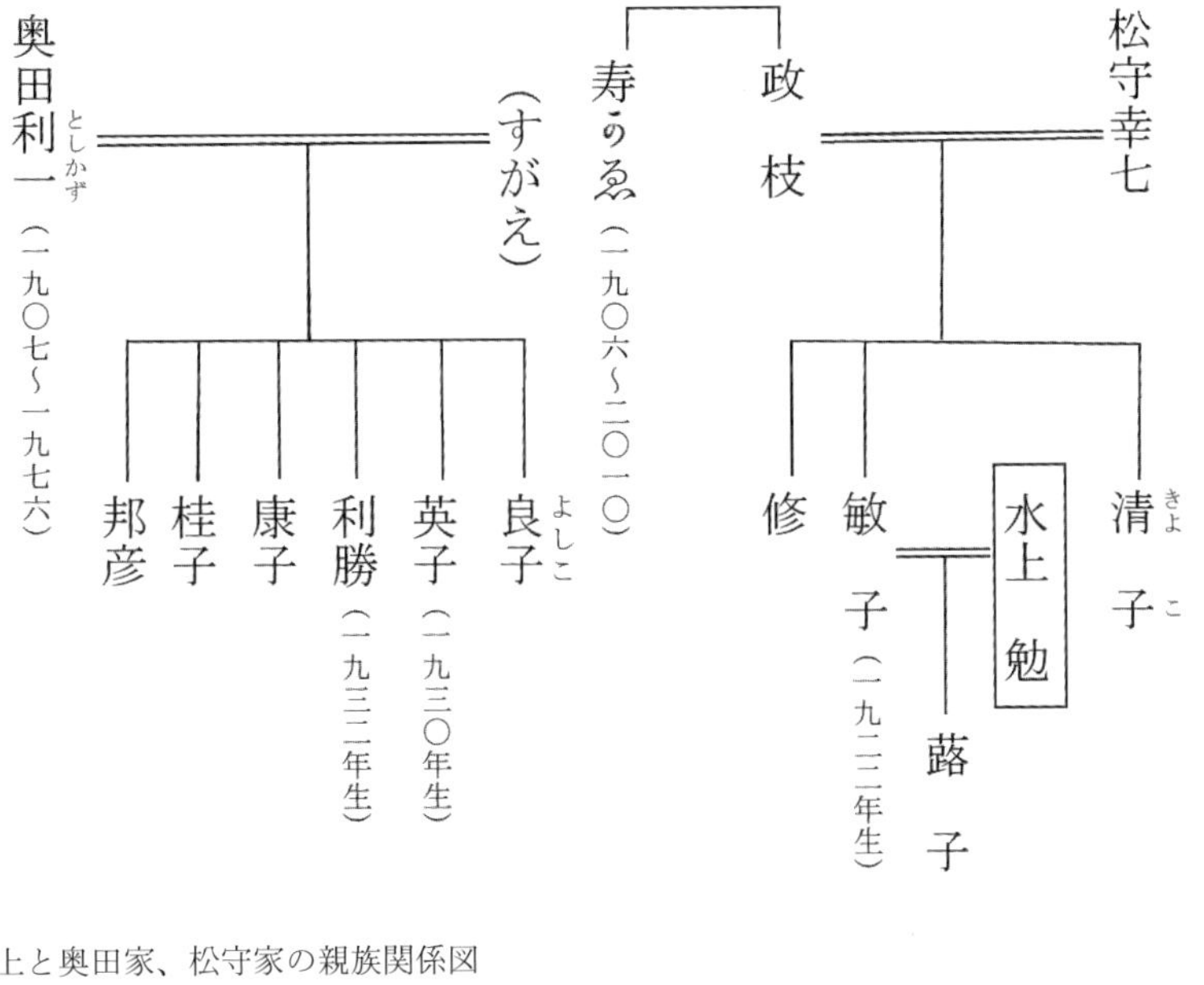

水上と奥田家、松守家の親族関係図

てもらった記憶があるんですよ。水上は谷崎潤一郎さんにも呼び出されて、夜行の汽車で何回か行っているんです（一九四七年二月頃か）。その時分はまだ関西へ行くってあまりないんで、「すてきなお土産買ってきて」って頼んだら、今で言えばプラスチックの、でもあの時分ですからめったにない、谷崎さんにお金をもらったのか、それも分からないんですけど、「英ちゃんにだけだから」ってブローチをもらったんです。水上が私によく言っていたことは、『フライパンの歌』（一九四八年、文潮社）を出す前に、「英ちゃん、絶対僕は物書きになる、そして名を成すから」って。それはもう、本当にいつも言っていました。

奥田　朝、部屋に行きますとね、ガラスの灰皿にたばこが山の様になっている。それは全部、半分ぐらいで消えているのが山になってね、それぐらい一生懸命書くときは書いたんですね。ただね、やっぱり酒癖はあまり良くないのかな。夜になるとね、つけ馬《んま》ってご存じですか。勘定払わないと、払わないのはいいんですけど、それがだんだんたまってくるとね、今度は集金できるまで駄目だってついてくるんですよ、女性が。そうするとね、うちの母に水上が「おばさん、ちょっとつけ馬が来ちゃってんだけど」って言うんです。お金を渡して返すようなことが何回かあって、その頃は生活に困るから余計飲むんですかね。そんな生活で結局、敏子としても子どもができて、生活していかなきゃいけない。うちに借金ばかりもできないんで、自分でダンスを習いに行くんですね。それで、白木屋の上でダンスの相手をして、生計の足しにしていたらしいんですね。

北野　（水上の娘の）蕗子は二一年の三月に駿河台の日大病院で生まれましたが、実はその名前は私がつけたようなものなんです。お七夜に名前がつかないで困るって水上が父に言っていたんですね。私が女学校の四年生になる前で、学校が戦争でみんな焼けて、本も何もなくて、担任の先生が、授業の代わりに持っている詩集を読みなさいって。それでいつも好きで読んでいたのが三好達治さんだったんです。ちょうど春休みの前で、昔のガリ版切った藁半紙に「ふきのとう、こはかぐわしきあつものの、湯気の煙もきそは冬、きょうははや春」（三好達治「きそは冬」『一点鐘』収録）とあって、水上がそれを見て、これはいいと。「三月だから蕗子にしよう」と言って、「蕗子」と書いて壁に貼ったのを覚えているんですね。水上が「三好先生は」とか、そこは多分呼びつけじゃなかったと思うんです。「僕は若狭だから、同じ福井だからいいよね、この名前は」と言った。ですから、蕗子は名前の由来をどう聞いているかは知りませんけれど、これは私の友達もみんな知っていることです。もらい乳に行ったこともあるんです。野田さんという、彼女の母の親戚が野田亀喜（貴族院議員）っていう男爵で私の無二の親友だった人が関係しています。そこは神田日銀通りの三階建ての大きなおうちで、呉服関係で人を大勢使ってらして。戦後で焼け残っている家は希少価値があるので、一階の表通りを貸していました。そこに山上鉄工所という事務所を構えていたんですね。そこの奥さんが赤ちゃんを産んで、お乳が余っていた。それで、水上がお乳をあげるのに困っていたので、その私の親友が「話してみてあげるわね」って。色の白いこでっぷりとした、そこの事務所は戦争中でもやっていたから、戦後も食料が良かったんでしょう。そしたら快く「私のお乳で良かったら」と言うので、水上がいないときは私たちが学校から帰って、野田さんとこへ蕗子にお乳あげに行っていたんです。もちろん私たちが登校しているときは彼が毎日何遍も通っていました。

奥田　水上と敏子が知り合ったころというのは、ご存知ですか。

——本人が書いていることしか知らないので、ぜひ教えていただきたいんですけれども。

奥田　結婚について私の親が反対しましてね、きちっとした会社勤めとか、そういうんじゃない男性には反対だっていうことでね。親戚が名古屋にいるんですけど、引き離したほうがいいだろうと敏子を名古屋へ行かせたんですよ。そのとき、一緒に私も行けと言われて、名古屋に行った記憶があるんです。その頃、敏子は東宝映画の事務をやっていたことを覚えているんですけど、なんで覚えているかというと、東宝で運動会をやっていまして、僕に来いって

奥田利勝さんと水野英子さん

言うわけですね。知らない人間が行ってもしょうがないと思ったんだけど、行ったら、中村メイコ（女優・歌手。作家中村正常の娘）がいて、当時そんなにポピュラーな時代じゃないですけど、すごい人気のある女の子がいるものだなと思って、感心して見ていたことがあるんです。名古屋へ行ったときは、だけどそれだけじゃ収まらなかったんです。水上は敏子と東宝の関係で知り合った感じがあったんですけどね、それ以上のことはちょっと分からないですね。それで、名古屋へ行ったときに、汽車に乗ったら軍人が乗ってきたんですよ。軍人が従姉（敏子）にクレームをつけましてね、夏だったものですから、つばの広い麦わら帽みたいな感じで、それで軍人が、戦争中になんでそんな帽子をかぶるんだって。そばにいて困っちゃってね。その後、二人が付き合うようになってから、大塚仲町に工場があるんですけど、私の叔父の家だったんですね。敏子はそこの二階に住んでいたんです。

北野　そこに水上もいたの？

奥田　いや、水上がどこに住んでいたか僕も分かんないんです。ただ、僕はその後で水上さんと飲みに行ったりしているときに、護国寺にアパートがあった。そこへよく泊まったことがあるんで、水上はそこが住居だったのかなと。あるいは、敏子が大塚にいるもので、近い所にアパートを取ったのかなと思いました。

——その前に女の子がいて亡くなっているんですね。昭和一九年（若狭へ疎開中）に。

北野　生まれてすぐ一つで亡くなって、敗戦後すぐ敏ちゃんがもうあんな田舎に住むのは絶対嫌だってうちの母に泣きを入れて、父はこんな時代だからって言ったけど、もう強引ですから。

奥田　疎開をしたんです。赤羽の高台に家がありましてね、祖父母は神田から越してそこにいたんですけど、高射砲隊が近くにいるんで、B29が寄りつかないだろうって。だけど、そういう所は余計標的になるので、その前に疎開した。赤羽の家はぺしゃんこ。直撃じゃなくて、崖の下と裏のよそのうちと二つ落ちて家はびしゃっとつぶれてね。

水上との思い出

「だから、考えた末だけど、あたしはダンサーに出たいと思うのよ。ねえお願い」
民江は拝むようにペコンとひとつ頭を下げた。それで安田は民江の顔を始めて見たのである。
「働いて、働いて、お金を儲けたいの、こんなインフレの社会じゃ、あなた一人にお金の苦労をかけるのもどうかと思うの。それは、あなたに、あなたの好きな道で成功してほしいと思うわ。けれど、このごろ、時々考えることがあるのよ、こんなことしていて、あたしたちはこれでいいのか知ら。（後略）」

——『フライパンの歌』

奥田　水上は本名をミズカミというんですけどね、ペンネームをどうしようかって、ミズカミってのは読みにくいと。それと要するに濁音ではなく、東京言葉風にちょっと鼻音でミナカミのほうがいいって。

北野　今ミズカミって言うけど、あの時分ミズカミと呼んだのは山岸さんぐらいです。あとみんなミナカミさん、ベンさんって呼んでいましたね。自分でもミナカミと言っていました。ミズカミとは訂正しない。

水上は歌がうまいんですね。三門博という浪花節の人がいましたよね。唄入り観音経（一九三七年にレコードになって大ヒットした）っていうの。私の家は弟もクラシックで、父もみんなクラシックだったんで、あんまりそういうのは聞かなかったんですけど。

奥田　戦争中昭和一九年の夏だと思うんですけどね、

水上の実家へ行ったことがあるんですよ。敏子の弟の修さんと二人で夏休みにうちへ来いというのですね。当時切符が買えないですよね。食料もない時代でした。一週間か十日ぐらいいいたんですけど、手回しの蓄音機があって、水上は唄入り観音経のレコードを買ってきましてね、特に夕方になるともう四六時中かけていた。親のうちとはちょっと離れているらしいんです。新築のうちで二階建てで、おやじさんが造ったと言っていましたけどね。下が二間で上が二間ぐらいの。そこに一週間ぐらい行ってね、お米なんかはいいんですけど、おかずがなくてね、毎日ニシンばっかり食うもんですから口が緩くなっちゃって、受け付けなくなっちゃうんですね。あとは海が近いもんですから、岡田っていう駅から歩いて一時間ぐらいあるんですかね。汽車に乗って、ちょうど今、原発が建っているんじゃないですか。

――高浜ですか。

奥田　高浜。あの辺で一番遠浅で、海水浴には最高だって。そこへ行って、まだ敵機が来るような状態じゃないですから、ボートに乗って遊んだんですけど、彼は泳げないんですよね。まさかそんなにとは知らないもんで、水の中入っているときにちょっと動かしたんですよ。そうしたら泡食っちゃってね。動きだしたらそんな急にボートが止まらないですからね。あっぷあっぷしていたってことがありましたけどね。

北野　私は地図の帝国書院に勤めたんですね。学校卒業した五月から勤めて、それで三年いたんでしたか。その間にアテネ・フランセに行って遊んでいましたら、水上が日本織維経済研究所にいたもので、せっかくフランス語をしているなら、出版部のほうでちょっと手伝ってくれないかって。昭和二八年まで水上と一緒に働いていたんです。私が帝国書院に入って間もないころ、太宰治さんが亡くなりました（一九四八年六月）。長い間（遺体が）見つからなかったので、水上が父に「お金がかかるからカンパしてくれ」って言って、途中で帰ってきたんで「まだ見つからないの?」と聞いたら、「まだ一生懸命みんなが探しているけど」って。帝国書院の先輩の編集員に、五島茂さんと美代子さんの門下で、短歌雑誌『立春』の編集をやっていた鈴木蓁子《しげこ》さんっていう父の友達で、私は帝国書院にその人の紹介で入社したの。鈴木さんは独身で小学館とかにも勤めて、昔の実践女子大を出られた方で、始めのころは机を並べていた。神田へ来た翌日、水上が帝国書院を訪れて鈴木さんにまで太宰さんのカンパを集めに来た。それで見つかったときに、水上がうちの父母に「見つかりました」って言ったことを覚えています。

それから今日出海さんが「天皇の帽子」（一九五〇年）で直木賞を取ったときに、フロックコートがなくて、父に「おじさん、貸してよ」って言ってきたこともありました。あとは繊研時代、私はもう辞めていたんですけれど、確か水上が結核になって、あの時分、牛乳が唯一の栄養食品だったので、でもお金が払えないんですね。父が私に「これ渡してきなさい」って、私、護国寺のアパートに二度行ったんです。水上はベッドに寝ていて、あのとおり優しい人ですから、「英子、行こう」って、いつも護国寺へ一緒に。そういう経験と、それからさっき言った、唄入り観音経、あの人独特の歌い方なのね。他の作家の前でも、酔っ払うと必ずやっていました。「いい子だ、いい子だ、ねんねしな」って、「里のお土産《みや》に何もろた、でんでん太鼓に笙の笛」って言いますね。そうするとあの人はね、「鳴るか鳴らぬか吹いてみな。ピーヒャラピーヒャラ」って自分で作っていたんですよ。それで最後がね、「お子守だ」って終わるの。私たちは学校でシューベルトとかいろいろな歌曲を聞いているので変な歌だと思って。でもいい声でしたね。他の作家とマージャンをやっていてもね、自分がお寺の小僧をしていたころの、「右に見えますは狩野派の」とか、そういうようなまねするのね。今なんかでも観光に行くと、ありますよね。兄弟子からやれって言われるとやっていたって、和尚さんの子どもも平気でおぶって。その代わり他の方面にも如才ないし、普段は割に黙っている人なのだけど、しゃべり始めると話題がすごく豊富なのね。人を喜ばすっていうんですか。

私が結婚して大阪へ行って、だいぶたって東京へ帰ってくる前、確か瀬戸内寂聴さんが、瀬戸内晴美さんの時の最後の講演会で、水上が安岡章太郎さんと三人で堺に来たんです（英子さん補記：昭和四二年一二月二日であったと）。そのときに「会いたいから、英ちゃん、市民文化会館に来い」って言われて、行っているんです。私のことを「これは虹書房の」と水上が紹介したら、瀬戸内さんが、「もう若いときからたんとお世話になって」って。遠藤周作さんの樹座ってありましたよね。それに出ると、もう水上さんのファンがすごくて、「あの人が出ると大変なのよ」「昔から女たらしで」って、水上が講演している間に瀬戸内さんとそんな話をしました。瀬戸内さんはたしか、『かの子撩乱』の話をしていた。そのときに水上と話したのが私は最後なんです。「お前は言いたいことといいの、したいことしいだけど、夫の方は純朴であれぐらいいい青年はなかった。おまえは一生そのままで通るから、ちゃんとうまくやれ」って、それが最後。水上が有名になってからは、父なんかも陰ではいろいろ応援していましたけど、だからといって奥田家はしっぽをふらなかったんです。

――離婚されていますもんね、敏子さんと。

北野　ええ。やっぱりね。だけどね、この人（弟）の結婚式には来ているんですよね。

奥田　昭和三八年の正月かな。

北野　そのときね、私が「お兄さん、どうなの?」って聞いたら、敏ちゃんのことをやっぱり一番忘れない。そう私に言っていました。僕はコキュだったって。あの時分、「コキュ」って言葉がはやりましたよね。若かったし、彼女に対しては非常に未練があった。

奥田　敏子も呼んだのですけれど、敏子は「なんで水上なんか呼ぶんだ」って。

奥田家のこと、虹書房のこと

二階といっても変な二階だった。屋根裏の三角のところに板を張って畳を敷いただけのものである。『中二階』というのより、もっと低いものに思われた。安田はこういう部屋を、何というのか名前を知らなかった。『ひさし部屋』というのかも知れない、とあとで思った。暗か

った。

（中略）

ベルが鳴り終ると、まず男工たちの製袋機が動きはじめ、河原の砂利と小砂を分離するようなパラパラという変な音がし、それから、たくさんの紙を一束にまとめ、切断する裁断機の音が、ごっとん、ごっとんと、これは二階の床をゆすぶった。

——『フライパンの歌』

——お父さまのお名前は利一《としかず》さんですね。

奥田利一氏（利勝さん提供）

北野　みんなリイチって。使用人からは若旦那さんと呼ばれていました。大旦那のおじいさんが利三郎で、私のうちは代々名前に「利」が付くんです。父は温厚で、言葉遣いも丁寧で、大きな声も出さない人でした。子供を可愛がり、読書の習慣も父から教えられました。水上も「叔父さん、叔父さん」と、むしろ敏子のお母さんなんかよりも父を慕っていた。

奥田　父は外交がうまいんですよ。交渉がうまい。

北野　二重封筒を考案したのがうちの祖父です。それで財を成したの。あの時分の出版社、講談社とか小学館、主婦之友、婦人倶楽部とか、丸の内一帯を押さえていました（利勝さん補記：日本郵船、同盟通信社も取引先だったと）。それで「なんで一厘社ってつけたの？」と聞いたら、「一厘、二厘しか昔はもうけがなかったから」って。だけど私が生まれたときには自動車もありましたし、お手伝いさんもいましたし、こんなこと言っちゃおかしいですけど、トイレも三つありましたし、水洗でしたし、あの時分にね。祖父が職人から一生懸命やって店をあれだけにして、父は旅好きで美食家で骨董の趣味があって、使用人も大切にしていました。店の者も当時はマージャンをして遊んだり、ダンスをするのもうちでとか、楽しい思い出がたくさんありますけど、戦後はうちも逼塞しましたから。虹書房で大失敗をして、それでだんだん。弟もみんなサラリーマンになって、商売を継ぐ人もいませんでした。

奥田　僕はそういう理由じゃなくてね。工場に入ったこともあるんですけど、やっぱりそういう生活がね、あんまり好きじゃなかった。

——虹書房の時代の、家の間取りは覚えてらっしゃいますか？

奥田　道路がこうありましてね、それでうちの工場

があって。こっちが神田駅です。

北野　母屋には大きな座敷があって。虹書房の事務所は帳場の表玄関から入ったとこで、机が変わったりしましたけれど四つ並んで、いいお得意さんを持っていて事務所持てない人なんかが貸してくださいって言うんで、しまいには絶えず五つ並んでいましたね。

奥田　工場の一階には印刷の機械があって（英子さん補記：断裁機一台、型抜機二台、製袋機二台だったと）、二階へは人がやっと通れるくらいの階段があって。

——水上がいたのは二階でしたね。

北野　廊下があって、八畳が二間あったの。彼はその一間にいて、腰高の大きな窓から物干しを通って外廻り廊下から母屋の二階の座敷へいつも自由に出入りしていました。

——小説の印象より広いですね。

北野　今の江戸間と違って関西間の八畳だからよけい広いんですよ。封筒ののりを付けるのに機械が二台置いてあったんです。この二階に水上は敏子とい

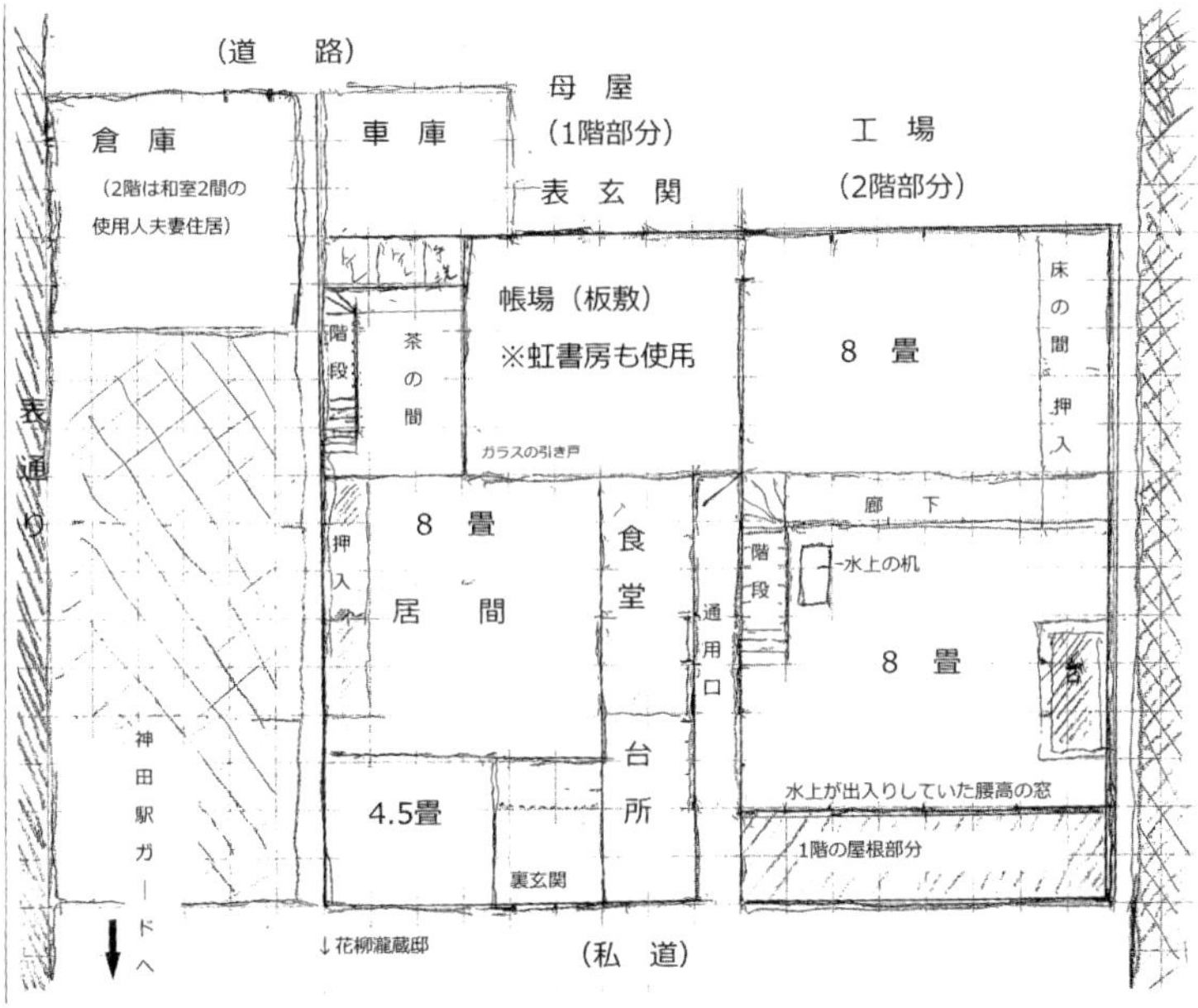

利勝さんによる当時の家の間取り。母屋は2階に8畳2間が、工場の1階は作業場であったと。

て、もう一つの部屋はダンスに使ったり、マージャンをしたりしていました。

――虹書房の方たちでご記憶なのは山岸さんと水上さんだけですか。藤原喜市さんと小幡さんという人もいらっしゃったんじゃないかと。

奥田　虹書房をつくるとき、うちは戦争前は平和産業だったんですけど、紙が入らなくなってきたんですね。軍需産業じゃないと紙が入らない。それで、お得意先だった日本郵船の子会社になると紙が入るわけです。要するに軍用じゃないんだけど軍用ってことで。終戦後もね、紙がない時代で出版したくても紙がない。そういうときにも紙は入るんですよ。そこに水上は目をつけて、出版をやりましょうって。うちの父は出版は全然経験がないし、職人じゃないから技術もないし、うちの店にね、借りデスクっていうかね、そういう人たちがいたんですよ。話がそこへ広がって、じゃあやりましょうって始まったんですよ。

――そこに藤原さんたちがいたんですか。

奥田　そう。山岸さんっていう人も小説家志望だったみたいでね、評論なんかはすごいんですよ。

――虹書房にいた宮内隆子さんという方はご親戚ですか。

北野　親戚ではないですね。優秀な人だった。私が若いからかなりの年齢に見えたけど、ちょっと分からない。私よりちょっと背高くて、インテリのような感じの方でした。男性の中で唯一人活発に会議の際に発言していたのを覚えています。その他にも結構大勢の人がいました。戦後、出版が受ける一番初めだったから、作家もどこでも書くって言うんで。深川木場の材木商の家の出で、慶應か立教を卒業した人も編集にいましたね。

奥田　水上が（若狭から）東京に出てきて、紙が入るならば出版をやろうというのが、彼にとっては成功だった。出だしのね。

北野　ただ、小説を読むとね、父がいかにもうらぶれた封筒屋の主人みたいで。でもみんなそれは虚構だから。だけど水上が何年も居候して、うちで食べさせてもらっていたっていうことは、もう知っている人はいないですよね。

――当時の住所は神田鍛治町三の七ですよね。いつからいらっしゃったんですか。

奥田　関東大震災後。

北野　震災で焼けるまでは神田多町にいたんですね、祖父が。多町二丁目で私が生まれまして。私が数えの四歳のときですから昭和八年くらいですね。だから私たち、父も私も息子も三代みんな神田小学校なんです。私は本当は自由学園に進学するって決まっていた。そしたら政府の方針で、戦火が激しくなるから近くの女学校に行きなさいって。弟（利勝さん）は本当にお坊ちゃんで、三越が近いもので、祖父がドイツから来た児童用の自転車を取り寄せたりとか、羽田から遊覧飛行機にも乗りました。

奥田　おやじの弟はね、車の運転好きだったんですよ。軍隊へ行くんでも、隊長のサイドカーを運転する係でね、それで無事に帰ってきた。

北野　父は文学系で、言ってしまえば夢を持っていて。

奥田　都都逸の名手でもあります。

北野　洋楽とかも好きで。うちは大体加賀宝生流で、この人もそうですが、謡をやっていたりしたんですけど、私だけが一番箸にも棒にもかからない、じゃじゃ馬って言われました。

――そのおかげでいろいろな体験をされたわけですよね。

北野　そうなんですよ。織研にも水上が、帝国書院辞めてお嫁にも行かないんだったら、ちょっと助けなさいと言って、二十三、四で行っています。でもほんの九カ月ぐらいなんです。

――お父さまはいつまでご存命でしたか。

奥田　父は割かた早かったんですね。肺がんでね。お酒は全然飲まないんですけど、たばことコーヒーですね。コーヒー屋に一日三回ぐらい行っていましたからね。

北野　母は百歳まで神田のあの家に一人でいて、それでここへ来て百四歳まで。敏子の母（松守政枝）が姉ですが、それもしっかりした人でした。でも私正直言うと少し苦手でした。夏休みになると私たちは信州とか鵠沼とかに行くんですけど、父がちょっと事故で入院したことがあって、弟と預けられたことあるんです。そのときに漢字の書き取りをしなかったらお昼は抜きとかね。

――政枝さんは最後どちらにお住まいだったんですか。

北野　相模原。（敏子の弟の）修さんと一緒にいたわね。これも長生きだったわね。昔は子ども三人連れて、うちの大塚の家にいました。従兄の修もみんな、神田の家へ大塚から来て、剣道の道具とか置いて、旧制中学へ通っていましたね。

奥田　（政枝の一家は）満州に行ったらしい。商売で大連にね（大連の満州丁子屋）。

北野　夫は伊勢の丁子屋の息子だから、すごい道楽者で、伯母にしてみれば、子どもが三人いるのに歯がゆいんでしょうね。それでさっさと、確か終戦の年に引き揚げてきたの。

奥田　敏子は水上とは結婚がそういうこと（離別）になったんですけども、再婚相手は武蔵野美大出て、実家がオフセット印刷が主の印刷屋なんですね。デザインを兼ねたような美術科へ入ったんです。それで敏子と白木屋で会ったらしい。僕も絵が好きで、その人が亡くなるまで付き合いがずっとあったんです。（敏子は）くも膜下出血で東京医科大学病院に四年ぐらい入院したのかな。

北野　最後、個室でいたときも立派な部屋で、家もなかなか。息子は一人息子で、三井物産に勤めていた。だから、水上にしてみれば、それはちょっと安心したはず。

日本繊維経済研究所のこと

田中英光さんの自殺は二十四年の十一月だった。訃報は浦和で知った。雪谷の田中さんのご親戚でお葬式があった。浦和からお詣りに行った。文学なんかやめよう、ふつうの勤め人になって、子といっしょに暮らそうと思うようになったのも、この前後である。繊維業界にいた山岸一夫さんの世話で護国寺前のアパート青柳荘へ越し、繊維経済研究所の仕事を手つだうようになった。月刊「繊維」の編集だった。

――『私の履歴書』

北野　私は昭和二三年から二六年まで帝国書院にいて、確か二七年か二八年だと思うんです。水上に呼ばれて、日本繊維経済研究所（昭和二三年創立）の商法出すほうの編集へ。水上は雑誌（『月刊繊維』）のほうにいたんです。のちに繊研が危なくなってきて、それで山岸さんと服飾新聞を興しかけのときには、もう私はいなかったんですけど、当時明治大学の二部に通いながら、水上の直属の部下で本の割付けなんかをしていた友達にこの間電話で聞いたら、編集の都合で時間ができますよね。そうすると、「もう今日はいいから」と、いつも学校に遅刻しないようにサポートしてくれたって。それから、「きょうの帰りに予定ある？」って聞いてきて、「本屋さんに行って何か買おうかと思って」と言うと、「じゃあ一緒に行く」って本屋さんへ行くと、「あ、僕の本はこんな後ろにある」と言って「人の目の触れる所に並べ直されたわよ」って。それくらいやっぱり名前を早く知られたいと思っていたのかな。みんなで机を並べて、それぞれ仕事をやってますでしょ。

そうすると、今だったら大変なことですけど、通るとき時々お尻をスーッと軽く触ったって。「忘れないわ」なんて彼女は言っていました。

——繊研時代のことって、資料がなくてよく分からないんです。メリヤス会館っていう所ですね。

北野　茅場町、蛎殻町かな、前が東華小学校（現日本橋小学校）っていったかな。その真ん前で三階の全フロアを使用していたと思います。『繊研速報』

昭和28年夏頃、繊研前で英子さん（右）と本文中に登場する友人（英子さん提供）

（一九五〇年『繊研・相場速報』として創刊、五六年繊研新聞社設立でのち「繊研新聞」と改題）という日刊紙が主体で、デスクは大中さんという方、日刊紙の印刷所は箱崎にありました。あの時分、編集が遅くなったりすると、新内流しが三味線をつま弾いて歩いていた。私が夫の北野と結婚したのも、水上が紹介してくれたんです。夫は大阪から出張編集員として東京の経済研究所へ来ていて、水上が大酒飲みで、彼も大酒飲みだから、年中神田駅の近くで飲んでいて、他の人も大勢いた。予科練から帰った人、それから朝日新聞のレッドパージの人がすごく多かった。編集部はね、みんな優秀な頭のいい人。東大を出た内田星美さん（のち東京経済大学名誉教授）や大学の文学部の先生になった相馬さんって方。朝日にいた松成女史と呼ばれていた、独身で田端にいた人も、長いことといらした。出張校正で間に合わないと、深川八幡の本所の近くの、確か小山印刷って、ほうぼうの業界紙を印刷してい

繊研があった日本橋小学校前の現在の様子

る所に缶詰めで校正をしたりしてね。だけど、給料の支払い欠配続きで、私なんか家がちゃんとしているからって後回しでしたね。その後織研は雲散霧消したでしょ？　水上はその前ぐらいに抜けて、服飾新聞に移っているんです。山岸さんっていうのはなかなか足が速いから。

――頭が切れる人だったようですね。

北野　ええ。水上も、山岸さんには普通の人よりも丁寧っていうか、一歩退いてものを言っていました。織研には山岸さんが水上を引っ張ったんですよ。それで山岸さんが水上に英子引っ張れって言ったからって。私は帝国書院では地図の仕事はしないで索引なんかをちょっとお手伝いしたりして、織研の出版部では割り付けや校正、さっき言ったお友達は写真の校正縮尺もみんなやっていました。

――水上も小山印刷には行っていたんですか。

北野　ええ。彼は出版部ですから。誰でも自分の所の校正刷りが早く手元に来るように言うでしょ？　水上の嫌なとこは、工場長が私のことをかわいがってくれていたので、「うまく言って、早くうちの上げてもらうようにしろ」って。そうすると他社の人から織研さんはずるいって。すると水上がにたっと笑って帰りましたから。あの間に彼は修行していたのか知らないですよ。来るのはちゃんと来ていましたね。だけど、消えるのも早かったです。それであの人、服飾新聞行く前からヘレン・ヒギンス（ファッションモデル、女優）とか、よく昔の日劇でのファッションショーに私を連れていきましたね。ヘレン・ヒギンスさんというのはロシア系の人で、あの人たちが有名になると使えませんでしょう？　サブ

水上に頼まれてモデルをした英子さん。「織研」のロゴが入ったスクーターと（英子さん提供）

リナパンツなんか流行ってモデルがいないと、「英ちゃん、モデルに」とか言って代わりに撮影されました。

織研で一つ忘れないのはね、当時の私たちは何も分からないんですけれど、今で言うと赤旗みたいなのを配っていたんですね。でも、私たちには決して見せないし、言葉にはしなかったけど。食べることが精いっぱいな世の中で、水上は自分も苦労したんで、やっぱり底辺の人々に対する思いがあった。だから、ある程度傍観者のように彼はしていたけど、そういう、何ていうのかしら、私はあの人の小説、あんまり知り過ぎて読まないんですけど。

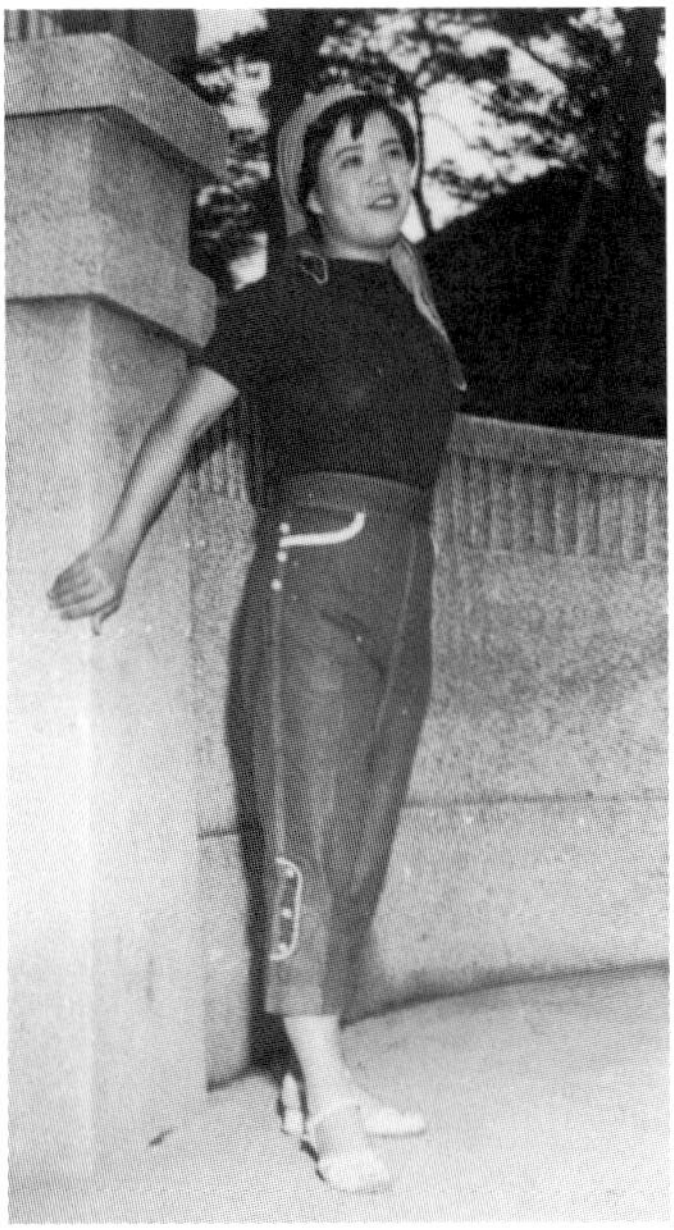

同じくモデルをした英子さん

奥田　身近な人の小説ってあんまり読む気にならない。

北野　でも社会派の、書きましたね。――『霧と影』（共産党のトラック部隊事件が題材）とかですね。

北野　ああいう素地なんかは、やっぱり織研時代、傍観者の立場にいながら、渦中でしっかり見ていましたね。私、言われましたから。おまえはお嬢さんだけど、どこにいても、絶えず自分の足で、自分の立つ足場、そこを基礎にして夢を持てって。それで、社会的な政治に対する感覚とか。彼は再婚して直子さんってお子さんが障害を持って生まれましたね。それで作品に書かれたでしょう？　だからいろんな所に、アンテナをすごく持っていたと思うんですよ。

水上の人間性

北野　昭和二二年のときかしら。女学校の作文コンクールがありましてね、水上に言ったら、「よし、いいネタやる」って、それで書いて出したら、東京で一番良かったんです。ところが、内容が二号さんのことで学生にそぐわないから、残念ながらってなりましたけど。

奥田　絵もうまかったですよ。スケッチですか。びっくりするぐらい。

北野　彼は昭和二一年頃かしら、眼鏡をかけていたんです。それで飲んだくれるから、つるを折っちゃって、敏子さんにしかられるでしょ。そうすると、工場ののり糸っていうのでね、昔の大久保彦左衛門みたいにひも片っぽで。あんまりみっともないからって、父が三越の前の眼鏡屋さんに行って直してね。でもしょっちゅう寝てくるから、また駄目になっちゃう。あの人は映画女優の山路ふみ子が好きで。東劇の地下が映画館で、時間があると必ず「英ちゃん、行こう」って。阪東妻三郎の何とかとか、文学的な映画を見ました。それで終わると、人生経験を説明してくれる。水上は普段、人当たりが良くて黙っているでしょ。そしてマスクが、何ていうのかしら、女好きのする。だけど、やっぱり目は鋭かったですね。すごく物をしっかり見るっていう。私も彼のおかげで演劇に夢中になって。三越劇場の新劇の券が父の所に来るんです。そうすると一緒に初回から見たんです。映画よりよく行っていますね。杉村春子さんの『女の一生』は虹書房を経営しているとき。戦後第一回目の、宮口精二さんとか中村伸郎さんとか、あの時代です。戦後のあの時分、神田の駅の所がくっきりと半分焼けて、半分が焼け残ったんです。山の上ホテルがGHQの婦人宿舎に取られてね。それで水上とよく錦華小学校（現お茶の水小学校）の所行くと、バターのいい香りがしてね、よくお守りしながら、あの匂いだけ嗅ぎに。

――英子さんは神田女学園（当時は神田高等女学校）でしたね。

北野　あそこを通って行くんですよ。よく水上が「よし行こう。あそこ行こう」とか言って、私たちと学校の行き帰りに、野田さんも一緒に。私は年頃がまだ娘にもなりきらない敗戦後の食物が何もないころ、錦華の、あの山の上ホテルのバターの匂いを嗅いだ。そんなことをよく思い出しますね。

――大変よくご記憶で驚きました。

北野　（水上を）やっぱりある程度好きだったから

ね。兄がいないから、十一歳上でしょ？　彼も妹がいたんでしょうけれども、私みたいな不良はいないから。あれだけ人間を描くだけあって、観察力はもちろんのこと、小さいとき苦労して、闘争心とかもあったでしょう。でも、そういうのはあまり表面に見せませんでしたね。

奥田　感じさせないよね。

北野　だから、一見は非常に人当たりもいいし、話せばたくさんの話を楽しく、ものまねして小僧時代の話までして人を飽きさせない。繊研時代もそうでした。でも人間の根底にある生まれ育ちとか、そういうものを無駄なく蓄積してね。「物書きになるから、英ちゃん、絶対僕は物書きになるから」。それで世に出るって。

――それはやっぱり英子さんだからお話ししたんでしょうね。

奥田　女の子はモテるんです。

北野　他の兄弟は全然興味示さない。私が一番興味を示す。私も文学とか小さいときから好きだったから、日劇の地下とか、恋文横丁にも連れてってもらった。

奥田　僕なんか「大学のどこに入ったんだ」と言うから、「経済学部です」って言ったら、「つまんねえ所入ったな」って。だけど、飯を食ってくにはしょうがないだろうなと。

（二〇一七年五月一四日、奥田利勝さん宅にて）

初出：『山梨大学国語・国文と国語教育』二〇一八・二
本書収録にあたって一部修正した。

ブックガイド

『フライパンの歌』

《この暑い屋根裏部屋に辛抱してゐるのも、結局、自分の甲斐性のなささの、諦らめからである。自分の諦らめで、妻子が泣いてゐるのだ。》

初版　一九四八年七月　文潮社刊

戦後の昭和二十年代前半を舞台に、安田と民江、そして娘のユキエの生活を描いた連作小説集。水上自身の神田時代と浦和時代がモデルになった私小説的作品で、その実態は本書収録のインタビューからうかがえる。戦後の混乱期の貧乏暮らしを明るく笑い飛ばすような軽やかな作風であり、すぐに数版を売り上げて映画化の話も出たヒット作となった。水上はその完成度に納得できず、全集にも収録されていないため気軽に読むことは難しいが、比較的入手しやすいものに角川文庫版（一九六二年初版）がある。（大木）

『霧と影』

《田舎教師のありふれた一つの死には違いないが、それが何かと関係がないとは言えない……そんな予感がぼくをひき立てているんです。キャップの言うとおり、日本は犯罪の巣だ。いろんな犯罪が蜘蛛の巣みたいに張りめぐらされ、その巣と巣のつながりから事件は起きている……》

初版　一九五九年八月　河出書房新社刊

東京堀留で起きた取り込み詐欺事件と、若狭の小学校教師の変死事件が、政治的且つ土俗的な背景をもつ一つの事件へとつながっていく、トラック部隊事件に材をとった最初の書き下ろし長篇推理小説。水上勉が私小説の道を捨て、長いブランクを経て再び筆を執って書いたのは推理小説だった。本作には筆者のブランクの間のすべてが投入され、濃縮されている。再出発の記念碑となる二度目の処女作となった作品。比較的入手しやすいものに新潮文庫版（一九六六年初版）がある。（高橋）

【コラム】

「文壇放浪」の一コマ

――宇野浩二、太宰治、田中英光、そして山岸一夫

大木志門

筆者らが勘六山の家で資料整理を始めた際に、水上蕗子さんから、最も古い時代の資料が母屋にあると言われて初めに調査をしたのが、昭和二十年代はじめの資料一式がぎっしりと詰まった木箱であった。その中身は虹書房・文潮社時代の出版資料と書簡で、前者の意義については別途掛野剛史氏が論じているので、ここでは書簡の方を話題にしたい。書簡の宛名は多くが水上と虹書房宛、そして一緒に虹書房を興した山岸一夫宛である。つまり作家・水上勉ではなく編集者・水上勉に宛てたいわばビジネスレターであるのだが、そこには単なる仕事上だけではない、文学に関わる者同士の関係が色濃く映し出されている。著名な文学者では、この時代に知り合い、口述筆記に通っていた師・宇野浩二のものが八十通強で圧倒的に多く、他に田中英光、川崎長太郎、梅崎春生、上林暁、正宗白鳥、室生犀星などのものが複数含まれている。

まず宇野浩二との関わりは、松本に疎開していた宇野に作品の刊行許可を得るため、水上が手紙を書いたことで始まった。山岸と疎開先に会いに行くと、宇野が過去にある女性を匿う際に用いた変名が「水上潔」だったという奇縁で親しくなり、上京後の宇野の元に足しげく通うことになったのである。宇野から電報やハガキで「コウジュツタノム、ウノ」との一報が入るたびに、東大赤門近くの家まで赴いたという（『わが六道の闇夜』）。水上は三笠書房の時代にＹＭＣＡの速記塾に通って田鎖式の速記を学んでいたが、遅筆の宇野には不要だったようだ。立て続けに送られている宇

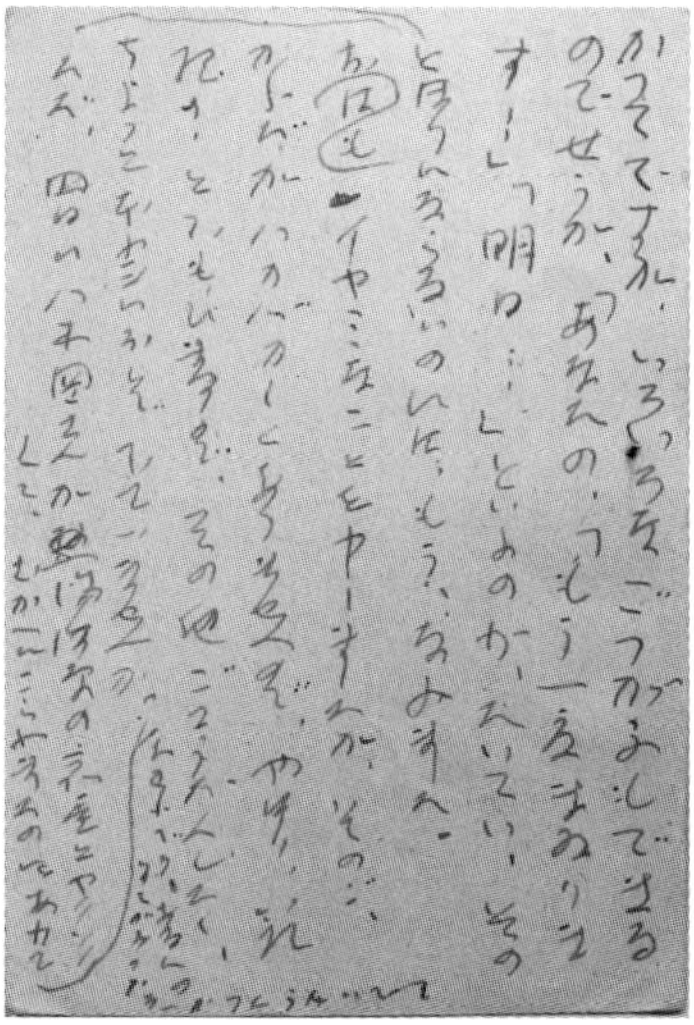

水上勉宛宇野浩二書簡。このような調子の書簡や電報が続けて届いている。

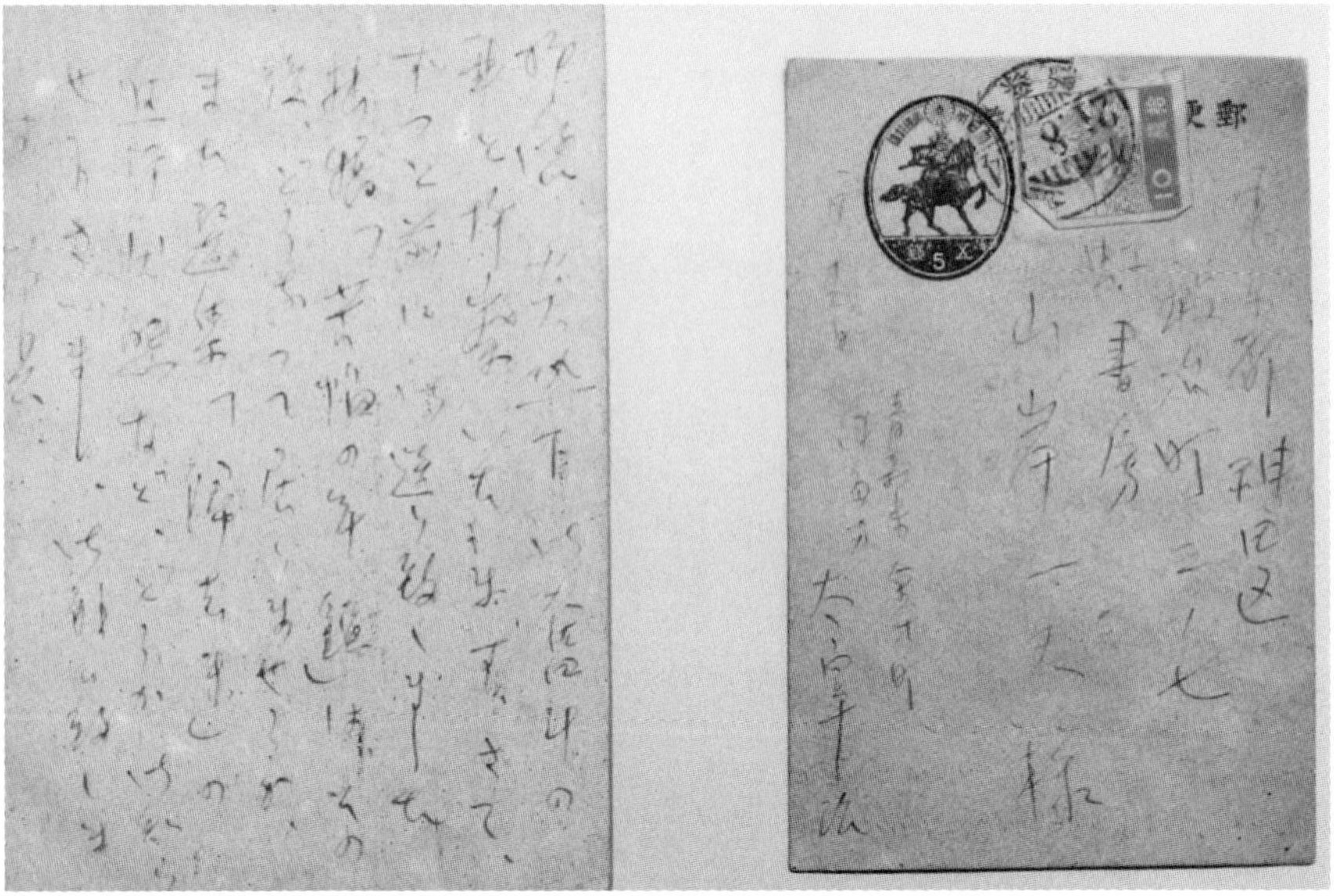

次頁で言及した太宰治の山岸一夫宛葉書２通。かなり焼けていて片面はほとんど消えかけている。

野の書簡からは、水上に対する篤い信頼が伝わってくる。たとえば昭和二十三年九月六日付の葉書には「あなたの、「もう一度まゐります……」「明日……」はといふのが、たいてい、そのとほりにならないのに、もう、なれました」と恨みがましく書きながら、それでも強く来訪を乞うている。本文中には雑誌『作品』の八木岡英治の名が見えるので、このころ同誌に連載が始まり、水上が口述筆記をした『思ひ川』にかかわる相談であったかもしれない。

水上によると、宇野の原稿は一字でも書き損なうと、その箇所に一字分の紙を貼りつけて楷書で書き直したため、原稿が何枚も重なってかさ高くなっていたという（『文壇放浪』）。ちなみに筆者は日本近代文学館で宇野の原稿を見たことがあるが、作品の冒頭を何十回も書き直して、しかもその反故原稿を捨てずに全て取ってあった。「文学の鬼」にふさわしいその原稿のあり様と、水上の原稿の残り方が似ていることに大変感銘を受けた。

なお、虹書房・文潮社時代の資料がまとまって残っていたのは、当時の水上が暮らした浦和の内田家で一九七〇年代に発見され、水上に返却されたからで、そこからも妻に逃げられて夜逃げ同前に転居したという慌ただしい様子が伝わってくる。水上自身がその由来を記した文章「太宰さん『苦悩の年鑑』のころ」（一九七九・七『国文学』、のち『落葉帰根』収録）が残っており、この文章に登場する太宰治の葉書二通の現存も確認することができた。いずれも「虹書房　山岸一夫」宛のもので、それぞれ片面が日に焼けてしまっていたが、何とか判読することができた。水上によって紹介済みではあるが、太宰の全集には未収録であまり知られていないと思われるので、ここで翻刻を掲出しておく。

昭和二一年（消印読めず）速達

　青森県金木町津島文治方　太宰治

拝啓　炎熱下御奮斗の事と拝察いたします。さてずつと前に御送り致しました拙稿『苦悩の年鑑』はその後どうなつて居りませうか、また選集『帰去来』の進行状態など、どうか御知らせ下さいまし、御願ひ致します。

敬具

昭和二一年八月二四日消印

　青森県金木町津島方　太宰治　八月二十三日

拝啓、ゲラ刷りをどうもありがたうございました。炎天下御奮斗の事でございませう。なかなか大変な時代ですけど、しかし頑張りませう、こちらも暑くて楽ぢやありません。ウナギがたべたくてなりません、今年中には東京へ移住のつもりです。不一。

終戦後、疎開先の津軽から戻っていなかった太宰に『帰去来』の刊行許可と、創刊したばかりの『新文芸』用に新作原稿（『苦悩の年鑑』）を依頼したようで、太宰は第一便で渡した原稿の進行状況を確認し、第二便ではそのゲラ刷りが到着したことを報告している。なお創作集『冬の花火』（一九四七年、中央公論社）の企画を相談した、同年八月三一日付、中央公論社出版部・梅田春夫宛の太宰書簡（『太宰治全集　第十一巻』収録）に「『苦悩の年鑑』はゲラ刷りもらつてゐます」と記されている。水上は「その原稿が送られてきた時の感動は忘れられない」（『泥の花』）と回顧しており、到着した原稿を山岸とともに「むさぼるように廻し読みした」（「太宰さん」）という。また少し後の失業時代に、水上は太宰の砂子屋書房版『晩年』を持っていて、その中の「葉」や「魚服記」を繰り返し読んで、「飢餓一歩手前だった私の失業生活を思いおこして、太宰さんの小説が私にとってどんなになぐさみであった

山岸一夫（右）と（『冬日の道から』より）

か」（同前）とも書いている。太宰の『苦悩の年鑑』は『新文芸』第一巻第三号（奥付では昭和二一年六月十日刊行）に掲載されたが、この書簡からわかる通り、実は八月のこの段階でもまだ刊行されていなかった。紙の入手にも困る混乱期の出版界であり、奥付の記載が必ずしも信用できないことがわかる。太宰は同年一月二十九日に本作を脱稿しているので、ずいぶんと待たされていたことになる。選集『帰去来』の方は同社の「虹選書」の一冊として企画されており出版広告に予告も出ているが、虹書房の倒産のためにそのまま流れたようだ。

　なお、ここまで何度も名前が登場している山岸一夫は、四歳年上の学芸社の同僚で、水上の前半生で切っても切れない文学上のそして人生上のパートナーだった。山岸は戦時中に若狭の水上の集落に疎開したが、すぐに海軍に応召され、彼の妻が腸チフスに罹患して水上が病院までリヤカーで運んだ終戦の日の思い出が短篇『リヤカーを曳いて』になっている。戦後当初の山岸は阿佐ヶ谷や三鷹に住んでおり、外村繁と親しかったので、その縁で太宰にわたりをつけて自分たちの新雑誌に原稿を依頼したようである。後に繊維経済研究所などに移ったのも山岸のつてであり、この山岸がいなければ、その後の水上の作家人生も存在しなかったであろう。山岸はのちに和田芳恵の『日本小説』のスタッフになり、企画の天才と呼ばれたという。『苦悩の年鑑』が載った『新文芸』にも小説を書いているが、残念ながら作家としては成功しなかった。「私には友だちは少なく、今日になっても、山岸一夫ぐらいなもの」と水上は後年の『冬日の道』で書いている。

　水上はその山岸から「太宰文学への酩酊」を教えられ、田中英光から「太宰さんという人」を教わったという。その英光が前年十一月に三鷹に転居した太宰を連れて虹書房を訪れた「虹書房　水上勉」宛の書簡があり、これも前掲文献で水上自身が紹介しているが、少し異同があるのでやはり現物から翻刻する。

昭和二二年一月二一日消印
伊豆三津一〇　田中英光　1／21
冠省、ごぶさたしてをりますがお元気なこと丶存じます。旧臘太宰治さんといつしよにお邪魔しましたら、皆さんお留守でがつかりいたしました。この廿七、八日ごろれいによつて上京いたしますので、すみませんが南鴎社の久松さんと連絡をとられ、久松さんから五百円——あのとき千円、おかりしただけになつてをりますので、貴社から五百円と合せて千円だけ御都合して頂けないでせうか。久松さん、なにかヒカン的なお手紙だつたので、心配してをりますが。

田中英光は終戦後、桜井書店の社長の持ち家を借りて伊豆に住んでおり、そこからたびたび上京して虹書房や内田家を訪れていた。英光は太宰と水上を引き合わせたかったようだが、三人で会うことはかなわなかったようである。結局、その後も太宰と水上は直接会うことなく、太宰が三鷹の玉川上水で入水自殺した際も「浦和にいて、ラジオと新聞でニュースをきいたのだけれど、お葬式にもゆかなかった」(『文壇放浪』)という。その後、新宿のととやで行われた太宰を偲ぶ会に出席した水上はそこで小山清と木山捷平に出会い、カストリ焼酎を飲み過ぎて初対面の木山に抱えられて会場を出ることになった。なお、書簡中の「南鴎社の久松さん」とは元『新文学』の同人で大映にも勤めていた久松直勝で、久松は三鷹で朝鴻社のちに久松書店を興して雑誌『浪漫』を刊行し、水上はその手伝いをしたことがあった。混乱期の戦後出版界で早く名乗りを上げた虹書房には多くの作家や編集者たちが集まっていたため、水上は英光から原稿を預かって売りさばいていたのである(詳しくは掛野氏の論考参照のこと)。

水上は神田時代には闇市のカストリ屋台で、文潮社時代は東北沢駅前の屋台で英光とよく酒を呑んでいたが、水上が一歳に満たない蕗子を背中に括りつけて呑み歩き、娘をどこかの屋台に預けたまま忘れてきて英光と一緒に捜し歩いた話や、アドルムの錠剤を十粒ほど焼酎に混ぜて飲んだ英光が屋台の客とけんかになり、大柄な英光が屋台を持ち上げた話なども残っている。文潮社時代には、同社から出ていた自叙伝全集に『太宰治篇』を田中英光編で刊行したが、その後英光は太宰の墓の前で自死を遂げた。その英光のことを水上が書いた短篇、「その人の涙」もある。

「昭和二十一年、二十二年、二十三年、この二、三年は、いろいろな作家が神田の虹書房や世田谷の文潮社にあらわれ、二社の倒産とともに、去ってゆかれたのだった。私は、編集者であったればこそ、これらの作家たちにお会いできたのだと思う」（『文壇放浪』）と水上は書いている。やはり戦前の『新文学』の同人で、文潮社の池沢丈雄がいた創造社に勤めていた縁で虹書房を訪れ、終電がなくなるとたびたび泊まっていったという梅崎春生とは、彼の出世作の「桜島」が『素直』の創刊号に掲載されることになったので懸賞小説に投稿していた新生社まで水上が一緒に取り返しに行ったことや、甲府に疎開していた武田麟太郎が陸軍の復員服に首手ぬぐいで上京して虹書房を訪れるようになった話など、回想録『文壇放浪』には魅力的なエピソードがつまっている。これら水上をめぐる戦後すぐの文壇交友の実態も、宛書簡の調査によってこれから明らかになってゆくはずである。

注・本稿で紹介したものを含む水上宛田中英光書簡は、大木志門・掛野剛史・高橋孝次「水上勉宛田中英光書簡18通―水上勉資料の中から」（『昭和文学研究』二〇一七年九月）で紹介しているので、ご関心のある方はそちらをご参照いただきたい。

『凍てる庭』

《「お父ちゃんは……洋服屋やめて何するの」
「さあ、わからない」
私の頭の中に、うつぼつと物を書いてみたいという衝動が動きはじめたのは、こうした蕗代とのふたりきりの何げない会話の一瞬からであった。それは風のように私を襲った。》

初版　一九六七年五月　新潮社刊

「その子が生れたら、男の子なら蕗助、女の子なら蕗代にしよう、と私は考えていた」という一文から始まる自伝的小説。子の誕生から、戦後東京に出て、出版社を興す。神田、浦和と転々としながら、出版社の行き詰まり、夫婦の不和、子との別れ、そして再出発まで。戦前戦後を挟んだ水上自身の体験を下敷きにしながらも、フィクションとないまぜになって、「自伝的小説」という言葉だけでは済ますことのできない独特の作品世界が生み出されている。水上勉の作家的履歴の一端を知ることのできる基本的な作品だが、全集に収められている以外は、新潮文庫版（一九七五年）で読めるのみである。（掛野）

『冬日の道』

《「冬日の道」と題したのも、じつは、すれちがった先輩、知友の、心をかけてくださったあたたかさが、木洩れ陽のように、私の背中に、今日ものこっているからだ。》

初版　一九七〇年三月　中央公論社刊

昭和十五年二月十八日、投書雑誌の選者だった丸山義二からもらった手紙だけを頼りに上京した「私」は、丸山の世話で日本農林新聞社で働くことになる。同人誌に参加し、少しずつ世界が広がる「私」。戦争を挟み、文学への情熱が薄れもしながら再び筆を執った作品「霧と影」。「雁の寺」で直木賞を受賞するまでの道のりを、出会った人びと、師宇野浩二への思いとともに綴った自伝的小説。作家の自伝シリーズ『水上勉』（日本図書センター、一九九八年四月）に「わが六道の闇夜」とともに収録されている。（掛野）

論考

戦後出版文化の中の水上勉

掛野剛史

一、はじめに

水上勉が直木賞を受賞したのは一九六一年、四二歳の時だった。この年に至るまで、彼は多種多様な職業を経験し、その職業経験の多彩さは、近年、世田谷文学館で「水上勉のハローワーク　働くことと生きること」展（二〇一四年）として、彼の文学人生と職業遍歴を絡めた展覧会が開催されているほどである。

そうした彼にとって最も長く勤め、そして後の作家生活につながった職業の一つが編集者であろう。彼が書いた一九五二年五月一二日付の自筆履歴書（＊　以下、＊は水上勉のもとに残された資料を参照したことを示す。）によれば、一九四〇年二月に報知新聞に入社し、一九四一年五月三笠書房編輯部に勤務、一九四二年一〇月映画配給会社勤務、一九四六年一月には虹書房から『新文芸』を創刊、一九四七年三月に退社となっているが、彼の年譜[1]や他の自伝的文章においては、これ以上の職業履歴があるとともに、この履歴書との年代や内容の齟齬がみられる。「年譜」によれば、最初は一九四〇年四月に日本農林新聞社に入社し、一九四一年二月に報知新聞社校閲部から学芸社にかわり、八月には三笠書房に移る。一九四三年四月に映画配給会社にかわり、のちさらに日本電気新聞社に移っている。そして一九四六年四月には虹書房を興し、『新文芸』を創刊し、一九四七年春に虹書房がつぶれた後に、文潮社に移る、となっている。履歴書自体の信憑性もさることながら、この「年譜」の記述にも、虹書房を興した月の誤りをはじめ、いくつかの誤りがみられる。

　ただ急いで述べておけば、これは何も、ことさら年譜の誤りをあげつらうために述べたものではない。そもそも水上自身が過去の自身の体験をもとに書いた自伝的小説においてすら、実際の体験と照らすと齟齬があるのである。水上が重視したのは「記憶」であり「記録」ではないのであって、小説と年譜的事項との照応に終始して、それを細かく指摘したところであまり生産的ではないだろう。だがそのことを確認した上で、それでもやはり水上勉の作家的行程を考える時には、「正確」な履歴の検証が求められることは間違いない。

　そこで本稿では、水上のもとに残された資料を中心に、戦後の虹書房、文潮社の編集者時代の水上の足跡を跡づけ、彼の動向と虹書房と文潮社の出版活動の実態を周辺の出版社の動向とも関連させながら検討し、混乱期にあった戦後出版界の中、編集者として生きた水上勉という存在に注目してみたいと考える。彼にとって編集者として過ごした期間はどのような意味を持つ時代であったのだろうか。

　なお、文末に「虹書房出版図書目録」を付した。

二、編集者としての水上勉

　虹書房については、水上の自伝的小説「凍てる庭」[2]や「冬日の道」[3]に書かれているように、当時の妻の叔父奥田利一が出版の話を持ちかけ、その話を伝え聞いた山岸一夫が乗り気になり、創立したことになっている。出版社としての企画は「すべて山岸一夫氏の企画」[4]だったというが、水上もまた編集者として原稿集めに奔走している。

　虹書房として最初の活動は、雑誌『新文芸』[5]の創刊だった。この創刊号がいつ世に出たかについては、いくつか異なる記録がみられ、また奥付の発行日は一九四六年一月一日となっているものの、古谷綱武書簡（一九四五年一二月一七日　＊）および、福島保夫書簡（一九四五年、月不明　＊）に『新文芸』創刊号を受贈した旨の記載があるので、一九四五年内に出たことは確実である。しかしこの雑誌は第二号を一九四六年二月一日に出して以降、早くも三号から月刊のペースが乱れはじめ、六月に三号を刊行、次の号は翌年八月一日までに延引してしまう。

この辺りの状況については、「凍てる庭」によれば、スポンサーだった叔父が本業の製袋業が忙しくなり、またこの頃出そろってきた他の競争相手の出版社に対抗してまで出版を続けていく意欲がなくなったことから、毎月発刊しなければいけない「雑誌を廃刊して、単行本一本槍でいこうではないか」[6]となったとされている。確かにこの時期、一九四六年五月一〇日奥付の樋口一葉『にごりえ』を皮切りに、雑誌にかえて単行本を出版し始めている。単行本のラインナップは広告によっていくつか相違がみられるが、出版広告では一五冊の刊行予定を含む「虹叢書」シリーズの目録が告知され、「百数十巻になる予定である」[7]という壮大な企図も語られている。また結局は刊行されなかった「梶井基次郎全集」の刊行の予約申し込みも受け付けており[8]、積極的な動きがあったようだ。だがこの単行本出版路線も中途で頓挫してしまう。

一九四七年一月一日の奥付を持つ高見順『恋愛年鑑』については、告知してから刊行まで相当の時間を要したようで、水上自身も、山岸一夫とともに高見順を訪問した時を回想して「わたしの用件は、虹書房で刊行予定だった「恋愛年鑑」の遅延事情を説明し、お詫びにあがった」[9]と述べているが、一九四六年三月八日書簡（＊）では早くも地方の読者から送金の知らせがある一方で、まだ到着しない旨の問い合わせが書かれた一九四七年四月二二日書簡（＊）が残る。結局のところ、水上自身が書いているように、この戦後混乱期において「紙代、印刷代が昂騰し、次第にやりくりがつかなくなっていった」というところが実情のようで、山岸一夫は大地書房の『日本小説』に移って、虹書房からは手を引き、印刷会社や紙屋は「前金を渡さないと仕事にかかってくれない」こととなり、資本のない会社は八方ふさがりになった。

雑誌『新文芸』は一九四七年八月号から同人制を敷き、再出発を図るが、最終的に一二月二〇日奥付の六冊目を出して廃刊になってしまう。廃刊の告知はないが、同人の地引喜太郎の書簡（一九四八年二

月六日　＊）、および水上の地引喜太郎宛書簡（＊）、山岸一夫宛書簡（＊）からは廃刊に向けた状況がうかがえる。

なお『新文芸』では投稿を募集して、新人作家の積極的な登用を狙っていたようだ。創刊号での新人作家投稿募集に応えて多くの新人が投稿してきていたことが、水上のもとに遺された資料からはわかる。実際に掲載には至っていないが、こうした多くの投稿作品からは戦後文学の熱気も伝わる。

この廃刊と前後して、水上は池沢丈雄が興した文潮社に移っている。池沢は兵庫県淡路島出身の一九一〇年生。一九四六年五月に文潮社を創立し、山本有三『風』（文潮社、一九四六年九月）が話題を呼び、一躍戦後出版社の風雲児になった人物である。水上は虹書房での仕事と並行して、少なくとも一九四七年一〇月以前には文潮社での仕事を始めていたようだ。一九四七年一〇月三日消印の軽井沢から送られた正宗白鳥の文潮社水上勉宛書簡（＊）には、印税支払いについてのやり取りが残っており、以前から正宗との間で交渉していたことが推測できる。

文潮社での彼の肩書きは名刺（＊）によれば「企画課長」で、池沢丈雄「抜き書き帳」（『文芸通信　文潮』一九四八年三月一日　＊）によれば「企画顧問」となっている。この肩書きで取り組んだ仕事が、文潮社の雑誌季刊『文潮』（一九四八年五月）の編集と、「文潮選書」（一九四七年～）、「自叙伝全集」（一九四八年～）といったシリーズ物刊行だろう。池沢は『文潮』創刊にあたって「第一輯がよかつただけ第二輯が六つかしくなつたが、もう大体の自信と腹案は出来て、水上勉君が相変らず飛び廻はつて呉れてゐる」（『文芸通信　文潮』一九四八年六月）と書いている。その水上のもとには「新企画　文潮選書」（＊）と題する一枚物の印刷物が残っており、出発時における企画意図をうかがい知ることができる。それによれば「文潮選書」は「第一期企画八月より毎月一冊乃至二冊刊行」とされ、装幀その他は「上製A六判各冊三〇〇頁（三一円―三五円）」で、部数は「各五万部」となっている。そして予定された作家と作品は次の通りであった。これをみると企画当初より戦後的な雰囲気は薄く、きわめて正統的な文

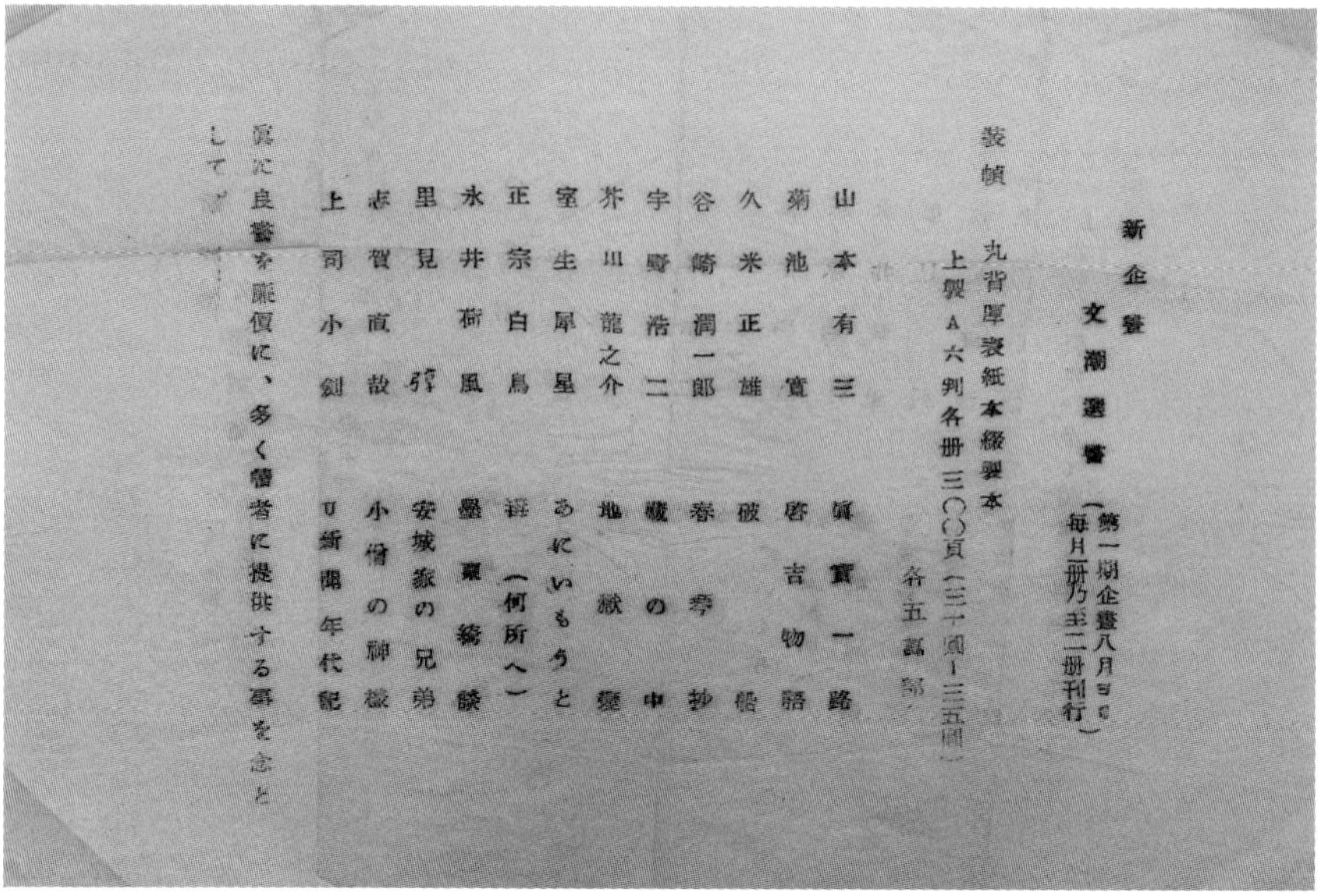

新企畫

文潮選書（第一期企畫八月ヨリ毎月一冊乃至二冊刊行）

各五萬部

上製A六判各冊三〇〇頁（三十圓－三五圓）

装幀　丸背厚表紙本綴製本

山本有三　眞實一路
菊池寛　啓吉物語
久米正雄　破船
谷崎潤一郎　春琴抄
宇野浩二　藏の中
芥川龍之介　地獄變
室生犀星　あにいもうと
正宗白鳥　毒（何所へ）
永井荷風　墨東綺談
里見弴　安城家の兄弟
志賀直哉　小僧の神様
上司小剣　U新聞年代記

眞に良書を廉價に、多く讀者に提供する事を念として

「新企画　文潮選書」と書かれた企画書

学主義に貫かれていたことがうかがえる。

山本有三「真実一路」
菊池寛「啓吉物語」
久米正雄「破船」
谷崎潤一郎「春琴抄」
宇野浩二「蔵の中」
芥川龍之介「地獄変」
室生犀星「あにいもうと」
正宗白鳥「毒（何所《ママ》へ）」
永井荷風「墨《ママ》東綺談《ママ》」
里見弴「安城家の兄弟」
志賀直哉「小僧の神様」
上司小剣「U新聞年代記」

実際に刊行されたのは、菊池寛『啓吉物語』（一九四七年一一月）、室生犀星『あにいもうと』（一九四七年一〇月）、正宗白鳥『地獄』（一九四七年一二月）、宇野浩二『蔵の中』（一九四七年一二月）、谷崎潤一郎『悪魔』（一九四八年四月）、上司小剣

『木像』（一九四八年六月）の六冊だけだが、里見弴に「文潮社の水上勉さんを御紹介いたします。ちょっと会ってあげてください」と書かれた宇野浩二の名刺（＊）が残るなど、こうした多くの大正昭和の大家に直接原稿交渉をして、謦咳に接する経験は、水上にとって大きな意味を持っていた。最初は正宗白鳥の「不徹底なる生涯」の口述筆記を手伝い、のちには宇野浩二の口述に深く関わることになるなど、彼らの実際の創作の現場に立ち会うことになったのである。

しかし逆に深くなじんでいたからこそ、『霧と影』での再出発は、こうした大正文学的世界を断ち切るところからはじめなければならなかったともいえる。もちろん『霧と影』には宇野浩二の長い「序文」が付いていることにも象徴されるように、その切断の内実は単純ではなく、より複雑なものがあることはいうまでもない。

三、混乱期の戦後出版界の中の水上勉

水上勉資料のうち、宇野浩二を除けば、最も多く残る水上宛書簡が田中英光からの書簡になる。この書簡についてはすでに別稿で紹介しているが、書簡のほとんどが田中英光からの原稿の売り込みに関するもので、親しい二人の関係がうかがえる。実際に虹書房および文潮社で採用した原稿は、「運」（『新文芸』一九四七年八月）、「曙町」（『新文芸』一九四七年一一、一二月）と『暗黒天使と小悪魔』（文潮社、一九四八年一〇月）、『黒い流れ』（一九四八年一一月）だけだが、この書簡からは、これだけではない数の原稿が田中英光から水上に渡った上で、水上を通して他の出版社に原稿の斡旋をしてもらっている具体的な様相が明らかになり、混乱期にあった群小出版社の相互の関係性の一端が浮き彫りになる。

たとえば、札幌に本社があった「青玄社」という出版社については、一九四六年から四八年までの活動が確認でき、『大道』という雑誌や北海道文学選と銘打った単行本を刊行した出版社だが、この青玄社と田中英光をつなぐものが水上勉とその周辺にある出版社だったことがみえてくる。

すでに五十嵐康夫が田中英光の「光格天皇」（『大道』一九四七年一〇月）という作品について、その掲載に水上が介在していることを推察しており[11]、また水上自身も「私は、氏の原稿を、知りあいの出版社へまわした」[12]（『冬日の道』二九頁）とも書いているが、田中英光の一九四七年六月二〇日書簡（＊）には、「久松氏が「光格天皇」とつたようですが」とあるので、「光格天皇」は、まず初めに、久松書店や南鴎社を経営していた久松直勝の手に渡っていたようだ。それがいかなる経緯かわからないが、青玄社の『大道』に転送され、掲載されたことになる。

そして「女の問題」（『浪漫』一九四七年一一月）は、「マルエ洋行にやつて頂けませんか」と田中は書いているが、結果は、それとは異なり、久松書店が創刊した雑誌『浪漫』（一九四七年一一月）に掲載されたことになっている。しかし『新文芸』一九四七年八月号に掲載された出版広告に、マルエ洋行出版部から刊行が予告されている「新撰小説集第一輯」というものがある。その目次には、田中英光「女の問題」が記されているため、実際に田中の言葉通りに原稿は転送されたようだ。ただこの「新撰小説集　第一輯」はマルエ洋行出版部からは刊行されなかったらしい。というのも、この予告に出ている執筆者、タイトルがすべて久松書店刊行の『浪漫』一九四七年一一月号と全く同じなのである。企画自体がそのまま移ったものか不明だが、こうした経緯をみると青玄社―虹書房―久松書店―マルエ洋行といった出版社がきわめて近い関係にあったことは間違いない。

こうして一九四七年六月頃、まとめて水上に託されたとみられる三作品が、それぞれ「光格天皇」『大道』一九四七年一〇月、「女の問題」『浪漫』一九四七年一一月、「運」『新文芸』一九四七年八月として掲載されたのである。

この四社を結ぶものは何だろうか。このうち「マルエ洋行」という出版社については、不明な点が多い。『一九五一年版出版社執筆者一覧』[13]および『昭和二三年度版出版社執筆者一覧』[14]には「マルエ洋行出版部　白井通夫　東京都神田錦町三―一八」として記載がある。一方で『昭和二一年度版　最新出版社執筆者一覧』[15]には記載がなく、実際の刊行物も確認できておらず、水上との接点も見いだせていない。ただ残る三社の関係については、その背後に水上勉

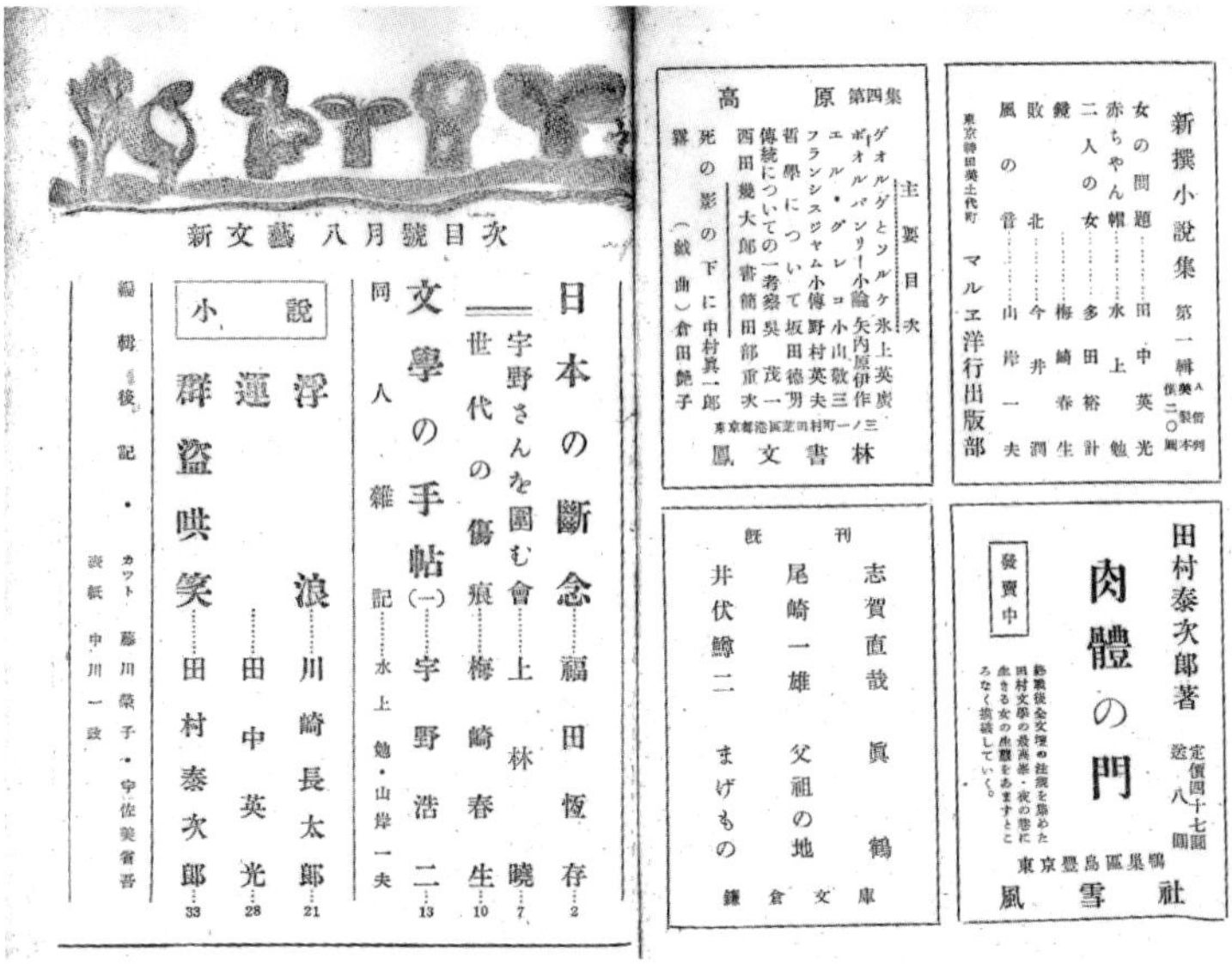
新文藝　八月號目次

日本の斷念……福田恆存　2
宇野さんを圍む會……上林曉　7
世代の傷痕……梅崎春生　10
文學の手帖(一)……宇野浩二　13
同人雜記……水上勉・山岸一夫

小説
浮浪……川崎長太郎　21
運……田中英光　28
群盗哄笑……田村泰次郎　33

編輯後記・カツト　藤川榮子・宇佐美省吾
表紙　中川一政

新撰小説集　第一輯
女の問題……田中英光
赤ちゃん帽……水上勉
二人の女……多田裕計
饑……梅崎春生
敗北……今井潤
風の音……山岸一夫
東京神田美土代町
マルヱ洋行出版部

高原　第四集
主要目次
グォルゲとソルケ……氷上英廣
ポオル・バンリー小論……矢内原伊作
エル・グレコ……小山敬三
フランシス・ジャム小傳……野村英夫
哲學について……坂田徳男
傳統についての一考察……呉茂一
西田幾太郎書簡……田部重次
死の影の下に……中村眞一郎
（戯曲）……倉田艶子
東京都港區芝田村町一ノ三
鳳文書林

田村泰次郎著
肉體の門
定價四十七圓
發賣中
東京豐島區巣鴨
風雪社

既刊
志賀直哉　眞鶴
尾崎一雄　父祖の地
井伏鱒二　まげもの
鎌倉文庫

『新文芸』1947年8月号　目次と広告

とその人脈が浮かび上がる。

まず青玄社と水上を結びつけたのは、当時青玄社で編集を担当しながら自らも作品を掲載していた伊藤森造である。彼と水上の関係は戦前にさかのぼり、水上宛一九四三年一二月二七日書簡（＊）が残る。そして札幌で刊行した『大道』を定価の三割掛けで水上に卸し、委託販売を依頼している書簡（＊）があり、実際に納品書（＊）からは二〇〇部が水上のもとに納品されていることから、本社を札幌に置いていた青玄社とは販売も含めた関係だったことがわかる。なおこの当時、インフラの関係から北海道での出版活動は盛んで、支社を持った出版社も多かったが、虹書房にも北海道での印刷を勧誘する書簡（＊）もあり、当時の様相を象徴するものといえよう。

そして久松直勝と水上の関係も戦前にさかのぼる。久松については、水上勉「冬の光景」[16]に、戦時下に水上が加入していた『東洋物語』などの同人誌が『新文学』に統合される際、大映関係者の同人誌の代表として登場する。また水上勉「自伝抄　浦和に

いた頃　一一」[17]には「大映にいた久松直勝さんのことで、彼は私と戦前同人雑誌を一しょにやった仲で、昭和二十一年春ごろ南鴎社を設立して、雑誌「浪曼《ママ》」と、単行本出版をやった。（略）しかし久松さんは一年半ほどで、出版業から手をひいて、また大映へもどった」とある。久松の水上宛書簡は三通残り、また田中英光書簡、宇野浩二書簡にもその名前が散見されるが、出版活動の実態としては、久松書店としては雑誌『浪漫』と梅野彪『二十世紀のマリア』、北条誠『恋愛手帖』を刊行。南鴎社としては宇野浩二『出世五人男』、ツルゲーネフ『あひびき』を刊行している。

水上と親しかったこの出版社に関しても、残された記録からは不明な点は多い。一九四七年の『出版年鑑』（一九四七年七月）にはその名前の記載はないが、翌年の『出版年鑑』（一九四八年一一月）には「南鴎社」と「久松書店」の記載が登場する。同様に『昭和二一年度版　最新出版社執筆者一覧』には記載がないが、『昭和二三年度版出版社執筆者一覧』では「朝鴻社」（なぜかナの項目にある）、「久松書房《ママ》」とあり、『浪漫』を発行していることになっている。『一九五一年度版出版社執筆者一覧』でも「久松書房《ママ》」で『浪漫』を発行していることになっている。これらはいずれも住所が「三鷹町井口三七五」である。

そしてまた、水上のもとにはさまざまな肩書きが記された水上自身の名刺も残されており、彼の職業遍歴を物語る証拠となっているのだが、この中に興味深い名刺がある。虹書房編輯部長と印刷された肩書きを手書きで訂正し、「北の女性編輯部　嘱託」と書いている名刺（＊）がそれである。『北の女性』は北の女性社から一九四六年七月に刊行された雑誌で、一九四六年一一・一二月号までの四冊が確認できる雑誌である。伊藤整や百田宗治の協力を得て創刊されたのだという。[18]北の女性社は北海道上川郡愛別村愛山を所在地とし、編集発行人は菊池モト。印刷所は旭川市の旭明社印刷所となっている。

この何の接点もなさそうなこの雑誌と水上をつないだのは、おそらく北海道出身の山岸一夫ではないだろうか。というのも一九四六年一〇月号（一巻三号）には山岸一夫の小説「風媒花」が掲載されており、「後記」には「本道の出身で目下中央に於てしきりに活躍せられて居る船山馨、山岸一夫両先生の小説を御好意によつて掲載出来得ましたことを感謝致して居ります」とあるからだ。この名刺の存在によって、『北の女性』の原稿集めに水上が関わっていることが推測でき、そうした意味で改めてこの雑誌の目次をみると、この雑誌に並んだ作家名に確かに納得できるのである。『北の女性』について「注目されるのは（略）北海道に転居していた作家・知識人だけでなく、東京をはじめ道外に居住して第一線で活躍していた文化人も多数寄稿していることである」[19]と注目される点については、水上の存在によるところが大きいのである。

まず創刊号に水上と関係の深い徳田一穂の「粉雪」という小説が掲載されている。また一九四六年八・九月号の第二号には、これも関係の深い寺崎浩の「眉翳る」という小説が、第三号には先ほどの山岸一夫の「風媒花」が掲載されているのである。そして、他にも水上と交流があった作家の作品を挙げてみると、室生犀星「心（＊詩）」、上林暁「庭訓（＊小説）」（一九四六年七月）、古谷綱武「読書について」（一九四六年八・九月）、谷崎潤一郎「（＊短歌）」（一九四六年一〇月）、南川潤「三角帽子（＊小説）」（一九四六年一一・一二月）といったものが挙げられる。

不明な点も数多く残るものの、さまざまな戦後雑誌の動向と、水上の動きを重ね合わせることで、地域をこえて、いくつもの戦後雑誌と作家たちをつなぐ一つのハブとして水上勉という存在が機能していることがみえてくる。そうした存在としての水上勉自身を考えること、また編集者水上勉を一つの結節点として、戦後出版界や戦後文壇を新しくみなおすこと。魅力的な問題は、まだ手つかずのまま残されている。

《註》

1　祖田浩一編「年譜」（『水上勉全集』二六巻、中央公論社、一九七八年一一月）

2　水上勉「凍てる庭」（『サンデー毎日』一九六七年

八月八日〜一九六六年六月二六日、後新潮社より出版）
3　水上勉『冬日の道』（中央公論社、一九七〇年三月）
4　水上勉『私版東京図絵』（朝日文庫、一九九九年二月）七四頁。
5　大屋幸世「戦後文化・文芸雑誌細目総覧　三」（『鶴見大学紀要 第一部 国語国文学編』一九八九年三月、後『日本近代文学書誌書目抄』日本古書通信社、二〇〇六年三月に収録）が総目次と解題を載せている。
6　水上勉『凍てる庭』（新潮文庫、一九七五年四月）六五頁。
7　山岸一夫「企画の夢」（『文学通信　虹』一号、奥付なし、一九四六年九月頃）
8　『新文芸』一九四六年二月広告
9　水上勉『文壇放浪』（毎日新聞社、一九九七年九月）
10　大木志門・掛野剛史・高橋孝次「資料紹介・水上勉宛田中英光書簡一八通――水上勉資料の中から」（『昭和文学研究』二〇一七年九月）
11　五十嵐康夫「〈新資料〉田中英光の『光格天皇』について」（『無頼の文学』一九七五年四月）
12　注3に同じ。
13　『一九五一年度出版社執筆者一覧』（一九五一年四月、金沢文圃閣の復刻版参照）
14　『昭和二三年度版出版社執筆者一覧』（一九四七年一二月、金沢文圃閣の復刻版参照）
15　『昭和二一年度版　最新出版社執筆者一覧』（一九四六年九月、金沢文圃閣の復刻版参照）
16　水上勉『冬の光景』（毎日新聞社、一九八〇年三月）
17　水上勉「自伝抄」（『読売新聞』一九七九年四月二三日夕刊）
18　吉田健二編『占領期女性雑誌事典』第2巻（金沢文圃閣、二〇〇四年八月）
19　注18に同じ。

虹書房出版目録

	1	2	3	4	5	6	1
タイトル	新文芸						文学通信　虹
巻号	1巻1号	1巻2号	1巻3号	2巻1号	2巻2号	2巻3号	
発行年	1946			1947			
月	1	2	6	8	10	12	
日	1	1	10	1	15	20	
版							
発行者	奥田利一			藤原喜市			藤原喜市
発行所	合資会社　虹書房						虹書房
発行所住所	東京都神田区鍛冶町3-7						東京都神田区鍛冶町3-7
印刷者	宮内利平			奈良直一			
印刷所	鉄道弘済会印刷所			株式会社常磐印刷所			
印刷所住所	東京都下谷区上野山下町2			東京都文京区諏訪町56			
配給	日本出版配給統制株式会社						
頁数	64	81	144	47	56	64	
定価	2円	3円50銭	10円	15円	15円	20円	
備考	編輯人水上勉	編輯人は発行人に同じ	編輯人は発行人に同じ	編輯人水上勉　奥付2巻4号と誤記	編輯人水上勉　奥付2巻5号、発行9月20日と誤記　裏表紙10月15日2巻2号	編輯人藤原喜市	奥付なし。記事内容からは1946年9月頃刊行されたものと推定可能。

	1	2	3	4	5	6	7	8
著者名	樋口一葉	樋口一葉	石川啄木	石川啄木	寺崎浩	宇野浩二	高見順	中山義秀
タイトル	にごりえ	歌集　恋の歌	決定版　呼子と口笛	決定版　悲しき玩具	港	子を貸し屋	恋愛年鑑	山師
発行年	1946	1946	1946	1946	1946	1946	1947	
月	5	6	6	6	8	8	1	
日	10	15	15	15	10	10	1	
版								
発行者	奥田利一							
発行所	合資会社　虹書房							
発行所住所	東京都神田区鍛冶町3-7							
印刷者	大野治輔	原田憲次郎				大野治輔	小島順三郎	
印刷所	二葉印刷所	大洋印刷産業株式会社				二葉印刷所	株式会社秀英社	
印刷所住所	東京都王子区稲付町1-208	東京都王子区神谷町1-363		東京都王子区神谷町1-636		東京都王子区稲付町1-208	東京都神田区小川町2-12	
製本者		中尾武夫						
配給	日本出版配給株式会社							
頁数		131	105	108		134	202	136
定価		5円					20円	
備考					現物未見。奥付のみ確認。秋田県図書館に所蔵。		「あとがき」がついた異版が神奈川近代文学館に所蔵されているほか、7月8日発行の奥付を持つ3版が存在する。	現物未見。メリーランド大学に所蔵

インタビュー

浦和暮らしと模索の時代

内田　潔

当時の妻・松守敏子の叔父・奥田利一の家を出た水上は、浦和市白幡町（現さいたま市南区白幡）の内田辰男氏方に身を寄せることになる。この時期の様子は、当時刊行された自身の著書『フライパンの歌』（文潮社、一九四八年）に収録された私小説的作品に描き出され、後年の自伝的小説『凍てる庭』（新潮社、一九六七年）、『冬日の道』（中央公論社、一九七〇年）などでも繰り返し描かれている。また「浦和にいた頃」の副題を持つ「自伝抄」（『読売新聞』夕刊、一九七九年四月一一日〜五月七日、二〇回）もある。

「凍てる庭」においては、夏に初めて浦和の家を見に行くくだりがあり、その翌年に『フライパンの歌』が刊行されていることから、この浦和転居は一九四七（昭和二二）年の夏と考えられる。「凍てる庭」では、水上がモデルの「安田」が最初に内田家（作中では「内島家」）を見た時の印象は次のように描かれている。

一四八番地の内島家は、中仙道に面して在った。私は、その家の表札と母屋の建物をみて、こんな大きな家が間貸しするのだろうか、と首をかしげた。いかにも、このあたりの豪農の家に思えたからであった。しっかりした建物で、二階屋根のタルキが扇子をひろげたように道へ大きく影を落している。ぴっちりとしまった格

子戸も重そうであった。古い土塀がめぐっているので、問題の土蔵はどこにあるのかわからなかった。

——『凍てる庭』

そしてこの土蔵に当時の妻の母と姉夫婦が合流して、共同生活が始まるが、ほどなくして金を出し合い、浦和に家を新築し、全員で移り住む。だが妻が家を出て行き、夫婦の亀裂は決定的なものになる。子供を連れて再び土蔵に戻った時、内島家の女主人に「安田さん、心機一転してがんばって下さいね（略）土蔵の中で……いい小説を書いて下さいよ」と励まされ、「ほとんど感動に近い面持ちで女主人の顔をみつめ」（二五〇頁）ることになった。その後、浦和から転居したのは「昭和二十四年から五年にかけての冬」（二七五頁）とのことであり、この期間は、私生活においても作家生活においても重要な時期となっている。

「凍てる庭」では、この内田家に当時、結婚して家を出た長女の他、長男辰男氏（作中では徹）をはじめとして五人の子供がいたことになっているが、今回インタビューに応じていただいた内田潔さんは、内田家の一番下の七番目の子にあたり、一九三七年生まれ。のちに朝日ソノラマ社に勤めたことから、その後も水上とは交流をもった。

内田家のこと、水上が来た経緯

「紹介しますよ。安田さん」

といい、順番にいった。

「徹の次が、浦和の高校にいっている次男の茂、その次が葉子、孝子、それから白幡の中学へいっている知行と清です……」

みんなが一せいに私をみて、くっくっと笑った。よびにきてくれたのは葉子という娘で、まだ、このほかに、笹目村という戸田町に近い農家へ嫁にいった長女がいるということである。

私は子だくさんの女主人にあきれた。

「安田さん、みんな、年子でしてね、わたしゃ、この子たちを大きくするのに、苦労してきましたよ」

——『凍てる庭』

――内田家はいつから浦和にお住まいだったのでしょうか。

内田潔さん（以下**内田**）　三代か四代前じゃないですかね。おじいさんが教育に熱心で近辺の学校に土地を寄付しているんです。僕らが子どもの頃は、学校の校庭を指して「うちの土地だったんだよ」と言われました。畑なんかだったところは地面の色が違ったんですね。

――水上が内田家に来た時には、お父様はもうお亡くなりだったんですよね？

内田　僕のおやじが亡くなったのは昭和一九年ですが、細かく言うと、兄の内田辰男と姉の節子は、初めに母・つねと結婚した父親・内田春次郎の子で、子どもが一つか二つの時に死んでいるんです。その下の茂、羊子、孝子、知行、潔は、内田徳政という春次郎の弟の子なんです。だから、一つの家族になっているけれど、おやじが二人いたわけだ。昔はそういうの、よくあったんだよね。

――ご主人が亡くなって、その弟と再婚したということですね？

内田　そういうことです。おやじはここからちょっと離れていますけど、東浦和の方の大谷口（旧大谷口村、現さいたま市緑区・南区大谷口）の出身なんです。おふくろも善前や二十三夜（いずれも現さいたま市南区太田窪の地名）なんてところがありますが、実家はあのすぐ近くなんです。

――潔さんはお生まれは何年ですか

内田　一九三七年です。兄弟はみな二つずつ違います。大正一四年が節子で亥年だったな。子供が七人ですけど、昭子というのが茂と羊子の間にいたんです。生まれる前に死んじゃったのかな。

――水上が来た時は、潔さんは一〇歳か一一歳ぐらいの時ですね。

内田　そうですね。僕の小学校の入学は昭和一八年か。あの人が来たのは僕の四、五年生だった時じゃないかな。来たのは夏頃です。キュウリや野菜がいっぱい採れる頃でしたから。昔は温室がないので大体七月前後なんです。有名な「十二日まち」という調宮神社のお祭り（毎年同所で一二月一二日に開催さ

内田家の兄弟（右から節子、潔、辰男、羊子、孝子、茂、知行）（内田潔さん提供）

れる）があるでしょう？　この白幡地区は七月の一四日がお祭なんです。それで、水上さんが私のところへ来てから、そのお祭でね。おふくろが一緒に行けって言って浴衣を着せて出すんだよね。それで水上が酔っぱらって、白幡坂上というバス停があるんですけど、この角が今はスーパーになっていますが、金子儀一という酒屋だったんです（正式な店名は「金子商店」らしい）。

水上さんは、ここから山ほど借金をしたはずだ。うちの名前を出せば、どこでもツケができたから、お客さんが来るともう大変だったんですよ、たくさん飲んでね。

——当時の水上の妻、敏子さんの姉夫婦も後に浦和に来たんですよね。

内田　家族もいましたね。離婚する少し前に敏子の姉夫婦が来たんですよね。確か今でも浦和にいるはずです。

——内田さんの家を出て、新築して建てた家ですね。

内田　当時、浦和市長（一九四七年四月より五一年四月まで）をやっていた松井計郎という人の空き地で、畑を借りたか買ったかして水上が家を建てるんです。それで、家ができて間もなく水上が離婚して、蕗子を連れてわが家へ戻ってくるんです。

僕は年がら年中、蕗子の子守をさせられた身です。しょっちゅう遊びに連れて行ったりしてね。でも僕の周りが男の子の遊び相手ばっかりでしょ。そうすると、邪魔になるんです。僕が「帰れ」って言って帰したりなんかして、後でおふくろに徹底的に怒られるんだよね。「蕗ちゃんは、あんなにちいさいのに、お父さんもお母さんもいないのにじっと我慢しているんだから」と。もう家族の一人、水上さん自身もう家族の一人になっていましたから。オサムさんですか、敏子さんの弟は。

――松守修さんですね。

内田　水上さんが最初に浦和へ来るきっかけをつくったのは、その松守さんなんです。私のおふくろの弟が元師範学校の校長先生で当時は労働基準局にいて、その人が、白幡の家が大きいからどうだろうって。困っている人がいて、ぜひ借りたいというのが水上さんだったわけです。それで同じ職場の松守さんが間に入って、おじさんも間に入って、わが家へ来ることになるわけですけど、当初、結婚しているということを隠していたんだよね。神田の封筒屋（敏子の叔父の奥田家）の二階にいたとか話しているうちに、実は子どもがいるという話になって。ですから浦和へ越してきて、しばらくは一人でいたんです。ところが、家族がいるのだったらぜひ呼びなさいと。それで敏子さんと蕗ちゃんと三人で来ることになったんです。水上家が住んだのは土蔵だといわれていますけど、浦和の家は見ましたでしょう？

――外からですけど拝見しました。

内田　土蔵といえば土蔵なんだけど、実はそんなことなくて、物置のところが格子になっていたでしょう。あの部屋は全部、中はトタン張りだったはずです。僕の子どもの頃、今時分の季節には米俵がぎっしりと詰まっていた。小作の人たちが持ってきて、あそこへ全部押し込んだのね。つまり米蔵で、その二階が物置になっていたんです。それで、ひな人形とか、五月人形だとか、それから旅館なんかで出てくるお膳があるでしょう。ああいうものが五〇個ぐらいあったんです。今の家は建て替えてしまったんですが、当時のわが家はウナギの寝床みたいに長い通りから入ってくるようになっていた。

（左頁の図面を書きながら）ここにトイレがあって。それから、廊下がこうなっていて。これが旧中山道に面していたところなんです。現在の家は、この辺に三階建てがあったでしょう。旧家は八畳、六畳、六畳、八畳、それからもう一つ、四畳半だったかな。それで、渡り廊下があって、離れになっていて、ここは今も前のままです。八畳だったと思います。それで、この八畳の間から向こう、蔵の方へ入れるわけですね。皆さんが行った時、この前に石の階段はなかったですか。

——そこまでは見えなかったです。敷地の外側から遠目で拝見したので。

内田　外側に蔵へ入るのに三段ぐらいの段があるんです。要するに昔、蔵にネズミやなんか入らないようにしていて、（水上が）越してきてすぐ、その石段の所で自炊をしていたんですね。井戸があって、この前のとこに風呂場が、当時は六畳ぐらいあったんです。そのこちら側に五〇～六〇俵ぐらい入る米を入れる物置があったんです。子供の時にはここでキャッチボールができたんです。

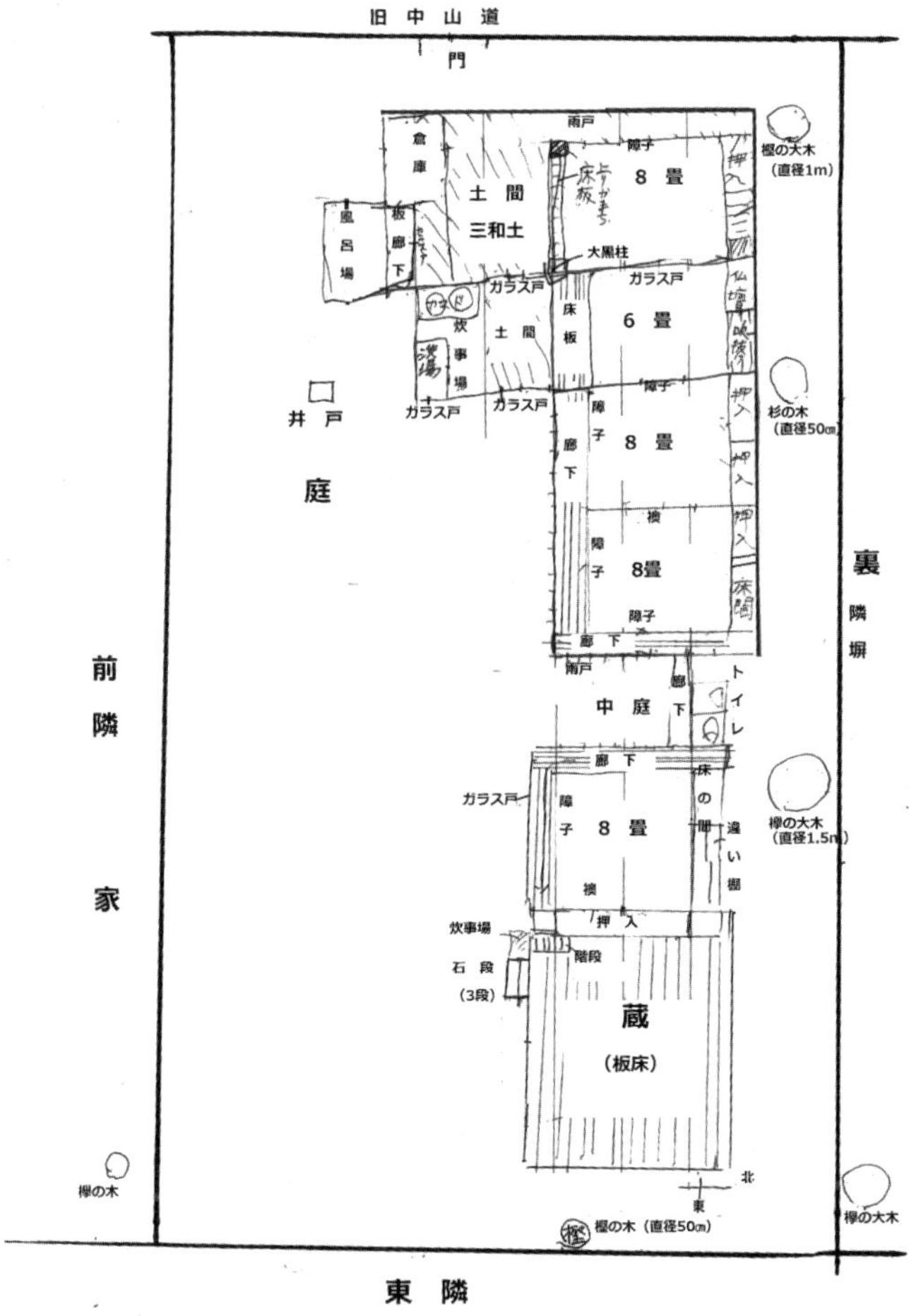

潔さんによる当時の内田家の間取り

——つまり水上家がいたのは土蔵とい

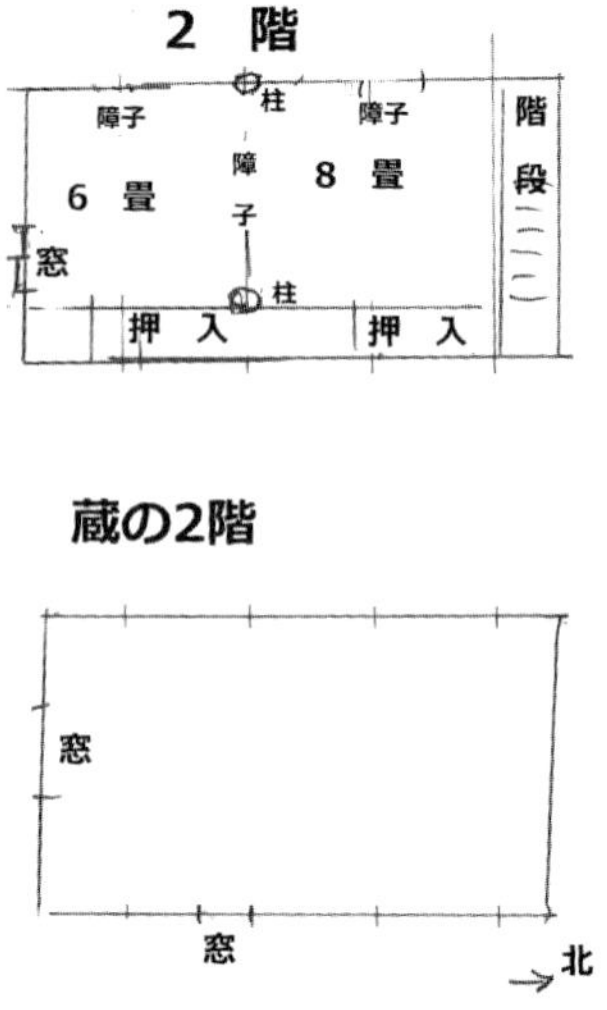

内田家の離れと蔵の２階部分（同前）

うより離れなんですね。

内田　土蔵と書いているけれど、あの人（水上）の作文ですから。金がいちばんある時に建てているんだからね。この離れは、僕らが子どもの頃は入れてもらえなかった。ところが、それが空き家で貸してくれというので、始めは本当の土蔵の方でいいというんですよ。だけど人間が住むんだから、どうせ空いているんだし、こちらをお使いなさいと。八畳に廊下でつながって床の間があって、違い棚があったりしました。

――ちゃんとした部屋なんですね。ここは平屋なんですか。

内田　二階になっていました。どうせ空いているからと両方自由に使ってもらっていました。

――母屋の方は平屋ですか。

内田　二階です。二階に八畳二間が付いていたんです。風呂場があって倉庫があって。だから二階もかなり広かったし。前がすぐ旧中山道で格子戸になっていたんです。僕ら子どもの頃は二階へ上がれるのは兄貴たちだけで、僕なんかはちびだから下で寝るんだね。床の間があって、昔の家ですから大神宮さまとか何とかという神棚がいくつもあって、火の神さまと大神宮と、みんな祭ってあるんです。それでこれは恐らく蕗ちゃんも知らないと思うけれど、蔵が二階屋になっていて、東側にも窓があるんです。それで隣の家があるんです。農家なんですが、お風呂場がひさしの下で風呂おけだけを置いていた。そうすると、水上さんが僕らの前で酔っぱらってくると言い出すんですよ。「隣の娘が風呂へ入るんだよ、見えるんだよ」ってね。

――敷地自体は今と同じですか。

内田　同じです。一五〇坪ぐらいじゃないかな。こっちに納屋があった。二軒長屋で物置に使っていました。あの人（水上）が書いているけど、大きなケヤキの木があってね。

――二本あったと書いてありますね（「巨大な欅が二本、この旧家のシンボルのように空を圧していた」「自伝抄」）。

内田　それからスギの木があって、カシの木があって。ケヤキの木は、一本はわが家のやつで、裏のうちのケヤキがここにある。僕ら子どもが四人ぐらいで抱えるような大きさだった。それで、台風の時はもう本当に怖いの。小説に梅林があったということも書かれているでしょう（「大きな母屋の奥は、ひろい中庭があった。タタキをとおってぬけるようになっている。中庭へ出ると、真正面に梅林がみえる。その梅林の一角にぽつんと大きな土蔵が建っている」『凍てる庭』九二頁）。あれは、隣の家の母屋がここにあって、今言ったお風呂場の前の方が畑になっていた。ここにウメの木が一〇本ぐらいあった。井戸のところにもウメの木があった。近くに根岸沼というのが昔あったんですよ。用水用の水で、それを利用したんだね。

――「凍てる庭」や「自伝抄」には浦和駅にリンタクがあったという記述がありますが（「当時浦和の駅には十数台のリンタクがいた」『凍てる庭』一五〇頁）、ご記憶にありますか。

内田　リンタクはないに等しいね。駅から道をずっと歩いて来ると、調宮神社がありますね。このあたりに東映の映画館があったんです。それから調宮神社を越えて、斜めに浦和駅へ行く近道があるんですよ。高砂小学校の脇。

――小さかった蕗子さんが廊下を喜んで走って、

水上が住んだ内田家の離れと蔵。（1987年、母屋の改築時に撮影。内田潔さん提供）

浦和の家での蕗子と水上

内田家の母屋に入りびたりだったと書かれていますね（「神田の工場の二階にいた時より、ひろびろしているので、廊下をよろこんで走ったりして、離れにいる日は少なく、内田家の子のように母屋にいりびたりだった」「自伝抄」）。

内田　うちの子どもになっていましたね。妹みたいなものですよ。だから、さっきも言ったように遊んであげないと怒られるんだから。それで水上が飲みだすと、飲んべえが集まってくるんだよね。ちょうど『フライパンの歌』が映画化される話があって、ところが途中で駄目になっちゃう。そのお金をもらったわけだ。「潔、カネコ行って酒買ってこい」なんて、買いに行かされるんです。普段はつけてばかりだけど、「金があるんだから買ってきてくれ」って。それで一升瓶ぐらいペロッと飲んじゃうんだよ。さっき話したお祭の時には、あの人も一緒に酔っぱらっておみこしを担ぐんだよ。内田の家から出てきているから内田で通っちゃうわけです。まさか小説書きだなんて当時は思われてないから。

――その頃は、小説家として見られていなかったんですね。

内田　まるっきり小説家という感じはしないです。書生さんみたいでね。それで大工の息子ですから、ミカン箱に、当時はリンゴ箱と言ったか、紙を貼って机を作っちゃうんだよね。表札も入り口の所に、かまぼこの板で水上勉と書いて、ここへ貼らしてくれってね。

――潔さんも小説家という意識で付き合ってはいなかったんですか。

内田　全然。言うなればただの酔っぱらいで、おっかない兄貴ですよ。僕にとっては、怖い兄貴がまた余計に増えちゃったっていうやつです。学校から帰るとすぐ言われたのが「勉強しろ」で、その勉強しろと言うのが一人増えちゃったわけだからね。

——ご兄弟では長男の辰男さんが水上とは一番親しかったのですか。

内田　一等仲が良かったのは茂だね。けんかもしたけど。取っ組み合いのけんかをしていましたよ。水上さんがその当時、思想的な部分でぶつかり合いをするんだ。茂さんに向かってコウモリだとか何とか、要するに都合よく振る舞っているというニュアンスで言ったら、「このやろう」って取っ組み合いのけんかになって。でも柔道をやっていたので茂が絞め上げちゃうんだ。そしたら水上さんが「参った、参った」ってね。

——お酒の席ですか、それは。

内田　いや、まともな席で。「コウモリとは何事だ」「おめえこそ」って大げんかですよ。その代わりマージャンをよくやったのは辰男の方だね。おかげで僕も会社行ってからマージャンには全然困らなかったです。奥住孫太郎という、もう亡くなった姉の節子の夫が兵隊から帰ってきてわが家に持ち込んだんです。スマトラにいて、あそこに行っていた連中は近衛師団かなにかなんだよ。ちょっと離れていると、ものすごい飢えに苦しんだらしいんですが、そこでは敵の飛行機は一度も見たことなかったと。そこで毎日マージャンをやっていた兄貴がこのうちでもやっていたのね。水上さんと山岸一夫さんと、それと朝日の記者で藤村という仲間がいたんだ。後でその藤村さんに「水上勉がうちにいたんだ」と言ったら、「おまえのとこ、行ったことあるぞ」と言われて、「俺、あそこの息子ですよ」と言ったら大変驚かれてね。

——水上のことは皆さん、「ベンさん」と呼んでいたんですか。

内田　「ベンちゃん」だね。蕗ちゃんのことは、兄貴なんかは「ふきべえ」って。俺は「蕗ちゃん」って言うんだけどね。

——水上はお母様のことを「お母さん」と呼んでいたんですね。

内田　「母さん」って。うちは「お」がつかないんですよ。お父さんは「お父さん」だけど、おふくろのことはみな「母さん」だった。

――水上の奥さんの松守敏子さんについての印象はありますか。

内田　本を読むのが好きな人だったですね。読むのが早かった。それだけは印象に残っています。もう読んじゃったのというぐらい本が好きだったんだよね。昼間は家にいて、夕方三時に出ていっていた。白木屋じゃない？　夕方に出ていく。それで、逃げられちゃったと言うけれども、あれは逃げるよね。当たり前だよ。

――逃げられてもしょうがないという印象がありますか。

内田　俺は子ども心にあったよ。

――水上家は家事とかはどうしていたんですか。

内田　それこそコンロしかなかった。階段の一坪ぐらいのところにトタンの波打ったやつで風よけだけ作って、そこでご飯を作る程度だからね。井戸まで来て、米をといだりしているわけですよ。

――水上もその当時は文潮社に行っていたんですね。潔さんが学校から帰ってきたら家にいたりしたことなどはありますか。

内田　ありましたよ。それと昼、食事はうちでよく僕らと同じものを食べていたな。

――食事は母屋でしていたんですか。

内田　基本的には別だけど、みんなで食事をする時は、わが家の方でした。食事をする部屋があったんですよ。誕生パーティーもそれぞれの誕生日にやって、蕗ちゃんの誕生会もやったよ。水上さんはおやじが着ていた着物を着せられて。二重回しなんて知っていますか？　あれもおやじのを着て、東京へ出て行く時に「母さん、あれ貸して」ってマントを着て出ていっていた。うちはそういう意味では、細かいことを気にしなかったんだね。だから、居候が一人増えたぐらいの感覚で。兄貴の友達なんかにも、うちから通ったのが何人かいるんです。その当時は食べるのも経済的にも余裕があったんだよ。それと、さかんにあの人が言っていたのは、（窪島）誠一郎さんのこと。僕に、「生きてればおまえと同じぐらいだ」と言うんだよね。

――当時から気にしていたんですね。

内田　さかんに気にしていました。だから誠一郎さんに会って、あんた、音信不通だっただけの話で、本人は相当気にしていたよっていうことを教えてやりたくてね。

――蕗子さんは浦和の時にはずっと水上と一緒にいたんですか。

内田　あとで田舎の福井へ帰りました。蕗ちゃんは（水上の故郷の）岡田の方の小学校ですよ。そこを出て、おばあちゃん、カンさんに育てられたんじゃないかな？　それで、（水上の弟の）亨さんかなんかの家があって、岡田の駅の所でお父さんがつくった旅館をやっていた。大きな家で、おやじが建てた最後の家でしたって。あの子が行ったのは、一滴文庫のちょっと奥のところに、亨さんかだれかの家があったんです。確かそこに預けられたんでしょ。

――浦和の時はまだ預けられていなかったんですね。

内田　まだこっちにいました。護国寺へ行く時に一緒に行って、それから向こうへ行ったんじゃないかな？　そこで蕗ちゃんは、しょうゆをかけて卵かけご飯だと言われて食べさせられていたはずだから。それでおふくろが「かわいそうに、蕗ちゃんはどうしたろう、どうしたろう」と、さかんに言っていました。

内田書店のこと

「出版社はどこですか」

とこの時、長男がきいた。

「虹書房っていう、小さな本屋です」

と私はこたえた。すると、

「あ、『新文芸』の出ている……」

と長男がいったので、私はびっくりした。創刊間もなしに廃刊止むなきに到った雑誌の名を、長男がおぼえていてくれたことに不思議をおぼえた。

「ぼく、買ってよんだことがありますよ」

と内島徹はいった。

「ぼく、H大の文科へいってるンです。国文学をやってます。小田切先生や小原先生にならっています」

長男はそういって頬をあからめた。小田切先生とは小田切秀雄氏のことであろう。小原先生とは小原元先生のことであろうか。私には一面識もない両先生の名をいって、長男は、文科系統を学んでいるということに誇りを持ち、それが私のつとめている先と、遠からず関連があるのだという喜びを顔に示していた。

〈ああ、世の中は、捨てる神あれば、拾う神ありだ！〉

——『凍てる庭』

——ご家族の皆さんは文学に関心があったんですか。

内田　わが家は当時としたらちょっと変わっていたんです。僕が小学校の頃に『未完成』とか『第九』とかのレコードを、兄貴が古本屋をやっていた時に、早稲田かどこかの学生だった人が、金がなくて持ってきた。それで電蓄を買ってくれと頼んだんだ。わが家はその当時、内田さんの家へ行くと電蓄が置いてありますと村で話題になったんだよ。

水上さんは当時しばらく宇野浩二の筆耕をやったりして、それから宇野浩二の名前を使って児童書がいっぱい出ているんです。『家なき娘』とか、それは要するに子どもの本として物語を膨らましたり縮めたりして出していたんですね。それで原稿料は、宇野浩二経由でもらうわけだよね。それを僕は読めと言われるんだよ。

——誰かご自宅に小説家が来た記憶はありませんか。

内田　宇野浩二さんは来ていたし、それから、僕が覚えているのは自殺をした田中英光。それから、正宗白鳥、梅崎春生。それとミヤザキ何とかさんという児童文学作家だったな。浦和一女高校はご存じでしょう？　一等上の姉・節子は、そこの卒業生なんです。その正門の真ん前ぐらいに住んでいたんです。その人なんかがよくフラフラと来ていました。調宮神社のすぐそばに利根川という古本屋があったんだよ。それから調宮神社の南側に交番があったと思うんですが、その反対側の角地のとこにも古本屋さんの小さいのがあった。ここのおやじがやっぱり飲んべえで、当時は古本屋さんというのは夜中までやっているんだよ。六畳ぐらいのところで、電気一つをポンとつけて。本好きが集まってくるんだ。

──内田家でも内田書店というのを辰男さんが開きましたよね。

内田　兄貴が好きで開いて、失敗するんですけどね。それで借金だらけになっちゃって、僕らが苦労するんですよ。兄は法政大学だったんです。それで当時、磯前という友達がいて、神田で一緒に小さな本屋をやったらしいのね。それが面白いと、うちで始めるきっかけになったんだね。

──内田書店は敷地の中にあったのですね。

内田　土間のところへ、ちょうどこの部屋ぐらいかな。もうちょっとあったかな。

──それは貸本屋もやっていたんですか。

内田　貸本屋と新刊と、それから古本も多少は扱っていたのかな。それから雑誌やなんか。僕はよく手伝わせられたからね。その当時、『リーダーズ・ダイジェスト』（アメリカ由来の人気雑誌で日本版は一九四六年六月創刊）がものすごく売れたんです。ところが、そういう売れる本はなかなか入ってこないの。

──潔さんも配達に回ったりされたんですか。

内田　僕が配達をする。でも注文をもらうけども品物が入ってこない。そうすると、兄が「潔、買ってこい」と言うので町の須原屋（一八七六年創業）とか文教堂（佃文教堂、一九〇九年創業）とかに買いに行くんですけど、定価で買うのだから利益がないわけですよね。その『リーダーズ・ダイジェスト』を自転車で大宮とか北浦和まで買いに行くんですよ。忘れもしないよ。

──水上のもとに残っている書簡を見ると、故郷で当時水上書店を経営していた水上の弟、亨さんから内田書店に配本を依頼しています。雑誌を確保してほしいと。内田書店の後は相当苦労されたんですか。

内田　大変だったよ。だから僕は夜学ばっかり行った。アルバイトで忙しくて大学も夜学だったから。

でも、今から考えてみれば、その後の仕事にすごいプラスになっています。そこで随分いろんな刺激を受けたから、考えてみると僕は後々随分、得をしたんだね。

——この書店はどれくらい続いたんですか。

内田　三年か四年じゃないかな。水上がいなくなった頃、やめたんだからね。だから、三年かそこいらだと思うね。

——「自伝抄」では書店経営をはじめたのは「二十四年の春」と書かれています。潔さんが一二歳ですね。

内田　そうだね。僕は昭和二八年に中学卒業だからね。水上さんが二二年ぐらいから来たんじゃないかな。わが家にいたのが三年ぐらいかな。その後、出ていって、敏子の姉夫婦と一緒に家を新築すると言って建てたわけです。そこへ行って一カ月もしないでうちに戻ってきた。おふくろがその時に言った言葉は、利用されて放り出されて行くところがなくなったら戻って来い、蕗ちゃんはうちで見てやるからと、それで送り出すんだよね。僕のところは、金はなかったけれど食料だけはあったのね。農地解放でかなり取られちゃったんだけれど、畑を持っていた。完全に貸していたのは、みんな二束三文で取られちゃった。だから畑やなんかで自作していたんです。

——水上が建てたその家というのは、当時見に行ったのですか。

内田　見ました。一〇坪か一五坪ぐらいの平屋の、調宮神社の手前の中山道からちょっと入った所なんです。二人、男の子がいたはずです。（水上が内田家に）入るにあたって準備金やなんかを幾らかうちへ入れたらしいんだね。ところが、途中から一銭も払わない。だから、その家を建てる時にも、少し保証金を貸してくれというようなことを言われたと思うんだ。それでおふくろは、これぐらいしかないよとか言って渡して、そしたら途端に放り出されて戻ってくるわけです。おふくろが「ほら、言わんこっちゃない」って。それで水上は「ここはいいな」と言いながら飯を食っていましたね。

護国寺へ越すのはそれから間もなくしてです。やっぱりいづらくなっちゃってね。その後しばらくたってから、たまに顔出す時は、洋服の外商やパン屋さんをやっていたんです。その当時パンというのは配給で、隣組の配給が来ると、うちへ来るんですよ。ところが、うちはもらえないんです。僕は子どもですから、あの白いパンが食べたいなって見ているわけですよね。そうすると、裏でおふくろが米を用意して、パンをくれた人に米を少し渡して交換するようなことをやったのね。それで、水上さんがパンの業界紙かなんかにいた時に、パンに見本があるんですね。食パンにじかに墨でA、B、C、Dと書いてあるんです。それを「潔、パン持ってきたぞ、おまえ、パン好きだったな」と言ってお土産に持ってくる。それでその墨で書いてあるパンを食べてね。そういう記憶があるよ。

――水上とはいつぐらいまで頻繁に行き来がありましたか。

内田　『霧と影』（一九五九年）が出たのはいつだったかな。その間、途中、そういう感じでポツンポツンと来たの。それから敏子さんの方も、ある時に突然来たんだね。敏子さんは、確か高田馬場かなんかの印刷屋さんと結婚したんでしょ？

――水上が有名になった時はみなさん喜んでいましたか。

内田　辰男は、まあまあだよね。「鼻高い」とどこかで言っていたぐらいだから。僕は後になってから知って、水上さんって、うちにいたあの酔っぱらいだよっていう感じですよね。

内田潔さんのことと、その後の水上との関わり

――潔さんは朝日ソノラマ社にお勤めだったんですよね。

内田　僕は学校卒業したのは昭和三六年の三月ですから、それからずっといました。初めの頃に、ソノシートってありましたが、あれに税金がかかるようになるんです。ちょうど東京オリンピックの時で『オリンピック賛歌』ができたり、音頭ができたり、それから『鉄腕アトム』だとか『鉄人28号』とか、ああいうものに課税するかしないかが問題になったんです。僕は税務担当だったんだけど、先生がいな

内田潔さん

いんだよ。自分で勉強しろと言われて。税務署が新しい商品ができると課税の対象にするでしょ。でも署員だって分かんないわけですね。だから僕が能書きを言って交渉して、それで一つのレールを敷いた。おかげで、皆さんが知っている小学館なんかの幼稚園や学年誌に付録でついたソノシートに税金がかからないようになったんです。そこに三年近くいて、その後、今度は制作をやる羽目になるんです。紙の手配だとか印刷だとか管理だとか、そういうのを僕が全部やっていたんです。

　そういう中で、たまたま水上勉氏に原稿を依頼することになるのかな。ソノラマで頼んだのは児童書で、ああいう大作家というのは、児童書を書き残したいんだそうです。今でもそれは同じらしいですけどね。それで、『ヨルダンの蒼いつぼ』（一九七六年、ソノラマ文庫）というのがあるはずです。それともう一つ、宮城まり子さんの関係で、ねむの木学園の子どもにカバー絵を頼んだことがあるんだ。これを使えと水上さんが言った。

　――『さすらい山河・地底の声』（一九七七年、ソノラマ文庫、ねむの木学園が表紙画を担当）ですね。

内田　ソノラマの若いやつを連れて原稿を依頼に行ったんです。ホテルオークラか帝国ホテルかどちらかで、そこで久しぶりに会ったわけです。「どうもしばらくです」って。先生とは言わず、水上さんと言ったと思うけどね。「浦和の内田です。白幡の内田ですよ」と言ったら、「おまえ、どれだ」って言うんだよ。いちばん下の、水上さんが俺のことを鼻たれ小僧と書いた潔だと言ったら驚いてね。おまえは今こんなところにいたのか、なんていろいろ話して泣いちゃうんだよね。「母さんはどうした」と聞かれて、死んだと言ったら、しばらく涙をぬぐってね。そうしたら「ところでみんなに会いたいな」って。じゃあそうしようと言って会ったのがこのとき（「処女作「フライパンの歌」を書いた思い出の土蔵で涙した水上勉さん」『週刊朝日』一九七八年二月二四日号を指す）なんです。

――記事に内田家のご親戚三〇人と書いてありますが、それが久しぶりの再会の時ですね？

内田　そう、全員ではね。『霧と影』の発表会かなんかに僕は行ったんだよ。でもパッと出てきちゃった。大勢だし、あんまりかっこいい人たちばっかりだったから。

先ほどの話に出た窪島誠一郎氏のことですけど、彼は明大前にいたのね（幼少期から青年期を明大前の靴修理屋で送り、のちに小劇場「キッド・アイラック・ホール」を経営してそこで水上と再会する）。窪島氏は、まだこの時点では水上さんとおやじ・息子という関係ではないんですね。それが世の中、狭くてね。僕は学生時代、昭和二十九年から朝日新聞の浦和支局でアルバイトをしていたのですが、その誠一郎氏を見つけて新聞に発表したのが朝日の記者の岩垂弘なんです。社会部時代に国会前で安保闘争の取材中に警察機動隊に殴られて重傷を負った男がいるんだよ。僕が浦和の支局でアルバイトしたときに、一緒にいたのが彼なんです（岩垂弘『ジャーナリストの現場』〔二〇一一年、同時代社〕にはこの支局時代のことも登場する）。

――支局にはどういうきっかけで行くことになったんですか。

内田　学校に誰かアルバイトをするやつはいないかって。その当時、僕のところは金がなくて、定時制高校へ行っていて、昼間は家の仕事を手伝っていた。競馬場のアルバイト料が一等良かったので、馬券売りのアルバイトをしたこともあります。

――朝日のアルバイトは、どのようなことをしていたんですか。

内田　お茶入れ、ストーブ焚き、掃除などもう全部。記者と同じこともやらされました。警察に朝、電話して取材をしたり、埼玉県下の原稿が全部、支局に送られてくるんです。昭和二十年、三十年の前半は夕刊の原稿は全部、電話送稿なのでそれを取る。僕は速記も多少習ったけど、大体一分間で二五〇字ぐらいしか取れなかったな。浦和の支局って独特な支局だったのね。梅野啓吉支局長以下六名で、後に辰濃和男（ジャーナリスト、元朝日新聞記者で「天声人語」を担当）もいた。

僕は長いことアルバイトして、七年ぐらいやったかな。それで朝日（の入社試験）を受けたんだけど落ちて、昭和三十五年だったかな。当時はソノプレスといった（同年、朝日ソノプレスとして創業）会社をつくるから、君は朝日の試験は通っているから、学科はやらなくていいと。それでソノラマの面接を受けたんです。

水上さんは、内田の家にいた頃はミナカミと言っていた。それで後でミズカミツトムに変えるんだけど、講演を頼んだことがあるんです。九州に熊日新聞（熊本日日新聞社）があるんですが、そこの文化部長だった山崎睦雄さんと会ったら、誰かに講演を頼めないだろうかと。それで、水上さんのことを申し上げたんです。そうしたら、ぜひお願いしたいという話になり、たまたま小倉で講演会があって九州へ来るというので、ついでに足を伸ばしてくれたんです。そうしたら、向こうにミズカミという地区（水上村のこと）があるそうです。それで、「俺は、本来ならばミズカミが本当なんだ。たまたま関東のほうへ行ったら水上温泉があるんでミナカミになっちゃったんだ」と言って、それがきっかけでミズカミツトムに変わるんですね（実際にはそれ以前に変更しているので、この時は水上一流のリップサービスだったと思われる）。

それから、僕が辰濃和男と一緒に行った京都の祇園のこと。水上さんは八坂神社からちょっと歩いていける距離にマンションを借りていました。水上が代表で、日本の文化人で代表団を組んで行ったでしょう（一九八九年、日中文化交流協会代表団の団長として北京を訪問）。行ったときに、ちょうど天安門の事件です。そのとき、僕はちょうど銀座で萜ちゃんとビールを飲んでいたんです。そうしたら「きょう、父が帰ってくるんですよ」と言うので、「代表団で行っていたのが帰ってくるの？　羽田と成田のどっ

熊日の講演時の水上。右は同社の社員だった直木賞作家の光岡明（山崎睦雄氏提供）

ち？」と聞いたらよく分からないと言うので、僕が朝日の社会部へ電話を入れて、中国から第一便で帰ってくるはずだからすぐに当たってくれと。そうしたらその日の朝日新聞の3版で「北京で水上勉氏語る」って出たんだよ。それで、帰ってから心筋梗塞で倒れたんですよね。水上さんは、その訪中のときにホテルの窓から見た絵を十枚ぐらいデッサンで書いているんです（その一部は『心筋梗塞の前後』の装画になっている）。でも日中の政治的な問題になるので、今は出せないという。それで、京都の八坂神社のマンションに行ったときに、見るだけということで、僕と辰濃さんと二人で見せてもらった。カラーで書いた大変生々しい絵でしたね。

（二〇一八年二月八日、内田潔さん宅にて）

初出：『埼玉学園大学紀要　人間学部篇』二〇一八・一二。
本書収録にあたって一部修正した。

【コラム】

水上課長――東京服飾新聞社時代の一コマ

掛野剛史

　水上勉の自伝的小説『冬日の道』には、繊維研究所勤務時代以後について「私と山岸は、そのころ（注：作中でトラック事件のあったとされる昭和三一年五月）から繊研を辞める相談をして、新しい週刊新聞をおこすことにした。東京服飾新聞社という」とある。この東京服飾新聞社時代については『文壇放浪』においても、「浦和を出て、森川町近辺の下宿屋を転々し、護国寺前の青柳荘アパートに住んだあと小石川富坂二丁目の俳優、加藤嘉氏の二階を借りたところに、今の妻をもらった。仕事は山岸さんの世話で東京服飾新聞にいたのである」と書いており、浦和時代から「霧と影」での文壇再登場までの一種の空白の時期にあたる。「年譜」には、昭和二十九年の項に「四月、友人と東京服飾新聞社を起《ママ》こし、北条誠などに連載小説を依頼。間もなく、不況のあおりで新聞社が潰れたため、洋服の行商をはじめる。」とある。『東京服飾新聞』は一九五五年夏に創刊されているため、この辺りは例によって『冬日の道』とも「年譜」とも合致しないのだが、資料に基づいて『東京服飾新聞』紙面でうかがえる水上の動向を跡づけておこう。

　国立国会図書館には、『東京服飾新聞』は一九五五年一二月五日発行の一四号から、一九六〇年四月一日発行の一一六号まで、途中七号分の欠号を含んで所蔵されている。終刊時期は不明。基本は四頁立てで、当初は毎月五日、一五日、二五日発行の旬刊となっており、一二月五日発行が一四号ということから逆算すると、七月二五日発行のものが創刊号となろう。一部一〇円の業界紙である。発行所は、一六号で「中央区日本橋芳町一の六」から「日本橋堀留町一ノ一の東武ビル」に移転している。なお、水上のもとに残された資料にある東京服飾新聞社時代の名刺は、肩書きは「業務課長」で、社の住所は「中央区日本橋芳町一丁目六番地　メリヤス会館」になっているので、この名刺は創刊時に作られたものだろう。編集兼発行人が山岸一夫なのは最後まで変わっていない。

　紙面において、記者による署名記事などは基本的になく、水上が執筆した記事がどれなのか特定できないが、『冬日の道』で水上自身が依頼したことを述べるように、北条誠「明日あれば」と寺崎浩「秘めたブローチ」の連載小説、和田芳恵の随筆「女流作家のきもの」が掲載されるなど、初期の紙面においては文学者の寄稿も目立ち、山岸一夫と水上の文学趣味が反映されたような紙面になっている。

水上が執筆した文章は不明だが、それでも水上の名は幾度か紙面に登場している。最初は、座談会「デザイナーの胸の底には　一九五六年の流行を打診する」（一九五六年一月一日、一六号）で、中原淳一、山脇敏子、島村フサノの三人に加えて「本社側」として「【司会】山岸編集部長、水上企画課長、小西記者」として加わっている。記名による発言はなく、特定はできないが、「本社」とする発言がかなり多く、座談会をリードしている。

次は「スターと愛読者の「満ちて来る潮」座談会」（一九五六年七月五日）に登場する。これは、井上靖原作の映画「満ちて来る潮」の愛読者招待試写会を主催し、あわせて映画に出演した高千穂ひづる、園ゆき子、稲根徳子と愛読者の座談会を企画したもので、こちらでは水上本社企画課長として司会進行をしており、「外国では、一つの映画でも衣裳にかかり切りのデザイナーを置いて、非常に権威あるものと聞いていますが、そこまで行かなくちゃ本当のものができないでしょうね」などとかなり積極的に発言している。

こうした座談会企画は紙面に多く見られるが、「〝ロマンス娘〟衣裳を語る」（一九五六年七月一五日）も映画とのタイアップによる座談会で、美空ひばり、江利チエミ、雪村いづみの三名と、衣装デザイナーの柳生悦子の四名と、「本社側」として山岸編集部長、水上企画課長として参加している。

さらに座談会「ニューフェースおしゃれを語る」

東京服飾新聞
昭和31年11月11日（日曜日）
ニューフェースおしゃれを語る

座談会「ニューフェースおしゃれを語る」
（『東京服飾新聞』1956 年 11 月 11 日）

映画「山と川のある町」とタイアップして1957年2月8日に開催されたファッションショウ（『東京服飾新聞』1957年2月15日）

（一九五六年一一月一一日）では、日活、東宝、東映のニューフェース三名の女優との座談会が企画されているが、ここでは写真にも山岸とともに登場している。座談会中でも、日活の山田美智子が、「男優さんの方は、どんな格好をしていますか。」という問いに、「日活の方はダークグリーンが多いんですよ。ちょうどあなたみたい（水上企画課長を指す）（笑声）」といったやりとりがあり、かなりなごんだ空気が醸し出されている。

紙面で最後に登場するのは「本社主催ファッションショウ盛会」（一九五七年二月一五日）の記事になる。これは石坂洋次郎原作の映画「山と川のある町」の試写会にあわせた、高校生によるファッションショーを企画したもので、当選者には賞品が渡されているが、それを渡したのが「水上課長」だった。「本社水上課長より賞品を受取る喜びの高校生」とのキャプションの写真には、笑顔で賞品を渡している水上の姿が映し出されている。

さて、こうして「水上課長」として活躍していた水上勉が、いつこの東京服飾新聞社を辞めたのか。「年譜」では「間もなく、不況のあおりで新聞社が潰れた」とあり、『文壇放浪』でも「山岸一夫さんと発行していた東京服飾新聞がつぶれたので、（略）ストックの洋服を行商させてもらうことをおぼえ、自分で、「東京レディメード」という販売会社をやったりして働いた」とある。だが、『東京服飾新聞』自体は、少なくとも一九六〇年四月一日発行の一一六号までは続いている。山岸一夫も、最後まで編集兼発行人の名義人であっただけでなく、一一二号からは署名入りで「不道徳商売講座」という、三島由紀夫の「不道徳教育講座」を意識した諧謔味のある連載を始めており、編集から手を引いていたわけではなさそうだ。

『東京服飾新聞』は一九五六年一〇月二一日発行の四二号より、販売専売所を設けるなど、拡大を狙ったようで、「本社人事」（一九五六年一一月一日）の記事で、山岸一夫が編集部長に兼務して総務部長を命じられたのにあわせ、水上も企画課長に兼務して業務課長を命じられている。だが、一九五七年五月一一日発行の五九号「本社人事」では、業務課長に別の人間が任命されているので、もしかするとこの辺りで水上は『東京服飾新聞』から身を引いたのかもしれない。ここから「霧と影」の再登場までは約二年。その道のりはやはり、まだ混沌に包まれている。

さらにそこから六年後の一九六四年一二月、水上原作の「飢餓海峡」の映画がヒットし、その人気を決定づけることとなるが、奇しくもというべきか、この作品で樽見京一郎を演じた三國連太郎がイメージキャラクターとして広告に出て『東京服飾新聞』に掲載されていたのが、サイ印の召田商店の紳士服。水上が『冬日の道』で「恩人」と書いた召田伊佐雄社長のサイ印紳士服であった。

そして実は水上は紙面記事とは別に、「水上課長」ではない形で『東京服飾新聞』に登場していた。それが、サイ印の広告（一九五六年三月五日発行、二一号）である。ここで「サイ印の歌発表」として、作詞水上勉、作曲日向延男の歌が楽譜付で掲載されている。「会社つとめの父さんは　着よくて丈夫とほめながら　サイの印の服をきて　いつもにこにこ出かけます　うちじゃ、みんなが、うちじゃみんなが、サイ印」という一番から四番まで続く歌詞にあわせて「この歌のうたい方」として「あかるく、リズミカルに御唱和下さい。終りから四章節目の休止符では、二息休んで、思いきりサイ印と入って下さい。作詞は家庭的にどなたにも唱和できるようわかりやすく出来ていますから、お子様もお父さまも、みんなそろってお歌い下さい」という具体的な指示がある。

イメージキャラクターとしてほほえむ三國の隣に掲載された水上の「サイ印の歌」。映画「飢餓海峡」で思わぬ再会になった時、果たして水上は自身の「サイ印の歌」を思い出し、東京服飾新聞時代を思い出しただろうか。

『海の牙』

《そうだ、この海……この暗い海の底から、目に見えない何ものかが牙をむいて迫っている》

初版　一九六〇年四月　河出書房新社刊

熊本県下で水俣病がまだ奇病と呼ばれていた時代に、現地に赴いて取材し、いち早く企業による工場排水を原因として、地元でリアルタイムで報じられていた内容も採り入れて書かれている。水俣病（水潟病）を扱った小説としては最初のもので、工場排水の調査を担当した保健医が殺害され、探偵好きの医師が解決に乗り出すという構成となっている。その時局性の高さから社会派というカテゴリーの呼び水となった転換点となる作品。当初は「不知火海沿岸」という題で、犯人が特定されないまま小説は終了していた。比較的入手しやすいものに双葉文庫版（一九九五年）がある。

（高橋）

『飢餓海峡』

《弓坂は函館市にちかい高台町の官舎に暮していたが、一望に見える冬の津軽海峡をみていると、ふっと、頭に傷のあったあの二つの死体を思いだした。

そんなときは、いつも、海峡には、黒い波がうねっていた。》

初版　一九六三年九月　朝日新聞社刊

一九五四年九月二六日におきた洞爺丸海難事故と岩内大火という二つの事件から材を得た、水上勉の社会派ミステリーの頂点をなす作品。罪を抱えながら功成り名を遂げた樽見京一郎と、かつて一度だけ情を交わした男を想う酌婦杉戸八重の二人に訪れる悲劇的な再会、そして10年の時を経て、職業的義務をも超えて再び樽見を追うことになる弓坂吉太郎の執念の物語が織りなす壮大な人間ドラマである。水上勉はこれを契機に推理小説への情熱を失い、遠ざかっていく。入手しやすいものに新潮文庫版（一九九〇年初版）上下巻が、また改訂決定版（二〇〇五年、河出書房新社）もある。

（高橋）

【コラム】

川上宗薫と『半世界』周辺

――松戸時代の文学的再出発

高橋孝次

水上勉が文京区富坂二丁目の加藤嘉氏方の二階から、松戸市下矢切の一軒家へ居を移したのは、一九五七（昭和三二）年九月のことである。前年に西方叡子と再婚し、郷里の若狭に預けていた娘蕗子を五年ぶりに迎えていた。松戸時代は家族三人での「生活の建て直し」の時期にあたるが、あとから見れば、作家としての再出発という意味では、大きな飛躍の時でもあった。

　飛躍をもたらしたいくつかの要因をたどれば、その多くが川上宗薫の存在に行き着く。川上は水上を文学仲間の『半世界』同人会へ連れだし、自身の原稿を読ませた。あるいは、親友の菊村到を引き合わせ、結果的には再び筆を執る契機をもたらした。それだけでなく、水上が書いた原稿に目を通し、出版の手づるを模索し、新人発掘の名手と呼ばれた河出書房新社の坂本一亀へ紹介して、『霧と影』出版への道を拓いた。川上の高校の後輩だった田野辺薫は、川上がのちの『霧と影』となる原稿を抱えた水上と、出版社へ原稿持ち込みに来ていたと証言している。

> G社（引用者注・現代社）は、檀一雄氏の影響を受けた九州文壇の人たちが多く集っていたように思い出すが、そこへ当時千葉・柏に住んでいた川上宗薫氏が、「この原稿は本にならないか」と、水上氏同伴で申し込んできたのである。（「原罪を見ようとした作家「水上勉の文学」再々論」、『文藝別冊総特集・水上勉』二〇〇〇年八月）

　のちに、いわゆる「作家の喧嘩」（『新潮』一九六一年六月）事件で絶交し、共通の友人佐藤愛子の直木賞受賞（一九六九年）をきっかけに和解するまで、二人の間には少なからぬ隔絶があった。しかし、それでも川上宗薫の存在が当時、水上勉の再出発に一方ならぬ助勢となったのはまちがいない。ここでは、改めて川上宗薫が水上勉にもたらした再出発の機縁のいくつかについて検討してみたい。

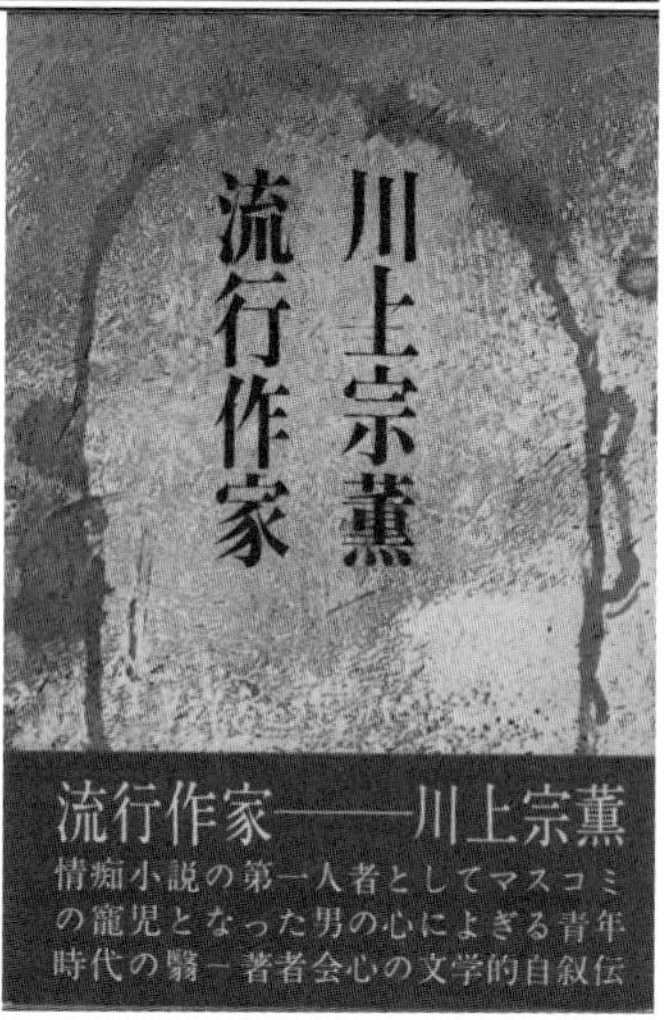

川上宗薫『流行作家』（1973年、文藝春秋）川上の自伝小説で、水上との事件も振り返られている。

水上の妻と川上の妻は小学校からのつきあいで、その妹とは同じ体育短大の同級ということもあって、当時柏に住んでいた川上が、服を買う目的で、水上家を訪ねたことが交友の始まりという。川上宗薫は当時すでに「その掟」（『新表現』一九五四年六月）、「初心」（『三田文学』一九五四年一一月）、「或る眼醒め」（『群像』一九五五年六月）で三度芥川賞候補に名前があがり、河出書房からも小説集『或る目ざめ』（河出新書、一九五六年）を出していた。一方の水上は川上の五つ上で、戦中から同人雑誌に名を連ね、文芸出版で名だたる作家たちと交流し、自らも作家として三冊の単行本を世に送り、そのうえ宇野浩二の口述筆記までしていたわけである。今は服屋として目の前にいる水上の驚くべき来歴に、川上が惹きつけられたのも無理はない。当時千葉県立東葛飾高校の定時制で英語を教えていた川上は、以来水上家へ足繁く通い、同人雑誌『半世界』の合評会へも誘っている。

> この川上が、私を「半世界」の同人たちにあわせたのである。田畑麦彦、佐藤愛子、宇能鴻一郎、庄司重吉、真継伸彦といった面々である。東中野の「モナミ」だったか、合評会があって、そこへ招かれたのだが、同人でもないのに、みんながしきりに作品評をやり、文学論をやるのを、だまってきいていた。何となく、私は場ちがいでちぐはぐな存在だったろう。洋服行商のかたわらなので、文学一途といった気持に欠けたところもあったのだが、「半世界」の会に出るのが、楽しみであった。忘れていた文学への情熱といったものが、腹の底に小さくめぶきはじめて、灯がともったような気がした。（「冬日の道」）

『半世界』は、一九五七年一〇月に創刊されたばかりの若い同人雑誌であった。ここで水上が楽しみながらも感じている「ちぐはぐ」さは、当時の水上が「文学」に抱いていた感情の複雑さを伝えている。では、『半世界』同人とはどのようなグループだったのだろうか。創刊当初の同人だった北杜夫は、『半世界』の発足を次のように回想している。


　それは私たちのおそまきの青春時代といってよかった。「文藝首都」の主宰者、保高徳蔵先生は早稲田リアリズム派でいられたし、古手の同人もそういった人が多く、私たち若手と主張を異にしていた。

　私たち若手は、古い頭を持つ先輩同人に負けぬよう、グループを組み、合評会などではまあいい加減な議論しかしなかったが、あとでこっそり酒場に集まり、先輩たちの悪口を言いあった。

　「半世界」という同人誌をこっそり作ったのは、田畑麦彦君が音頭をとり、佐藤愛子さんが会計係となって発足したものである。

（「私のおそまきの青春」『マンボウ博士と怪人マブゼ』一九七八年、新潮社）

『半世界』第6号（1958年8月）表紙

　戦前から続く保高徳蔵主宰の同人雑誌『文藝首都』に拠りながら、旧来のやり方に不満をもった若手同人たちが立ち上げたのが、『半世界』であった。北杜夫の回想には、田畑麦彦、佐藤愛子、日沼倫太郎、なだいなだ、窪田般彌、平岡篤頼、川上宗薫、宇能鴻一郎（鵜野廣澄）らの名前が挙がっている。実際の誌面にはこのほか、田野辺薫、小池多米司、津島青、原子朗、真継伸彦といった名前が並ぶが、実際の同人のメンバーははっきりしない。『半世界』十号（一九五九年一〇月）には同人名簿と東中野モナミでの「半世界同人会」開催告知が掲載されており、水上勉や川上宗薫の名前もあるが、水上の住所はすでに松戸でなく、文京区春日町となっている（『半世界』に水上勉の文章が掲載された形跡はない）。

　創刊号の編集人である田畑麦彦は「この雑誌は、決して普通の雑誌のように、文壇に出るための足がかりの雑誌ではない」と「編集後記」で宣言しているが、当時の『半世界』のこうした潔癖さは次の一文によく表れている。

私たちの雑誌には、別にこれといつた思想的な傾向があるわけではない。また何か内容的に、目的を一にするものがあるわけでもない。もしも私たちのうちに何らか共通のものがあるとすれば、それは、この純粋さである。それぞれの芸術にそれぞれの価値を与えるこの純粋さである。（田畑麦彦「編集後記」『半世界』四号、一九五八年四月）

芸術の純粋さを求めて老舗同人雑誌から飛び出した文学青年たちの集まりであった『半世界』との交流は、水上に若い友人たちとの活気に満ちた時間をもたらしたように思える。

日沼は酒を呑むと叱咤督励するくせがあったし、田畑麦彦は理屈っぽくなったし、川上は、酒はあまり呑まないが、呑むとすぐ真っ赤になり、顎をひいてにやにやしていたし、宇能鴻一郎は突発的に大声で笑うくせがあった。佐藤愛子は、いつもたしなみよく、女丈夫といった感じはそのころにもあった。洋服屋の私は、そんなふうに、外部から「半世界」同人を観察していた（「冬日の道」）

田野辺薫は他の同人たちと比べ水上を「もう一つ上の大人であった」（前掲）と振り返ったが、「冬日の道」でも強調されている、酒宴の楽しみに浸りきれない水上の遠巻きの冷徹さには、彼らの「純粋さ」に対する冷めた目、いわば文学に血道を上げた自身の過去を突き放す意志が見え隠れしているように思える。

川上を通して『半世界』周辺の年下の友人たちと交わることは、自身の進むべき道を改めて客観的に眺める機会を与えてくれたかもしれない。川上宗薫はのちに、「私は、まるっきり推理小説というものに対してのの理解力がなかった」「自分には水上勉の小説を評価する目というものがない」（『別冊新評　水上勉の世界』一九七八年七月）と当時を思い起こしている。このような川上の推理小説に対する無関心は、純粋さを志向した『半世界』同人にも共有されていたように思われる。純文学論争へとつながっていく、当時の中間小説の蔓延や推理小説ブームといった事態への反発が少なからず背景にあっただろう。『半世界』掲載の評論や小文でもしばしば粗製濫造される中間小説や推理小説への激しい攻撃が見受けられる。純粋さを志向し、流行の推理小説に批判的な彼らと交流しながらも、松本清張の小説に感銘をうけ、推理小説の執筆を水上が決意したことは重要である。のちには創刊号の田畑の潔癖な宣言とは裏腹に、『半世界』の同人は「芥川賞を宇能が、文芸賞を田端と真継が、直木賞を佐藤が、矢つぎ早に獲得して文壇に出」（「冬日の道」）ていくことになるが、当時の『半世界』は水上にとって、懐かしさとともに自身の過去の痛みを想起させるものだったのではないだろうか。

　そして、川上宗薫が紹介した人々の中で、水上が何

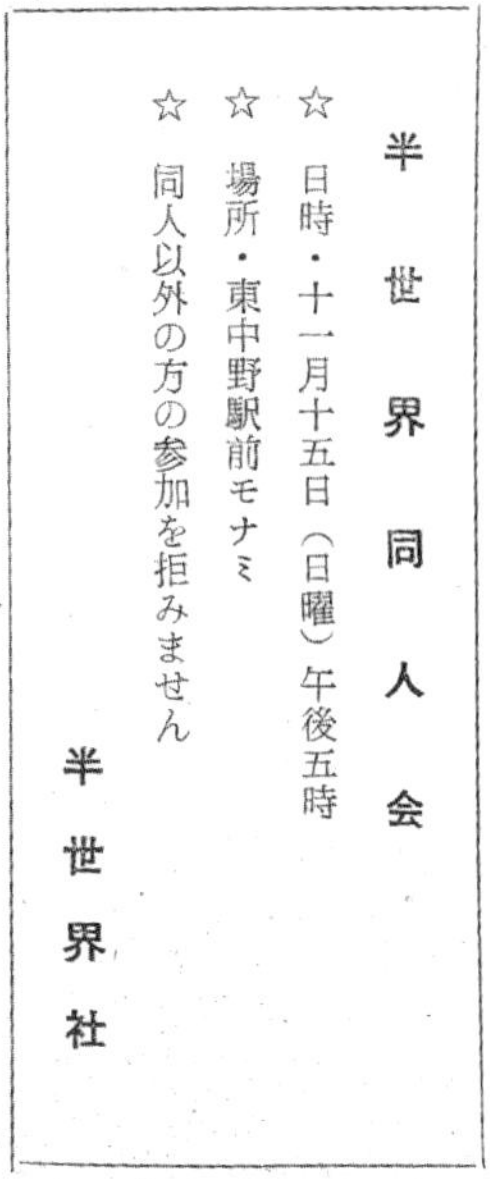
半世界同人会

☆日時・十一月十五日（日曜）午後五時
☆場所・東中野駅前モナミ
☆同人以外の方の参加を拒みません

半世界社

『半世界』同人会告知（第10号掲載）。東中野駅前モナミで開かれていた会の案内で、「同人以外の方の参加を拒みません」とある。

度も菊村到と坂本一亀を特別な存在として描き出すのは、この二人が、川上宗薫や『半世界』同人たちにはない屈託をもった「大人」だったからだろう。

　菊村到が親友の川上に連れられて水上家を訪ねたのは一九五八年一月、芥川賞受賞後、九年半つとめた読売新聞社を退職して文筆生活に入ったばかりだったが、菊村が経済的に安定した収入の記者を辞めたのは『週刊女性』での連載（「ろまん化粧」）が決まっていたからだったという（菊村到「年譜」、新鋭文学叢書10『菊村到集』所収、一九六一年三月、筑摩書房）。これは松本清張の履歴とよく似ている。一九五六年五月、新聞小説「野盗伝奇」の連載開始を受けて、清張は朝日新聞社を退職している。新聞、週刊誌での連載は安定収入をもたらすからである。当時菊村は、江戸川乱歩の慫慂に応じ、『宝石』に推理小説「悪魔の小さな土地」（一九五八年七月）を発表している。タイミングからいっても、『霧と影』起稿は、菊村の推理小説執筆が誘因の一つだったと言えるかもしれない。『霧と影』が刊行された一九五九年には『週刊読売』で最初の長篇推理小説「けものの眠り」の連載を開始する菊村はやはり、水上勉に「小説書いてみませんか」と呼びかけるにふさわしい存在だった。「カキ鍋の味」（『水上勉

選集』月報第四号、一九六八年九月）で菊村も、推理小説を書くと言ったときの水上の「含羞の気配」に親近感を抱いている。

そして、坂本一亀もまた、水上や菊村と同時期に、同様の屈託を抱えざるを得ない境遇にあった。河出書房は一九五七年春に倒産して新社となっていた。すがる思いでかつての河出書房のお家芸であった書き下ろし長篇企画を武田泰淳に打診しに行った坂本は、「おれたちも喰っていかなければならない。（中略）そこを、わかってくれ……」と断られる。「わかっていながら、その親しさに甘えていた自分を嫌悪した」（坂本一亀「武田氏の言葉」、『武田泰淳全集』月報六、一九七一年一一月、筑摩書房）と語る坂本は、戦後派による書き下ろし長篇のプランをすて、当時流行の推理小説路線に企画方針を変更している。昭和三十年代の時代状況の急激な変化に即して、出版メディアが再編されていくなかで、彼らはこれまで歩んできた道から離れ、「含羞」とともに推理小説の世界へ足を踏み入れたように思える。

ただ彼らとの出会いも、やはり川上宗薫がいなければもたらされなかった。これまでの生活が変化することを許容し、決意をもって「霧と影」にとりかかるに至るまでの推進力を醸成し、松戸時代の水上勉の文学的再出発を実現させたのは、川上宗薫がもたらした機縁の数々だったといえるだろう。

第三部　作家・水上勉——飛躍のとき

座談

編集者による水上勉1——岩波剛さんを囲んで

水上勉の仕事を間近で見ていた当時の担当編集者に話を聞いてみたいと思った。幸い、水上が『雁の寺』で直木賞を受賞した後、純文学への移行が完成した一九七〇年代から長く雑誌『新潮』で編集者をしていた岩波剛さんにお話を聞くことができた。話題の中心は、同誌に七〇年代から八〇年代にかけて掲載され、水上文学の中でも重要なテーマを持つ『兵卒の鬃』『金閣炎上』『瀋陽の月』の三作品をめぐるものになった。また演劇評論家として「水上戯曲の女」（一九八一・五「悲劇喜劇」）、「おりんの〝明るさ〟——『一衣漂泊』と水上戯曲の宗教性」（一九九一・一一「悲劇喜劇」）などを発表している岩波さんであり、話題は三島由紀夫とも比較されながら演劇と小説の双方にまたがり、最後は水上文学の魅力につながっていった。なお、当日は同じく『新潮』の編集者を務めた元新潮社の鈴木力さんにも同席していただいた。また、編者側からは、水上と中国との関係を研究している劉晗《リュウカン》さん（城西国際大学博士課程）が同席した。

岩波剛（いわなみ　ごう）

一九三〇年、長野生れ。東京大学独文科から新潮社に入り、『週刊新潮』の創刊に関わる。のち『新潮』の編集者を務めつつ、多くの演劇評論を執筆した。著書に『現代演劇の位相』（深夜叢書社、一九八一年）がある。

『週刊新潮』から『新潮』へ

——まず、岩波さんご自身と新潮社でのお仕事について聞かせてください。岩波さんが新潮社に入ってから創刊に関わった『週刊新潮』（一九五六年創刊）は、当時の週刊誌の中では、いわゆる文芸記事が多い雑誌ですよね。たとえば初期の時代から谷崎潤一郎に小説を書かせていますね。

岩波　以前、『文藝春秋』の会長をやった田中健五さん（一九二八年生、第七代文藝春秋社長）と対談したけど（「手探りのスタートと転換期の英断」二〇一六・五『本の雑誌』。なお二人は東大独文の先輩後輩）、『週刊文春』（一九五九年創刊）は『週刊新潮』より創刊が三年遅れです。田中さんも僕も当時はまだぺーぺーだから発言権がなかったけど、文春ではトップたちが、「もし『週刊文春』を出して、本誌の『文藝春秋』という伝統の雑誌の売れ行きに関わっては困る」と言っていたそうです。うち（新潮社）にはそういうのはなかったからね。

　新潮社はテレビやラジオというメディアの大きな変化の中で、文芸出版から一歩踏み出して何かしなきゃいけないって週刊誌を出すことを企画した。しかし支社もなければ記者もいない。新聞社は各県にみんな特派員がいて、本社には山のように鳴り物の記者がいるのに、新潮社にはいない。七人ほどで一年前から準備段階に入った。いきなり出せるはずない。

岩波剛さん

鈴木　『週刊新潮』には文芸誌の『新潮』からも、野平健一、後には菅原国隆という伝説的な編集者たちが参加しています。他の週刊誌と比べて文芸記事が多かったということですが、そうしたことも影響があったんでしょうか。

岩波　それだと週刊誌はできない。純文学の頭で週刊誌の記事を作れと言ったって、そんなことはあり得ない。だから僕なんかはむしろ、色が付かないうちに使おうとして入れられたんです。

鈴木　岩波さんは入社して『週刊新潮』にまず入ったのですか。

岩波　いや、最初は出版部です。とにかく校正の勉強から始めていたんです。そして、ある日、準備室に呼ばれたんですね。あとは『小説新潮』や各部から、有能な中堅編集者が集められた。

鈴木　いま手元に『新潮』掲載の水上勉作品のリストがありますけど、岩波さんが『新潮』の編集者として最初に頂いた原稿は「兵卒の鬃」（一九七二・九）ですか。

岩波　そうだったかな。その前から演劇関係で水上さんとは知り合いでした。

鈴木　『新潮』に最初に載った水上作品は、昭和三十五年（一九六〇年）十一月号の「火の井戸」のようです。

――次が「決潰」（一九六一・九）ですね。直木賞を取った直後の作品で、満を持して自分のこと書き始めるのが興味深いです。そして、「枯木の周辺」（一九六四・七）が来ます。

鈴木　これは宇野浩二のことですね。次に「好色」（一九六四・九）でまたガラッと変わる。どれも、いわゆるジャンルの違う作品を書いていました。

——かなり重要な作品を続けて『新潮』に発表していますね。

岩波　水上さんが作家として認められて売れだした時期です。トータルに見て、代表作はほとんどその時期に書かれている。作家には時期があるんだね。十年という説があるけど、それを破っている人もいるし、そのとおりの人もいる。これは、水上さんだけじゃないけれども、一九六〇年代から七〇年代くらいが活字文化の興隆期だった気がしますね。

——水上は代表作の多くを『新潮』に書いていますね。七〇年代も「兵卒の鬃」が一九七二年で、「金閣炎上」が一九七七年です。岩波さんはそれまではずっと『週刊新潮』にいらっしゃったんですか。

岩波　そう、十四、五年間だね。

『決潰』（1961年、新潮社）。出て行った妻との問題を虚構化して書いた。

水上勉と三島由紀夫

岩波　このお二人についてはちょっと前置きをおきます。水上さんの「金閣炎上」（一九七七・一〜七八・一二『新潮』）では、主人公の林養賢は、どもりで、父親は病弱、母親から引き離され、入った寺では歪んだ内情を知る。差別され、貧しく病気がちと、さまざまなマイナスを抱え込んでいる青年僧が、最後に金閣寺に火を付けて燃やしてしまう。日本で最も有名な、もっとも美しい、国宝の金閣寺を燃やして、自分もこの世から消えてしまおうとするわけですよね。

三島由紀夫の「金閣寺」（一九五六・一〜一〇『新潮』）では、火を付けたところで終わるけれども、最後に犯人は「生きようと思った」と。三島さんは学習院を出て、東大へ移ってきて、そしてベストセラーを何冊も出すという大きい仕事をして、でも（「金閣寺」の主人公が死のうとしたように）三島さん本人が市ヶ谷の自衛隊に、いわば殴り込みをかけて死ぬわけですよね。

つまり、生まれも育ちも、まったく違う、ほとんど正反対に見える林養賢と三島由紀夫ってどこか似ている点があるような気がしたんですが、いまはなぜこの放火犯をモデルにしたか分かる気がします。林養賢は最も美しい大切なものと一緒に帰って来られない向こうへ行きたいわけだよ。三島さんには憲法の問題があって、自衛隊が憲法で許されてない非合法なものであるのに、君たちはなぜ立ち上がって憲法を改正しないのかと、総監部二階バルコニーから隊員に呼びかけます。あそこに立ったら取り消しはきかない。だから介錯をする人を指名して、刀まで渡してある。深層の死への願望は根強い。林養賢も死ぬつもりだったんですよ。でも火を見たら怖くなってその場を離れ、その後、医療刑務所で死ぬ。僕は三島の演説をテレビで聞いてすぐ市ヶ谷へ行ったんだけどね。

鈴木　じゃあ三島事件のときは、『週刊新潮』にいらしたんですね。

岩波　そう。その前に三島さんが文学座（一九三七年旗揚げ）を脱退する「喜びの琴事件」にふれておかなくちゃいけないか。杉村春子さんが座の代表格だった。はじめ、福田恆存さんたちが文学座を集団脱退する（一九六三年一月）。そうすると、杉村さんたちは柱がいなくなると困るので、今度は三島さん、お願いします、柱になってくださいというのでなった。そしていくつかの舞台もつくったけれど、書き下ろしの戯曲「喜びの琴」は杉村さんが外遊から帰って来た総会で上演中止。三島さんは退団する（同年一二月）。

その時に僕は取材に参加していたな。文学座をなぜ辞めるのか。普通の社会面の記者でないほうがいいと、「三島さんを知っている岩波くん聞いてきてくれ」と言うので三島さんに電話したら、誰もいない所なら話そうと。会う場所は後楽園、ボクシングの練習をやっていたのかな。

鈴木　体を鍛えていた頃ですね。

岩波　退団については「文学座の諸君への『公開状』」が書かれたが、それは「思想の絶対化」とか「すべての思想が相対化される地点」とか、抽象的な固い言葉なんで、「こんな難しい言葉を使ったってだめだから、三島さんが文学座を脱退するという問題を、普通の週刊誌の読者のために、もっと易しい言葉で言ってくれませんか」と頼んだ。どういう反応が返って来たかというと、笑ったんだ。三島さんという人は、高い声から笑いのような笑い方をする。そういう笑い方するのは、井上光晴や開高健と一緒なんだよ。僕の提案に、から笑いして、空が見える窓のほうを向いて笑って、笑った末にその声は僕には泣いているように聞こえた。

——三島さんはそれにどのように対応したんですか。

岩波　言い直しました。「いやごめん、ちょっとあれだな」と言って席に戻って、「いつも南風が吹いているとは限らない。寒い冷たい北風も吹く、その作品の意図に不服なら、もうこの劇団にいられない」というふうに、分かりやすく言ってくれたんです。いま思うと、三島さんに悪いことをしたなと気づくんです。福田さんと一緒に芥川比呂志、岸田今日子さんら親しい友人たちが去り、次には文学座から拒まれて、三島さんはひとりぼっち、寂しさの極みみたいな時ですからね。

――三島本人は林養賢について結構、冷たいことを書いていますよね。でも水上は林養賢に対して共感があって。そこにやっぱり違うところがありますよね。

岩波 その通り。さっき言ったように、三島さんは自分の美学に引き込んであの『金閣寺』を書いたが、水上さんは「あれは違うよ」と言っていた。だから中村光夫の「観念小説だ」という評言の真逆の『金閣炎上』を二十年もかけて書いたんだ。水上さんの中には、林養賢の孤独、どもりで貧乏で、母親のことがあって、勤めた寺の住職のなまぐささといった問題だけでなく、現代の寺院への根底的な怒りがある。仏教はもっと決定的に人間の悩みの問題を扱う、そういう深い宗教的な意味があるのに、今の寺を見てよ。みな金持ちで、葬式をあげればお葬式代、そして名前を付けたら戒名代……。林養賢と水上勉さんは、そういう怒りや生い立ちなど共通点は多い。

――『金閣炎上』を読むと、まさに自分のことのように書いていますね。

岩波 だから（執筆は）苦労したと思う。何度も書き直しています。水上さんは流れのうまい読み物も書く人なのにね。あれはところどころ、つまはじくような形で、自分の言葉じゃなくて引用でつないでいく。つまり三島さんが自分の文体を「鷗外プラス、トーマス・マン」をめざして変えて『金閣寺』を書いたとまで言っているのに対して、水上さんは、供述調書を探し出し、インタビュー、証言を取り入れて、物語の言葉のノリでない文体で林養賢を見つめていますね。

『瀋陽の月』と中国への思い

岩波 水上さんは作品の中にほとんど自分の体験を投げ込んでいます。ただ、旧満洲はそっとしてあったわけね。そのとき全集で既に二十六巻（『水上勉全集』中央公論社、一九七六～七八。後年に『新編　水上勉全集』全十六巻も出ている）出している人が、まだ書いていない、そこだけ書けないというのがあるという。ペイスイチャンと言っただけで分かりますか？

劉 分かります。北市場ですね。地名です。

岩波 話したり、飲んだりの際、何度その地名が出たことか。水上さんは戦地には行ってないわけですよ。乙種、肺病で行かれないわけですから。しかし内地で軍隊の最下層、「輜重輪卒が兵隊ならば……チョウやトンボも鳥のうち」と言われる、一番位の低い兵隊だった。その前には満洲でクーリー（苦力）を、クーリーって言葉は使いたくないので現場労働者を、監督見習とはいえ、いかにこき使っていたかというのが、彼の中の一種の原罪のようにあるわけだよね。彼は十九歳で行くわけですよね。病気で兵隊には取られないことになった。じゃあ何をやるかというときに旧満洲から求職があって、そこで何か新しい世界が開けるかもしれないと行ったわけです。それで、六カ月間しかいられなくて、病気で帰ってくる。

　だから、飲んだりするとよくその名を出すんだけど、僕にはペイスイチャンって何だか分からない。で、書くには実地を見たいという水上さんと行ってみた。北市場のほうはすごくにぎやかな町になっていました。ただし労働者が働く貨物駅は荷物の上げ下ろしだけでね。雑草が生えて背の低い花が咲いて、それが風に揺れている。水上さんは、じっと黙ったまま。時々向こうに人の動きは見えるけれど、誰も来ないようなところでね。

――次はこれを書きたいと、水上さんがおっしゃるんですか。相談しながら決めるのですか。

岩波　その質問の答えになるかどうか。水上さんは水俣病の公害問題を初めて書いたのはおれだと言っていたが、その長編推理『海の牙』のあと、やがて推理小説は書かなくなった。どうしてなの？　と聞いたら「人を殺すのがいやになってね」と言っていました。さっき話したように、奉天、いまの瀋陽をずっと考えていることは知っていた。一種の贖罪の気持ちがあるし、限りなく懐かしい青年時代の思い出があることもわかる。そして全集全二十六巻も出ている人の、いわば一ページの空白を埋めるための『瀋陽の月』、向こうが書きたいんだね。こちらもぜひ書いてほしいわけですよ。

劉　岩波さんは水上さんの一九八五年の満洲への再訪の旅に同行されましたが（新潮文庫『瀋陽の月』の岩波氏による解説にこの時のことが書かれている）、その再訪の旅のきっかけや、それに関するお話をお伺いしたいのですが。

岩波　水上さんとは中国に何度か行ったな。ただ、今の質問の裏なんだけど、水上さんはなぜ、自分の作品世界の中へ奉天の時期を書かなかったかという問題に関わるわけですけどね。やっぱり慚愧の思い、申し訳ないことをしたという気持ち、つまり現場の労働者たちをむちで追い回す現場監督の見習いでしょ。また、

満洲開拓の勧誘をした時代、京都府庁の友人たちと（中央下）。（『冬日の道から』より）

それと相反するように、自分の十代の最後に病気と病気の間に行った奉天、中国で出会った人々、あの土地に対する郷愁のような、そういう両方があったわけでしょ。なかなか踏み切れなかった。で、僕が「行きましょう」って言ったわけで、社長から「おい、なんで今行くんだ」と言われるくらい長く時間がかかったにしても、いわば「日本のしでかした不始末の」っていう、この言葉は宮本研という劇作家の言葉（戯曲『花いちもんめ』に登場する）ですけども、いうなら侵略ですよね。もちろん侵略なんて言葉は『瀋陽の月』には出てこないと思う。使わないんだな。でも日本という国がしでかした不始末、その一翼を自分も担った。そういう罪の意識みたいなものがあったんですね。

　僕がご一緒した時のことですが、北京から大連へ行って、大連から奉天へ行くわけですよね。大連に着いたときに、港に埠頭がある。懐かしがっていました、心底から。昔と同じ特急「あじあ号」（南満洲鉄道時代に大連—奉天間を結んでいた特急が現在でも保存されている）にも同じ喜びようだった。日本はプラットホームからすぐ乗れるけど、満洲鉄道はプラットホームがもう一段上がって、そこから入るようになっている。一緒に奉天へ出発したときの記憶が鮮やかに今も残っています。限りなく野原というか高粱畑。水田も少しあるんだけれども、それよりも延々と広いところだった。そして奉天の駅に着いた。水上さんが降りて、座った構内の椅子を「これじゃなかった」と言って、いったん外へ出て、「ここだ」って。あの人、不思議な記憶力がある。僕は三島さんにもそれ感じたけどね。やっぱり物書きというのはああいうものかなと思う。そのとき一番記憶にあるのは、昔自分が住んでいた、監督見習いとして住んでいた家がまだあるかどうかということで、それを二人で探して歩くわけね。そしたら、土地の人が「ここだ、ここだ」と。場所は間違ってないけど、なんせ五十年前のことなんで。それでまた探してようやく発見するんです。そうしたら、そこに住んでいた方が、とっても親切に応対してくれました。ここは遠い昔、あなたが住んでいたうちで、今はわたしが住んでいるし、「またいらっしゃい」って。

劉　「また、きてください、待っています」（文庫版『瀋陽の月』一二八頁）ですね。

岩波　ああ、それだ。その部屋へたどり着けたんだよね。だから、水上さんもそれで自分の贖罪が済んだとはもちろん思わない。ただ、行ったところの、昔の部屋に住んでいた人が、よく来てくれたと本当に優しく迎えてくれたから喜んでいた。

――最初に中国へ行こうと言ったのは、水上さんのほうだったんですか。

岩波　前からその北市場の話はずっとしているわけで、いつ行けるかということがあるだけでした。いわば個人旅行ですからね。その満洲行では遊郭の跡へも行ってみました。小説では、水上さんが帰国するとき、なじみの日本女性が「帰るとこがあってよかたい」とさりげなくいう言葉の哀れをかみしめたものです。

劉　当時の日本人の作家は、中国を訪問する場合には大体、中国の人民友好協会と、あとは作家協会という二つの組織に案内を依頼していたという話を伺っているのですけれど、個人的な旅行であったので中国の作家協会にお願いしたわけではなくて、日中友好協会にお願いしたという理解でよろしいですか。

岩波　いや、正式には今のお話の答えは僕には分かりません。日本と中国とのいわばそういう関係は、（日本側の組織だと）日中友好協会（一九五〇年設立）というのと日中文化交流協会（一九五六年、中島健蔵、千田是也、井上靖らを中心に設立）と二つあります。僕が属していて、水上さんも属していたのは、文化交流のほうです。

鈴木　その文化交流のほうで正式に行くと、水上さんが行きたいと思っているところには行けなかったということですか？

岩波　ケース・バイ・ケースだと思います。協会の行事ですと、表敬訪問とか、国賓級のお客さまが来るときだけ泊めるような宿泊所があるわけ。井上靖さんのときにはそこへ一緒に泊めてもらった。水上さんのときには別のとこで。満洲ではそういう特別なことはなかった。

劉　『瀋陽の月』は中国人読者の視線は意識して書かれたのでしょうか。

鈴木　いまのご質問で思い出したんですが、『瀋陽の月』の中に通訳の人から「水上さんは、中国人をいじめましたか」という質問が投げ掛けられて、それに対して答える場面があるんですよ。そこは文庫本にはあるんですけど（文庫版一〇七頁）、雑誌のときにはなかったはずです。ですから、ここは相当気持ちを込めて加筆、あるいは迷って書けなかったところを書いた、ということではないかと思うんです。

——初出ではなかった文章が、単行本で加わったってことですね。

鈴木　言いにくいことだけれども、それを言わないと中国の読者に対しては駄目だって思われた、そういうプロセスを、僕はその加筆のところに感じたんです。

岩波　クーリーの現場監督で、むちを振るった監督の見習いと書いているわけだから、中国人をいじめたかというのを、あらためて聞くというのは、なんか不思議な感じがする。国家の不始末なんだよ、満洲ってのは。個人でどうこうできるわけじゃないし、むしろそのやらせる制度そのものが問題であるわけですよね。だけど、鈴木さんのおっしゃるように、逃げないでここはもう一度きちんとおさえておこうという、そういう思いがあったかもしれないよね。あれは僕たちが子どもの頃だけど、満蒙開拓といってね。送り出すほうはいい言葉を使うわけよ。

国際運輸社の社員として働いた奉天時代。
(『冬日の道から』より)

『兵卒の鬃』および純文学と大衆文学の問題

岩波　『瀋陽の月』の場合にはそういう形だけれども、『兵卒の鬃』は密かに抱えていた主題だったようです。ちょうど売れっ子のときですよね。こういうときには時間を取らなければいけない。だから、新潮社が用意した部屋に囲い込んで、そこで書いてもらう。そして、何枚以上書かなければここを出しませんって、まあ半分冗談のようにやる。

——いわゆる缶詰めですね。

岩波　そんなことが言えるような関係にならないと、だめということでもある。

——『兵卒の鬃』は、二十数年間書きたかったものがようやく書けたということをあとがきで書いています。そして実際、昭和二〇年代に『兵卒の鬃』に出てくる宇治黄檗山の行進のところだけを書いた原稿が残っています。おそらくそれが原型なんです。『黄檗山』ってタイトルで二十枚ぐらいなんですけど、それが『兵卒の鬃』になるんです（本書に収録）。

岩波　それははっきり言って、水上さんが作家として成長したわけよ。書いて、自己批判して、没にして、そしてたくさんのものを読んで鍛えられて、編集者とけんかして、酒場で飲んで、いろいろあって書くことができた。『兵卒の鬃』は軍隊の最下層のことですよね。軍隊の中にも差別があった、これは、彼の中の根底にある問題の一つでもあるわけです。

——作品の題材によって『新潮』向き、『小説新潮』向きというのはあるのでしょうか。現場ではそういう話し合いはあるんでしょうか。

岩波　『新潮』と『小説新潮』は、編集者が全く違う。だからこちらで話し合ったりしない。

鈴木　そうですね、最初の頃でいうと、例えば「奇形」とか、「枯木の周辺」とか、これが『小説新潮』に載るというイメージではないですよね。「好色」は……。

——これはあるいは載ってもいいかもしれません。

鈴木　いろんな時期があって、『新潮』も変わるし、『小説新潮』も変わります。ただ岩波さん、『兵卒の鬃』の頃というのは『小説新潮』と『新潮』の違いというのは、はっきりあった時代ですよね。

岩波　こちらにあるんじゃなくて、まず書く人にあるから。『小説新潮』の常連に『新潮』の編集者が行って、小説を書いてくださいというケースはほとんどなかったと思う。

でもたとえば、『飢餓海峡』は『週刊朝日』に載りました。これを読み物小説です、中間小説ですっていう？　水上さんの作品の主なものは、ほとんどが戯曲になっています。ある長さをもって、構造を持っている作品でなければ戯曲にならないわけですよ。『飢餓海峡』は構造的にいっても非常に面白いですよね。八重さんという女性、頭が少し遅いんじゃないかと思われるようでいながら、なんか無垢で聡いところもあるような二重性を持っている。それが、青森から来て最後は殺されるけれども、二つの時間が同時に流れて、一人の人間の中の二重性みたいなものがあって。しかも、樽見京一郎という相手の男のほうにもまたあるんだな。こういう一種の重層構造を持っている作品として見れば、いやこれは絶対に読み物ですって言う人は多分いない。『飢餓海峡』という作品が持っているのは、戦争と戦後の社会状況からのっぴきならず悪に加担してしまった人間の問題であり、その生きていた時代を、あのように書いた作品っていうのは、やっぱりすごいと思います。そして、話していても、水上さんって大きい人だと思うよ。もう晩年になると頭をたたいてね、「岩波君、頭たたいたってカランカラン、なんて、音がする」と。それでもまだ書くんだよね。

今の『飢餓海峡』の舞台化では、僕は一緒に劇場に連れていかれたんだ。『飢餓海峡』（文学座が木村光一演出で一九七二年一二月初演）と『椎の木の暦』の時もそうでしたけど、水上さんが泣いてね。多分、そばで泣いてもいいやつを連れていくんだと思う。『椎の木の暦』は分教場時代の代用教員だった話でね。『飢餓海峡』は、これは悲しい物語だけど、どこでどういうふうに何を思い出すのか分からない。涙を流すのが見えました。見えないふりをしていました。涙もろいっていうか、情感には非常に敏感な方だったんじゃないかな。だから論理的な観念小説みたいなものを読むと、違うあれじゃないと思われるのは自然だと思うね。

――昭和三十年代の文芸時評で水上がどのように言われていたのかを調べてみたんです。先ほど『飢餓海峡』は通俗小説なのか純文学なのかという話題がありましたけれども、水上勉は純文学作家なのかそうじゃないのかが、ずっと問題になっています。

鈴木　登場人物がフルネームで出てくると通俗小説だ、と言われたことがありますが、その程度の違いを言うことはいくらでもできるんですよ。枚数とかテーマであるとかね。でもそうではなくて、吉田健一の『雁の寺』と『五番町』の解説がありますよね（「大衆文学時評」一九六一・四・七『読売新聞』、および新潮文庫『五番町夕霧楼』解説、一九六六・四）。あれでもう十分じゃないかという気がします。『雁の寺』に吉田健一が書いたこと（「これはまず第一に、一編のすぐれた小説である」）を、水上さんはずっと頼りにしていたということですけど、吉田健一のその批評は、今振り返ってみれば至極まっとうなことを言っていた気がします。つまりその、中間小説とか大衆小説っていうジャンル分けするのは、アクチュアルな現象として、作業としては面白いですよ。それで、同時代人に受けますよね。だけどそれと別に、小説の面白さっていうのはそういうもんじゃないだろうということを、吉田健一はそのアクチュアルな現場の中で言っていたと思うんです。

岩波　あの人（吉田健一）の文体は奇っ怪なといわれる、句読点の少ないものだけれども、不思議な、つまり批評家の言い方には一種の定型があるのに、実に自分流の文章を書いている。あの人の小説も、例えば金沢って場所を書いてもね（『金沢』のこと）、他の人が書かない文体ですよ。僕たちが平凡に思っている何かじゃない、その向こうに、何かちゃんとしたものがあるっていうことを言うんだな。吉田さん、すごい読み手だったんじゃないかね。

——鈴木さんが新潮社に入社されたのは何年だったんですか。

鈴木　私は一九七六年の四月ですね。

——その鈴木さんの世代からすると、水上はどういう作家として映っていたのですか。岩波さんの世代とはまた違う印象だと思うのですが。

鈴木　学生の頃は水上勉といえば直木賞作家というイメージがまずありました。でも、会社に入ってご本人に会ってみると、水上さんはもう純文学の作家という印象でした。当時、すでに川端賞も取っていました（一九七七年、『寺泊』にて）。川端賞は純文学短編の賞ですから、ご本人にとっても、とてもいい受賞だったと思います。

だからそういう意味で、さっきは吉田健一の話にずらしちゃったんですけど、直木賞作家も芥川賞作家も、それは要するに文春が分けただけの話であって、あるいは発表媒体で分かれただけの話であって、作家それぞれはまた別であった。逆に言えば芥川賞の作品を見ていると、今から思えばこれは直木賞だったっていうようなものもたくさんあります。それから直木賞のほうでも芥川賞になるべき作品だなと思うのがありましたが、現場で作家に会うと、その区別が消えちゃうっていうことは実感としてあります。作家の存在感を、外から、特に賞で色分けする、あるいは発表媒体で色分けするのはちょっと違うなという気はしますね。

——たとえば松本清張は芥川賞作家ですね。

鈴木　そうですね。井伏鱒二は直木賞作家で。

——水上は最終的に両方の選考委員をやりました。宇野浩二の弟子ですから、純文学的な出自があることは間違いないですよね。

五番町に通い出した立命館夜学の時代。右は戦死した友人の時岡良男。（『冬日の道から』より）

『五番町夕霧楼』から『金閣炎上』へ

鈴木　「五番町夕霧楼」はどこに発表されたものだったんですか。

――『別冊文藝春秋』（一九六二・九）ですね。

鈴木　岩波さん、水上さんの中では、この作品はこの雑誌で書こうというようなお気持ちはどのぐらいあったんでしょう。

岩波　それはわからないな。ただ林養賢が金閣に放火、焼失したとき、水上さんはすぐには小説に書こうとしなかった。だけど僕なんかに会うと、「あれは違うよ。三島の書いた『金閣寺』、あれは違うよ」と言っていた。やがて書いたのが、放火犯のなじみの遊女をモデルにした『五番町夕霧楼』。林養賢に一つの優しい手を差し伸べたと思ったね。同郷出身の放火犯の実像を関係者の裁判資料などで調べつづけた副産物で、水上さん得意の女性もの長編ですね。そして十数年後に完成させたのが『金閣炎上』なんですよ。

――（本書収録の『金閣炎上』の草稿のコピーを見せながら）これは『金閣炎上』の初期の原稿なんですけど、岩波さんの字ではないですか。清書原稿があって、多分これが一番古いんです。編集者が清書しているのではないかと思うのですが。こちらがその後の原稿で、何度もタイトルが変わっているのが分かりますが、こちらは本人の字です。

岩波　僕はそういうことはしない。いや、この字は見たことあるな。祖田浩一さんのような、作家で秘書み

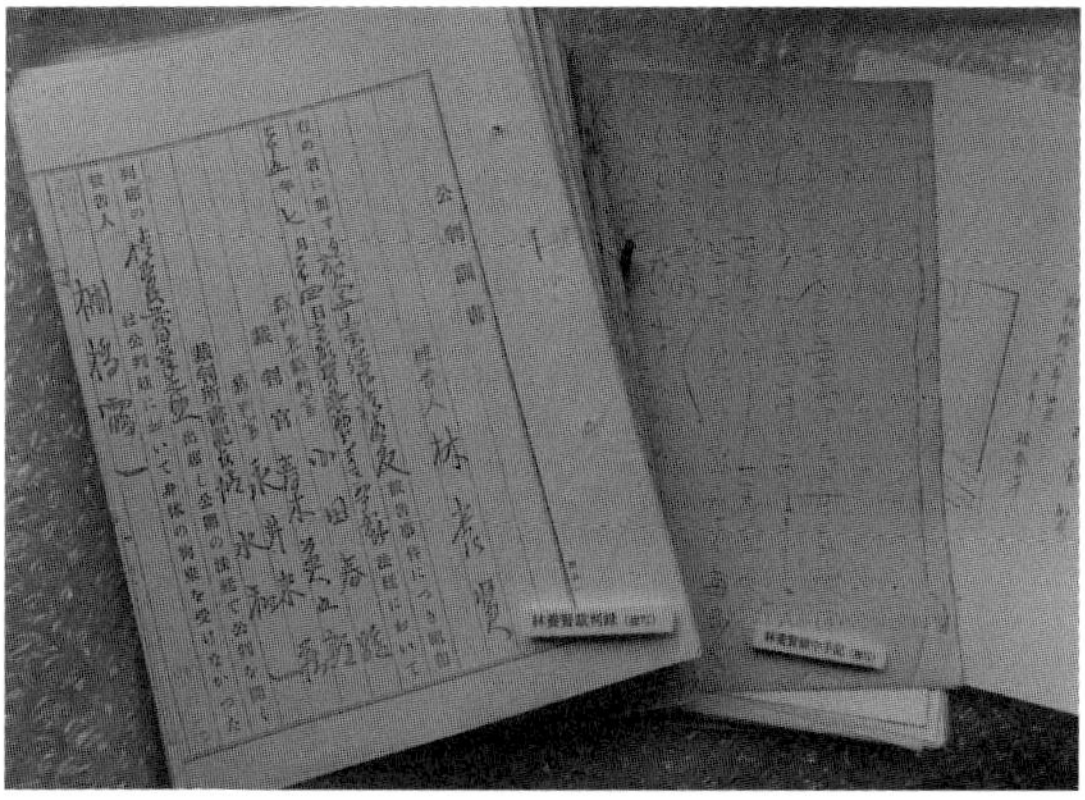

『金閣炎上』執筆に用いられた裁判資料の写し。

たいな人がいらっしゃいましたね。

——ご意見をしたご記憶ありますか。構想の段階で。

岩波　こういう、例えば『金閣炎上』のように筆者の執着の深いものについては、編集者はなまじ妙なこと言ったってしょうがないものですよ。

鈴木　水上さんがなぜ『金閣炎上』を『新潮』に書こうと思ったか、ぼくにちょっと推論があるんです。一つまず、岩波君読んでくれよっていうお気持ちが、必ずあったと思うんです。具体的なやりとりは僕も分からないですけど、『新潮』イコール岩波剛に書くんだという気持ちが一つあったと思うんです。

それからもう一つは、岩波さんがおっしゃったように、三島の『金閣寺』があり、それから、『五番町』もあったわけですよ。先ほどから小林秀雄の名前がよく出て来ますけど、小林秀雄は「金閣焼亡」（一九五〇・九『新潮』）というエッセーを書いていますよね。三島もそうだけど、小林秀雄はあそこで林養賢の名前も出さない。狂人って書いています（「金閣の放火狂人」とある）。

岩波　犯人じゃなくて、狂人？

鈴木　はい、水上さんはあれをもちろんお読みになっていたと思うけど、その小林秀雄に対して、どういうふうに書けるだろう、どうやって林養賢を救ってやれるだろうっていう気持ちがあったんじゃないかと思うんですね。そうなると、三島も小林秀雄も書いていた『新潮』で書こうという気概というか、使命感のようなものがあったかもしれない。『金閣炎上』の書き方は、『五番町』と全く違いますよね。で、やっぱり小林秀雄に読ませるっていう気持ちが、僕はあったと思うんですよ。僕も『金閣炎上』のお手伝いで原稿取りに行ったときに、「小林さんに読んでもらおうと思って書いてるんだ」っておっしゃっていました。

岩波　小林さんと三島さんが対談をしているでしょう（「美のかたち——『金閣寺をめぐって』」一九五七・一『文藝』）。そこで小林さんは、三島さんの『金閣寺』は小説じゃないってね。ちょっとやさしく「叙情詩」だと言っているけれども、なぜ小説じゃないかというと、「私」という主人公のコンフェッションが三島さんの『金閣寺』だと。そうすると、「私」はどんどん告白していけばいい。ところが告白したって、社会があって他の人がいるわけだ。他の人、つまり告白の外の人をどう書くかといったら、どうしてもシュールになる。「私」のコンフェッションの中へ出てくる人物だから、生きてこないわけよ。小説じゃないというのはそういう意味。もうはじめから犯人のコンフェッションだけでざーっていってしまう。

それを水上さんは絶対そうしないで、「私」というのはここに置いといて、他にもいろいろな人たちを、その脇の人たちの姿さえもきちんと追っていく。だから、こっちはコンフェッションではないですよね。観念小説ではなくするために、水上さんが別の構造にしたっていうことは、あるわけです。だから『新潮』で書くときに、犯人は犯人としておきながら、彼とたまたま峠で行きあった「私」、つまり水上とおのずから分かるようにして、犯人のお母さんもそうだし幾人も出して、例えば和尚の慈海の評価というのはさまざまに分かれている。褒めているところも死の原因のように言う部分もあるような形で。でも、人間は絵に描いたように一人であるはずはないよね。人間生きてれば、見方によって、多分四通りも五通りもあるだろうね。とってもいい人だという人と、いやあ彼は気をつけたほうがいいよ、金貸すなよとかね。『金閣炎上』を読むと、そういう配慮もきちんとしています。

だから、『金閣炎上』の場合は、林養賢の死まで書いてしまうわけですね。明らかに三島由紀夫を意識している。そして、やっぱり三島が『新潮』に載せたから『新潮』に載せてやると。そしたら小林秀雄が読んでくれる。多分、小林さんは何も言わないけど。

鈴木　もう一つ、『新潮』という土俵の中にあったものは、僕は安岡章太郎だと思うんです。『金閣炎上』が一九七七年の新年号連載開始で、その前の年には安岡さんの「流離譚」の連載が始まっています（一九七六年三月連載開始）。で、この「流離譚」というのは、冒頭が「私」で始まっていますが、その本分は歴史小説ですよね。歴史を書いているけども、「私の親戚に一軒だけ東北弁の家がある」という書き出しで、「私」から書き始められている歴史小説。水上さんは、この書き出しをおそらく読まれて、相当励まされたんじゃないかと思うんです。

つまり、物語は『五番町夕霧楼』で書いたわけだから、今度、自分がどういう形で書くか。で、自分を、「私」と養賢と重なり合わせながら、小林秀雄に読ませるとすれば、勉さんは「歴史」という言葉を使っていますけど（「金閣炎上・その後」一九八〇・二『新潮』。水上はそこで「歴史とは無数の事実のかさなりだ。出来うるかぎり、隅々までに眼をくばっていないと、肝心のことを見失う、こんな当り前のことが身に染みた」と書いている）、歴史として、養賢を定着させてやりたいという気持ちを持っていたんじゃないかと。
つまり、「私」を語り手にして、歴史をつくっていくことができる場として、『新潮』があった。『新潮』にはそれを読んでくれ、自分が読ませたいぶつかり稽古の最強の相手としての小林秀雄がいて、それから同じ部屋同士の、稽古仲間の安岡章太郎が『流離譚』を始めている。で、編集者は岩波剛がいる、ということで、もう『新潮』しかないというふうに思ったんじゃないかと思うんです。

岩波　いや、それ嬉しいね、ある意味ではあり得る説じゃないかね。そう、安岡さんのね。

——先ほどお見せした原稿の変遷を追っていくと、『金閣炎上』を現在の形に定着させるまでが見えてきます。最初は「私」が出てこないんです。客観小説として始まって、途中から「私」が出てきて語るようになるんです。それと、最初のほうの原稿だと林養賢と会ったことがないと書いてあるんです。途中の原稿から会ったこととして、その経験を書き始めるんですよ。

岩波　断られたよ。水上さんに。いや、こういうことにするよって。

——やっぱりそうでしたか。題名も最初は小林秀雄のエッセイと同じ『金閣焼亡』だったんです。

鈴木　安岡さんにとっても、小林秀雄はぶつかり稽古の横綱だったし、あと、水上さんにおける宇野浩二のように、安岡さんには志賀直哉という存在もあった。そうしたいろいろな先人に対して、どう自由な形で書けるかっていうのを目指して闘っていた最後の世代かなって思います。だから六十歳になるまでの、若い頃から続けてきた文学修行の総ざらいの仕事だったんじゃないかと思うんですよ。『流離譚』も『金閣炎上』も。

——『金閣炎上』の連載開始は六十ちょっと前ですね。

鈴木　完結したのが六十だった。だから、さっき岩波さんが作家は十年の勝負、ということをおっしゃって、それそのとおりだと思うんですよ。漱石も須賀敦子もビートルズも十年。それともう一つ、五十代で六十までに何をするかっていうのが、作家の大きな仕事の時期としてあったんじゃないかなと思うんです。

——『金閣炎上』の前に『金閣と水俣』（一九七四年、筑摩書房）というエッセイ集があります。それを小林秀雄に見てもらったらしいんです。で、それに対して批判されたことを回想しています（「もうひとりの師　小林秀雄の思い出」『文芸別冊　総特集水上勉』、河出書房新社、二〇〇〇年）。「アクチャ《ママ》ルなものは常識的なものであるから、触らないようにしたほうがいい」と小林に言われたというんです。現実的なものは常識的でつまらないということですよね。でもあえて『金閣炎上』でアクチュアルなものに挑戦したと取ることもできますよね。

岩波　リアルな問題じゃなくて、そのアクチュアルというのは、時間のことじゃない？

――水俣病の問題についてはそうなんです。でも、水上さんの中では金閣と水俣がセットなんです。

岩波　そういう意味か。つまり、小林さんと三島さんとの対談を読むと、三島由紀夫は初めて、小林秀雄にグサッて一本刺されましたからね。コンフェッションという形では小説にならないという、小林さんのものすごいくぎを刺されて、三島さんは返答できない。三島さんは小林さんのことを尊敬しているからね。

――水上が何度か取材に行っている様子っていうのは、岩波さんはご存じだったんですか。

岩波　雑誌の編集者、作家を何十人持っていると思う？　持っているというと変だけど、いちいち張り付いているわけじゃない。ただ、こんなこともありました。ある日、水上さんが司馬遼太郎に会いたいと言ってきた。つまり、金閣が燃えた直後に、黒板にまた燃やすぞと書いてあったと。そのことについて、司馬さんが知っているらしいと伝聞で聞いたけれどもと。司馬遼太郎が産経の支局の頃ですよね（当時司馬は産経新聞大阪支局におり、金閣寺放火事件の記事を書いている）。

文壇の世界だと、実際には同じくらいの年だと思うけども（司馬は一九二三年生まれで、水上の四歳下）、水上さんのほうに司馬さんへの敬意があるわけよ。だから「岩波君、悪いけど司馬さんにちょっと言って、一席設けてくれ」と。他の会合のときに、自分の小説の話ってのは失礼だと思ったんだね。司馬さんは水上さんの文学、相当褒めていますよ。だけど、二人はベタつかないんだな。そしたら一週間ぐらい後に「良かった、偶然会えた」と。だから一席設けなくてもよくなった。帰り道に一緒に帰るとか何とかすれば、司馬さんもああいう礼儀正しい人ですからね。知っていることは話してくれるはずなんだ。そして、もう一度燃やしてやるっていう、つまり二度建ったってまた焼いてやるぞっていうことは、これはあの作品のテーマと関わるわけですよね。

時代に呼ばれた作家

――鈴木さんが最初に関わった水

上さんの作品というのは、何でしたか。

鈴木　編集部に入ったその年の年末から『金閣炎上』の連載が始まったんです。もちろんずっと岩波さんのお手伝いだったんで、「関わった」といえるようなものではなかったんですが、缶詰先の山の上ホテルに、月に二回、多いときは三回伺いました。書き上げたときには、いつも「あとはゲラで締めるから」って仰って渡して下さるんですよ、口癖みたいに。たしかにゲラに手を入れられることは多かったです。別の作品になりますが、「寺泊」の場合は、川端賞の受賞の言葉によれば、原稿段階から雑誌の活字になるまで、組み替えをしたくらいに手が入ったそうですから。

――水上さんは締め切りに遅れたりすることはなかったんですか。

鈴木　決して楽ではなかったです。いっぺんに渡してもらえることはあまりなかったですね。

岩波　手数掛かる人よ。いや、手数が掛かるような人に、原稿もらわなきゃ意味ないわけよ。ほいほい、どんどん書きますよっていう人に書かせる？

――たくさん書ける人でもありますよね。作品数多いですから。

鈴木　遅筆の人って多作が多い。ですよね？

岩波　うん。そういうことも言えるかな。

鈴木　岩波さんは井上ひさしを担当した人ですから、それはもう遅筆が破格ですよ（井上は「遅筆堂」を自称していた）。

岩波　筆が滑るのは避けるけど早い場合もあれば、一行も進まない場合もあるわけだからね。

鈴木　山の上ホテルがお好きだったのは、畳の部屋があったからじゃないですか。他の、オークラとかニューオオタニってことは考えられなかった。山の上って和室があってそこで浴衣の肩を出して、もう頭から湯気出すような感じで書かれていました。

岩波　おいしい天ぷら屋があったりしてね。缶詰の仕方は様々だけど、『新潮』の場合は、金のことは言われたことがない。ホテルへ缶詰にして書かせました。終わりの三枚を書かせるためにやりましたと言ったら、どうしてそんなことするんだって言えないよね。どうしたって三枚がなければ本が出ないんだから。ちょうど一九五〇年代に出版社系の週刊誌が出はじめて一挙に広がった。えらい時代だったわけで、時代がこの人（水上）を呼んでいたわけですよね。さらにラジオ、テレビから、スマホ、コンピューターとメディアの大変動が続く。活字文化がいかに残っていくか、これは僕たちにとっても非常に大切な問題じゃないかと思うんですけどね。

鈴木　今、岩波さんがおっしゃったように、水上さんは時代が求めた存在として、それは活字の世界だけじゃなくて、例えば演劇のほうでもそうだし、ルポルタージュ、公害問題への発言もあった。それから、水上さんの語りというのが、これは恐らく長谷川郁夫さんたちもおっしゃっていたと思うんですけど、あれでみんな、特に女性たちはやられちゃうわけですね。水上勉のイメージというのは、作品と別にあの語りの中にも相当あった。そこに時代が寄ってきたんじゃないかなっていうふうに思うんですけどね。

岩波　水上文学の代表作はほぼすべて劇化され、自分でもオリジナルを書きました。さまざまな海外戯曲が流入し、さまざまな系列が出来ましたが、「僕は人間の劇を書いている」というのが水上さん本人の言葉です。

――あれだけ多様なテーマとジャンルにまたがって書いている作家はなかなかいないです。一方、そのせいで水上文学の本質とはどこなのかが見えづらいところがあるのも事実です。

岩波　僕は、地を這うように生き、石の下の虫のようにむくわれなくても、明るく唄い生きようとする底辺の女、男を描くという点で、通底していると思います。僕は「水上戯曲の女」という小論を書いたけど、その中の「釈迦内柩唄」の藤子が代表格かな。

――それにしても興味の対象がすごく広いですよね。

鈴木　勉さんはワープロの導入がすごく早かったですね。実際に原稿打っていた現場を見たことはないし、フロッピーで原稿を頂いたこともありませんが、仕事場には大きなワープロに画面を拡大する拡大鏡が付いていて、確かに勉さんが打ちやすいような機材になっていました。

岩波　その逆を言えば、やっぱり日本は戦争に負けて近代化されて、非常に機械化された。文学も同じだった。のっぴきならず西洋のまねをして、西洋の思想や方法、さまざまなものが入ってきて、すごくにぎやかになるわけですね。そういう激動の中で、どこへ行っていいか分からないような時代になって、その時に、例えば谷崎潤一郎に「何か古典を読んだような後味が残る」（『越前竹人形』を読んで」）と言わせるような、日本人が古くから持っている感じ方や特性みたいなもの、つまり西欧化されない喜びや哀しみ、闇みたいなものまで合せて一つの独特の文学世界をつくったのが水上さんなのだと思います。

鈴木　いろんな現象に興味を持つ方でしたね。その本質的な部分とは別に。

岩波　むしろ時代を逆行するように、機械仕掛けで何もかもできるようになったなら、今度は手で作った竹人形の劇をやりましょうと、自分のアトリエみたいなところでやった。そういう形で日本人の心の問題を押さえている作家が何人いるんでしょうね。

さっき、『金閣寺』のところで、三島、小林両氏の対談に触れたけど、その中で三島さんに「きみの中で恐るべきものがあるとすれば、きみの才能だね」とあの小林秀雄が言っている。ほめているようで、逆に相当な批判にもなるわけだ。才能で書いているだけなんだ、小説家は人間を書いてくれって言おうとしているともとれる。

そして、水上さんが「俺の書くのは人間の劇だ」って言っているのもそういうことでしょう。才能で書けるものだったら、もっと才能のある人もでてくるし、コンピューターがやがて代わるかもしれない。だけどやっぱり劇っていうのはそういうものだし、劇と文学はほとんど兄弟みたいなものだし、そういうふうに思いますけどね。

（二〇一八年十一月二十五日、帝京平成大学にて）

『雁の寺』

《「誰が、こんなことしたのやろ！」
すぐ、慈念の仕業にちがいないと思った。そこに描かれてあった雁の絵は、白いむく毛に胸ふくらませた母親雁であった。綿毛の羽毛につつまれて啼く小雁に餌をふくませている美しい絵であった。》

初版　一九六一年八月　文藝春秋新社刊

直木賞を受賞した、水上文学の代表作。伊藤整が「雁の寺」の作風によって、私小説的なムードと推理小説の結びつきに成功」したと書いて、純文学論争のきっかけともなった。筆者自身が少年僧時代に養った寺院でのうらみを慈念に託し、慈海和尚を殺したとき、殺人という絵空事が「雁の寺」のリアリティへと転化した。続編として「雁の村」「雁の森」「雁の死」がある。入手しやすいものに新潮文庫版（一九六九年初版）、また『雁の寺』四部作をまとめたものに文春文庫版（一九七四年初版）がある。（高橋）

『五番町夕霧楼』


《「風ひきまっせ。火事見てはったんどすか」

と看護婦はたずねた。

「へえ」

夕子はそれだけいってベッドにあがって寝ころんだ。しばらくしてから、夕子はつぶやくようにいった。

「鳳閣が焼けたんどっしゃろ、そうどっしゃろ」》

初版　一九六三年二月　文藝春秋新社刊

京都の鳳閣寺の小僧・櫟田正順と京都の五番町の夕霧楼に売られてきた片桐夕子の悲恋を描く。のちの『金閣炎上』と同じく一九五〇年の金閣寺放火事件を題材にしながら、こちらは純粋なフィクションとして描いている。そこには水上自身の学生時代の五番町通いの体験が生かされているとともに、金閣寺放火犯の林養賢に対するあたたかい同情の念が流れている。角川文庫、新潮文庫などで文庫化されたが、現在入手しやすいものに小学館P+D BOOKS版（二〇一六年）がある。（大木）

【コラム】

水上勉の出発点
――『月刊文章』『作品倶楽部』投書家時代

掛野剛史

水上勉の活字になった第一作が、『月刊文章』一九三九年七月号に掲載された「自惚の限界」という文章であることは、すでに曾根博義氏による指摘がある（「二十歳の小品」（『新編水上勉全集　第七巻』中央公論社、一九九六年四月）。それまで最初の文章とみなされていた「日記抄」（『月刊文章』一九三九年九月）に先立つこと二か月。「壁新聞」という投書欄に掲載された一五〇字ほどの短文である。

「作家は自惚が生命である」と云ふ某作家の言葉を読んだ。私のやうな無名作家という名称が適してゐる、さう云ふ者の何時も持つてゐる自惚れは現実と不均衡な、実に悲しい、期待の薄い物である。然し、私の自惚れはそのまゝで、この情熱的自惚れを措いて他に文学的地位を高めるものはないと信じてゐる。

（福井・水上務）

これが全文であるが、肩に力の入ったその力みっぷりが、初々しい印象を与え、熱心な希望にあふれた投書家であることを印象づけている。

そしてこの『月刊文章』には同時期に「水上蕗子」と「水上遼二」という二人の「水上」姓を持つ投書家の作品が掲載されていたというのも面白い。住所やその後の動静から、二人とも水上の別名や筆名の可能性はないのだが、特に「水上蕗子」については、後の「凍てる庭」での「蕗代」（実際は蕗子）の名付けのヒントになったのかもしれないなどと深読みをしてしまう。

さて『月刊文章』と同じく、水上が投書していたのが『作品倶楽部』という雑誌である。この投書時代のことは水上自身が『冬日の道』や『私版東京図絵』などで繰り返し書いており、特に『作品倶楽部』選者の丸山義二からは、直接手紙をもらって、それを頼りに一九四〇年二月一八日に上京したのだという。「「作品倶楽部」に毎月投書していた縁から、氏は、当選作も書かない私に、手紙をくださった」（『冬日の道』）。

「私が何度没になっても性懲りもなく投稿するので名前をおぼえられたのが縁で、私は氏からハガキをもらって有頂天になっていた」(『私版東京図絵』)。
　というわけで『作品倶楽部』とその選者である丸山義二との出会いは、その後の水上の歩みを決定づけた運命的なものになったわけだが、この『作品倶楽部』という雑誌は確認することが極めて困難である。日本近代文学館に二冊、神奈川近代文学館に四冊、昭和女子大学図書館に一〇冊、筆者が所有するのが二冊で、重複分を除けば、一九三九年六月の創刊号から一九四一年六月の三巻五号まで一六冊分を見ることしかできない。

『作品倶楽部』1939 年 7 月号表紙

　そのうち、誌面に水上の足跡が残されたものが二件あったので報告しておきたい。まず創刊号の翌月の一九三九年七月号に、「作品倶楽部員②」として「福井県大飯郡本郷村岡田　水上務」の住所氏名が掲載されている。創刊からしばらくはこうして全国の読者の名前が掲載されていたのだが、かなり早い段階で読者として登録していたのは、熱心な投書家であったことの証左にもなろう。そして、その後の一二月号に「水上務」の名義で「秋更く」という作品が、題名のみ確認できる。

　これは投書欄の「短篇」部門に応募されたもので、この部門は丸山義二と中本たか子が選者に名を連ねていたが、この時の選者は中本たか子だった。作品名と

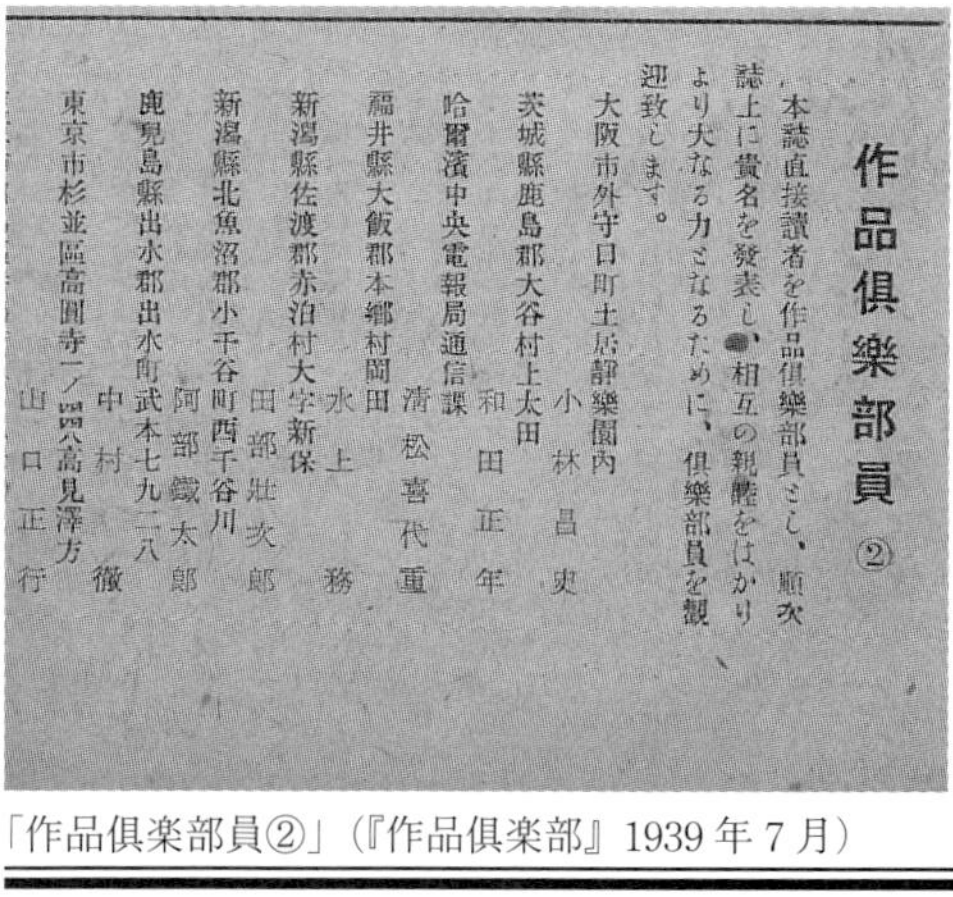
作品倶樂部員 ②

本誌直接讀者を作品倶樂部員とし、順次誌上に貴名を發表し●相互の親睦をはかりより大なる力となるために、倶樂部員を歓迎致します。

大阪市外守口町土居靜樂園内　小林昌吏
茨城縣鹿島郡大谷村上太田　和田正年
哈爾濱中央電報局通信課　清松喜代重
福井縣大飯郡本郷村岡田　水上務
新潟縣佐渡郡赤泊村大字新保　田部壯次郎
新潟縣北魚沼郡小千谷町西千谷川　阿部鐵太郎
鹿兒島縣出水郡出水町武本七九二八　中村徹
東京市杉並區高圓寺一ノ四八高見澤方　山口正行

「作品倶楽部員②」(『作品倶楽部』1939 年 7 月)

その選評は評価順であるＡからＥの順に並び、Ａに選ばれた作品のうち数篇は他の職業作家と同じように目次に掲げられ、本誌に掲載されるようになっていた。

水上の「秋更く」はＤとされ、中本たか子による選評は「母親の気持か、二郎の気持か一つを中心にして主題を進めること」というもので、おそらくは私小説的な題材で書いたものと推測される。先の水上の回想の「一九四〇年二月一八日」という日が正しいなら、一二月号のこの作品の誌面掲載から、上京までは数ヶ月しかない。だが以降の一九四〇年一月号から三月号までに水上の投書作品らしきものは掲載されていなかった。佳作として一作のみ題名が掲載されただけの、無名投書家「水上務」になぜ丸山は葉書を送ったのだろうか。

疑問は残るが、水上のもとに残された丸山義二からの一通の書簡は、二人の強い関係を物語る。書簡は一九四四年七月二日付だから、除隊した水上が郷里に戻った時にあたる。宛名は「水上若狭夫様」となっているが、これは、「村落芸能記」（『農村文化』一九四四年一一月）、「もぐら」（『新文芸』一九四六年一月）、「秋風記」（『創造』一九四六年一月、「若狭男」名義）で使った筆名である。

この書簡で丸山は「私はこの正月からずうつと母が中風でたふれてゐるので、最後の孝行と、枕頭に向つたきりです。すつかり百姓に立ちかへりました」と近況を知らせ、「しつかりやつて下さい。おくさんが病気ではこまりましたね。天地を師とし、作物を友としておくさんをよくしてあげて下さるやうに。それで貴兄も伸びて下さるやうに」と水上を励ます。

「私は貴兄には大きな期待をかけてゐましたし、今も、それを喪つてはゐません。」と綴られた丸山の言葉は、郷里に戻っていた水上に大きな励ましとなったことだろう。水上は丸山の没後、「大切な恩人」「大恩人」として、丸山から受けた自身の無名時代の恩義を書き残す（「丸山さんのこと」『丸山義二の年譜と作品目録』霞城館、一九九六年四月、初出は一九七九年）。「やさしい、親切な丸山さんの恩義をかみしめつつ、私は生きるしかない」と書く水上にとって、自身の投書家時代はいつまでも彼の出発点にあり続けた大切な一時代であった。

『越前竹人形』

《玉枝はん、わいをなんぼ恨んでもろても結構どす。わいは、はじめから、玉枝はんをお母はんやと思うてきました。芦原の三丁目の、『花見家』の奥の部屋で会うた日ィから、あんたの顔がお父《ど》のつくった竹人形にみえましたんや。》

初版　一九六三年七月　中央公論社刊

越前武生の山奥の集落で竹細工を作る喜左衛門と、父の死後にあとを継いだ喜助。父が馴染んだ女性である玉枝と暮らし始め、竹人形師として成功するも喜助は彼女に手を付けようともしない。そんな中で玉枝は過去に世話になった人形店の番頭崎山の子を身ごもってしまう。水上が実父に見た職人の姿と母恋のテーマを存分に表現した、水上の物語文学の傑作のひとつ。現在入手しやすいものに新潮文庫版『雁の寺・越前竹人形』（一九六九年初版）がある。（大木）

『宇野浩二伝』

《私が「わが宇野浩二」を書くことは、私の眼で先生を見るのであるから、自分の影を先生の影に重ね合せてみる以外のことはできそうもない。いまそのことが、不確かな感じを伴いつつ、私に朧気にわかるのである。》

初版　一九七一年一〇月、一一月（上下）中央公論社刊

水上からすると最も大切な文学上の師である宇野浩二を描いた評伝文学で、当初は原稿用紙六〇〇枚くらいの見当だったようだが、結果的に全六部で一七〇〇枚の大作となった。「およそ人の生涯を綿密に辿ってその真実を十全に描き得ることは困難である」という冒頭に続いて記述されてゆく宇野の生涯は、水上の師への深い敬愛が込められており、その綿密な調査に基づく方法は、野口冨士男の『徳田秋聲伝』（一九六五年）に匹敵するであろう。比較的入手しやすいものに中公文庫版（一九七九年）がある。（大木）

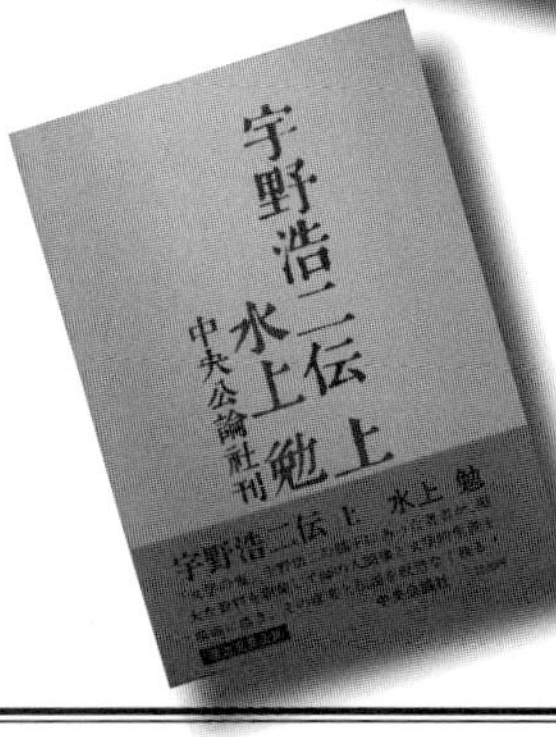

論考

水上勉の社会派推理小説
——同時代評と応答から

高橋孝次

一、はじめに

水上勉にとって再出発の記念碑となった書き下ろし長篇推理小説『霧と影』（一九五九年）は、世評高く、大きな反響を呼んだ。つづく『海の牙』（一九六〇年）で第十四回日本探偵作家クラブ賞を受賞、そして『霧と影』から二年足らずのうちに、「雁の寺」（『別冊文藝春秋』一九六一年三月）によって第四十五回直木賞を受賞する。その間も流行作家として膨大な執筆量をこなし、瞬く間に水上は地歩を固めていった。動機に社会性を導入し、推理小説に日常と地続きのリアリティを盛りこむことで、新たな幅広い読者を推理小説へと呼び込んだ社会派推理小説は、一九五八年二月に光文社から刊行された松本清張の『点と線』、『眼の壁』のベストセラーが嚆矢とされるが、水上勉はその代表的な書き手の一人として、檜舞台に躍り出たかたちとなった。

しかし、周知の通り、水上が推理小説を主戦場とした期間は短く、『飢餓海峡』（一九六三年）を書いたころから「推理小説への熱情を失」って（「あとがき」『水上勉全集』第六巻、一九七六年）、『霧と影』からおよそ五年ほどで推理小説から離れている。そして次第に、中間小説的な作品から、純文学的な私小説、あるいは戯曲、評伝、仏教文学、紀行文、児童文学、エッセイなど、全貌の把握が困難なほどに多様多彩な分野へと活動の場を拡げていく。

しかしだからといって、水上勉にとっての社会派推理小説を、単に一つの通過点として片付けるわけにはいかない。『フライパンの歌』（一九四八年）に代表される私小説時代から、社会派推理小説を経ることで、水上勉の文学世界は大きく変貌し、そこからほとんど無際限に拡大していったかのように見えるからである。本稿ではその出発点となる『霧と影』以来、水上勉へと向けられた批評とそれに対する応答について改めて再検討することで水上勉の文学における社会派推理小説の意義を再考してみたい。

二、本格推理の形式性をめぐって

水上勉の推理小説に対する同時代評とそれへの応答は、大きく三つの軸に分けられる。ひとつは本格推理小説の形式や約束事をめぐる問題、ひとつは「社会派」という分類に付随する問題、もうひとつは、「探偵小説は文学たり得るか」という問題である。これらは、つねに松本清張との対比によって顕在化され、次第に水上勉の文学固有の問題を引き出していくように思われる。社会派推理小説を書いていた当時、水上はどのように問題と対峙していたのか、水上の社会派推理小説の特質とはいかなる点に求められるのか、主に昭和三〇年代の水上の推理小説をめぐる当時の批評と応答からみていきたい。

『霧と影』は「初版三万部が一ヶ月を待たずして売り切れ」（『わが文学わが作法　文学修行三十年』一九八二年）、当初から好評のうちに版を重ねていた（一ヶ月で六版の奥付まで確認できる）。盟友・吉行淳之介が「ち密に布石された本格推理小説だ」と帯文に寄せたように、『霧と影』は「本格推理小説」として刊行され、当時の読者にもそう受けとられたと思われる。

たとえば、中田耕治は「大きな欠陥としては、作者の提示する条件だけでは推理ができないこと。きわめてフェアな書きかたをしながら、根本はアンフェアなところがあるのは惜しい」（「ミスティカ」『図書新聞』一九五九年八月二九日）と本格推理としては欠陥があるとしながらも、綿密な構成力が事件のリアリティを保証している、よい意味での問題作と評価している。荒正人も「十分調べ、構成にも苦心が払われているが、本格探偵小説としては、何か物足りぬ点がある」（「最近の探偵小説」『週刊読売』一九五九年九月六日号）と同様の指摘をしている。ほかにも、「奇妙な推理小説である。犯人の意外性もトリックの巧妙さ、推理の卓抜さもない。だがこの五百枚の長篇、面白く一気に読める」（「新刊短評」『週刊文春』一九五九年九月七日号）のように、本格推理としての形式性（推理ゲームとしてのフェアネス、設定の必然性、トリックの巧妙さなど）の難点を数えつつ、長篇としての構成には高い評価を与える評が目立つ。総じて本格推理というフレームから評定しながら、そのフレームからはみ出す何かへの反応が見え隠れしている。

では水上は本格推理の形式について、どのように考えていたのだろうか。「芥川賞直木賞落選の弁」（『図書新聞』一九六〇年八月六日）というインタビュー記事では「僕のは、邪道です。推理小説としても、小説としても落第ではないかと思いますね」と形式面の不足を認め、「無駄な殺人やトリックに興味はない。推理小説の古典というのを読んだこともないし、トリックも知らない」、「僕のは、小説としてハミ出ている。だが、この部分にみなさん興味を持っていてくれますね」と語っている。開き直りともとれる水上の態度は、以後も一貫して主張されるものである。そして水上が唯一感銘を受けたと明かすのは、やはり松本清張である。「小説としてハミ出ている」という言葉が示す従来の約束事を重視しない態度も、水上が清張の推理小説を評して用いる表現であり、推理小説という形式への批評性は、松本清張に負うところが少なくない。水上は翌年、「私の立場」（『文学』一九六一年四月）でこうした立場をより明確にする。

水上はそこでさらに自身の推理小説を分析し、「要するに私は登場人物たちの生活を書いているにすぎない」、「そのうちに、大詰にきて、「ああ、そうだったのか」と犯行動機や犯人の人となりや背景を刑事が調べ終るところで私の推理小説は終る。後半に至って尻切れトンボになる例が多いのはこのせいである」と推理のロジックを披瀝する解決部分の貧弱さを自虐的に解説してみせる。だが、無駄な描写や謎解きの弱さを難点として挙げながらも水上は、

「尻すぼみなのは、事件そのものでもある。小説もまたその通りになってしまうわけだ」と転じ、そもそも現実に起こる犯罪や事件というものは総じて尻切れトンボに終わるのであり、約束事よりもそうした現実世界とつながるリアリティを重視しているだけなのだと主張する。

このように当初から推理小説の形式自体に不満を抱いてきた水上はのちに、インタビュー記事内で「私の小説は、犯人を推理する推理小説ではなく、犯人が育ってきた過去を推理する推理小説です」（大伴秀司「水上勉の周囲」『別冊宝石』一九六二年一二月）とまで言い放つ。中島河太郎は当時「推理小説の愛好家たちは、水上流の「推理小説」概念など夢にも気づかないから、しきりに既成の尺度で計って、「推理」の脆弱さを口を極めて責めてきた」（「水上勉氏の「推理小説」」『面白半分三月臨時増刊号かくて、水上勉。』一九八〇年三月）のだと、水上流の肩すかしに対してないものねだりにすぎなかった批評の空回りを認めている。もちろん、本格推理としての形式を水上がまったく無視していたわけではない。「注目されるのは、死体を事故や災害などによって死んだ死者の中にまぎれ込ませてしまうというG・K・チェスタートン流のトリックが、「死の領域」「飢餓海峡」で巧みに使われていること」、「水上勉の例は、規模が作品全体を包み込むような雄大なもので、不自然さが少ないのが特徴である」（権田萬治「弱者へのレクイエム　水上勉の推理小説」『別冊新評　水上勉の世界』一九七八年三月）など、トリックの巧みさを指摘する批評もある。とはいえ、推理小説の形式性を援用しつつも、犯人の直面してきた理不尽な社会的現実ややむを得ない選択、弱き者への哀情へと読者を引き込んでいくところに、やはり水上勉の推理小説の勘所はあっただろう。

ここで興味深いのは、松本清張が推理小説の方法論を開陳した「推理小説独言」が水上の「私の立場」と同じ号に掲載されていることである。清張はそのなかで、推理小説はつねに結末部分に「解決篇」の「絵解き」が入ることで、俄然「文学性」が低下してしまい、「未解決」という深遠な魅力的部分が持てないと「推理小説の宿命」を嘆いている。

直木賞受賞式における水上（右）と松本清張（槇野尚一氏撮影）

推理小説としては欠陥でしかない「未解決」は、小説であれば本来、読者のイメージのなかで自由に解決されるべきであって、そうしたテクストの空所に推理小説の「文学たり得る可能性」を清張は見る。犯人を先に明かす倒叙形式は、解決篇を書かずにすむという意味で窮余の策と清張は考えている。水上の「尻すぼみ」、「尻切れトンボ」も、清張と同様、「推理小説の宿命」に抗い、形式面からも推理小説の文学性を探究しようとする立場といえるだろう。

ここで一度確認しておきたいのは読者の問題である。推理小説の形式、約束事は読者の問題と密接に関係する。清張は「私が推理小説を書きはじめたのは、自分ではこういう作品を読みたいという気持から、自給自足的な意味で試しに書いたというにほかならない」（「推理小説独言」前掲）という一節に象徴されるように、もしも自分が読者なら、という自問を重視した。「面白さというのは、読者への奉仕を計算して出るものではなく、作家の内面が充実して、それが読者に反映して感じられるものであろう」（「推理小説時代」『婦人公論』一九五八年五月）と清張はいう。読者を喜ばせる小手先のものでは不足で、作者自身が小説を書くにあたって内面的に充実し、納得して書いたかどうかが、読者にも面白さとして反映されるというのである。それに対し、水上の読者に対する意識を象徴するものは、「純毛の洋服」である。水上は、「社会派のレッテル」(『朝日新聞』一九六二年五月一〇日)のなかで、「どうしたら、人間を感動させることの出来る推理小説がかけるだろうか」と悩み、「どうしたら私自身に満足がいける小説が書けるだろうか」という自問へと進み、「何でもかまわないから、自分だけはお客さんに純毛の洋服を着せて喜んでもらいたいと反省した」、「人間を打つ仕事をするためには、それしか道がないのだ」と考えるようになったと吐露している。吉行淳之介との対談「運命だと思う」(『風景』一九六四年四月)を踏まえて補足するならば、「純毛の洋服」は、合成繊維に比べて素材がいい分、仕立てには手間暇もかかって値が高いが、いいものだから長い目で見れば長持ちして価値も服屋の評判も上がる、つまりその場凌ぎで読者を騙さないで、きちんとしたものを書くということである。清張と水上の読者に対する意識は、推理小説の約束事よりも、作者が満足し、ひいては読者が満足するものを重視するという点で共通しているといえるだろう。約束事を共有しない小説読者を幅広く視野に入れたこうした方法意識こそ、清張や水上が昭和三〇年代に新たに社会派推理小説として提示した枠組みを支えていたといえる。

三、「社会派」とはなにか

ここで第二の軸に視点を移したい。そもそも「社会派」というレッテルは、水上勉にいつごろ貼りつけられたのだろうか。先に松本清張の『点と線』、『眼の壁』の一九五八年のベストセラーを社会派推理小説の嚆矢と記したが、「社会派」の呼称が実際に見られるのは、その二年後である。荒正人「文学と社会・上」(『読売新聞』一九六〇年六月七日夕刊)が「探偵小説の新傾向として、社会派とでも名づけるべきものが目立ってきた。松本清張がその開拓者である」とし、つづく「推理小説ブームの背景」（『朝日新聞』一九六〇年六月九日）が「〝社会派〟の推理小説」を一つの傾向として扱ったのが最初とされる。そして、荒は翌週早速「巣の絵」とともに「海の牙」を「九州の水俣病を材料に使った社会派探偵小説」として採り上げ、「探偵作家にしては珍しく文章に苦心して、文学的効果をねらっている。はじめは松本清張の影響も多少受けていたが、この二つの作品から判断して、将来をもっとも期待できると思う」（「最近の探偵小説」『週刊読売』一九六〇年六月一二日号）と絶讃している。

平野謙が「社会派推理小説という呼び名は、松本清張の推理小説界の進出につづいて、水上勉の『霧と影』『海の牙』の登場によって、はじめて定着されたように記憶している」（「解説」、新日本文学全集『水上勉・藤原審爾集』第三四巻所収、一九六四年、集英社）と証言するように、清張一人で「社会派」は成立しなかった。清張はすでに「推理小説時代」（前掲）で「動機を主張することが、そのまま人間描写に通じる」、「私は、動機にさらに社会性が加わることを主張したい」と動機の社会性重視による推理小説への「リアリティの付与」の方法について語り、『点と線』や『眼の壁』はそれを実践した最初の長篇であった。しかし清張の方法が、清張以外の作家によって実践されて初めて、「社会派」というカテゴリーが見出されたのであり、それは一九六〇年四月の『海の牙』刊行を受けてのことだった。

ただ、「社会性」ということで言えば、菊村到は『霧と影』の帯文においてすでに「社会性を持った長編推理小説」と言及し、水上勉も取材に答えて、「社会性のない奇怪な推理小説はあきられてくるのじゃないか」（「大飯町出身の推理作家　水上勉氏の「霧と影」好評」『福井新聞』一九五九年八月二六日）と語っていた。では、「社会派」はなぜ『海の牙』に始まるのか。

「社会派」の名付け親である荒正人はかつて、河出書房新社の『霧と影』担当編集であった坂本一亀に助言を求められて原稿を読んだとき、本格推理としての欠陥から出版に値しないと判断したが、『海の牙』ではその評価を覆している。

社会派探偵小説は、松本清張の行き方しかないと思っていたが、実際は、二、三の型破りが登場してきた。たとえば水上勉の「海の牙」は、水俣病の発生地を舞台にして、背景やふんい気や事実をとり入れ、一編の架空物語りをまとめている。架空といっても、空想的事件ではなく、実際に起きても不思議でないような犯罪である。セミ・ドキュメンタリであろうか。

（「文学と社会・上」前掲）

荒は「社会派」の清張とは異なる方法を、水上勉の「セミ・ドキュメンタリ」にみている。「セミ・ドキュメンタリ」は、実際に起きた事件を、出来るだけ事実に即して再構成しながらそこに脚色を交え、劇的効果を狙う映像表現上の手法である。荒の見立ては、カンヌ国際映画祭で冒険探偵映画賞を受賞したルネ・クレマン監督作品『海の牙』（一九四七年）から来ている。ルネ・クレマンの『海の牙』は、ナチス・ドイツの潜水艦に閉じ込められた人々の極限状況の心理的葛藤を描くサスペンス映画で、水上がそれを観たかどうかは定かではない。のちに荒は水上独自の手法と言い直してこの意見を撤回している（「解説」日本推理小説大系第一五巻『水上勉・樹下太郎・笹沢佐保集』所収、一九六一年、東都書房）が、示唆的な指摘である。「セミ・ドキュメンタリー」はまずスリラーとしてあらわれた」（今村太平『映画の世界』一九五二年、新評論社）とされるが、社会派推理小説には、三面記事的としばしば揶揄されたように、実際に起きた事件を扱う実録の系譜に連なって、自分の身に起こりうるという恐怖や心理的緊張を体感させるサスペンスやスリラーの映画的形容が冠せられてきた。そして、小説に興味性の高い、生々しい実際の事件を素材として用いることの是非もまた、いわゆる小説の筋論争の引き金となった谷崎の「日本に於けるクリップン事件」（『文藝春秋』一九二七年一月）以来、議論の的となってきた。

『海の牙』が読者に投げかけた、水俣病という現在進行形の社会問題への怒りは、その生々しさにおいて清張を圧している。清張も「氏は、いわゆる社会派と呼ばれ、社会機構を対象に取組んでいる。氏は、私に影響されたと云っているが、もう私などを突き放して、独自の境地を作りつつある」（「今月の横顔　水上勉」『宝石』一九六〇年九月）と、自分ではなく水上勉こそ「社会派」と語る。佐藤俊（紀田順一郎）は、当時の「社会派」における清張と水上の違いを「彼は殆んどの長編の背景を、折々の時事問題に借りている。清張はあくまでも、一定の時間と距離をおいてアクチュアリティを作るが、水上はその真っ只中に飛びこんでしまうのである」（「水上勉論」『宝石』一九六一年六月）と分析していた。『海の牙』が「社会派」たるゆえんは、この「アクチュアリティ」、時局性にあったといえるだろう。

水上の社会派ミステリから①『火の笛』（文藝春秋新社、1960年）占領下GHQの「キャノン機関」を取り上げた。

もう一点、加えて注目したいのは、松本清張「黒地の絵」（『新潮』一九五八年三、四月）についてである。社会派推理小説の嚆矢として、『点と線』『眼の壁』の衝撃は繰り返し語られ、水上自身も「社会派のレッテル」（前掲）以後、『点と線』との出会いは何度も書いている。実際、『霧と影』以後頻繁に用いられる都会と地方の異なる地点で起きた二つの事件が一つの線に繋がっていく展開、あるいは手紙文の挿入による多視点の整序といった長篇を劇的にまとめていくための構成は、『点と線』から着想を得ている。しかし、最も早い言及をみると、「松本清張さんの作品、ことに『黒地の絵』を読んで感動し、推理小説に入りました。清張氏は今までの推理小説を踏み出した仕事をしている、これは興味がありますね」（「芥川賞直木賞落選の弁」前掲）とインタビューに答えており、その後も『点と線』『眼の壁』と合わせていつも「黒地の絵」に言及しているのは興味深い。

実は、「黒地の絵」は、構成からいって推理小説ではない。『黒地の絵』を読んで感動し、推理小説に入りました」という記事を信ずれば、「黒地の絵」を先に読み、その後話題の『点と線』などの推理小説を読んだことになる。菊村到は水上と初めて会った日のことを回想して、「水上さんは小説から離れたと言いながら、よく読んでいて、大江健三郎氏が『新潮』の二月号に書いた「人間の羊」という作品をほめていた」（「カキ鍋の味」、『水上勉選集』月報四号所収、一九六八年九月）と書いている。菊村が「人間の羊」の掲載号（『新潮』一九五八年二月）に「人間爆破」という作品を発表していたため、その話になったと思われるが、「黒地の絵」は翌月、翌々月の『新潮』に掲載され、菊村の「われ、囚われて炭を焼く——小説的ルポルタージュ」もそこに発表されていた。「このあと暫くして水上さんは猛然と「霧と影」を書きはじめた」という菊村の証言が「黒地の絵」にどう関連するかははっきりしないが、当時『新潮』に目を通し、大江の「人間の羊」を高く評価していた水上は、「黒地の絵」を恐らく見逃さないだろう。ともに、占領下の米兵の集団が一般人に暴行を加えるが、被害者も傍観者もともに無抵抗でいるしかなく、警察権力も無力で、むしろ被害を受けたそのことによって周囲から疎外されざるを得ない社会の異様さを描いていた。これらがいずれも『新潮』に掲載されたことは水上にとって重要である。

「黒地の絵」は、GHQ占領下の一九五〇年七月一一日、小倉市城野補給基地の米軍黒人兵およそ二五〇名が集団脱走し、キャンプ周辺の民家で略奪や暴行を働いた実際の事件をもとにした小説である。朝鮮戦争の最前線に送られる前夜の脱走騒ぎであり、事件は情報統制下でほとんど報道されることなく、警察も動かず、いつの間にか収束した不可解な当時の状況を、清張は小倉にいながら何も気づかずにただ見ていた（『半生の記』一九六六年、河出書房新社）。実際の社会的な事件を題材にしながらも、そこに虚構を織り交ぜることで、自分のうちにある、政治や社会の理不尽に対する重苦しいいきどおろしさを物語にこめていく「黒地の絵」が示した方法は、やはり『霧と影』や『海の牙』に取り込まれているといえるだろう。水上はやはりこれらの清張が架けた橋をわたって、再び創作へと向かったのではないだろうか。

ここまで見てきたように、水上は「社会派」推理小説を書くにあたって、政治や社会の矛盾を突くジャーナリスティックな側面と、現実に起こり得る日常と地続きの恐怖という生々しいスリラー的な側面の両方を按配する必要があった。水上は「私の立場」（前掲）で、「現実性のない恐怖感」は、「こけおどしにすぎない」とし、「事実らしく事件をかきながら、そこに作者の人生観や、社会に対する考えを綯い交ぜにしてみたい」、そして「事件を書きながら、それでも、何かを訴えたいとするものだけはもっていたい」、「それが、私の材料撰択の物指しともなる」と語っていた。水上勉にとって社会派推理小説を書く際にもっとも重要な要素は、「材料撰択」にあったように思われる。それは必然的に、水上に「ある空しさ」をもたらした。『海の牙』を書き、「社会というものは、作家一人がどうのこうのいったって、どうにもならない複雑な、堅い壁にとじこめられていることを知った」（「私の推理小説　社会派作家とよばれて」『毎日新聞』一九六一年七月二四日）という水上は、「九州まで出かけて汗をながして調べて書いた「海の牙」よりも、私は、三十年来、あたためていた少年時代の禅寺の苦しい生活を、殺人事件小説にもちこんだことの方に、より多くの充実感と、そのあとにくる大きな疲労を味わった」と語り、「「海の牙」では、私は傍観者だったためだろうか」と自問している。つまり、水上は事件に対し「当事者」であろうと努めるのである。

このように水上勉の社会派推理小説に相応しい事件（材料）の選別は、一方で事件と自身との乖離を

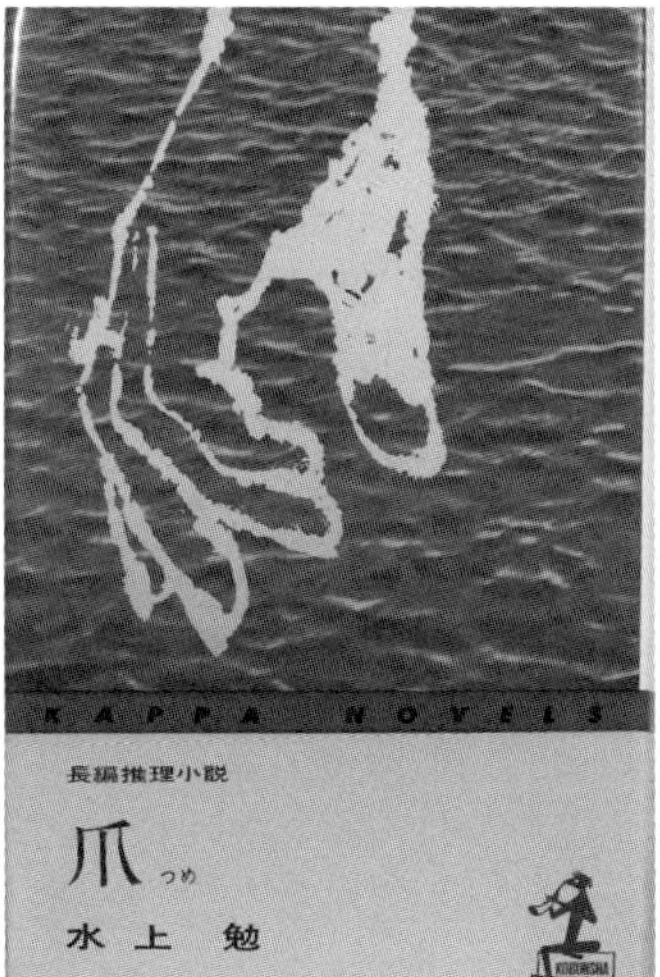

水上の社会派ミステリから②『爪』（光文社カッパノベルス、1960年）終戦直後の米兵相手の娼婦の悲劇を描いた。

いかに虚構によって結ぶかという問題を抱えていた。早くから「水上氏の武器は、だから、私小説流の体験主義と〝文学〟ということになる」（「芥川賞直木賞落選の弁」前掲）と指摘されていたように、清張が対象となる事件や社会的背景と自身とのつながりをできる限り捨象するのに対し、水上はむしろ、「作者自身の過去の体験に重く根を張って、文学的にも成功している」（同前）とされてきた。『海の牙』のように自ら現地へ取材に飛び込んで対象との実感的なつながりを結び、それを虚構に盛りこむことを志向する水上は、対象との距離をはかる清張とは別種の困難を抱えていたと言える。『霧と影』や『巣の絵』からはじまって、『雁の寺』にいたる、作者の過去の体験を強く反映したものが、より力のこもった作品となっていくのは当然であった。

四、社会派推理小説は文学たり得るか

残された問題、社会派推理小説がいかにして文学たり得るかについて、正面から答える準備は本稿にはないが、「社会派推理小説」と呼ばれる小説群に取り組んでいた当時の水上勉にとって、これがもっとも根本的な課題であったことは当時の批評と応答からも瞭然としている。

吉行淳之介は先の帯文のつづきに「人間性の深淵をさぐる恐怖にみちており、文学作品として推奨できる」と書いていた。水上勉の推理小説は、そのはじまりの地点においてから、「文学」の十字架を背負って船出している。そしてこれは当時においてとりわけ特別なことではない。ハヤカワ・ポケットミステリの刊行によって裾野を広げた戦後の推理小説読者層は、仁木悦子『猫は知っていた』（一九五七年、講談社）以来の推理小説ブームによってさらに厚さを増し、芥川賞作家の松本清張による清張ブームに限らず、多くの純文学系の作家が推理小説に手を染め、文学界全体においても無視できぬものとなっていた。

一方で宇野浩二の序文を戴き、私小説の書き手であった来歴をもつ水上勉が書いた長篇推理小説に「文学」の有無が問われたのは、純文学論争前夜と

しては言うまでもないことだったかもしれない。のちに、清張とともに、「雁の寺」の作風によって、私小説的なムードと推理小説の結びつきに成功すると、純文学は単独で存在し得るという根拠が薄弱に見えて来る」（伊藤整「『純』文学は存在し得るか」『群像』一九六一年一一月）と評され、純文学論争の震源に位置することになる水上は、こうした文学史上の大きな問題に偶然巻き込まれたわけではなく、そうした問題に再出発の最初の時点から直面していたのである。

　ここまで繰り返し論じてきたように、水上勉の「社会派推理小説」は当初から本格推理の形式性からの逸脱を確信犯的に狙い、その推理小説からはみ出したところに清張と通底する社会性、つまり読者の身にも起こりうる日常と地続きの心理的リアリティを盛りこもうとしていた。この逸脱に当初の水上は「文学」の宿る可能性を想定している。「推理小説はいまや文学と一体になる道をすすんでいる」、あるいは「推理小説のいいものはふつうの文学としてもいいもの、という方向になってゆくだろう」（「推理小説ブームの背景」前掲）といった状況分析が時評家から提出されたとき、「社会派」の完成者たる水上にはその実践が強く期待されていたと考えられる。

　それに応答する「探偵小説は文学たり得るか」（『産経新聞』一九六〇年一一月二五日夕刊）という小文で水上は、「私は日頃発表しているものはすべて文学をやっているつもりであって、探偵小説をやっているつもりではない」と挑発的に発言し、「「是非書かねばならない」とする作家の衝動に支えられていない作品は落第」であって、「真の娯楽性のある作品こそ私が望むものであるし、またそれは社会や

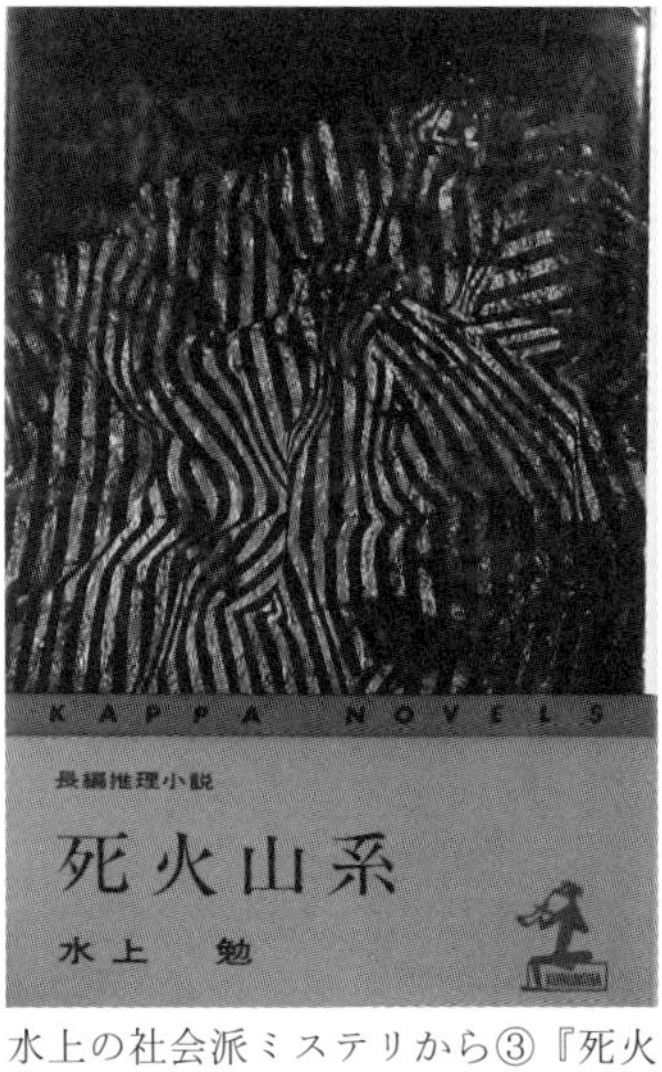

水上の社会派ミステリから③『死火山系』（角川書店、1963年）戦後の農地解放後の「山林の未開放」の問題を取り上げた。

人間を作家が肉眼で捉えていない限り生まれるものではない」、「探偵小説が文学たり得る道も、そういう立場から書かれるときに一方法があるのではないか」と現在の自分が書いている創作が、なぜ文学でないと言えるのかと反問するような、これまでの主張をさらに強めている。二ヶ月後の「推理文学への手探り」(『朝日新聞』一九六一年一月一〇日)では、「推理文学への手探りをしてみよう」という一年の目標を掲げ、「これからの読者をひっぱるものは推理文学以外のなにものでもない」として「従来のタンテイ小説」から区別する。「作者の肉質がどこまで虚構の中にとけこんでいるかの根跡が問題になる」、「純文学同様に、その意味では血が流れていなければならぬ」と語り、最後に「生意気なようだが、今年はそのことを手探りしてみようと考える。二、三の腹案があるからである」と文章を閉じる。これは「雁の寺」執筆時の文章であり、水上の腹案とは、とりもなおさず「雁の寺」の和尚殺しである。「あの頃の私は、あのせまい棺の中に和尚を殺してぶち込んでやりたかった」、「それは少年時代の私の夢であった。分身の慈念がそれを果してくれたのである。それをそのまま書いただけです」(大伴秀司「水上勉の周囲」前掲)という「雁の寺」の構想は、和尚殺しが虚構だとしても、その殺意は「作者の肉質として虚構の中にとけこんでいる」真実であった。このように水上の「推理文学」の想念が熟していく時、やはりそのさきには、「私」の問題が横たわっている。

たとえば、鳥居邦朗は「水上自身再出発にあたって、本当に書きたかったのは私小説だったのだということ。そして社会派推理小説作家は、水上にとって仮の姿だったのだということ」(「水上勉における〈私〉」『国文学解釈と教材の研究』一九八〇年九月)ととらえ、藤井淑禎は、「一連の評伝的試みも結局は日本型小説完成のための土壌ならしに過ぎなかったわけであり、ミステリーやロマンと同じく、しょせんは日本型小説に至るための「迂路」にほかならなかったのではないか」(「水上勉論——日本型小説の命運——」『国文学解釈と鑑賞』一九九六年二月)と、すべては私小説へ回帰するための「迂路」にすぎないと評定している。たしかに、再出発のときから、推理小説を手がけながらつねにそこに「文学」を追究していた水上が、次第に「私」の問題へと向かっていったことは疑いない。ただやはり、その「迂路」は必要なものであったのではないか。

『霧と影』以後の水上は「「フライパンの歌」のころ」（『朝日新聞』一九六一年七月一九日）で、私小説作家時代をふり返って「なぜ、当時、小説を捨てたか、（中略）私は、身辺の絵空ごとを書いている生活がイヤになったのである」と、「身辺の絵空ごと」ばかりを綴る自身の私小説に失望した過去を語っている。

また、吉行淳之介との対談「運命だと思う」（前掲）で水上は『フライパンの歌』のころを回想して、「人が認めんでもいい、こういう小説を書いておればいい」、「身辺を上手に書いておればこれで小説になる」といった当時の考えを語っている。さらに吉行に「小説の型というものが先にあったのかな」と水を向けられると、高見順や宇野浩二、嘉村礒多といった私小説作家の既存の「型」を意識していたことを告白している。かつて宇野浩二が『フライパンの歌』に寄せた序文にも、水上の私小説の方法が批評されている。「この作者は、いはゆる短篇小説の「こつ」のやうなものを知つてゐるので、どの作品も、こぢんまりとまとまつてゐて、心にくいほど、「うまい」ところがある」、「それから、なんともいへぬ「おもしろ」味があるけれど、「かる」すぎるやうなところもある」、つまり、既存の「型」に合わせて「上手に書」く「こつ」に長けていた水上は、逆にそうした「型」のフィルタを通してしか身辺雑事を書くことができない、もっと言えば自分の書く文章が自己や現実から乖離して「絵空ごと」になってしまうことに水上は幻滅していたのではないか。「葛西がよくいいましたよ、調子が出たらペンを置け」（『泥の花』一九九九年、河出書房新社）という口癖や、「「いい気」になつて、書いてゐる」（『フライパンの歌』序文）という忠告もまた、「型」に乗せられて「絵空ごと」に傾く水上の筆に宇野が釘を刺すものだったのだろう。「いま読み返してみると、なんともいえん甘っちょろいもんだ」（「『フライパンの歌』のころ」前掲）という水上の述懐は、私小説を追究したことでおのずから陥ったジレンマの苦さといえる。

そして可能性として考えられるのは、この私小説の「型」というフィルタから離脱するために推理小説の形式は有効だったのではないか、ということである。推理小説の形式に対して水上が習熟しようとせず、むしろそこからはみ出そうと試行錯誤する姿勢もここに淵源を見ることができるだろう。

五、まとめ

ここまで水上勉の社会派推理小説をめぐる批評と応答を、①推理小説の形式性、②社会派というカテゴリー、③推理小説は文学たり得るかという問い、の三つの軸から概観してきた。それによって改めて明らかになったのは、水上勉が長篇推理小説に挑戦した当初から、つねに一貫して自らを納得させ得る「文学」を追究してきたということである。そして、水上勉の社会派推理小説は、水上にとっての「推理文学への手探り」であり、短い期間に集中して書かれた推理小説は、水上が強くこだわった推理小説の約束事、つまり殺人という絵空事を通して社会とそこに生きる人間に迫ろうとする試みであった。風船のモチーフに象徴されるような『フライパンの歌』のころの私小説の「かるさ」は、社会派推理小説の時代においては「ゴシック・ロマンスを思わせるような重厚感」（篠田一士「今月のベスト三」『宝石』一九六一年二月）へと変貌する。この変貌は何によってもたらされたのか、研究は緒についたばかりだが、それは推理小説か、私小説かといった二者択一の視点で測ることはできないだろう。水上勉の社会派推理小説は、水上のたどった迂路を通して改めて検討されねばならない。

『古河力作の生涯』

《子供に「主義者」なぞということばが、何を意味したかわかるはずもなかったが、何か暗い影をおびて耳につたわり、母につれられて小浜へゆく途次にも、町はにぎやかな家なみで眼をうばいはしたけれど、その町の向こうの村に主義者はいたといった関心は確かにあった。》

初版　一九七三年一一月　平凡社刊

水上と同じ若狭（小浜）から出て、大逆事件に連座し数え二十八歳で処刑された無政府主義者の古河力作を描いた評伝文学。自身と同様に「身丈尋常でない少年が、草花栽培というのどかな職業に従事していながら、なぜに大逆事件の死刑囚の仲間に入ってしまったのか」（あとがき）という疑問を始発点としながら、消極的なまま事件に巻き込まれていった力作の姿を同情を持って描き出している。比較的入手しやすいものに、文春文庫版（一九七八年）がある。　（大木）

『金閣炎上』

《犯人の林とは、六年前に会っているのだ。また焼けた金閣は、少年時にいた相国寺派だ。》

初版　一九七九年七月　新潮社刊

一九五〇年七月に起きた金閣寺放火事件を、およそ三十年後に綿密な調査を経てドキュメンタリータッチで描いた。出身地が近く、自身も寺の小僧に出された経験から、犯人・林養賢と自分を二重写しにしながら、事件の背景を重層的に描き出してゆく。三島由紀夫『金閣寺』と同じ題材を用いながら対照的な読後感を与える、水上の社会派的感性が存分に発揮された「調べて書く」系譜の作品の一つの頂点である。入手しやすいものに新潮文庫版（一九八六年初版）がある。　（大木）

【コラム】

同時代の中国文化人から見た水上勉

劉晗
（城西国際大学博士課程）

戦時中、苦力監督見習として満洲に滞在した体験と、戦後の作家代表団及び日中文化交流協会の一員としての訪中経験によって、水上勉は中国と深い縁で結ばれている。彼は老舎、巴金、謝冰心、嚴文井、馬烽、鄧友梅、陳喜儒、柯森耀等数多くの中国文化人と交流し、戦争で傷ついた両国間の橋渡し役として、日中の文化の相互理解と友好関係の再構築に多大な貢献を果たしてきた。同時代の中国文化人に親しまれ、また敬われていた水上をめぐる随筆は、彼らによっていくつか書き残されている。本稿は現段階までに発見した随筆及び訪中時の通訳者を務めた中国作家協会会員・中国日本文学研究会理事の陳喜儒への聞き取りを通して、同時代の中国文化人が水上をどのように見ていたのかを推察するものである。

老舎の親友として情に厚かった水上

水上と中国文化人との交流は、日中国交回復前の一九六〇年代から始まる。当時、彼は『霧と影』『海の牙』『雁の寺』を続々と出版して一躍人気作家となり、文壇で目覚ましい活躍を見せていた。日中文化交流協会の事務局から「日本でいえば、志賀直哉級[1]」の中国人作家老舎が訪問したいという依頼が来たのは、一九六五年[2]であった。水上は老舎とは面識がないどころかその存在さえも知らなかったが、多忙にも拘わらず二つ返事で承諾した。二人はこおろぎと東禅院の話で盛り上がり、老舎はこおろぎの壺のある古道具屋と六祖慧能がいた東禅院を案内することを約束した。[3]当時は日中国交回復前であったため、公式交流が中断される一方で民間交流も不自由な状況にあり、二人の面会は警察の監視の下で行われた。

水上と中国文化人との交流がこの日を機に盛んになったが、老舎とは残念ながらその後二度と会うことは叶わなかった。老舎は面会の翌年、文化大革命での迫害により自ら命を断ったからである。その噂を聞いた水上は、四人組が主導していた当時の政府に睨まれるのを覚悟の上で、老舎との情義を優先して「こおろぎの壺」という随筆を書き、往事を回想することで追悼の意を表した。このような経緯で、彼の名前は中国文化人に広く知られるようになった。文化大革命は一九六六年から一九七六年まで十年に亘って続き、文化人たちは過酷な迫害や中傷を受け、自己批判を強要された。老舎はその中の一人で、屈辱に耐えられず自殺したのである。老舎の死は同時代の中国文化人に大きな衝撃を与え、すでに悲況にいる彼らを一層悲しませた。しかし非常事態ともいえる特殊な時代の中に生きる彼らは言葉を慎まなければならず、老舎の死に際して発言も禁じられた。その無念や悲しみは、彼らの心に長く暗い影を落とすこととなる。鄧友梅はその中の一人として、「朋遠方より来たる有り」（《有朋自远方来》）という随筆において「……水上勉先生には特別な思いを抱いている。初めて読んだ先生の文章は「こおろぎの壺」だ。老舎先生とは長年の親友で、無実の罪を着せられたまま死んでしまったというのに、私は追悼文を書くことさえできなかった。しかし水上勉先生は遠い日本で、私の代わりに書いてくれた。だから私は、先生に感謝しているし、先生を尊敬している（……出于对水上勉先生的特殊感情。我读他的第一篇文章是《蟋蟀壶》。老舍先生是我相识多年的前辈，他含冤逝去，我不能写文章悼念，而水上勉先生远在东瀛写了出来，我感谢他，敬重他）」[4]と水上への感謝の気持ちと尊敬の念を述べている。柯森耀も「水上文学と中国」で「文化革命の騒ぎがおさまって、人々があの暗い日をふりかえっていた際であっただけに、『こおろぎの壺』は痛く読者の胸を打った。これまでに外国の作家に慕われていると知れば知るほど、非業の最期を遂げた老大家に対する哀惜はいよいよつのった。同時に、これほど中国の老大家を理解してくれる水上勉氏に対する関心も湧いた」[5]と語り、「こおろぎの壺」に接した際、中国文化人が水上への注目をより一層高めたことを証言している。

水上と老舎の面会は一度きりだったが、強く結ばれた二人の友情はそれ以降も続く。一九七八年、水上は再び中国を訪れ、老舎夫人の胡絜青と娘の舒済との面会を果たす。翌年には老舎の旧居を訪ね、事前に中国語に訳してもらった「こおろぎの壺」を持参して胡絜青に渡し、言葉の壁を乗り越えて老舎に対する深い思いを伝えた。[6]そして「亡き老舎氏の写真の前に立ち、合掌して冥福を祈」[7]り、老舎が生前に植えた柿の木の枝を一つ取って「明日……念願の東禅寺へ参詣することが出来ます。この柿の枝を頂戴してまいります。先生の代参として、お納めしようと思います」[8]と言って別れ、老舎のお墓参りに行った。同年一一月、胡絜青は日中文化交流協会事務局長の白土吾夫を通して柿とこおろぎの壺を届けてきた。[9]

　老舎と水上との物語は、陳喜儒の「水上勉の風采」（《水上勉的风采》）[10]、「私から見た水上勉先生（上）」（《我眼中的水上勉先生（上）》）[11]と「老舎と水上勉」（《老舍与水上勉》）[12]、柯森耀の「水上文学と中国」[13]、桂也丹の「水上勉と老舎との黄梅をめぐる約諾」（《水上勉和老舍的黄梅情结》）[14]と「水上勉と老舎との黄梅をめぐる約束：海を漂って会いにきた」（《水上勉与老舍的黄梅之约：漂洋过海来看你》）[15]等の随筆で詳しく記述されており、それらの随筆からは、水上が同時代の中国文化人の心の中に、老舎の親友であり続け義理人情を重んじた日本人として深く刻まれていることが窺える。

『北京の柿』初版本。老舎のことを書いた「北京の柿」と「こほろぎの壺と柿」を収める。

中国の心の友として苦難の過去を分かち合う水上

　水上の戦後における訪中経験は二十五回近い[16]と言われている。意識的に中国文化人との交流を始めたのは一九七五年、作家代表団の一員としての訪中以降である。一九七八年に副団長、一九八三年には団長、一九八六年にも団長として[17]代表団を引率し、中国文化人との交流を深めた。それと同時に日中文化交流協会の活動にも携わり、一九七七年に常務理事、一九九五年に代表理事、二〇〇四年に最高顧問に就任し[18]、積極的に文化人同士の交流に取り組んだ。中国訪問の通訳者として何度も同行して、日中友好活動に労苦した水上の姿を間近で見つめた陳喜儒は筆者とのインタビューで、水上は「決して名を売るためではなく、真心を持って全身全霊を傾けたのだ（尽心尽力，完全没有沽

王霞副主席（右）と（陳喜儒氏提供）

名钓誉，也不可能沽名钓誉）」と賛嘆の声をあげている。

その一方で、一九八〇年代のはじめから一九八七年までの間に中国で「日本文学熱」と言われる日本文学のブームが興った。[19] 日中の友好関係の構築のために献身した水上の作品が翻訳され、ようやく作家としての側面が中国文化人に注目されるようになった。中国語訳の作品は一九八一年に周進堂によって翻訳された『石の謎』（《石子之谜》）と孫維善の『飢餓海峡』（《饥饿海峡》）を皮切りに、一九八二年に「雁の寺」（《雁寺》）「越後つついし親不知」（《鸳鸯怨》）「越前竹人形」（《越前竹偶》）「桑の子」（《桑孩儿》）といった作品が収録される『水上勉選集』（《水上勉选集》）で一気に増え、一九九三年までの間に大量に出版された。[20]

これらの作品で水上は、常に社会の最底辺の人々に同情を寄せており、弱い立場の人間に寄り添いながら、貧困と戦う彼らの美しい姿と、残酷な運命に翻弄されて結局罪を犯してしまう人々の悲劇を描いている。このような描き方は、作家としての正義感の表れである反面、登場人物と同じような貧しい環境で生まれ育ち、苦難の過去を共有する不幸な者同士としての嘆きでもある。それについて柯森耀は「水上氏は単に外部から作中の人物を眺め、同情を寄せているのではない。水上氏はかつてそれらの下積みの人々とともに生き、ともに苦しみ、ともに悲しみ、ともに涙を流したからこそ、作品は大きな力をもって迫って来る。それでこそ

周谷城副人大委員長（右）と。左の女性は大庭みな子（陳喜儒氏提供）

苦難の道を乗り越えた中国の人々に容易に理解され得るのである」[21]と指摘している。彼が指摘したように、水上の不幸な人間へ向けられたあたたかい眼差しは、アヘン戦争以降辛酸を舐め尽くし、様々な逆境をはねのけてきた中国人、とりわけ文化大革命で身体的、精神的な苦痛を強いられた文化人にとって、最も共感を得やすいものと言える。同時代の中国文化人は、水上が作中で社会の最底辺を生きる人々に注ぐ愛情を、最も理解することのできる読者であったに違いない。それゆえ、彼の作品は多くの文化人の手によって取り込まれ、国境を越えて中国でも受け入れられたのである。

前述の柯森耀の指摘の通り、水上には戦時中に満洲で中国人と苦難の日々を共有した過去がある。彼は一九三八年八月[22]に満洲へ渡り、奉天で苦力監督見習として半年を過ごした。そこでの水上の立場は支配者側であり、「苦力を追いまわす班長の手下で」[23]竹刀を持って中国人の苦力たちを酷い目に合わせたが、支配者の中では最末端だった水上は実は苦力並みの給料しか貰っておらず、「風の中に苦力たちとともにしゃがんで、頭をかかえて泣」[24]きたいような気持ちも味わった。戦後、満洲で過ごした日々に罪の意識を感じていた彼に対し、中国文化人は「不幸な戦争時代の悪夢」「あなたの責任ではない」[25]と理解する姿勢をとった。同時代の中国文化人にとって水上は戦争と植民地支配に加担した側にいたとはいえ、中国人を虐めた憎い相手ではなく、不幸な歴史を共にし、苦難の過去を分かち合

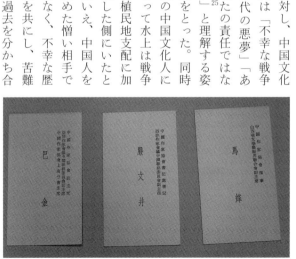

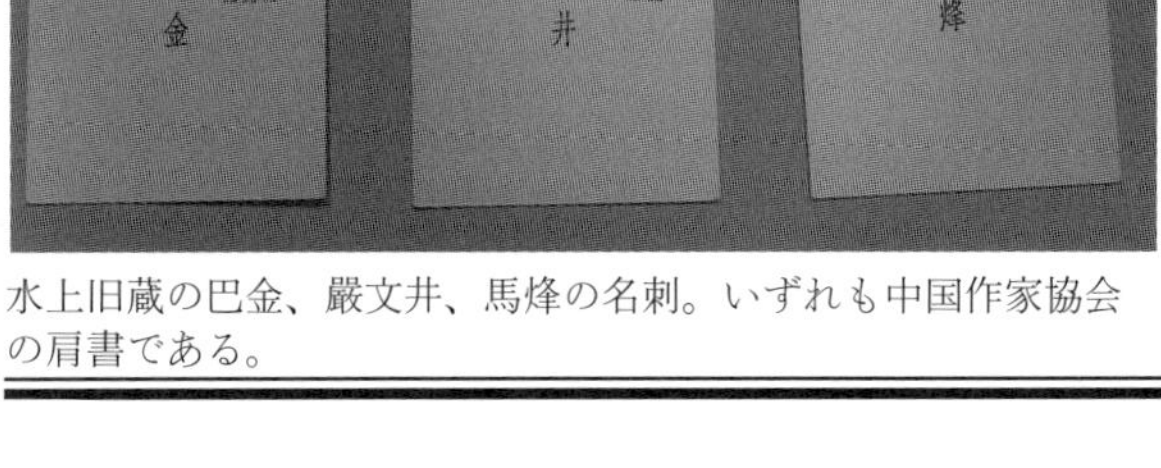

水上旧蔵の巴金、嚴文井、馬烽の名刺。いずれも中国作家協会の肩書である。

うことのできる、心の通じた友人であった。

以上見てきたように、水上は情義を重んじる老舎の親友として同時代の中国文化人にはその名が知られており、特に老舎への追悼文「こおろぎの壺」は数多くの文化人を感動させた。その後、不幸な人間にあたたかい眼差しを向けた作品の中国語版の出版を機に、作家としての側面に対する評価が進み、中国文化人から、戦時中の満洲体験と併せて苦難の過去を分かち合う心の友として捉えられるようになった。個人レベルにおいても作家レベルにおいても、水上は同時代の中国文化人に愛されてきた存在であり、そしてこれからも、愛され続ける存在であろう。

《註》

1　水上勉「こおろぎの壺」『虎丘雲巖寺』作品社、一九七九年、六五頁

2　一九六四年という説もあるが、本稿は水上の「こおろぎの壺」によるものである。

3　注1前掲、六五—八三頁

4　『境外漫遊録』春風文芸出版社、一九九七年、二六頁

5　柯森耀「水上文学と中国」『国際日本文学研究集会会議録』14、国文学研究資料館、一九九一年三月、一二一頁

6　陳喜儒「老舎と水上勉」（《老舍与水上勉》）『文匯報』文匯新民連合報業集団出版、二〇一八年四月五日、七頁

7　注5前掲、一二五頁

8　水上勉『北京の柿』潮出版社、一九八一年、三二頁

9　注6前掲

10　『鴨緑江』遼寧省作家協会主導鴨緑江雑誌社出版、二〇〇八年一月、六六—六九頁

11　『光明日報』光明日報報業集団主導光明日報社出版、二〇〇八年一月四日、一二頁

12　注6前掲

13　注5前掲、一一八—一二八頁

14　文化湖北のホームページ、二〇〇五年九月一日（最終閲覧日：二〇一九年一月一八日）http://www.cnhubei.com/200508/ca857677.htm（桂也丹は桂遇秋の孫であり、桂遇秋は水上の一九七九年の中国訪問で知遇を得た黄梅戯の研究者である）

16　騰訊網のホームページ、二〇一六年五月一四日（最終閲覧日：二〇一九年一月一八日）http://foxue.qq.com/a/20160514/030709.htm（随筆は最初に『鄂東晩報』に掲載されているが、本稿は騰訊網の転載記事によるものである）

17　水上勉・宮城谷昌光対談「歴史と小説が出会うところ」『小説新潮』五〇巻八号、新潮社、一九九六年、九九頁

18　孫暘「水上勉研究：中国関係の作品を中心に」博士論文、新潟大学大学院現代社会文化研究科、二〇一一年三月、四四頁
19　註18前掲、五〇頁
20　王向遠『日本文学漢訳史』寧夏人民出版社、二〇〇七年、二二三頁
21　注17前掲、八〇―八四頁
22　注5前掲、一二七頁
23　祖田浩一編「年譜」『水上勉全集』第二六巻、中央公論社、一九七八年、四七〇頁
24　水上勉『瀋陽の月』新潮文庫、一九八九年、一〇八頁
25　註24前掲、一〇三頁
26　同上

『兵卒の鬃』

《藁のハカマをとりのぞきながら、私は、輜重輪卒の一日がはじまったのを実感した。遠くでしきりと馬のいななきがきこえ、それにまじって、車のエンジンをふかす音、さらに馬糧庫よこの蹄鉄工場から、トンテンカン、トンテンカンという鍛冶場の槌音がしていた。草履つくりという仕事が暢気でもあったせいで、軒下の陽だまりは、奇妙な安息を感じさせた。》

初版　一九七二年一〇月　新潮社刊

一九四四年五月、郷里に戻って小学校の助教として勤務していた安田のもとに召集令状が届く。身重の妻を残し、入隊した京都の伏見四十三連隊で輜重輪卒として訓練を受ける約一か月の日々。人間の命より大事にされる馬の世話に追われ、理不尽で滑稽な指導を受ける兵卒の姿から浮かび上がる戦争の愚かしさ。「訓練をうけた五十日の思い出を、いつの日か、小説にしたいと考えて、二十数年を経た」という水上の念願が結実した作品。『馬よ花野に眠るべし』（一九八九年、中公文庫）に収録されているほか、『日本の戦争』（新日本出版社、二〇〇八年）が入手可能。

（掛野）

『瀋陽の月』

《五十年近く経ってしまうと、ほとんどの記憶は失せて、茫漠としていて自然だろう。だが、人はその古い暦のなかに残る一つ二つの光景を、鮮明に抱いて死ぬのかもしれぬ。》

初版　一九八六年一一月　新潮社刊

一九歳で満洲にわたり、国策会社国際運輸社の社員として、苦力を監督する仕事に従事していた「ぼく」は六七歳になり、作家として再訪する。大連、瀋陽と、現地の友好協会の中国人に案内されながら訪れる各所で当時の記憶が鮮明に甦る。水上の原点の一つともいうべき満洲時代を作品化したもので、現在と過去が交錯しながら不思議な作品世界を創り出している。新潮文庫版（一九八九年初版）がある。

（掛野）

【コラム】

データから見る流行作家時代の水上勉

大木志門

講談社で『小説現代』や『群像』の編集長を務めた大村彦次郎の『文壇うたかた物語』（一九九五年、筑摩書房）に、一九六三年六月の『別冊文藝春秋』巻頭グラビアで、当時の作家たちを野球選手に見立てた「文壇最強チーム」が掲載されていることが紹介されている。順番に、1番遊撃・石原慎太郎、2番右翼・司馬遼太郎、3番一塁・源氏鶏太、4番三塁・松本清張、5番中堅・柴田錬三郎、6番左翼・水上勉、7番投手・有馬頼義、8番捕手・黒岩重吾、9番二塁・山口瞳である。直木賞作家を多く輩出した『別冊文藝春秋』（一九四六年創刊）らしく、石原慎太郎と松本清張をのぞいて直木賞作家を中心としたメンバーとなっているが、実際この九人が当時の男性人気作家であったと考えてよい。ちなみに水上に付された十返肇執筆のキャプションは、「終戦直後はセミ・プロ私小説球団にいたが、その後しばらくバットを持つ機会から遠ざかっていたのが、三年前にスカウトされるや、第一打席でお寺の屋根へ場外ホーマーをかっ飛ばし、いきなりスター選手となった。吉田健一解説者に『このホームランで水上クンは国際級の世界選手の仲間入りをした』と激賞された。（後略）」というものである。この九人の顔ぶれは、現代から見て納得できる顔も、少々意外な顔もあるが、源氏、松本、柴田のクリーンアップの後に控えるのが、『雁の寺』で直木賞を受賞したばかりの水上勉、というのが当時の文壇見取り図だったのであろう。しかし、水上の人気にしてからが、当時を知らないものには実感としてわかりづらいところがある。そこで本コラムでは、ベストセラー作家と言われた水上が、実際にどれくらいの人気があったのかを、各種のデータを参考にしながら確認してみたい。

水上は第一のデビューというべき『フライパンの歌』（一九四八年）で文名を上げたが、本当の意味で人気作家となったのは、第二のデビューである『霧と影』（一九五九年）以降の社会派推理小説作家時代である。この時代の水上の人気ぶりは、たとえば次のように回顧される。

推理小説界で松本清張を追って、同じく社会派の水上勉の名がクローズアップされた。書下し長篇『霧と影』（昭和三十四年・河出書房新社）で推理小説界にデビューしたが、『雁の寺』で三十六年度上半期（第四十五回）直木賞をうけて、人気作家になり、そのムード調をもって、受賞作『雁の寺』（文藝春秋新社）が約九万部、『虚名の鎖』（カッパ・ノベルス）の約二十万部をはじめ、その後の〝水上ブーム〟の端緒をつくった。

（瀬沼茂樹『本の百年史　ベスト・セラーの今昔』、一九六五年、出版ニュース社）

「文壇最強チーム」掲載の水上勉

水上は『霧と影』の翌年四月に河出書房から出た『海の牙』で笹沢左保とともに第十四回日本探偵作家クラブ賞を受賞し、その頃から名実ともに流行作家時代に突入する。芥川賞・直木賞が社会的な一種の祭典となり、受賞作がベストセラーとなるのは、よく知られているように石原慎太郎『太陽の季節』（一九五六年）以後で、芥川賞の人気が先行するが水上の直木賞受賞頃には直木賞受賞作も高い売り上げ部数を誇るようになっていた。『霧と影』（第四十二回）、『海の牙』と『耳』（第四十三回）で続けて直木賞候補となり、「賞をとるまでもなく、実際にもう売れている」（川口則弘『直木賞物語』二〇一四年、バジリコ）水上が満を持して受賞した『雁の寺』の単行本の初動は六・五万部であり、これは一九五八年上半期に同賞を受賞した山崎豊子『花のれん』の三万部や、少し後の一九六六年下半期受賞の五木寛之『蒼ざめた馬を見よ』の三・三万部などと比べてもたしかに多い方である。[1]

なお、先ほどの引用で瀬沼茂樹が紹介している『虚名の鎖』（光文社）は映画界を舞台にした社会派ミステリで、一九六一年のベストセラーの第十位に入っている。[2] この年の第一位は岩田一男の『英語に強くなる本』（光文社）で、第二位が南博の『記憶術』（光文社）、第七位は小田実の『何んでも見てやろう』（河出書房新社）であり、文芸創作では松本清張の『砂の器』『影の地帯』（ともに光文社）が五位と六位で上位にいるだけである。ちなみに、この年のベスト一〇のうち八冊を占めた光文社の勢いはすさまじく、創業者の神吉晴夫が岩波新書とは異なる「アンチペダンチズム」を標榜して創刊した「カッパ・ブックス」（一九五四年）と「カッパ・ノベルス」（一九五九年）は、戦後における知の大量消費時代の到来を象徴していた。そのフィクション部門の「カッパ・ノベルス」の柱になったのが他ならぬ松本清張であり、まだ練馬区関町の二間の平屋に八人家族で暮らしていた清張を同社の編集者・松本恭子が訪ね、神吉に引き合わせたことはよく知られている。その結果、清張の『点と線』『眼の壁』が大ベストセラーになり、この成功が各社にノベルス版を創刊させたのであった（新海均『カッパ・ブックスの時代』二〇一三年、河出書房新社）。

このような時代に清張に続く社会派ミステリの俊英と期待された水上は、「連載を七本、一日平均三十枚を書きとばし、多いときには月産千二百枚をこなした」という「人間業とは思えぬほどのライティング・マシンぶり」（山村正夫『続・推理文壇戦後史』一九七八年、双葉社）と書かれている。水上自身も家庭を顧みずひたすら原稿依頼に応えたこの時代を「一匹の野良犬だった」（『私の履歴書』）と自嘲しているが、障害を持って生まれた娘・直子の治療に毎月平均で八十万円が必要であったため、その治療費を捻出する必要もあった。

この時期の水上は、『五番町夕霧楼』『越前竹人形』『越後つついし親不知』（以上一九六三年）、『比良の満月』（一九六五年）など質の高い純文学・中間小説を生み出しつつ、『若狭湾の惨劇』『眼』（以上一九六二年）、『飢餓海峡』『死火山系』（以上一九六三年）『海の墓標』（一九六五年）などの社会派推理小説を発表し続けていた。また、それらの作品から『霧と影』（石井輝男監督）をはじめ『雁の寺』（川島雄三監督）、『越前竹人形』（吉村公三郎監督）、『五番町夕霧楼』（田坂具隆監督）、『越後つついし親不知』（今井正監督）、『波影』（豊田四郎監督）、『沙羅の門』（久松静児監督）、『飢餓海峡』（内田吐夢監督）、『波影』（豊田四郎監督）、『湖の琴』（田坂具隆監督）『あかね雲』（篠田正浩監督）と一九六〇年代のうちに次々と映画化されている。水上は直木賞の受賞以後、しだいに純文学へとシフトしていくことになるが、まだ事実上二足の草鞋を履いていたこの一九六〇年代が最も流行作家らしい時代だったと言えるだろう。少々俗っぽいデータだが、ある時期まで毎年新聞に掲載されていた高額所得者番付を見ると、水上の売れっ子ぶりが端的にうかがえる。一九六二年に作家の第一〇位に登場すると、六四年と六五年がともに八位になっている。[3] ちなみに、この間のトップ三は松本清張、山岡荘八、源氏鶏太で、続いて川口松太郎、柴田錬三郎、井上靖、石坂洋次郎、石原慎太郎らが上位の常連であり、六五年からはその後長く清張とトップ争いを続ける司馬遼太郎の名が登場する。この中で水上が最も純文学的な作品を発表していた作家であるので、近現代文学史上で希有な市場的価値の高い作家であったことは間違いない。

この活躍の中で、水上は転居を繰り返す生活から、一九六三年に成城に家を構え、軽井沢の別荘暮らしも始めるという、絵にかいたような成功ぶりを見せることとなった。まさに荒正人が『小説家　現代の英雄』（一九五七年、カッパブックス）で「小説を書くという仕事は、あたれば有利な事業に匹敵する」として「小説家は、反逆者から英雄に変わってしまった」と言った時代に、一人の英雄として迎えられたのであった。もちろん、売れること自体が作品の価値を保証するものではないし、逆に売れることで非難されるいわれもない。少なくとも水上について言えば、量産に比してその作品の質は保たれており、またこの時代の人気によってかなりの数の固定ファンと文芸出版社の信頼を得たことが、その後の長い創作活動を自由に行える基盤を作ったということは言えるであろう。

最後に、その水上文学が単に読み捨てられていなかったことを、別のデータから示してみたい。毎日新聞社が終戦直後の一九四七年から毎年実施してきた「全国読者世論調査」という歴史の長い調査がある。サンプル数こそ少ないが信頼の置けるその記録をまとめた『読者世論調査30年―戦後日本人の心の軌跡』（毎日新聞社、一九七七）をひもとくと、水上は一九六二年に「好きな著者」の部の第二〇位に初登場し、以後六三年に二一位、六四年に一八位、六五年に一七位、六六年に一七位、六九年に三〇位、七〇年に二三位、七一年に二六位、七二年に三一位、七三年に一五位、七四年に三四位、七五年に二三位、七六年に二七位と、多少の浮き沈みはあるが常に上位を維持している。特に男性人気が高く、六二年が一六位、六三年が一八位、六五年が一三位、六六年が一五位と、一九六〇年代半ばは常に二〇位以内をキープしている。

また、その中で好きな作品を一冊挙げる「好きな著者とその最も好きな著書」の結果では、六二年から六五年、六九年、七二年が『雁の寺』、六六年、七三年、七五年、七六年が『越前竹人形』、七〇年が『桜守』、七一年が『湖笛』、七四年が『飢餓海峡』となっており、直木賞受賞作の『雁の寺』と代表作の『越前竹人形』を中心に、しかしそれだけでなく幅広く愛読されていたことがわかる。この調査は新旧洋邦の作家がまとめて対象になっているが、この時期の上位の常連は、吉川英治、松本清張、石坂洋次郎、井上靖、源氏鶏太、北杜夫、有吉佐和子、司馬遼太郎、夏目漱石、芥川龍之介、太宰治、川端康成、三島由紀夫、武者小路実篤、島崎藤村、山本有三などであり、よって水上は現役作家の中では常にベスト一〇内外を維持していたということになる。一九七〇年代になって、もはや一過性の人気ではなく、また単なる娯楽作の書き手ではなく、読み続けられるべき作家へと着実に一般読者の評価は移っていたということだ。それは、社会派推理小説で一時代を築きながら、もう一つの足で文芸雑誌に執筆し踏ん張り続けた一九六〇年代の努力の賜物であったのである。

《註》

1　このあたりのデータは前掲文献の著者である直木賞研究家の川口則弘氏のHP「直木賞の全て」を参照した。その他にも同氏のHPと書籍からはいくつかの文献の教示を受けるなど、本コラム執筆に際して大変参考になった。

2　出版科学研究所調べ。直接には日本著者販促センターHPのデータベースを参照した。

3　このデータは山本芳明『カネと文学─日本近代文学の経済史』（二〇一三年、新潮選書）にまとまっている。

『読者世論調査30年—戦後日本人の心の軌跡』より

「好きな著者とその最も好きな著書」※順位と著者名・著書名のみ抜粋し、票数は省略した。

1963年(昭和38)		
順位	著者名	最も好きな著書
1	吉川英治	宮本武蔵
2	松本清張	点と線
3	石坂洋次郎	若い人
4	夏目漱石	坊っちゃん
5	井上靖	氷壁
6	源氏鶏太	三等重役
7	武者小路実篤	友情
8	川端康成	伊豆の踊子
9	島崎藤村	破戒
10	山本有三	路傍の石
11	芥川龍之介	羅生門
12	トルストイ	戦争と平和
13	林芙美子	放浪記
14	山岡荘八	徳川家康
15	石川達三	人間の壁
15	柴田錬三郎	図々しい奴
17	坪井栄	二十四の瞳
17	山手樹一郎	春秋あばれ獅子
19	志賀直哉	暗夜行路
20	谷崎潤一郎	細雪
21	獅子文六	娘と私
21	丹羽文雄	日日の背信
21	水上勉	雁の寺

1973年(昭和48)		
順位	著者名	最も好きな著書
1	夏目漱石	こころ
2	川端康成	雪国
3	松本清張	点と線
4	吉川英治	宮本武蔵
5	石川達三	青春の蹉跌
6	石坂洋次郎	陽のあたる坂道
6	井上靖	氷壁
8	有吉佐和子	紀ノ川
9	五木寛之	青春の門
10	司馬遼太郎	国盗り物語
11	北杜夫	どくとるマンボウ航海記
11	武者小路実篤	友情
13	遠藤周作	ぐうたら人間学
14	ヘルマン・ヘッセ	車輪の下
15	水上勉	越前竹人形
15	池田大作	人間革命
15	山本周五郎	ながい坂
18	太宰治	人間失格
18	島崎藤村	破戒
18	芥川龍之介	鼻
21	三島由紀夫	金閣寺

ブックガイド

『くるま椅子の歌』

《「戸越さんの奥さんがね……こんなことをいったのよ」と美弥子はいった。「くるま椅子ってのは、あたしたちのことだって……小島先生がおっしゃったって……」「うん」と要助は、頷いた。》

初版　一九六七年六月　中央公論社刊

要助・美弥子夫婦の間に生まれた長女は脊椎破裂という重度の障害を持っていた。その重い事実がもたらす家族の危機が、ある名医と巡り会うことで生じた光明により再生に向かってゆくさまを描いた長篇フィクション。作者自身の体験をベースにしながら、心身障害者に対する社会政策の立ち遅れた現状を告発している。初版本の表紙の装画は娘の直子によるもの。現在比較的入手しやすいものに中公文庫版（一九七三年）がある。（大木）

『ブンナよ、木からおりてこい』

《「ぼくら、かえるはみんななにかの生まれかわりなんだ。それがよくわかった。ぼくは鼠さんのうまれかわりだよ。自分は自分だけと思ってたけど、自分のいのちというものは、だれかのおかげで生きてこれたんだ……」（中略）ブンナは力づよくいったのです。》

初版　一九七二年三月、『蛙よ、木からおりてこい』として新潮社より刊行。一九八〇年二月『ブンナよ、木からおりてこい』と改題して三蛙房より刊行。

木登りが得意なトノサマがえるのブンナは、未知の世界を求めて高い椎の木に登る。上には土のある広場があり、素晴らしい眺めに喜び穴を掘るブンナ。しかし、そこは鳶が捕まえた獲物を保管しておく場所でもあった。次々と連れてこられる傷ついた雀、百舌、鼠、蛇、牛がえる。外に出られず怯え、穴の中で気配をうかがうブンナは、「死」を前にした彼らのやり取りを聞く。季節は冬から春へ、冬眠りから覚めたブンナは死んだ鼠から生まれ出てきた虫たちを食べ、仲間のもとへと戻るのだった。新潮文庫版があるほか、作者がさらに手を入れた改訂版（若州一滴文庫、一九八六年）がある。（掛野）

第四部　人間・水上勉——円熟のとき

座談

編集者による水上勉2

長谷川郁夫
小池三子男
山口昭男
大槻慎二

水上の担当編集者として、最晩年に至るまで公私を問わず親しく付き合った四名の方々に北御牧の勘六山の水上邸に集まっていただき、お話をうかがうことができた。水上蕗子さんも加わっての座談会は話が尽きることなく、人間としての水上勉、その文学についての様々な側面について、創作の裏話も交えながら語り合った。今では伝説の編集者である坂本一亀氏や寺田博氏の思い出話、大岡昇平や吉行淳之介とのかかわりなど、戦後の文壇や文学史を考える上でヒントとなるような多くの話題が登場する聴きごたえのある記録となった。

長谷川郁夫（はせがわ　いくお）
一九四七年、神奈川県生まれ。早稲田大学文学部在学中に小沢書店を創業、二〇〇〇年九月まで社主を務める。現在大阪芸術大学教授。著書に『美酒と革嚢　第一書房・長谷川巳之吉』（河出書房新社）、『吉田健一』（新潮社）、『編集者　漱石』（新潮社）ほか、水上勉の編集担当書として『落葉帰根』、『わが別辞』『文藝遠近』などがある。

小池三子男（こいけ　みねお）
一九四八年、神奈川県生まれ。『翻訳の世界』編集部、朝日出版社を経て河出書房新社に入社。翻訳書に『ルイス・キャロル』（ジャン・ガッテニョ著、創林社）などがあり、水上勉の編集担当書として『一休文芸私抄』『泥の花』『仰臥と青空』『筑波嶺物語』、「自選仏教文学全集」「紀行文学コレクション　日本の風景を歩く」などがある。

山口昭男（やまぐち　あきお）
一九四九年、東京生まれ。一九七三年に岩波書店に入社し、雑誌『世界』編集部に所属、一九八八年から一九九六年まで編集長を務めた。二〇〇三年に代表取締役社長に就任、二〇〇八年には『広辞苑』の改訂を行った。現在中央経済社HD常勤監査役。水上勉とは、一九七五年に『世界』で短編を依頼したのが最初。編集担当書として『破鞋』『精進百撰』などがある。

大槻慎二（おおつき　しんじ）
一九六一年、長野県生まれ。福武書店（現ベネッセコーポレーション）で『海燕』や文芸書の編集に携わり、朝日新聞社に移る。朝日新聞出版で『一冊の本』『小説トリッパー』、朝日文庫の編集長を務めた。現在田畑書店社主。水上勉の編集担当書として『生きる日死ぬ日』（福武書店）、また、水上勉と司修の共著『「雁の寺」の真実』（朝日新聞出版）がある。

水上との出会い

——本日はお集まりいただきまして、ありがとうございます。一九八〇年頃から晩年までの水上さんと親しかった四人の編集者の皆さんに、お話をうかがいたいというのが趣旨なんです。

小池　二〇〇四年に先生が亡くなって、二年後でしたっけ、みんなで集まりましたね。

山口　三回忌です。

小池　この四人で集まるのはそれ以来なんだ。じゃあちょっと口開けに、僕から話しましょうか。一九八四年ぐらいに、初めて水上さんとお目にかかったんです。まだ軽井沢にいらした頃で、後に『一休文芸私抄』（一九八七年、朝日出版社、中公文庫）という本にまとまった企画の相談のためでした。河出に入る前の朝日出版社時代のことで、一休の文芸を軸にした本を作りたいって提案したんです。『一休』（一九七五年、中央公論社）はもう既に出ていたんですけど、仏教者としての一休が中心の本だったので、僕としては『仮名法語』とか『骸骨』とか『狂雲集』とかの、特異な中世の文芸作家としての一休を掘り出したくて。で、いいよって話になってスタートした。その後アンカーをしてくれたのが、詩人の正津勉さんでしたが、二人で一滴文庫に行って、一週間ぐらい足止めをくらったこともありました。その頃、水上さん、ものすごい流行作家で、全然若狭に帰ってこないんですよ。約束なんて守ってもくれない。「覚悟してください」って、蕗子さんに言われて。それだったら徹底的に、水上さんの郷里を訪ね歩いちゃおうと思って、佐分利川の岸沿いとか三昧谷とか、和田浜とか水上さんの「歌枕」をずっと歩き回って、果ては高浜のほうまで行きました。原発が見える岩場で正津勉さんと泳いだりして時間をつぶした。

水上（蕗子）　海水浴に遊びに来たのかと思っていたわ。

小池　当初は、語り下ろしで作るという話だったんですけど、結局先生は全部書き下ろして下さって一冊にしました。後半は、僕はもう河出に移っていたので、赤井茂樹君という、後年『サンタフェ』（篠山紀信撮影、一九九一年、朝日出版社）を作った後輩の編集者が完成してくれました。その後、その本の関係で京都でお会

長谷川郁夫氏

いしたりしたけど、お忙しい時代でしたね。なかなか会えない。でも会うとなんか引き込まれるようなお話の仕方で、いろんな飲み屋に連れてってくれたりした。楽しい思い出のある本です。

——資料的なお手伝いもされたんですか。いろいろな参考文献が書いてありますけど。

小池　いやそれは、赤井君の仕事だと思います。でもともかく、長い時間かかったわりには、あまり知られていない本だから、いい本なので、誰か読んでくれるといいなと今は思っています。

——最初に会ったときのことは覚えていらっしゃいますか。

小池　覚えています。軽井沢の別荘でした。その日、軽井沢高原文庫（一九八五年に開館）で何かの記念で軽井沢文士や学者たちが集まるパーティーがあるからって、ご一緒しました。加藤周一さんだとか、私の先生だった佐藤朔（仏文学者、元慶應義塾塾長）さんだとか、中村真一郎さんだとか、いろんな方がいる会場に入っていきました。あの水上先生がちゃんと社交をしているんで、びっくりしたっていう記憶が残っています。

——最初は緊張しませんでした？　既に流行作家ですよね。

小池　いやあ、僕は単なるファンだったんで、とっても緊張しましたよ。全集は読んでなかったですけど、当時はかなり文庫で読めましたでしょ。いまだに文庫がごそっと残っているところをみると、文庫で読んでいたんですね。もちろん『雁の寺』以降の作品も好きだったけど、それ以前の『海の牙』（一九六〇年、河出書房新社）とか、『野の墓標』（一九六一年、新潮社）とか、いわゆる社会派推理小説といわれていたシリーズも好きでした。繊維業界の話や行商の話など、先生の実体験がからんだ作品群で面白かった。河出に入ってからも、何回かあれをまとめた形で復活させたいなと思ったこともあったけど、なかなか難しかった。これからの方が可能性あるんじゃないかなと思っているんですけどね。

——一番古くからお付き合いがあるのは、長谷川さんですか？

長谷川　『落葉帰根』（一九七九年、小沢書店）の二年ぐらい前だから七七年ぐらいだな。

山口　じゃあ僕が一番古いですね。七五年だから、岩波書店入社二年目。

そのときから二三年間、『世界』の編集をやっていました。

長谷川　水上さんの担当者っていうのは前にいたの？

山口　きちんとは決まっていなかった。『世界』は文芸誌じゃないから、ある意味編集者の自由なんですよ。『棗』（『世界』一九七六年七月号）っていう短編を書いていただいたのが、最初です。ただ、ともかくファンだったから。ありがたいことに、岩波書店の『世界』の名刺をもっていくと、大体誰でも会ってくれた。総理大臣だろうが、大作家だろうが。ところが、勉さんは忙しくてなかなか会えなくて。どうしても会いたいっていって、当時親しかった井出孫六さんが直木賞を受賞した直後で、それで井出さんに頼んで、何とかして水上さんに会いたいと言ったら、ちょうどあの頃、水上さん、文学講座で教えていたんですね。そのカルチャーセンターが、新宿西口のビルの五十何階かにあった。それで、それが終わる九時に来てもらえれば会えるかもしれないと。で、井出さんと一緒に会いに行って、そこの控室で話したのが最初です。当時水上さんは五六歳で、僕とちょうど三〇歳違いなんです。それがきっかけで、成城のお宅へ遊びに行くようになった。で、短編くださいって言って翌年、『棗』をいただいた。それで今度は連載お願いしますって。それから何本か短編をいただいて、一〇年後ぐらいに連載したのが、『破鞋　雪門玄松の生涯』（『世界』一九八五年七月号～八六年六月号、岩波書店より一九八六年一〇月刊行）です。初めて連載をしていただいてうれしかったですね。秋月龍珉さんなどにも取材に行ったりした。それで、この『破鞋』ってタイトルなんだけど。

長谷川　面白いよね。

山口　これを、先生と一緒に一生懸命考えたんです。今でも覚えていますけど、飲みながら。要するに破れ草履を履いているような、貧乏な坊主の一生の話なんです。臨済宗の雪門玄松という有名なお坊さんなんですが。今でも金沢には、お寺がありますす（玄松が管長を務めた国泰寺は高岡にあり、金沢の寺町にはその関連の国泰寺が、卯辰山には玄松がいた洗心庵跡地もある）。で、最初はタイトルを「破草鞋」としたんです。でもこれでは、漢字が三文字になって、何となくインパクトがない。そこで間の「草」の字をとって「破鞋（やぶれわらじ）」としたんです。ただ、「やぶれわらじ」ってなんか読みにくい。そのとき水上さんが、この「鞋」っていう字は、音で何て読むのかなと言って『諸橋大漢和』を見たんです。そしたら「あい」だってということがわかった。それで『破鞋

（はあい）』とした。

長谷川　それ、営業部で文句言われなかった？

山口　いや、連載のタイトルですから、文句はいわなかった。ともかく僕は、漢字二文字にしたかった。「破」という字も使いたかった。ちょうどその頃、『世界』で吉村昭さんの『破獄』（『世界』一九八二年六月～八三年一〇月、岩波書店より一九八三年一一月刊）の連載をやった直後で、評判がよかったんです。それで「破」を付けたかったんです。

――じゃあ、ない言葉を作り上げたんですね。

小池三子男氏

山口　そうです。これは全く造語なんです。これが最初の連載です。

――『破鞋』を書いているときに、「みなかみつとむ」から、「みずかみつとむ」にしたんですよね。

山口　そうそう。このときに、自分の家の戸籍なんかいろいろ調べて、もともと「みずかみ」だという。それはもちろんご存じだったんですけども、公的には「みなかみ」って言われていたわけで。それならここで公式に「みずかみ」にしようっていうことになった。この奥付から「みずかみ」っていう振り仮名になったんです。

――お話を伺っていると、小池さんも、山口さんも、ファンから担当編集者になったんですね。

山口　編集者っていうのはそういうものですよ。ただ、文芸出版社で担当の先輩編集者がいると、なかなかそこを押しのけてってわけにいかないんですけど。何とかすり抜けてくっついていって、それで後継編集者に指名されて、みたいな感じですかね。例えば吉村昭さんは毎年新年会をやっていて、そこには三〇人ぐらい編集者が集まるんです。そこで他社の編集者と随分知り合いになりました。最初の出会いはそんなところです。

編集者と作家

長谷川　最初の原稿に接するのは雑誌編集者だから。とにかく編集者というときには、基本的には、雑誌編集者に聞くのが一番筋だと思いますよ。僕ら、もちろん結果的に本っていう形で担当に付けさせていただいたわけだけどね。

山口　僕は雑誌です。

長谷川　あ、そっか。

小池　長谷川さん、苦労した？

長谷川　僕、苦労しない。僕は甘や

山口昭男氏

かされてきたから。

小池　俺もそうだな。

長谷川　雑誌の連中だよ、やっぱり苦労したのは。

小池　山口さんは別なんですけど。われわれは長いレンジで、水上さんと付き合って、本にするってことをようやく許された人間なんですね。例えば現役の頃は、この勘六山のお宅だとか、軽井沢の別荘などに、一緒に行ったことはない。こういう具合に集まるようになったのは、亡くなる直前ぐらいから何となくですからね。われわれの他に、もう亡くなった集英社の片柳（治）さんや寺田さんなど何人かが、いつでも水上さんの周囲にいるっていう時代があったんです。それ以前からも親しかったですけど、ずっとそんな形で、お付き合いが続いているっていうことですね。

長谷川　（司会者に）編集者たちが知り合っていくって想像つきますか？　別に水上先生だけじゃないけれど、どの作家にも、そういう担当の編集者がいて、それが横のつながりっていう形で、みんな知り合っていく。これが例えば、自動車業界やビール会社の社員が、仕事上で他社の社員と親しく交流することはない。

山口　席を同じうせず、みたいな。

長谷川　これが出版っていうのは特別なものだということの一つ。

山口　仲いいんですよ。

長谷川　まずそこを認識しといてもらわないと、話がちょっとおかしくなるっていうか。他の業種とは全然違うと。他社同士だとか、あるいはそうやって大先輩だけど、藤野（邦康、元新潮社、水上さんの担当編集者だった）さんであるとか、寺田博さんのことだとか、気安くいろいろ言えるのも、そういう関係であるからなのね。

――でも、ライバル意識みたいなの、多少はあるんですか。この原稿は私がというような。

山口　ライバル意識っていうのではないです。例えば、水上さんでもそうなんだけども、今、ちょっと新潮の仕事やっているから、三年後にやろうかとかよく言っていました。そういう意味ではわれわれ一〇年単位で仕事をしていますね。じゃあ、一〇年後お願いしますって言って、そして実際にできるわけです。そういうお付き合いですから。その合間に、他社の編集者の人たちと、いろんな話をしたり、原稿を取りに行くときに会ったりする。振り返るとそれがまた財産になるわけです。そうじゃなきゃ知り合わない人たちばっかりです。

——長谷川さんは水上さんのファンだったとか、そういうことはあったんですか。

長谷川　水上さんの仕事に対しては、ファンっていうか、好きで読んでいるけれども、もともとは違った経緯を持っていてね。宇野浩二さんが生きているときに「文学の鬼」っていわれたりしていたけれど、僕にとってはやっぱり、この人、「文学の鬼」っていう言葉が今あるんだったら、本当にそうだなと思わせる人だったんですよ。それは宇野浩二に関連する、『宇野浩二伝』（『海』一九七〇年八月〜七一年九月、中央公論社より一九七一年刊）を中心とした本を読んでいて、すごいなと思ったんだね。そういう思いの中から会いたいと思っていたんです。

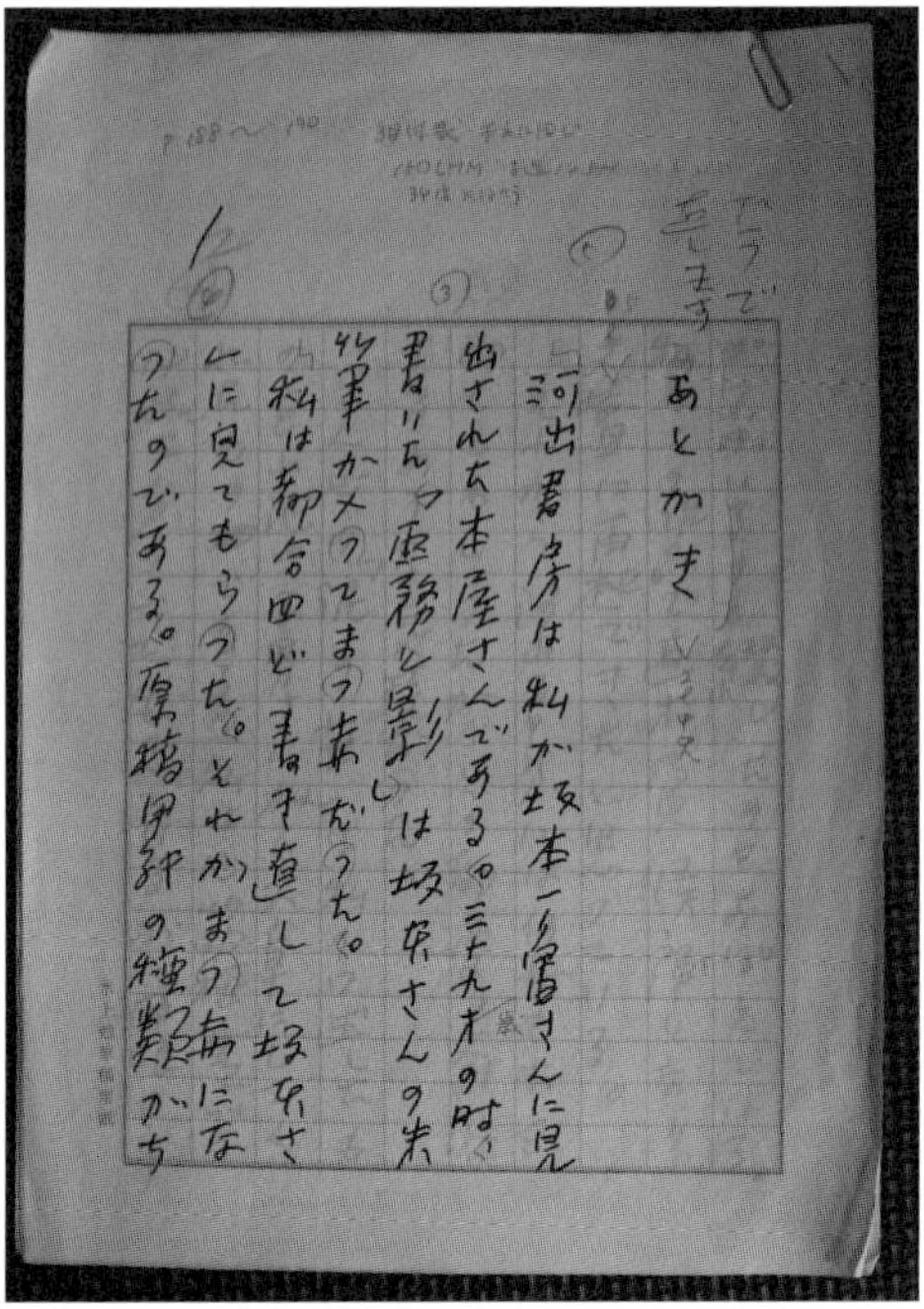

小池氏所蔵の「泥の花」あとがき原稿。
ここにも「ゲラで直します」とある。

特に僕は小出版社で文芸雑誌も持ってないしね、なかなかお目にかかる機会がないわけで。で、ちょっとある偶然があってお会いして。私と水上先生の出会いに絡むのは、司修さんなんだよね。何ていうのか、一緒に先生にかわいがられたという関係かな。そこから始まって、僕は本当の小出版社だし、いわゆる売れるような本はおねだりしても出すことはできないわけ。じゃあ何かといったら、僕は評論とかエッセーが好きで、何よりも『宇野浩二伝』、あるいはその周辺の著作からリスペクトしてきたってことがあるわけだから、評論随想集を出させてもらおうという形で、お付き合いが始まったんです。

小池　『泥の花』（河出書房新社、一九九九年）の第四部は、宇野浩二についてなんですが、これが書き下ろしの原稿なんです（見せながら）。これはご自分で書きたいっておっしゃって書き下ろされたんです。これ、どういうわけだかコピーを取って、指定原稿はコピーで入稿したのね。だから、指定の赤字などが入ってないでしょ。

――出版社から入稿後に返却されている原稿を見ても、そこでは修正がほとんどされていなくて。ゲラで直すタイプですよね。

長谷川　直すタイプですよ。「ゲラで締めるから」って。

山口　そうそうそう。「ゲラで締める」っていうのは口ぐせでした。だから、じゃあ今は締まっていないんですか？　と冗談で言ったこともあります。

長谷川　締まったやつくださいって。

水上　徹夜で待たしといて、「ゲラで締めるから」って。

長谷川　だからそれはね、雑誌やった人じゃなきゃ分からないね、基本的には。

――それでも実際、締まっていくんですよね、書き直すたびに。

山口　いや、本当にすごいですよ。で、原稿はもちろん遅いんですけれども、遅れるっていうことはないんです。ギリギリで入ってくる。

水上　心筋梗塞でも穴あけなかったからね。

小池　じゃあ大槻さん、寺田（博）さんの話も含めて話してよ。

大槻　そうですね。僕の場合は他のみなさんとちょっと経緯が違っていて、まず寺田博さんありき、その部下として引継ぎ担当したという関係です。ですからどうしても「寺田さんと水上さん」という話になってしまいますが、とにかく二人ともカッコよかった。二人が並んでいたりすると、もう男の色気がぷんぷん匂ってくる感じなんです。

これはもう文学史といっていいような話なんですが、元をただせば寺田さんも河出書房時代に坂本一亀さんから引継いでいるので、源は坂本一亀さんにまでたどり着く。寺田さんは河出の『文藝』の編集長を長く務めたあと、東京新聞にいらした渡邉哲彦さんと作品社を興して『作品』を、そして『作品』のメンバーと共にそのまま福武書店に移って『海燕』を創刊するわけですが、その都度、水上さんを特別な位置においていました。特に福武書店に対しては、寺田さんを招いた創業社長の福武哲彦氏が水上さんのファンでしたから、ある意味戦略的にも水上さんを重用していました。

大槻慎二氏（© Shinnosuke Kumano）

福武書店は〈進研ゼミ・進研模試〉で急成長した会社ですが、福武哲彦さんは「受験屋」と呼ばれることに非常に不満を感じていて、いつかは岩波書店のような総合出版社になってやるという望みを抱いていました。それがちょうど僕が入社した一九八三年、その年を総合出版元年として、大々的に打って出た。その準備期間として、出版界に名だたる編集者を次々にスカウトして、寺田さんもそのうちの一人でした。そして八二年に『海燕』を創刊して、一気に文芸出版の烽火《のろし》を上げたんです。

その福武哲彦氏にとって、水上さんは文学の象徴のような存在でした。だから思いも深かった。いまでも思い出すんですが、七〇歳で哲彦さんが亡くなったとき、本社での社葬で水上さんが弔辞を読んだんです。それがもう「水上節」の極みのような弔辞で、女性社員だけでなくて、男性社員までも肩を震わせて泣いていました。

——さすが語り上手ですね。

大槻　いまの社会状況では考えられないことですが、あの時代はまだ文学を大切に思う気持ちが他の業界のトップにもあった。哲彦さんが朝礼で話していたんですが、経済界との付き合いで経営者の集まりなんかに行くと、福武書店で出した『正宗白鳥全集』などの仕事をふつうの企業の社長が知っていて、「きみのところはいい仕事をしている」と言われて嬉しかった、と。そんなこともあって、哲彦さんの文学者に対する尊敬の気持ちも強かったんです。岡山の私邸にその名も「迎賓館」という別邸をつくっていたんですが、何かあるとそこに福武に縁の深い作家を招待してご馳走を振る舞っていたんです。水上さんを始め、古井由吉さんとか、笠原淳さん、干刈あがたさんや島田雅彦さんなどもいました。

——そういう意味でも福武書店にとって水上さんは重要な存在だったんですね。

大槻　寺田さんと、渡邉哲彦さんの存在もあって、文芸部創設のころから水上さんは信じられないくらい単行本をくれました。最初の本だった『地の乳房』（福武書店、一九八一年）も東京新聞の連載だったし、次の『若狭幻想』（福武書店、一九八二年）も、『Voice』（PHP出版）の連載ですよね。そのあたりは僕の入社する前のことです。その頃は現場を仕切っていた寺田さんも取締役出版本部長になって管理職の仕事が忙しくなって、『海燕』編集長も二代目の田村幸久さんに譲っていました。その田村さんも部長になって文芸以外のジャンルを見なくてはいけなくて、それで寺田さんから田村さんに移っていた担当作家が、当時いちばん下っ端だった僕のところに回ってきたんです。先輩編集者はそれぞれ大変な作家を担当していましたから。

それで僕が最初に作った単行本が『生きる日　死ぬ日』（福武書店、一九八七年）という本で、確かこれも『潮』か何かの連載だったと思います。装丁は菊地信義さんで函入りの本でした。表紙も貼り函も四色刷りという豪勢なもので、装画には渡辺淳さんのランプの絵を使わせていただきました。そのときの単行本あとがきの原稿をいただきに成城のご自宅に伺ったのが、水上さんにお目にかかったいちばん最初です。水上さんの字がなかなか読めなくて、いちいち寺田さんに聞きに行ったりしたことを覚えています。内容はほとんどが「原発銀座」と呼ばれた若狭のこと、原発への激しい怒りでした。

『地の乳房』
（1981年、福武書店）

山口　八六年のチェルノブイリ原発事故の直後ですよ。あのとき水上さん、随分そのことに悩んで、心痛めて、あちこちに書いていましたから。

大槻　その後、まったく違ったアプローチで水上さんにお近づきになれたのは、もう最晩年でしたが、朝日新聞社に移って『小説トリッパー』の編集長になったときでした。リニューアルを任されて、その何号目かに「苦境ニ効ク文学」（二〇〇三年春季号）という特集を編んだんですが、そのとき念頭にあったのは、水上さんにインタビューをしようということでした。そこで早速、司修さんに電話をしたんです。インタビュアーには司さんしかいないと思ったんです。二つ返事で引き受けていただけて、次にすぐさま蕗子さんに連絡をとりました。というのも、その頃、水上さんはもうベッドから起き上がることができず、加えて言葉も明瞭に発することができない状態にあって、お目にかかるスケジュールをとるにも不安な状態でしたから。運よく最短でアポイントがとれ、勘六山のご自宅に伺いました。司さんと二日間泊まり込みでしたが、水上さんはベッドに横になって、ゆっくりお話になりました。

そしてその後、水上さんが過ごされた場所を実際まわってみようと、タクシーに司さんを乗せて丸一日京都を取材したんです。「雁の寺」の舞台となった相国寺の塔頭・瑞春院をじっくり見せていただいて、そこから等持院へずっと歩きました。その特集をもとに、さらに相国寺の官長の有馬頼底さんに司さんと対談し

ていただいて、一冊の本にしました。（『「雁の寺」の真実』朝日新聞社、二〇〇四年一二月刊）
その際、いちばん驚いたことでしたが、実際ベッドの上から話す水上さんの声は小さくてよく聞き取れなかったんですが、持ち帰って音声をよく聴いてみると、とんでもないお話をされていたんですね。たとえば瑞春院の小僧時代、「和尚さんの奥さんがすぐ隣の部屋で帯を解く音がする」って言うんですね。きっと私を誘っていたんだろう、と。まだ小学生頃のことですよ。それが妙になまめかしくて、やっぱり水上さん、健在だな、と。

長谷川　おそらく一〇歳だろ。

大槻　そうです。その頃のこと。本当に体験から来ているんだなっていう話ですよね。

実は寺田さんには水上さんの話をあまり集中して伺う機会はなかったんです。いずれ、と思っているうちに亡くなってしまいましたから。けれども当然ながら相当なお付き合いだったと思いますよ。作品社でも確か一冊、『私版京都図絵』（作品社、一九八〇年）を出していますね。

福武時代は、『海燕』で短篇小説やエッセイの原稿をいただいたり、ゲラをお届けしたりしていましたが、寺田さんと一緒に水上さんとお酒を飲んだことは、残念ながらありませんでした。ただ頭に残るシーンは多くて、おそらく新年号に載せる短篇の原稿を山の上ホテルに自主缶詰めになってお書きになっていたとき、一枚一枚書き上がる順にもらいに行っていたんですが、そのときにやっぱり、「ちょっと甘いけど、ゲラでしっかり締めるから」とおっしゃっていました。

山口　山の上ホテルの部屋に畳と机を置いて、スタンドをつけてね。

大槻　格好よかったですね。

――寺田さんはどんな方でしたか。

大槻　寺田さんは、どの作家に対してもそうだけど、ものすごく丁寧でしたよ。酒場に行くと変貌しましたけど（笑）。

――寺田さんの話は、小池さんもお書きになっていましたね（「河出書房風雲録・抄」『エディターシップ Vol.2』日本編集者学会、二〇一三年）。

小池　僕は寺田さんとは、河出で一緒になったことはないんですよ。むしろ、割合とよく知っている先輩という存在で。逆に言ったら、長谷川さんなんかを通じて、付き合いが密になったところがあって。ただ、これは有名な話ですけど、水上さんが『霧と影』（河出書房新社、一九五九年）で文壇に本格的にデビューする前に坂本一亀さんから徹底的に赤を入れられたということです。それで四回書き直して、百枚つづりの原稿用紙が小岩の文房具屋では足りなくなってバラバラの原稿用紙になって完成したということです。のべ三倍ぐらいの分量を書いたって、書いていますよね。その後、『雁の寺』（『別冊文藝春秋』一九六一年三月）で直木賞をとったあと、文春で書き始めていたでしょ。だから、河出に不義理をしたという気持ちもちょっとおありになったかもしれないですが、さっきの『泥の花』の後書きには、水上さんらしい、河出に対する一種の謝辞を書いているんです。でも、その文章をじっくり読むと、ある意味でものすごい皮肉を底にこめている。洋服の行商をやっているときに坂本一亀さんに救われた、みたいな謙遜の裏返しにね。

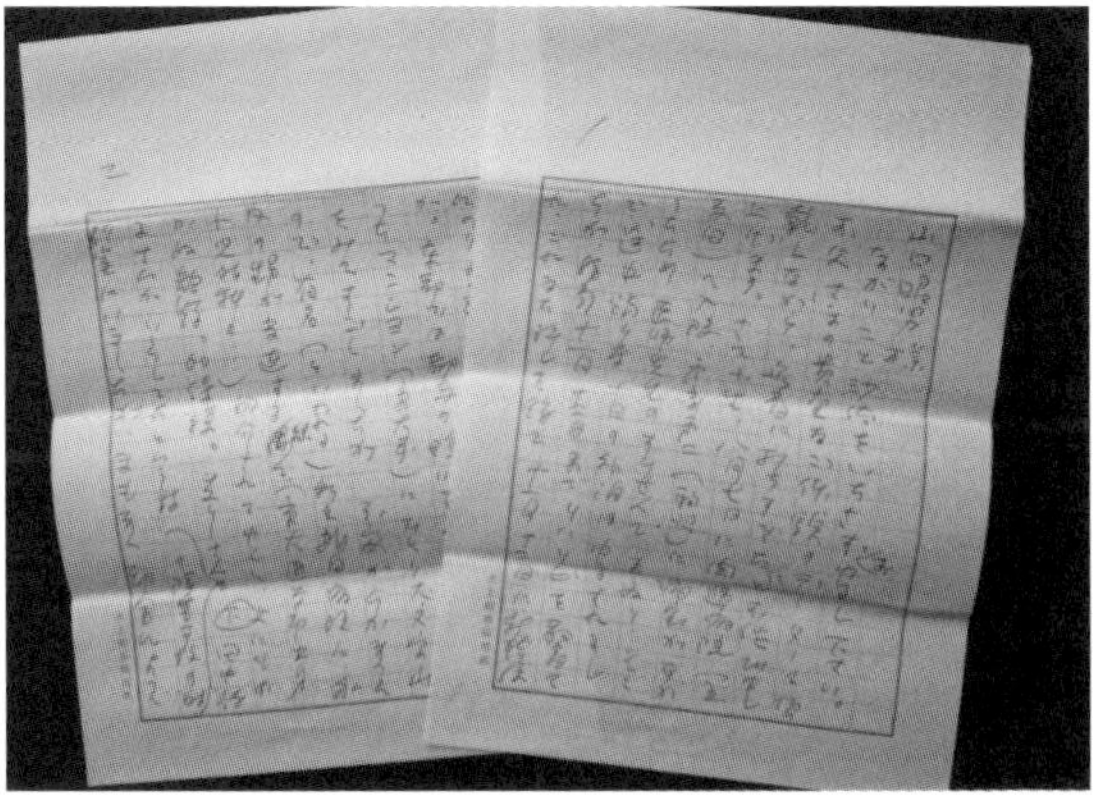

山口氏に宛てた水上の手紙。

水上　私、中学生のときに、春日町に松戸から越してきて。こんにゃく閻魔の前の借家で、割と何回か見掛けましたよ、坂本一亀さん。コロンボみたいなレインコート姿で、いつも酔っぱらっていて。

小池　田邊園子さん（元河出書房、『伝説の編集者坂本一亀とその時代』の著者）なんかに言わせると、完全にあの人は元・陸軍軍人、厳しかったらしいですね。

長谷川　頑張っていたからそうなんだろうけど、他社に対して競争意識がすごかったな、あの人は。例外的な存在だな。

小池　六八年に河出は会社更生法を適用される。その前までが、寺田さんの最初の編集長時代なんですよね、短い期間なんですけど。坂本一亀さんはもっと前です。それから寺田編集長の第二期は倒産した後の七二、三年までで、でも、やっぱり水上さんは、当時の寺田『文藝』の中心作家だったんじゃないでしょうか。

長谷川　河出書房の話になると、また厄介な話でね。河出書房っていうのは、文芸界の中でも非常につらい立場にあったわけです。倒産っていうのを抱えたりして。離れていった作家もいっぱいいるからね。

編集者への優しさ

山口　これ先生からいただいた手紙

なんです。八九年六月に水上さんが心筋梗塞でたおれたとき、僕のおやじが心筋梗塞になった後の養生過程を日誌みたいに書いて先生のところに送ったことがあるんです。そうしたら、そのお礼状をくださったんです。本当に丁寧な手紙で、原稿用紙八枚もある。九〇年の一月です。

水上　それで『精進百撰』（岩波書店、一九九七年）に結び付くのね。

山口　そうです。このときに、もう一枚いただいたお手紙でうれしかったのが、手製の竹紙に筆で書いた手紙です。しかも椿の花まで水彩で描いていています。「一日一輪づつ椿の花を描いて心筋梗塞後九ヶ月の孤室入院をすごしました。ご厳父さまのご教示どおり用心ぶかい一日一日が氷山のような冬をとにかく生きるめどでした。おかげ様で四月三日に退院しました。いまは大事をとり歩いて五分の病院よこに間借りして通院しています。」

水上　五反田のマンションね。

山口　そう、あそこのマンション。「いろはにほへどちりぬるをと書けば淋しくてわか世たれぞ常ならむとくれば尚更淋しく、うゐの奥山けふこえて浅き夢みしゑひもせずと書けば元気の出るのも不思議でした。ありがとうございました。再会の日を夢みています。四月廿八日」という手紙です。これを竹紙、竹の紙に書いてくださっている。

長谷川　編集者に対して、どういう思いやりを持っていらしたかが分かるね。何といっても、編集者に優しかったね。やっぱり、勉さんには文潮社であるとか虹書房の時代っていう（自分も編集者だった）記憶があるからそれで、と僕は切に感じていたんですけど。

山口　その頃の話って、いろいろ聞かれました？

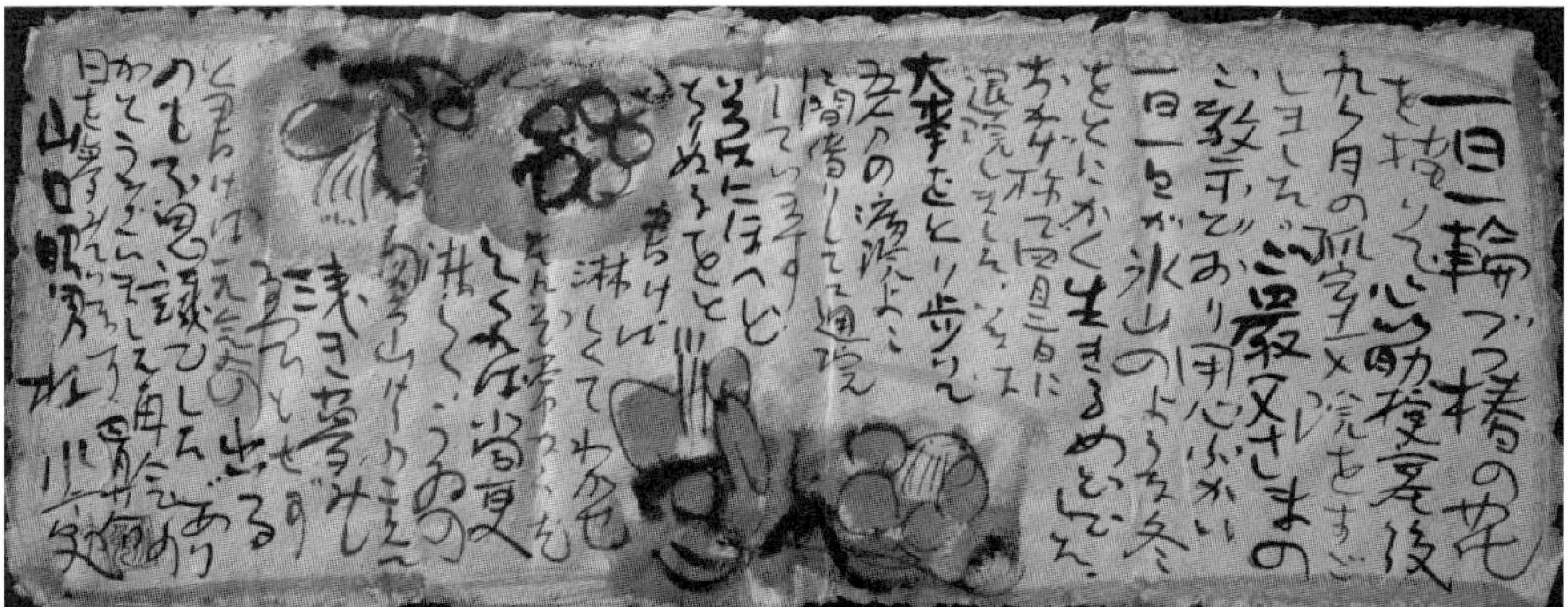

水上が山口氏に送った竹紙の手紙

長谷川　僕はそういうふうに思っていたから、逆にあんまり聞かなかった。

――その後、九一年一二月にここ、北御牧村の勘六山に移られるわけですね。

小池　僕もその後、ここの土地に移ってからしばらくして、久しぶりにお目にかかりに来たわけです。『泥の花』にはちょっとしか書いてないんですけど、ここは宇野浩二さんと因縁のある土地なんです。この近くの海野という姓から宇野が派生した。海野氏は滋野氏から始まる、佐久の豪族なんですね。木曾義仲が頼りにしていたような馬持の地方豪族って言ったらいいのか（このことは小池氏の「つくった人　水上勉『泥の花』」二〇一四・四・一八『週刊朝日』に詳しく書かれている）。

長谷川　古代の官牧地だ。

小池　その宇野さんの土地ということと、もう一つは、息子の窪島誠一郎さんが隣の町にいて、ここに移ればそこにも近づく。それからもう一つ、竹が軽井沢にはないんですって。ここでは竹ができるって。竹紙をやりたかったんですね。心筋梗塞の後、こうしたいろんな条件が重なってここに移ってこられて。その後、目を患って不自由だとお聞きしたので、聞き書きで本を作りたいと提案して、それで書き下ろしをいくつか入れながら本にしたんです。ただ、やっぱりよくご存じでしたよ、出版のことをね。驚いたのは、『仰臥と青空』（河出書房新社、二〇〇〇年）という本を出したときに、最初の『泥の花』が七、八万部ちょっとでしたから初刷を増やそうと思っていたら、「小池、部数を上乗せするなよ」っておっしゃる。すごいなと思いましたね。僕らは勢いで、二割ぐらい初刷を乗っけちゃおうって、そういう傾向があるんですよ。少し売れ残ったっていいぐらいの気持ちで。でも、ちゃんと自分の本と出版の現実を知っておられた。それともう一つ記憶に残っているのが、『泥の花』がベストセラーになりかけたときに、営業がテレビとか、ラジオとかの出演の話を持ってくるんで先生に企画会議の席からお願いの電話をしたら、テレビにはオリジナリティーがない、テレビはただ人の仕事を持ってきて複製するだけだ、何回か出てともかくあきれ果てて嫌だと思ってる、どうせ今度の本は老いをテーマにした本だから、あの水上勉が老残の姿を映像として出てくることを望んでおるのだろう、私は決してそういうところには出ない、ときっぱり言われた。ただ、活字媒体には全てに出ると。自分の言うことが活字になるんだったらいいけれど、映像として利用されることは嫌だし、それが本のためになると思わないってはっきり言ったもんね。偉いなと思った。

――先ほど、企画会議の話がでましたが、当時、企画を通すというときに水上さんぐらいネームバリューのある作家でも、駄目なことがあるんですか。

小池 いや、初めから売らんかなって感じじゃなかったですから。長谷川さんに相談しながら『水上勉自選仏教文学全集』五巻本（河出書房新社、二〇〇二年）を出したときも、作品をストックしておきたい思いが強かった。結局、八〇年代以降って、本がどんどん消えていくんですよ。今のほうが、インターネットの検索だと、どこにどんな本があるか分かるくらいで。それがない九〇年代、二〇〇〇年の初めの頃って、本当に本が手に入らなくて。図書館に行ってもなかなかないし、そういう時代がありましたね。

山口 あれは非常にいい仕事です。僕が企画した『精進百撰』のときなんて、編集会議で否決されそうになったんです。全頁フルカラーの本ですからね。当時、共紙ではカラー写真がなかなかきれいにでなかった。それを紙屋さんと相談して、文字も写真もきれいにでる紙を探して、それでやろうと決めたんです。

長谷川 よく作ったなと思ったよ、この本が出たとき。

山口 でも初刷り六〇〇〇部ですからね。定価一八〇〇円では赤字になる。しかもこんなの売れるわけがないって言われたりした。僕は三回ぐらい、絶対売れるから大丈夫ですといったんですが、それでもなかなか企画が通らなくて。そのとき当時の社長だった安江良介が、「山口君がそこまで言うんだから、やらせてやったらどうだ」と言ってくれたので、それでできたんです。そしたら一〇万部近く出た。それ以降、僕の企画はほとんど通るようになりました（笑）。

勘六山で小池氏と水上（小池氏提供）。

――ぜいたくですね、これは。

山口 全頁のレイアウトを装幀家の万膳（寛）さんにやっていただいた。でも、他は全部ボランティアでした。槇野（尚一）さんの写真もほとんどボランティアです。器も全部、角

（りわ子）さんの器で。

——中国の天安門事件を目撃して帰ってきて、心筋梗塞になる。あのあたりのことで、聞いてらっしゃることありますか。

山口　あのとき、テレビのテロップで、水上勉死去って出たんですよね。

小池　天安門から帰ってきて、心筋梗塞になったとき。

『精進百撰』のころ。自ら畑にも出た。
（槇野尚一氏撮影、山口氏提供）

山口　死去。享年何歳とかね。

小池　だって何日かホテルから出られないでいたでしょ。

山口　しかも天安門が見える、北京飯店の最上階の部屋なんです。戦車が見えるってよく話されていたんですけど、戦車が見えるうえに銃弾が飛び交っていて、学生たちが蹴散らされているのが上から見える。で、その弾がホテルにも当たるんだそうです。それを目撃している。

——スケッチが残っていますよね。

山口　そうそう。あのときを描いているんです。一九八九年六月四日です。

水上　救援機の第一号で、飛行機誰が乗るか分かんなかったの。それで、空港に迎えに行って、印刷所の今村さんが車で一緒に行って、成城の家に連れて帰ってから、ずっとその話を聞いたんですよ。朝方四時くらいまで。空が白々してきて、私はそこで帰ったんです。その後に上に上がって寝室で新聞とか見たりしていて。荷降ろし現象っていうらしいんですよ。

山口　それまで緊張して、ストレスがずーっとたまっていて、興奮していたのが一挙にゆるんだんですね。

小池　心臓の三分の二を取って、奇跡的に助かったってことは確かだと思うんですよね。その後、水上先生は骨

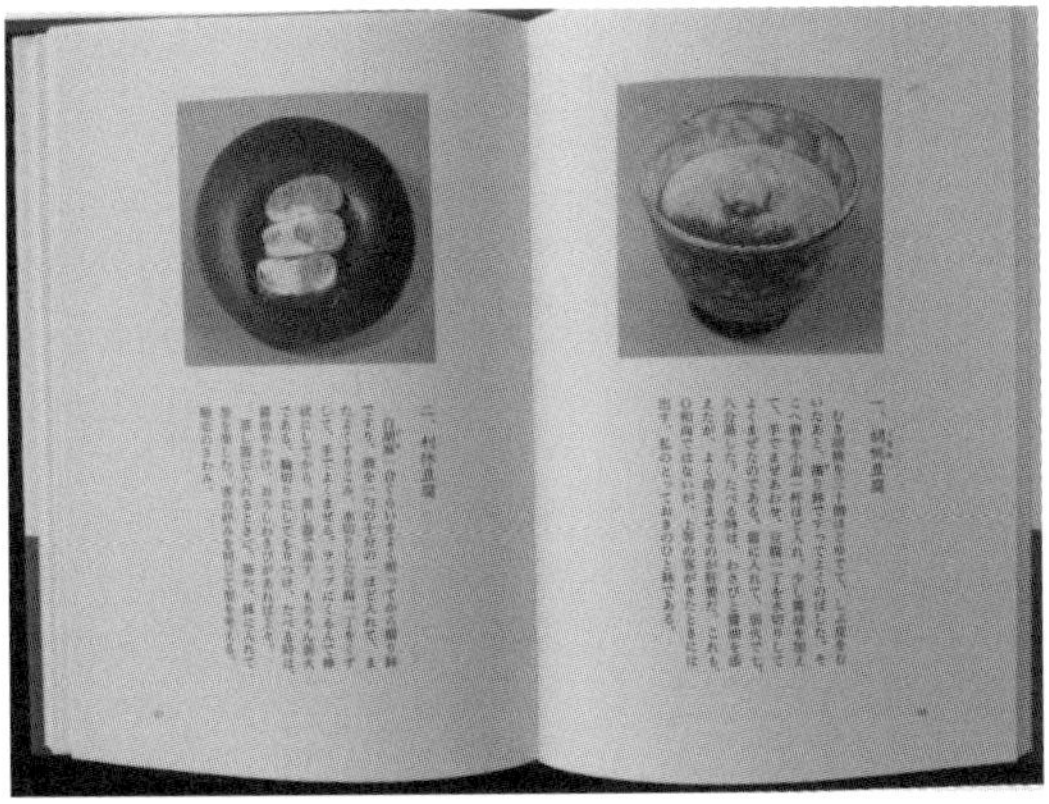

『精進百撰』の頁。美しく器に盛られた写真で、百のメニューが紹介されている（山口氏提供）。

壺を作ったり、いろんなこと始める。

水上文学への評価

——皆さんの水上文学についての評価をぜひお聞きしたいです。いろいろなジャンルを書き分けている方ですし、中間小説の流行にも乗る形で出てきた作家でもありますから。

長谷川　その質問はすぐには答えられないことだけども、僕が思ったことだけ先に言うとね、もともといわゆる大衆文学の作家になろうなんてことは考えてなかったんですよ。あくまで純文学の作家を目指していたわけです。だけど若いときに非常に苦労されたよね。出発は『フライパンの歌』の私小説作家です。ところが、初めは推理小説で、大ブレークした。そこを坂本一亀さんが助けたことになる。『霧と影』ね。『雁の寺』だって、本当に苦しんだと思うよ。あれは推理小説仕立てにしちゃったわけでしょ。そのことの悩みっていうか、慚愧の念があったと思う。でも、それで流行作家になっていく。それはもちろん収入に直結して、生活も拡大していく状態になるわけだけど。

一方で、文学に対する憧れっていうのはものすごく強い人だから。決定的だったのは、『越前竹人形』（中央公論社、一九六三年）を谷崎潤一郎が褒めたことと、小林秀雄が褒めたことですね。これはものすごくうれしいわけ。でも絶対今のままではいけないと思ったでしょう。それから『寺泊』（筑摩書房、一九七七年）とかね、いわゆる純文学に徹していくようになっていく。僕は詳しい生活の事情は知らないけれども、あの豪勢な軽井沢を引き揚げてこの勘六山に移るとか、その頃が一つの大きなタイミングだと思います。生活スタイルも全然違った状態にして、打ち込んだんだと思うよ。収入は減るけど、その覚悟を持ってやったんだと僕は思ってる。だから、一本道なんだ、勉さんにしてみれば。たまたまちょっと寄り道したけれど。

——宇野浩二さんや中山義秀さんから、人間を書かなくちゃ駄目だって言われたと書いていますからね。

長谷川　それが基本だもの。だから、そういう人だなっていうことを、僕は僕なりに感じて初期の作品にも接して見ているし、それから文潮社の問題だとか、虹書房の問題と全部つながっていくからね。だけど、ゴリゴリの純文学かっていうと、また違うのよ。『枯木の周辺』（中央公論社、一九七〇年）なんかに出てくる梅崎春生だって実際は、純文学の人なんだけど、直木賞受賞作家だよね（一九五四年下半期、『ボロ屋の春秋』

で受賞）。そこら辺の幅の広さはあるんだけど、自分の許容量っていうのがあって、それを踏み越えたくないっていうところで一心に歯を食いしばってきたんだと思うよ。一般の流行作家とは違うんですよ。やっぱりそれは、谷崎の『越前竹人形』を読む」、あの感激っていうのはすごかったでしょう。一滴文庫に行ったときにも「長谷川、これが吉田健一さんからの手紙だ」って言ったり、文学に対する思いっていうのは、非常に強い人だったね。だから、僕はそういう意味では、エンターテイメントの人だとは何も思わない。やっぱり本当に文学の王道をいこうとしているんだなっていう認識で接してきたつもりです。だから、僕が作った本は、『落葉帰根』（小沢書店、一九七九年）もそうだけども、『わが別辞』（小沢書店、一九九五年）にしろ、『文藝遠近』（小沢書店、一九九五年）にしろ、そういう思いで作ったのは、目次を見てもらえれば分かると思うね。

小池　僕は初期の推理小説や、それから郷土の若狭や京都を舞台にした初期の小説も好きでした。ただやっぱり、『一休』や『宇野浩二伝』から、ちょっと独特の散文の世界に入っていったときの作品には圧倒的にひかれました。それは一方では『寺泊』なんかもそうですけど、単なる伝説的記述や一人称の私小説ではなくて、語り手の視線をかなり自在に操りながら、自由に虚構や架空の文章などを入れながら、書いていくでしょ。あのやり方って、あんまり今まで読んだことないなって思った。印象に残っているのは、『虚竹の笛』（集英社、二〇〇一年）で親鸞賞取ったときの挨拶の言葉ですね。

山口　京都の本願寺でやったときね。

小池　一言。「私は借り物の言葉は使ってません」って。あれ、本当にすごいなと思った。だから、ジャンルなんて関係ないって言い方もできるかもしれない。典拠がどうだとか、いろいろ言われるかもしれないけれど、問題は文学ですからね。借り物の言葉じゃない、自分の言葉で書きましたっていう、あの一言ですべてです。

長谷川　ただまあ、これだけは言えるでしょう。『寺泊』への私小説回帰がなければ、芥川賞の選考委員になることはなかったっていうことは、ハッキリしている。そこが、だから、一種のターニングポイントになっているのは明らかでしょ。

大槻　僕は『海燕』編集部に配属される前、会社に入って書店営業の部署にいたんですが、その担当が新潟県でした。それで、出張の際にはいつも文庫の『寺泊』をもっていた。あの鈍色の日本海を見ながら読むと、また格別でした。

山口　僕はさっき言ったように、七五年が最初でしょ。その頃にはもう推理小説的じゃなかったんです。すでに大御所で、自由なことをやられていた。そのなかで僕は、どっちかっていうと短編が好きでした。もちろん『一休』にしろ『良寛』（中央公論社、一九八四年）にしろ、いいんですけども、ともかく勉さんに言われて覚えているのは、自分は宇野浩二さんの小説を写経みたいに毎日毎日清書して、それで文章を覚えたんだと。これなくして、作家にはなれなかったという。だから、水上さんの文章が好きなんですよ。勉さんの文章は、何ていうか味があって、切れ味があって。どこまで本当でどこまで嘘か分かんないようなね。

長谷川　そこ魅力だよね。それは大事な魅力。

山口　さらに勉さんって講演の名手っていわれていますよね。

長谷川　軽井沢のときにさ、「長谷川、ちょっと待ってろ」って言うわけ。「ちょっと泣かして稼いでくるから」って。

山口　日本の作家で、講演の三大名手の一人といわれている。ともかく講演録を読むと分かりますが、泣かせるんです。おばさんたちの追っかけが最前列にいて泣いている。毎回、話の頭に同じようなことを言うんです。「自分は三歳のときに殺人を犯したんです」って言うんです。「私には弟がいて、母親の一方の乳房を私がくわえて、片方の乳房を私が右手でつかんでいた。で、二歳下の弟は、ミルクが飲めなくて死んでしまった。私は三歳で殺人を犯した」と。弟さんが亡くなっているんですけど、それをそういうふうに言うわけですよ。すると、みんな何回聞いても、ばーっと泣いて。それでいて、最後には、「私は作家です。作家というものは、うそをつくのが商売なんです。だけど、うそも一〇〇回言うと、何がうそで、何が本当か、自分でも分からなくなるのです」といって終わる。で、終わった後、「どうだ、山口君、良かったか」って。

長谷川　散々泣かしといて。

山口　そういうのが好きだったんですよ。なんか真面目一辺倒じゃなくて。

長谷川　勉さん流の独特のユーモア感覚があるんだよね。

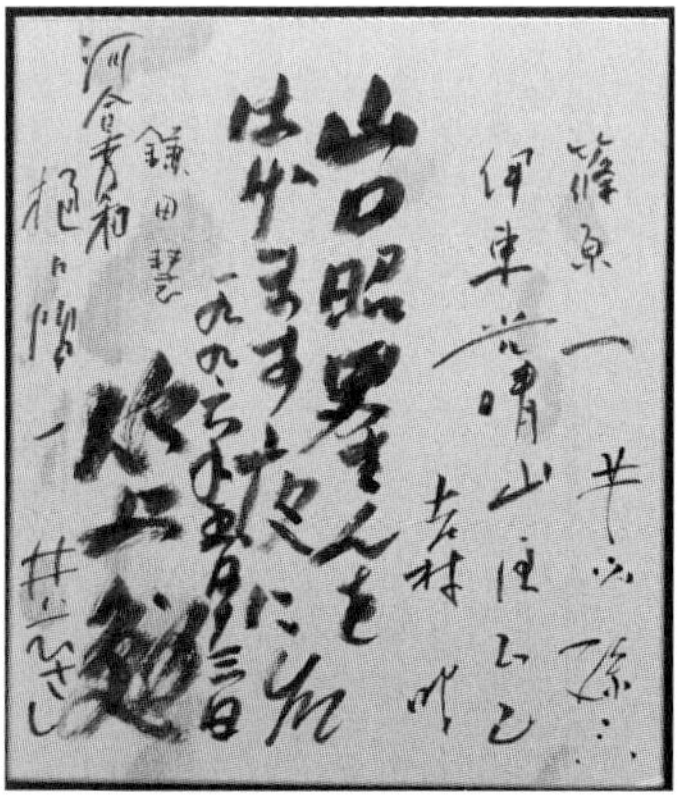

山口氏が『世界』の編集長から単行本編集部に配属になったとき、水上が呼びかけて開いた励ます会席上での色紙（1996年）。

勘六山にて犬と戯れる（小池氏撮影、提供）。

山口　そう。でも写真を見ると、髪かき上げて、暗い。日本海の暗さ、やっぱり『飢餓海峡』って感じです。それが本人は非常に明るくて、それであの文章が出てくる。だから、短編集がいいです。『寺泊』は本当に好きですね。

――やっぱり虚実混じるところが、私小説の直系としてはユニークなところですよね。

山口　だから、どれが本当かって追いかけちゃいけないんですよ。

戦後文壇の中で

長谷川　さっきの補足をすると、エンターテインメントを目指してなかったっていうことは、歴史小説を見れば分かるよね。『流れ公方記』『越前一乗谷』にしても『義貞記』にしても見事な歴史小説といえる。完全に歴史を書いた小説っていうのは、もちろん鷗外からのことなんだけど、直接的には大岡昇平の影響かも知れない。

水上　『一休』かなにかで、自分で創作した歴史書を資料として出したのを、大岡先生がすごく叱責している手紙があるのよ。大岡先生が目を悪くされて病院に入られたので父が見舞いに行っているのね。そのときに机の上にあったのか、あるいはポストに入れられたのか、とにかく切手の貼ってない手紙なのだけれど、お前はやってはならないことをしたって感じで、すごく叱責されている（このことは「大岡さんの死」（一九八九・一・二〇『朝日ジャーナル』

『わが別辞』収録）でも言及されている）。
長谷川　『宇野浩二伝』に渋谷の宇田川町（宇野が一時暮らした）のことも書いてある。それは大岡昇平がちょうど『少年』（筑摩書房、一九七五年。同地で幼少期を過ごした大岡の回想録で、大岡は宇野の宇田川町の住居を現地調査している）でそのあたりのことを詳しく書いている。それを調べないで書いているって、叱られる。
水上　だから私、大岡先生にその反抗をしたのが『虚竹の笛』じゃないかなと思って。
長谷川　ああ、そうだね。
水上　多分そうなのだろうなと思うのは、大岡先生のそのお手紙を読んだときに、父は大岡先生に向けて返答を続けるつもりで書いているのかなって想像したの。
小池　だけどどうなのかな。偽書という設定もあるでしょ、あれ素晴らしいと思うけどな。
長谷川　例えば偽書制作を面白がっていた芥川龍之介や花田清輝って人もいるわけだ。それは文学の一つの遊びとして許されているわけだけれども、何しろ相手が同じ成城に住んでいた大岡昇平だから。大岡さんだって、でたらめなこと書いてんだよ。
水上　先生がいっぱいいるって、「大波小波」（『東京新聞』）かなにかで父が書いているんだけれど。ポストに赤字で、てにをはを直した手紙が入っている。「のである」ではないだろう、「なのだ」でしょう、みたいな直し方。
長谷川　そういう意味では面白い方ですよね。
――文壇人だと、吉行淳之介さんとは関係が深かったようですよね。
大槻　第三の新人と水上さんって、ちょっと重なってきますね。大体、戦後派と太宰治が同世代っていうのもちょっと不思議だけど、水上さんと第三の新人もそう。
山口　でも歩みが違うでしょ。
大槻　吉行さんは編集者っていう面がすごく強い（吉行は戦後、新太陽社で『モダン日本』などを編集しながら執筆活動を開始した）。それで多分、水上さんも出版の現場にいて戦中戦後の出版のドタバタをともに経験してきたという意味で、吉行さんにものすごく親近感というか、連帯感があったんだと思います。これは僕の個人的な思い込みだけど、『砂の上の植物群』（『文学界』一九六三年一月～一二月）の中に、純文学作家である主人公がひとつだけ推理小説のトリックを思いついて、ずっと頭でいじくっているという場面がある。その幻のミステリの主人公は売れっ子の推理小説家なんですが、あそこで吉行さんの頭にあったのは、ひょっとしたら水上さんなんじゃないかと。

山口　そうでしょうね。

大槻　そのトリックというのがまた吉行さんらしいんだけど、自分よりおそらく長生きをするだろう若い愛人が、自分の死んだ後にほかの男に抱かれることがどうしても許せない。そこで男に抱かれたときに、無意識のうちにその男の首を締めるように、愛人を仕込んでおくという話。

山口　勉さんの推理小説もすごいですね。あっと驚くような。

――ちゃんとトリックになっていますもんね。

山口　そう、よく覚えているのが、『眼』（一九六二年、光文社カッパノベルス）で、最後にすべてを想像させるっていう仕掛けになっている。別に何も書いてないんです。書いてないけど、その一言でもって全てが分かってしまうわけです。

――海外や日本のミステリーを読んで勉強していたのでしょうか。

水上　新聞だと思う。私たち、ずっと仕事のように新聞切り抜きをしていたんだけど、これ切っといてくれというようなことをよく言われた。

――事件記事とか、犯罪記事とか。

水上　そういうのもあるし。特異な、これまでにないような事件とか。

小池　さっきの風景、感覚の鋭さじゃないけど『野の墓標』を読んだときあぜんとしたんです。僕が子供のころは信州に行くのに、五時間ぐらい、上野出てから高崎過ぎて横川に着くまで、退屈な関東平野をずっと行くわけです。そこから一時間ぐらいかかって軽井沢についてようやくほっとする。そんなとき鈍行とか準急で群馬の県境あたりまで行くと、何か大きい看板が電車に沿って立っている。それを「野の墓標」って言った勉さんの言語感覚にハッとしました。そこに死体が埋めてあるという設定です。行田という足袋とか織物の町で起こった事件で、警察が振り回されて、一番目立つところに死体を埋める。でっかい看板の足元に埋めるっていう。

水上　そうだったんですか。あの題名の由来は。

小池　それはだから行商時代に、仕入れに行ったりしたときに見た風景なんでしょうね。

長谷川　あと僕によく自慢していらしたのは、一万分の一の地図をちゃんと読めるんだって。

水上　五万分の一じゃないですか。

長谷川　五万分の一だっけ。

水上　『飢餓海峡』をそれで書いたって、たびたび自慢げに発言しているけど。

小池　あの小説の現場には行ったことないっていうんでしょ。

水上　ないんだって。

――原稿は口述っていうのはない

んですよね。

水上　清書はしてもらったりしていたんだけど、その後は、だんだん機械文明が発達してきて、初稿のゲラを自分のところで雇った人に打たせて出すみたいなかたちになった。京都の百万遍に事務所みたいなのを抱えて、それをやっていたんです。だから後期の生原稿が残っていない。出版社には初稿、ゲラとかで送ったり、あるいはファックスで送っていたので。

山口　ファックスになると、元原稿は手元ですからね。最後の頃はそうなっていた。

水上　お父さんは一枚も、原稿を捨てない人だったんで。

――本当に一枚残らず残っている感じですね。

水上　だから、もう五〇枚くらい冒頭は書き直すっていうので散らばっていた。それをかき集めて紙袋に入れては、茶箱に移すみたいな感じでした。

大槻　僕は『海燕』時代、色川武大さんの担当だったんですが、そういえば今年が色川さんの生誕九〇年にあたっていて、水上さんとちょうど一〇歳違っていたんだと気付きました。いまのお話を聞いていて、色川さんの遺品にもやはり、冒頭だけ書いた原稿用紙がずいぶんあったことを思い出しました。色川さんと水上さんって、純文学とエンターテインメントの両方をやったし、直木賞をとった純文学作家ということでも似ている点がすごくあります。

純文学とエンターテインメントということで言うと、その区分けについていろんな理論的意味付けや文学論があると思いますが、編集者的にはやはり発表媒体による、という感じがもっともしっくりきます。身も蓋もない言い方だけど。色川さんはご存じの阿佐田哲也という名前で麻雀小説を書くもっと前に、「井上志摩夫」というペンネームを使っていわゆる倶楽部雑誌に時代小説をいっぱい書いていました。思えば「倶楽部雑誌」というジャンルがあったときには、大衆小説という位置づけがはっきりしていた。

そこにたとえば和田芳恵のような編集者が現れて『日本小説』という雑誌を作り、純文学作家に「同じ文体で、もっとストーリーの起伏に富む」小説を、ということで依頼したのが中間小説の始まりでした。だから本来、ある種の作家にとってみれば、純文学もエンターテインメントも自分のなかに同居していたわけです。それはたとえば第一次戦後派がみな一様に推理小説のファンだったことを考えると頷けます。

思えば寺田さんの親分の坂本一亀さんは、もちろん第一次戦後派を生み出した編集者でしたが、同時に水上さんや松本清張さんなども育てていた。その薫陶を受けた寺田さんも、当時担当者として松本清張さんを非常に重要に見ていました。その清張さんの小説を読んで発奮し、推理小説を書き上げた水上さんはやはり、自分のなかに別の小説家を飼っていたのだと思います。色川さんのように名前は変えなかったけれど。

――それがちょっと面白いところですよね。一つの水上勉という名前で、何を書いてもそれなりに評価されるっていうところが。

山口　だからあらゆる面を、自分でこれって決めつけないんです。なんにでも関心があって、しかもすごく器用なところがあって、すべてできてしまう。みんな一流になっていくんです。そういうところはすごいなと思う。

（二〇一八年八月二一日、東御市勘六山の水上勉宅にて）

『寺泊』

《と、この時、小路の角から、女が男を背負ってとび出てきた。ぼくの方へ背をむけ、女は、男を背負って走りだすのだった。》

初版　一九七七年一月　筑摩書房刊

川端康成文学賞を受賞した、私小説の傑作短篇集。表題作は寺泊海岸でカニをむさぼる地元の人々に交じって、女に背負われたままカニを食べる男の姿を、体の悪い娘や家族たちを置いて一人信州の仕事場で小説を書く自分を引き比べながら内省的に描く。「だらりとよごれた素足」をたらして「手は女の肩へ万歳したようにひろげ」たまま背負われてゆく男の姿が強烈に印象づけられる。現在入手しやすいものに新潮文庫版『寺泊 わが風車』（一九八四年初版）がある。（大木）

『壺坂幻想』

《闇のなかで見えている世界があるはずだ、とは母が祖母のことをいった時にいつもいうことばだった。それは、きいていた私に、その時の気持によっては、いく通りにも理解できた。》

初版　一九七七年四月　河出書房新社刊

水上の円熟期の魅力を存分に示す私小説集。表題作は浄瑠璃の「壺坂霊験記」ゆかりの壺阪寺（奈良県高取町）を訪れた紀行文的体裁の私小説で、語り手は盲目の祖母を思いだし、そこから父や母や親族たちの姿が次々と、自らの過去への悔恨とともにつむぎだされて来る。水上は祖母への鎮魂の物語として書いたと言っており、年齢を重ねてこそ書ける人生の迫力が詰まっている。講談社文庫版もあるが、現在比較的入手しやすいものに講談社文芸文庫版（二〇〇八年初版）がある。（大木）

【コラム】

「水上勉君をはげます会」芳名帳から

――水上勉の交友録

高橋孝次

今回の調査で水上家に残された資料のなかに、「水上勉君をはげます会」と書かれた芳名帳が見つかった。この会については、『冬日の道』（一九七〇年、中央公論社）のなかで次のように紹介されている。

「霧と影」が好評で版を重ねたので、坂本一亀さんを中心に、旧知の友人たちが集まって、「水上勉を励ます会」を催そうということになり、「米津風月堂」の二階で、晴れがましい会をしてもらったのは、三十四年九月二十三日である。案内状の発起人欄に、正宗白鳥、宇野浩二、青野季吉、木々高太郎の諸先生の名がつらなったのは、十何年も前に、私が宇野先生を通じて、知りあった縁故からである。

（『冬日の道』）

『冬日の道』は、文壇へ「わらじ履き」で、つまりどこにも属さず登場したかのようにみえる水上勉に対し、「そのわらじ履き修行の道程を書いてみないか」との編集者の声に応えたものだったという。しかし結果的には「文壇関係に馴染みをつくることから、私は私なりの修行をしてきた」と考え、その交友録ならば「記憶のうせぬうちに書きとどめておかねばという気持」でこの自叙伝は書き起こされている。そしてこの芳名帳は、内容からみて『冬日の道』執筆のおりには机上の傍らに置かれていたものではないかと推測される。ここでは、再び『冬日の道』の傍らにこの芳名帳を置きながら、『霧と影』前後の水上勉の周囲にひろがっていた世界にふれてみたい。

芳名帳のはじめには「水上勉君をはげます会　昭和三十四年九月二十三日夕　米津風月堂にて　季」とあり、筆は青野季吉の手によるものと思われる。発起人のうち、正宗白鳥、宇野浩二の署名はないものの、それぞれの時代に水上と関わりをもってきた人々の名前がズラリと並んでいる。

改めて水上の戦後の来歴を振り返るならば、疎開先の若狭から再び上京してのちの虹書房・文潮社時代の

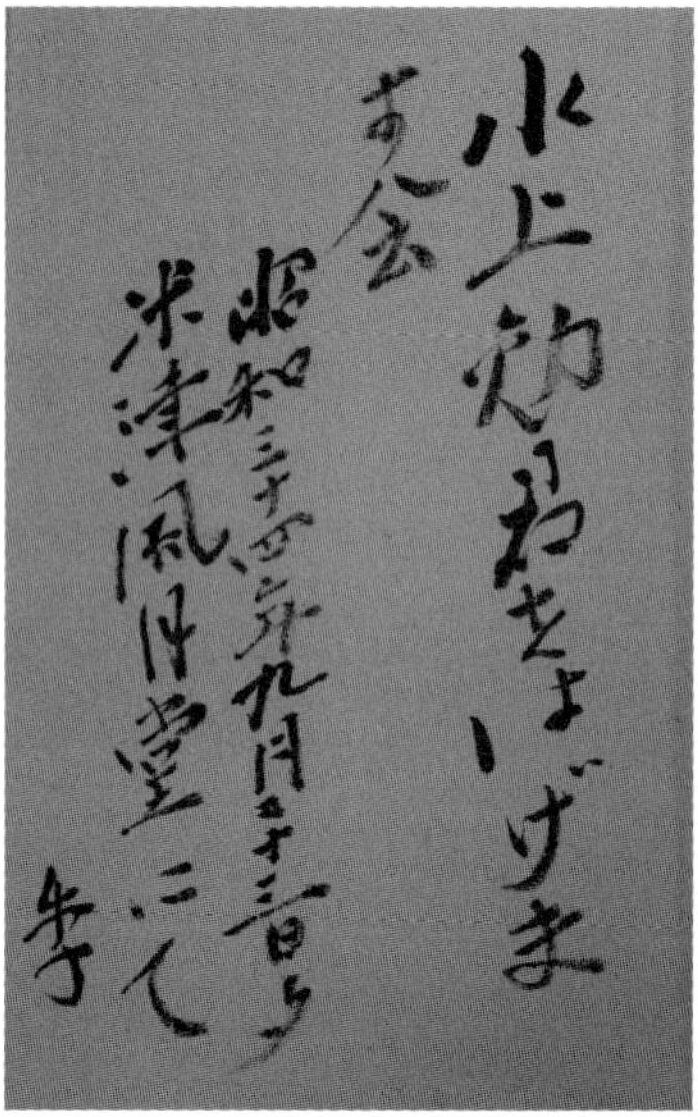

「水上勉君をはげます会」芳名帳

出版活動、創作活動も、一九四九（昭和二四）年の出版不況時には行き詰まっている。その後、あかね書房や小峰書房での児童書のリライトや理研計器の教育用スライド台本の執筆などで糊口をしのぎ、次第に文学の道を離れてからは繊維経済研究所での月刊『繊維』の編集、東京服飾新聞の広告取り、既製服の行商など、さまざまに仕事や居所を変えつつ、松戸下矢切で『霧と影』を書くまでの十余年のあいだに、多くの人々が水上勉と行き会い、関わってきた。

　古い知己も多数集まってくださった。巌谷大四、中江良夫、「五十鈴」女将、今官一、和田芳恵、徳田一穂、豊田三郎、浅見淵、それに青野、木々の両先生、坂本一亀さんを通じて知りあった多岐川恭、中村真一郎、菊村、北条、吉行、十返、近藤といった諸氏、約四十人のにぎやかな集まりであった。サロンMを休んだ妻の姉が受付にすわり、司会は巌谷さんと川上。私は、青野さんと木々さんにはさまれてすわった。

（『冬日の道』）

挙げられている知己の多くは、水上が虹書房・文潮社時代の編集者として、あるいは新進作家として交わりを結んだ作家たちである。「五十鈴」は山田五十鈴似の女将がツケで呑ませてくれる、当時の水上たちのような「作家、ジャーナリストの溜り場」（『冬日の道』）で、芳名帳の署名も「五十鈴」であった。司会を務めた巌谷大四は、窮迫時代にあかね書房での児童書の仕事を紹介してくれた恩人であり、のちには『名作の旅　水上勉』（一九七三年八月、保育社）を書いている。

　だが引用中の知己のうちでも、『霧と影』の担当編集であった坂本一亀、水上勉を坂本一亀に紹介したもう一方の司会者・川上宗薫の二人は、よく知られるとおり、水上の再出発にとってとりわけ特別な存在だった。多岐川恭、中村真一郎、菊村到らはもちろん、ここに挙げられていない作家の出席者たちの多くも、松戸時代以降に坂本一亀や川上宗薫を通じて知りあっている。たとえば芳名帳の人々の中で目に留まるのは、川上宗薫からつながった同人雑誌『半世界』のメンバーの顔ぶれである。川上と『半世界』の詳細はコラム「川上宗薫と『半世界』周辺」に譲るが、同人では田畑麦彦、佐藤愛子、梶野豊二、津島青の署名がみられる。川上は「当時、佐藤愛子さんの夫で、東映に勤めていた田畑麦彦が、映画の面で、いろいろ骨を折ってくれた」（「『霧と影』前後のこと」『別冊新評　水上勉の世界』一九七八年七月）と証言している。『霧と影』刊行時すでに映画化内定の報道（「大飯町出身の推理作家水上勉氏の「霧と影」好評」、『福井新聞』一九五九年八月二六日）もあり、松本清張『点と線』の映画化で大ヒットをとばした小林恒夫が監督すると報じられていたが、芳名帳にある署名は同姓同名の別人のもののようだ。こちらの小林恒夫はおそらく主婦と生活社を退職後に水上の依頼で福祉団体「太陽の家」の東京事務局を任された人物である。水上は「繊研時代の友人」（『冬日の道』）の小林が集めた資料を使って『耳』（一九六〇年）を執筆したと回想している。『フライパンの歌』の映画化は流れてしまったが、『霧と影』は、一九六一年八月にニュー東映作品として石井輝男監督、丹波哲郎主演で製作上映されている。水上勉の映画化作品は、そのあとも立て続けに上映され続けたが、『霧と影』はその幕開けとなった。

さて、ここからは『冬日の道』でもあまり焦点化されていない交友をたどってみたい。『冬日の道』には「約四十人のにぎやかな集まり」とあるが、実際の芳名帳には六十二人の署名がある。先に挙げた以外の作家としては、前年の直木賞を受賞している榛葉英治、川上宗薫や菊村到の友人でもあった赤松光夫、あかね書房で水上と同じく児童ものを書いていた大屋典一（一色次郎）らの署名がみられる。

そのあかね書房の創業者、岡本陸人もこの出版記念会に訪れている。あかね書房からは、現在確認できるだけでも水上による4冊の児童書のリライト、『きつねのさいばん』（世界絵文庫31、ゲーテ原作・宇野浩二著・桂川寛絵）、『リヤ王』（世界絵文庫44、シェークスピア原作・水上勉著・木村鉄雄絵）、『ベニスの商人』（世界絵文庫48、シェークスピア原作・水上勉著・大貫松三絵）、『世界の文豪』（世界伝記文庫、水上勉著）が、いずれも一九五二（昭和二七）年に刊行されているのが確認できる。『世界の文豪』については、整理中の資料の中に一九五五（昭和三〇）年二月一六日付の現金書留と印税送金通知書が残っており、三年のタイムラグの詳細は定かではないが、あかね書房での仕事は作家としての再出発以前の生活を支えたものだったにちがいない。

また、再出発以前の生活の支えとなった人物としては、本書収録の内田潔氏のインタビューでも登場する、浦和時代の内田家の次男で、当時水上ともっとも仲がよかったという内田茂氏の署名も見出せる。インタビューに明らかなように、水上にとって内田家は苦しい時代を支えた家族同然の存在であった。

さらにここで繊維業界時代の関係者として、寺田源二郎氏と召田元・照枝夫妻の署名に注目しておきたい。『冬日の道』では次のように語られている。

キャラバンセーターの社長寺田源二郎氏、サイ印紳士服の社長召田伊三雄氏の二人は、私にとって恩人といわねばならない。文学を忘れて、人のきらう広告取りに一生懸命になれたのも、そうした人情社長とのつきあいが、私を勇気づけていたからである。（『冬日の道』）

召田元・照枝夫妻は伊三雄氏の親族と推定されるが、新聞の広告取りから既製服の行商まで、水上が文学以外で生計を支えられたのは、この「人情社長とのつきあい」が後ろ盾としてあったからだろう。手元にある東京服飾新聞社発行の『季刊服飾』（創刊号、一九五七年三月）には、三國連太郎、井上大助のファッショングラビアのページに「サイ印召田商店提供」の記載が見出せる。『季刊服飾』は山岸一夫を編集発行人として北條誠の小説「明日あれば」を掲載する、いささか文学の香り濃厚な服飾雑誌ではあった（コラム「水上課長」を参照のこと）ものの、こうした服飾メーカーとの個人的なつながりが、文学の夢から遠ざかって生計を立てる当時の水上にとっていかに大切な頼りの綱であったか、容易に想像できよう。

ここまで『霧と影』が書かれるまでの水上勉を支えてきた人々に触れてきたが、この芳名帳のもうひとつの特徴は、『霧と影』以後の水上勉の世界を象徴する人々にある。出版関係者、編集者たちの名前である。『霧と影』を送り出した河出書房新社の坂本一亀、竹田博らのみならず、文藝春秋新社の星野輝彦、講談社「群像」の川島勝、東京新聞文化部長の平岩八郎、同記者の渡邉哲彦、共同通信社記者の小塙学といった人々は、出版記念会の様子として『冬日の道』で触れられている錚々たる作家たちの名前と並んで違和感はない。ここで目をひくのは、清張の『点と線』を売り出し、神吉晴夫のもとで清張ブームの端緒をつくった、光文社の松本恭子の名前である。のち、カッパノベルスで松本恭子とともに清張を担当した伊賀弘三良の名前もあり、大坪昌夫を合わせて三名が光文社から出席している。すでに水上勉の争奪戦の始まりを予感させる。宝石社の大坪直行、平凡出版の清水正晴、週刊読売の池田敦子、そして当時森脇将光が創刊した『週刊スリラー』（森脇文庫）の編集だった宗田理も顔をみせている。すでにこのとき、『週刊スリラー』では「巣の絵」の連載が始まっており、「巣の絵」の好評は、『霧と影』のような書き下ろし長篇推理小説だけではない、水上の流行作家としての資質を証拠立てる作品となっていく。

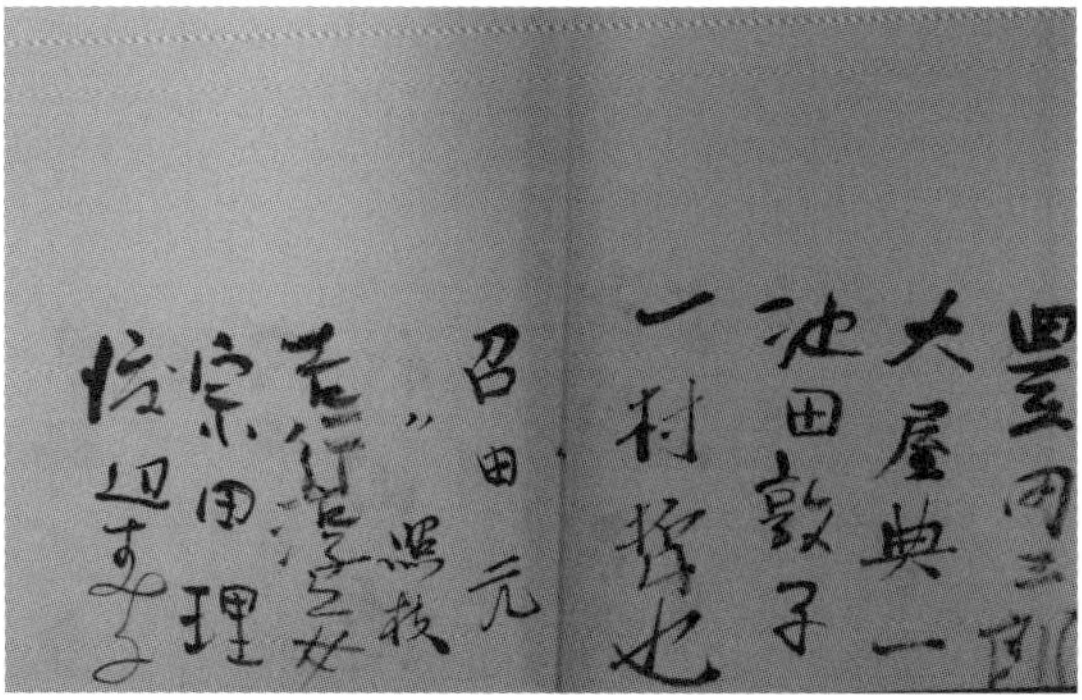

豊田三郎、吉行淳之介、召田夫妻の名と並んで、のち「ぼくらシリーズ」で有名になる宗田理の名がある。

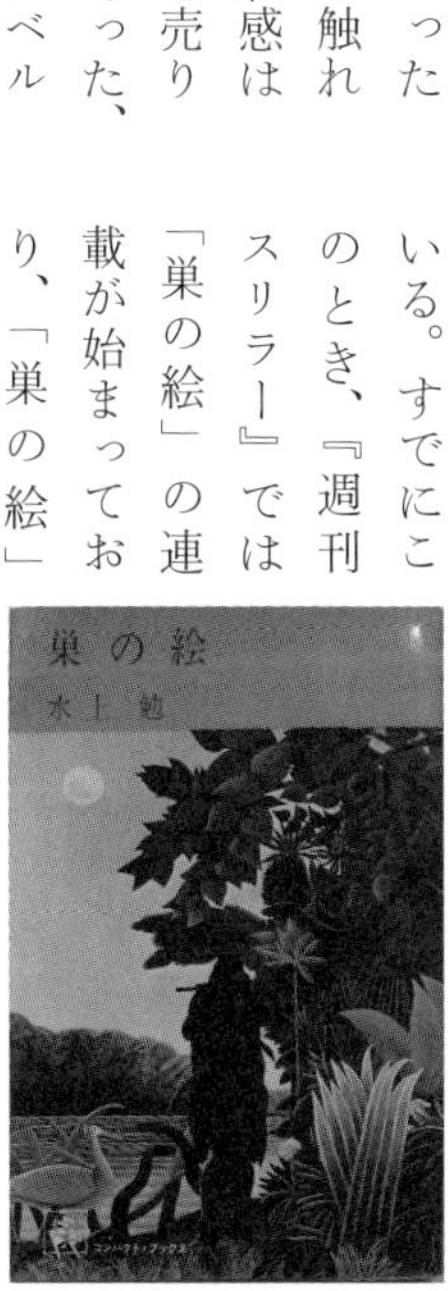

『巣の絵』（1960年、新潮社コンパクトブックス）

こうした苦境の時代を支えた親しい人々、多彩な作家たち、作家が「現代の英雄」（荒正人）となった時代の出版関係者たちの居並ぶ芳名帳は、『霧と影』を書いた水上勉の過去と未来を映す貴重な資料と言えるだろう。

ブックガイド

『文藝遠近』

《私は宇野浩二氏の晩年のお宅に出入りした者のひとりだが、よく氏から聞いたことの一つに、葛西が「作が、作が……」とよく云い、作品の仕上がらぬことを他人にももらしていた裏で、「調子が出たら筆を置け」と宇野にいった葛西の文章道への精進の有様をあらためていま思い出すのである。》（「人生的精進の人―葛西善蔵について」）

一九九五年十一月　小沢書店刊

さまざまな作家や作品について、文庫版の解説や月報に書いた文章などを中心に編んだもの。「『小さな王国』について」「菊池寛先生と私」「大岡さんの『五十年』」「老舎先生の思い出」「後藤明生の夢かたり」など、水上の文学観や文壇交流の実際がわかる。いずれも短いが魅力的な文章が収められている。すでに亡き先人らを偲ぶ姉妹編である、『わが別辞～導かれた日々』（一九九五年、小沢書店）とともに味わいたい。（大木）

『文壇放浪』

《さすがは東京だった、と書いたが、若狭で読んだ本の作家が眼前を歩いていたのだからびっくりだ。》

初版　一九九七年九月　毎日新聞社刊

数々の職業を転々とし、時には文学の世界から遠ざかりつつも決死の思いで文壇に再起し、四〇代でようやくその中心作家として認められた水上の、戦前から戦後に至る文壇との関わりを中心に据えた回想記。『わが六道の闇夜』『冬日の道』『私の履歴書』などとならび、その文壇遍歴が具体的な作家名や作品名とともに詳細に書かれており、戦後文壇の動向を知るのに必携。様々な人々とのなれそめは、研究者はもちろん一般読者が読んでも充分に面白い。現在比較的入手しやすいものに新潮文庫版（二〇〇一年）がある。（大木）

論考

戦後文学の中で水上勉を考える

大木志門

水上勉は没後十五年を経て、未だ文学史的な評価が定まっていないのではないか。もちろん人気も実力も折り紙付きの作家であったのは間違いなく、現在でも様々な形で評価が続いているものの、その作家の全体像を適切に位置づける言葉は定着していないように思われるのだ。

実際、水上は位置づけが難しい作家であり、その理由もすぐにいくつも挙げられる。まず、戦後すぐの『フライパンの歌』（一九四八年）、十年後の社会派推理小説『霧と影』（一九五九年）と実質的なデビューが二度ある。戦後文学史は第一次戦後派、第二次戦後派など文壇登場時期で区切ってゆく傾向があるので、まずそれが問題を複雑にさせる。名実ともに文壇作家となった後者をとるとしても、『雁の寺』（一九六一年）で直木賞受賞前後からの作風の変化、より正確に言えばミステリと並行して中間小説・純文学作品を発表した時代があり、やがて後者に一本化されたという文学ジャンルの越境性がある。ここでも後者を本質とみるとして、一時は高額納税者番付の作家部門の上位に名前が載るほどであった水上であり、そのように「大衆的」な（と見なされる）作家は研究対象と見られ難い傾向があるのだ。また、かなりの多作で多方面に活躍したために、古典的な文壇作家の枠組みからはみ出すところがある。そのため戦後文学史の中でまとまって言及されることは少なく、推理小説の進展の中で松本清張に次ぐ社会派推理小説の旗手という取り上げられかたが最も多い。しかし、社会派ミステリの時代は水上の作家歴の中でほんの数年にすぎず、それをもってその後の長く多様な創作活動を説明することは出来ないだろう。

たとえば、近年のコンパクトだが現代的で優れた文学史概説書である安藤宏『日本近代小説史』(二〇一五年、中公選書)でも、「高度経済成長期とポスト・モダン」の章において、文学が「大衆消費社会の一翼を担うことになり」そのニーズに「小説」がこたえてゆく必要性から生まれた象徴である「社会派推理小説」の中で清張に次いで言及されているのと、「週刊誌ブーム」がおき「中間小説」の流行の中で「推理小説で出発した水上勉が『雁の寺』(昭和三六年)で耽美的な芸術小説に進出していたこと」が「それまでの『純文学』という概念自体が、すでにこの時期大きく、変容しつつあった」ことの象徴として言及されているくらいである。ここでも興味深いのは、『雁の寺』が「耽美的な芸術小説」として「純文学」と微妙に使い分けられていることと、やはり「推理小説」からの越境性が指摘されていることとである。後述のように、もともと水上は伝統的な私小説を書いていた作家であるにもかかわらず、後から定着した作家イメージによって記述されるというねじれがあるのだ。

なお世代という側面から見たとき、一九一九年生まれの水上は、いわゆる「第二次戦後派」の大岡昇平(一九〇九年生)、島尾敏雄(一九一七年生)、堀田善衛(一九一八年生)、安部公房(一九二四年生)、三島由紀夫(一九二五年生)や、「第三の新人」として括られる小島信夫(一九一五年生)、安岡章太郎(一九二〇年生)、阿川弘之(一九二〇年生)、庄野潤三(一九二一年生)、遠藤周作(一九二三年生)、吉行淳之介(一九二四年生)と近い世代ということになる。もちろん、この「戦後派」のようなレッテルは多彩な才能を持つ作家たちを充分に表現できるわけではないし、「第三の新人」のように彼ら自身の多くがその括りに納得していないことも多い。しかし、あえて乱暴に水上とそれらの作家たちを並べてみることで、見えてくるものもあるのではないか。

以上が本稿の問題設定であり、本書巻頭の作家紹介では水上の生涯とその文学を作家当人に寄り添って記述したので、こちらでは水上の作家活動とその文学の道行きを文壇の動向と突き合わせながら、いわば外側から水上文学のありかたを考えてみることにしたい。それを通して水上文学に筆者なりの一つの輪郭を与えることが本稿の目的である。

私小説作家としての出発

ここまで何度か紹介してきたように、水上と文壇との関わりは戦前に遡ることができる。言及されることは少ないが、水上文学の性格を考える上で、この時代はなかなか重要であるのではないか。簡単に確認し直すと、一九四〇年に丸山義二を頼って上京した水上は、『日本農林新聞』に入り、その学芸部長だった細野孝二郎や大江賢次、板垣直子らを知る。若狭にいる頃から「この地方文学青年に、もっとも親近な思いがしていた」のが「農民文学懇話会」のメンバーだったのである（『文壇放浪』）。その丸山の世話で高木喬や小沼丹らがいた早稲田系の同人誌『東洋物語』（一九四〇年創刊）に入会し、自ら「処女作」と言う「山雀の話」（戦後に改稿され『風部落』に収録）を発表、その同人だった三島正六（三島霜川の息子）の紹介で報知新聞の校正部に入り、和田芳恵の知遇を得て元改造社出版部長の広田義夫が経営する学芸社に移り、片岡鉄兵、高見順、武田麟太郎らの本を出したほか、野村胡堂『池田大助功名帖』（一九四一年）など戦線の慰問袋用のロングセラーの出版に関わった。やがて『東洋物語』は情報局の命令で『作家精神』など八つの同人誌で合併して『新文学』（一九四二年創刊）となり、そこで梅崎春生や『作家精神』の同人だった野口冨士男、他に南川潤、十返一（肇）、船山馨、田宮虎彦らを知ることになる。水上は「文壇というところを土俵にたとえるなら、まる五年間は、土俵まわりの砂かぶりの俵のあたりをあえぎ泳いでいて、土俵の入り口に立つこともなく土俵の文士を見ていた」（『文壇放浪』）と書いている。この一九四〇年代前半の報国一色に染まった文壇の中で、水上は井伏鱒二、伊藤永之介、島木健作、石川達三らをとりわけ愛読したという。前記の農民文学への傾倒もあわせたこの読書傾向は、当時の地方文学青年の一つの類型であるとともに、水上文学のルーツの一方面を示している。またその「砂かぶり」の時代の人脈があったことで、戦後にすみやかな出版活動および創作活動を開始することができたのである。

戦後まもなく上京した水上は、友人の山岸一夫と虹書房を興して失敗するが、その後の文潮社時代に新進作家として出発した。その『フライパンの歌』（一九四八年）は主人公の安田捨吉と妻民江と娘ユキエの貧乏暮らしをユーモラスな筆致で描いた連作私小説である。文潮社の池沢丈雄が「昭和の貧乏物語」という惹句で電車内の中吊り広告や立て看板を出した効果もあってすぐに五版ほど増刷がかかり、大映から映画化の話も来た。結局企画倒れに終わったが、元二枚目俳優で戦前に「次郎物語」（一九四一年）、後に「銀座カンカン娘」（一九四九年）「細雪」（一九五九年）などのメガホンを握った島耕二が監督する予定で、その打ち合わせの際には島が過去に撮った尾崎一雄原作の「暢気眼鏡」（一九四〇年）のような作品にしたいと言われたという。たしかに、尾崎ほどの恬淡さはないにせよ、少しとぼけた筆致で貧乏暮らしを描く点で『フライパンの歌』は『暢気眼鏡』と共通点がある。実際、本作は、上林暁『聖ヨハネ病院にて』（一九四六年）、尾崎一雄『虫のいろいろ』（一九四八年）、川崎長太郎『抹香町』（一九五〇年）など、戦後に復活した作家たちによる私小説流行の中で評価されたのであった。自由に作品が発表できる世の中になり、戦後派が直前の戦争を題材に理知的な作品を作る一方で、焼け跡の庶民生活を描いた実感的なものが読者に好まれたのである。

なお、戦後になって登場した私小説系の作家という意味では、先ほど名前が登場した、少し年長の和田芳恵（一九〇六年生）と野口冨士男（一九一一年生）とは共通点が見られる。戦後は「キアラの会」などでも直接的につながるが、いくつもの同人誌に関わって、戦前戦後に編集者として雌伏していたという経歴も似ている。さらに言えば二人は自然主義作家の徳田秋聲を信仰し、水上は奇蹟派の宇野浩二の弟子になった。ただし、この苦労人の実力派作家二人が認められるのはもっと後の時代で、和田は『一葉の日記』（一九五六年）、野口は『徳田秋聲伝』（一九六五年）で認められた後に、一九七〇年代の私小説の再評価の中でようやく正当な名声を得ることになる。

ところで、その和田芳恵とは後の水上の文学遍歴を考える上で、なかなか興味深い関わりがある。水上は次節で詳しく述べるように、戦後に流行した「中間小説」の代表作家として文壇に再登場するが、水上はこの「中間小説」の起源に少々ゆかりを持っている。というのは、戦後すぐの時代に和田や武田麟太郎や徳田一穂（秋聲の長男）が神田の虹書房に暖を取りに集っており、そこで和田が大地書房から中間小説誌の嚆矢とされる『日本小説』を出す計画を話し、そのときに相談を受けて命名をしたのが水上であったというのだ。水上自身はその現場を記憶していないと言うが、後日謝礼として闇酒の一升瓶を二本、和田から贈られたという（「和田芳恵さんのこと」一九七七・一二『新潮』）。『日本小説』は、「小説藝術の正しい通俗性」を信じ「高い根柢を持つ小説を狭い実験室から解放して、手をのべてゐる多数の所有」（創刊号の編集後記）にするという高い目標を掲げていたが、大地書房が倒産したために和田自ら日本小説社を興して刊行を継続するも、経営に失敗して大きな負債を抱えることになった。水上の虹書房もそうだが、戦後すぐの時代は、投機の対象として出版業に多くの者が参入したが、ほとんどは失敗して撤退を余儀なくされたのだ。しかし、戦前の横光利一が唱えた「純粋小説」の理念を継承し、純文学の良質な部分を残しつつ大衆に届けようとした『日本小説』の試みは、老舗の『オール讀物』（文藝春秋）や続々と創刊された『別冊文藝春秋』『小説新潮』『小説中央公論』『小説現代』（講談社）など大手出版の雑誌に引き継がれ、戦後の読書ブームの牽引に大きく貢献した。つまりこのことは、水上が第二次大戦後の文壇の復興期と、その後の読書人口の急増期に二度登場しただけでなく、一度目の登場では失敗したが、そのときに二度目の登場の種を自ら蒔いていたように見えるのである。

「純文学論争」と水上

水上は『霧と影』に続いて『海の牙』（一九六〇年）が好評を得て、流行作家となったが、『フライパンの歌』から十年以上がたっていたため、事実上は新人作家であった。そして、『雁の寺』（一九六一・三『別冊文藝春秋』）を発表する段階になると、文壇は外から来た強力な書き手として水上を見ていたようだ。ただし、『雁の寺』の出版広告のキャプションは「女の白い肌に魅せられた小坊主慈年——なまぐさい憎悪と愛欲のうずまく完全犯罪を描く絶讃の推理小説！」（一九六一・一二『別冊文藝春秋』掲載より）であり、そこに並ぶのが、水上『火の笛』ほか、松本清張『日本の黒い霧』、大宅壮一『黄色い革命』、有馬頼義『謀殺のカルテ』、山下肇『学生はどこへいく』と、いずれも社会派ミステリとルポルタージュであることから、この段階でも水上がそのような存在として売り出されていたことがわかる。

さらに当時の同時代評を眺めてみると、水上が文壇からどのように認識されていたかがよく理解できる。たとえば平野謙は、「組織と人間」の二律背反を描く「組織と人間」小説を引き継いだ「事件小説」の流行に触れながら、『雁の寺』を「単なる事件小説や推理小説を描くことだけに満足していない作者の意欲がよみとられる」（「今月の小説（上）」事件小説の変化」一九六一・三・二八『毎日新聞』）と評価する。江藤淳も推理小説という「肩書きとは何の関係もない」とことわったうえで『雁の寺』の評価を始めている（「文芸時評（下）」一九六一・四・二二『朝

『雁の寺』の出版広告

日新聞』)。裏返せば、そのようなエクスキューズがないと、批評の対象にしかねたということであろう。たしかに『雁の寺』については推理小説の趣向を残したものだったが、そうでない作品についても、たとえば瀬沼茂樹は『放浪歌』を「『推理小説の結びつき』を捨てた自伝小説」で「『文学』を目指して『私小説的なムード小説』となっている」(「叙情と物語性　文芸時評」一九六三・六『文学界』)と評していて、「文学」には今一歩という評価である。また、河上徹太郎が『好色』を「氏が人間を突っ放さない態度は、いつも人間的に感心させられる」と誉めながら「あらゆる中間小説作家は、自分の人物に対する親近性を取り戻すために、時にしばしば『純文学』作品を書いてためさねばならない」(「文芸時評(上)」一九六四・八・二八『読売新聞』)としたように、あくまでも水上は「中間小説作家」という位置づけなのである。しかし先述の通り、水上はもともと古典的な私小説作家として文壇に登場したのであり、それがジャンル小説を書いて成功し、その後再び一般小説を書いたことで、文壇から自分たちとは異なる存在として時に評価され、時に排除されることになったのである。

そのような「純文学」の領域確定をめぐる象徴が、この時代に起きた有名な「純文学論争」であるが、水上がその主要な批評対象の一人であったことは、もはや憶えている者も少ないかもしれない。この論争は平野謙と伊藤整を中心に多くの文壇人が参加したが、発端は大岡昇平の「常識的文学論」(一九六一・一〜一二『群像』)による井上靖の歴史小説批判であった。大岡は井上の『蒼き狼』が史実に忠実でないゆえに「歴史小説と言えるかどうか」を問題にし、また人物や戦闘の描写が「アメリカのスペクタクル映画なみのいい加減なもので、大衆の口に合うように料理されたもの」であると真っ向から批判した(引用は「成吉思汗の秘密」『常識的文学論』一九六二年、講談社より)。また水上の『雁の寺』『雁の村』にも苦言を呈し、「松本(清張)や水上の作風が『二つの極』(注・私小説と社会的リアリズムのこと)を吸収して肥え太つている」として、「この一年間に顕著だった私小説の中間小説的風化現象」に言及する。そして水上を「『復讐』を文学の動機として標榜している作家」と定義して、「松本や水上のひがみ精神と、その生み出した虚像が、これだけ多くのホワイトカラーと女性を誘惑する時代は健全とは言えない」としたのである（「松本清張批判」）。

この時代は石原慎太郎『太陽の季節』（一九五六年）がベストセラーになって以来、芥川賞・直木賞が社会的話題となり、文芸出版が純文学もエンターテインメントもあわせて幅広い多くの読者を獲得するようになっていた。特に仁木悦子『猫は知っていた』（一九五七年）、松本清張『点と線』（一九五八年）などで火が付いた推理小説の人気は爆発的で、そこに中間小説誌も参入し、水上も寄稿した『別冊小説新潮』の「現代推理小説代表作集」（一九六一年秋）が発売後すぐに完売したことは知られている。[1]中でも松本清張は本を出せばたちまち一〇万部以上も売れる書き手であり、水上もそれに準ずる存在として、「純文学」を守ろうとする「文壇」からの攻撃にあったのである。

この一九六〇年前後には社会派推理や時代小説なども含むようになった「中間小説」という語は、もともと一九四七年に久米正雄と林房雄が用いて以来一般化したと言われており、[2]この時代は中村光夫が『風俗小説論』（一九五〇年）で批判した作家たちである、石坂洋次郎、石川達三、舟橋聖一、丹羽文雄、井上友一郎、田村泰次郎らがその中心的な書き手であった。また、その執筆媒体は戦前の『講談倶楽部』を起源とする「倶楽部雑誌」と呼ばれていたものであったのが、その後、『オール読物』『小説新潮』など大手出版社の中間小説誌が「倶楽部雑誌」と入れ替わる形で純文学の書き手を取り込んで執筆させるようになり、これにより、かつては文壇の外縁にあった問題が、今度は文壇の内部で発生したと捉えられたのであった。[3]だから伊藤整が『雁の寺』の水上について「私小説的なムード小説と推理小説の結びつきに成功すると、純文学は単独で存在し得るといふ根拠が薄弱に見えて来るのも必然のことなのである」（「『純』文学は存在し得るか」一九六一・一一『群像』）と書いたように、本当の問題は文芸誌と中間小説誌を問わず執筆する作家や、中間小説的な題材を書く新人作家たちが登場してきたという純文学自体の変質をどのように考えるかにあった。言うなれば、井上の歴史小説や、松本・水上らの社会派推理小説はスケープゴートであったのだ。

それゆえ、例外的に吉田健一が「心理小説だから心理を、推理小説だから推理をといふのは、後から便宜的に付けた名称に訳もなく縛られてゐること」であり、「それが作者の頭にしかない架空のものであつても、その現実のものに描くのが、この小説といふ多少ふしだらな形式の唯一の特色」と喝破して、『雁の寺』を単なる「一編の優れた小説」と評した（一九六一・四・七『読売新聞』）ことは水上を随分と勇気づけたようだ。水上は「この方向で間違っていない」と言われた気がして「それまで書いてきた、主に雑誌の注文をきいての迷いながらやってきた仕事の、大方をあきらめて『雁の寺』の書き方で書くようになった」（「吉田健一さんと私」一九七七・一〇『文藝』）と記している。英文学者で宰相の息子、のちに『金沢』（一九七三年）などで自在な作風を駆使し、文壇で特異な位置を占めた吉田健一らしい小説観であり、そこに水上ははげまされたというのだ。

そもそも、ある文学作品が大衆文学なのか純文学なのか、あるいはその間にあるとされる中間小説なのかという分類は困難であり、たとえば中間小説誌に発表されれば中間小説で、文芸誌に載れば純文学だと一応は言えるかもしれないが、それも絶対的なものではない。その区別は作品自体の形式や内容から内在的に決定できるものではなく、「文学」をどのように定義するかによって変動する外在的な基準により、そのつど便宜的に決定されているに過ぎないのだ。だから、松戸時代の水上と交流があった文芸評論家の日沼倫太郎は『那智滝情死行』『越後つついし親不知』などを「水上情話」とここでは肯定的に呼んでいるが（『純文学と大衆文学の間』一九七一年、弘文堂）、他に『雁の寺』『越前竹人形』『五番町夕霧楼』など中間小説誌に発表された物語性の強い水上の代表作群を、大衆文学として評価する者も純文学として評価する者もいるのだ。もちろん、『霧と影』や『飢餓海峡』などの社会派ミステリ群もまとめて、吉田健一にならって単なる「小説」として評価すればよいのであろうが、むしろ筆者の研究者的な視点から言えば、この戦後文学における文学／非文学をめぐる評価軸の変遷を、水上文学をサンプルにしながら検討し直してみることはとても魅力的に思われる。戦後文学を象徴する作家というだけなら他に何人もの名前が挙がるが、水上ほど作風とその評価の振幅があり、そうであるにもかかわらず長年にわたって文壇の第一線で活躍した作家は希有であるからである。

なお、件の「常識的文学論」における大岡昇平は、いかにも「純文学者」を代表して社会派推理小説を批判しているように見えるが、実際は大岡自身が中間小説誌における推理小説の初期の書き手であった。『不連続殺人事件』（一九四七年『日本小説』）や『明治開化　安吾捕物』（一九五〇年『小説新潮』）などで推理物に進出して人気を博していた坂口安吾が一九五五年に早世したあと、実績のある純文芸作家による推理小説が『小説新潮』や『オール讀物』などの読者から期待される中で抜擢されたのが大岡だった。そして実際にいくつかの作品が掲載されたが好評を得られず、結果的に清張や水上ら専属の推理小説作家（先述のように実際は両者とも純文学出身なのだが）がそこを埋めたのである。[4]

後年の大岡と水上の「史料」をめぐる葛藤は本書収録の長谷川郁夫氏らの編集者インタビューでも触れられているが、大岡の大磯時代からのゴルフ仲間であり、成城の近所同士でもあった両者の因縁はなかなか面白い。たとえば、調査魔として知られる大岡が水上の『宇野浩二伝』の記述に不満を持ち、自ら取材した関係者の録音テープを「きみはきみの態度でやればいい」という趣旨の添書とともに郵便受けに投げ込んでいったという話（「大岡さんのきびしさ　温かさ」一九八九・三『中央公論』）や、また大岡と水上の次女・直子との世代を超えた私的な交友の話もそうである。大岡は、水上の妻・叡子が障害を持って生まれた娘に自分の骨を移植するという話を聞いて感銘を受け、このエピソードを自作『青い光』（一九七〇年）の中に用いている。それだけでなく、水上を飛び越えて直子に直接贈り物を送ったり、近所で会うと一緒に喫茶店に入って歓談をしたり、最晩年まで文通を続けてもいたという。水上は「大岡さんが、もっとも近所に住むぼくの書くものよりも、歩けない子に友情をもって下さっていた」ことを追悼文で感謝している（「大岡さんの優しさ」一九八九・三『新潮』）。長年にわたる、一筋縄ではいかぬ二人の文学者の交流であり、とくにその史実と創作をめぐる文学観の違いは、あらためて検証するに値する問題であるだろう。

「私小説」への回帰

一九六〇年代の社会派推理ブーム終焉以後の松本清張が、推理小説執筆を継続しつつ、現代小説、評伝的小説、歴史・時代小説、近現代史、古代史などに手を広げてフィクションとノンフィクションを横断しながら純文学的な作品とは一線を画し続けたのに対し、水上は松本と違う方向に転身した。水上の創作歴は、大きく言えば大衆文学から純文学へ、ということになっている。たとえば黒古一夫は、水上が「推理・エンターテイメント」の部分を「縮小・消滅」させ、『私小説』的な作風を持つ作家として多くの読者を獲得するようになる」完成期を「『宇野浩二伝』を完成させた一九七一年前後」とする（「共苦する文学者・水上勉―『六道の闇夜』を生きる」二〇〇一・七『大法輪』）。

この変容を、作品が掲載された媒体の変遷から確認してみよう。まず一九六〇年が『別冊文藝春秋』（「不知火海岸」「蒼い果実」）、『小説新潮』（「赤い袈裟」）、『日本』（講談社「真夏の葬列」）、『オール読物』（「うつぼの筐舟」）、『宝石』（「爪」）、『週刊新潮』（「多久島事件」）、『週刊明星』（「虚名の鎖」）、『評』（「蒼い渦」）などで、六一年が『別冊文藝春秋』（「雁の寺」「雁の村」「雁の森」）、『小説新潮』（「野の墓標」）、『オール讀物』（「黒い穽」）、『新週刊』（「黒壁」）、『週刊朝日』（「蜘蛛飼い」）、『新潮』（「決潰」）、『中央公論』（「死の流域」）、『文藝春秋』（「枯野の人・宇野浩二」）など、六二年が『別冊文藝春秋』（「雁の死」「西陣の蝶」「五番町夕霧楼」「越後つついし親不知」）、『小説新潮』（「赤い毒の花」）、『日本』（「海の墓標」）、『週刊朝日』（「飢餓海峡」）、『週刊文春』（「蒼い実験室」）、『小説中央公論』（「放浪歌」）、『文藝春秋』（「銀の庭」）、『新潮』（「奇形」）、『婦人公論』（「花の墓標」）、『週刊女性』（「薔薇海溝」）などとなる。直木賞受賞を機に『新潮』『中央公論』など純文学の文芸誌から依頼が増加した様子がうかがえるが、「雁の寺」四部作や「五番町夕霧楼」「越後つついし親不知」などこの時期の代表作を発表した『別冊文藝春秋』をはじめ、中間小説誌や週刊誌、女性雑誌など幅広く作品を発表している。これが一九六五年になると、『別冊文藝春秋』（「貴船川」「ちりめん物語」）、『小説新潮』（「京の川」）、『小説現代』（「悲母観音」）、『文藝春秋』（「城」）、『文藝』（「坊の崎物語」）、『潮』（「盲いの人」）、『読売新聞』（「湖の琴」）、『サンデー毎日』（「凍てる庭」）など、その五年後の一九七〇年は『別冊文藝春秋』（「欅の花」「出郷」「放浪」）、『中央公論』（「静原物語」）、『海』（「宇野浩二伝」）、『日本経済新聞』（「あすへの話題」）、『週刊新潮』（「あの橋まで」）など、と相変わらず多作ながら社会派推理はなくなり、中間小説誌と文芸誌、新聞を中心に作品を発表している。さらに五年後の一九七五年になると、『文藝春秋』（「アンデルセンの靴」）、『オール讀物』（「鯉とり文左」）、『すばる』（「あひるの子」「続あひるの子」）、『ミセス』（「近松物語の女たち」）、七六年も『海』（「踏切」「丹波ほおずき」）『群像』（「雪みち」）、『文藝』（「下駄と仁丹」）、『展望』（「寺泊」）、『文芸展望』（「千太郎」）、『別冊文藝春秋』（「太市」）、『世界』（「棗」）など、作品数がしぼられてきて文芸誌が中心になっている。この翌年に伝統的な私小説らしい短編を集めた『寺泊』で川端康成文学賞を受賞するので、このあたりが作風の変化以後の円熟期ということになるだろう。一九八五年には一九六六年以来務めた直木賞から芥川賞の選考委員へと移り（一九八八年まで）、双方を経験した数少ない作家の一人となるが、以上のことも文壇における作家イメージの変化を反映しているであろう。

水上は瀬戸内寂聴との対談で、「推理小説」から「純文学」へ転身した理由を「宇野浩二先生がわたしの仕事を黙殺しておられるんですよ。それがなんか淋しく、それで導かれたということがありますね」と語っている（『文章修行』）。また、直木賞受賞後に宇野が「あんな推理小説ばかり書くようでは困ります、人間です、人間を書かないと……」と言っていたことが人づてに伝わり、さらに豊島区に家を購入した頃に玉子夫人（宇野の息子・守道の実母で愛人だったが、最晩年に入籍した）が宇野の筆跡で「人間を書きなさい」と書いた「半ぺらの紙を郵便受にシュッと差し込んでいかれた」ことで「軌道修正といいますか、自分を戒めること」にしたとも言っている（同前）。このことは水上自身が繰り返し語っていて、中山義秀にも「人間を書け」と言われた話（『文壇放浪』他）とともに神話化されているが、しかしその後の水上の創作を眺め渡してみると、実態はそう単純でもないように思われる。

たしかに一見すると、一九七〇年代になって『壺坂幻想』『寺泊』『わが風車』などの私小説の名編を続々と生みだしたことから、デビュー時に志した私小説の王道に戻ったように映る。掲載誌も文芸誌を中心にシフトし、社会派推理の時代ほどの濫作もしなくなるが、とはいえ多作であることは変わらず、純文学らしい私小説以外にも客観小説の長短編、『古河力作の生涯』や『金閣炎上』のようなノンフィクション的作品や『一休』『良寛』などの仏教評伝、児童文学、歴史小説、紀行、エッセイ（これがまた幅広い）、戯曲などを旺盛に執筆し、むしろジャンルはさらに拡散していると言ってもいいようなのだ。つまり、一方では文壇作家らしい私小説を書きつつ芥川賞の選考委員を務めるという「文士」像を維持しつつ、それだけにとどまらない多彩な表現活動にいそしんだということである。本稿の後半では、この「私小説」に復帰して以後の水上文学における、相反するように見える純粋化と拡散の問題を考えてみたい。

「戦後社会」を描く

社会派推理小説の時代からそれ以後を貫通する、水上文学に共通する物語構図として、都会と地方、表日本と裏日本、強者と弱者、文明と反文明等々の対立がしばしば指摘される。再びよくまとまっている黒古一夫論文から引くが、「水上勉の小説作品における最大の特徴は、簡単に言えば、主人公ないし主要な登場人物が、どの作品においても常に『弱い存在・立場』の人間だということ」にあり、「その視線が常に『庶民』、それも社会的には下層に位置する人々＝弱き者に注がれ、その『弱き者』がおのれの境遇や人間関係、社会の動向によって追い詰められていく様、あるいは貧しさや苦境に負けず健気に生きているさまを描くところにある」（前掲）。このまとめに大きな異論はないが、付け加えるとすれば、以上のことは水上の個人的なテーマであるとともに、作品の多くが発表された時期と重なる、きわめて高度経済成長期的な問題であったということだ。

戦後の復興が進んで労働人口が第一次産業から第二次・第三次産業へと移行し、集団就職や出稼ぎで都会へと若者が流出した戦後の日本社会の大きな変動期に、発展の波に乗れるものと、そこから零れ落ち、取り残されるものがいる中で、水上は常にその後者に加担して、そこで生じた格差の拡大やひずみの結果から生じる犯罪や悲劇を題材に、小さく弱いものの立場から語ったのである。松本清張研究で知られる藤井淑禎は、水上の社会派ミステリと、それと一見無関係に見える紀行文学が、実は戦後社会の現実を描く前者と、失われつつある理想郷を語る後者で役割分担しながら、ともに反文明・反近代的な思想を語っていたという興味深い指摘をしている（「腐り始めた地球と水上勉」、石川巧他編『高度成長期クロニクル日本と中国の文化の変容』収録、二〇〇七年、玉川大学出版部）。望郷や土着性への志向も戦後社会の裏側にあって多くの国民に共有され得るテーマであり、自身の生育過程で経験した様々な辛苦を下敷きにしながら、その裏面も含めて戦後に生きる人間の姿を描き出そうとしたのが水上文学であった、とひとまず言うことができるであろう。社会派ミステリなどのエンターテイメント寄りの作品ではときにその構造が図式的すぎることもあるが、そのわかりやすさもまた多くの読者の心を摑んだ一因であったろう。

ただし、そのテーマ性だけであれば、大岡昇平が両者をまとめて「復讐」「ひがみ」の文学と表現したように、水上同様に貧困の中から流行作家に上り詰めた松本清張についても同様なことが言えるし、もしかすると他の作家でも言えるかもしれない。より重要なのは、水上がそのテーマを表現するためにどのように書いたかである。そこに関わると思われるのが、これもしばしば指摘されることだが、読者に共感性をもたらす作者と登場人物を重ね合わせる仕掛けである。水上文学には、私小説も客観小説も、多かれ少なかれどこかに作者自身の影が落ちている。後者の代表作で言えば、『雁の寺』の慈念や『越前竹人形』の喜助、『霧と影』の宇田など、もちろん自身の体験を生かしていることもあるが、そうは見えない作品であっても、みなどこかに作者の分身性が付与されており、しかもそのことは男性登場人物にかぎらない。たとえば『五番町夕霧楼』の少年僧と遊郭の娘・夕子には双方に中心としての京都に搾取される地方人の姿が分有されているし、『飢餓海峡』の樽見と八重にも出郷者としての水上の共感が見られる。[5]くりかえし主人公が短軀であったことが強調される『古河力作の生涯』や、『一休』や『良寛』などの仏教評伝もそうである。本書の巻頭で紹介したように、記録文学の体裁を持つ『金閣炎上』もまた、自己を作中でいかに放火犯の林養賢と重ね合わせることが要諦であったことが、草稿の変遷から浮かび上がってきた。

　そしてそれは、水上の分身であるとともに、あたかも自分のことを書いている、あるいは自分ではなくてもこんな人を知っている、もしかしたら自分もそうだったかもしれない、というような身につまされる読書経験を与える、読み手にとっての分身性でもあるだろう。エッセイ「金閣と水俣」（一九七四・四『世界』）で水上は、『雁の寺』の後にもう殺人事件を考えるのに疲れて、「誰を殺すか」ではなく「誰を生かさねばならぬか」を意識するようになり、その結果「徹底的に貧困者の世界を舞台とする決心」をしたことを「私に出来る小さな革命」だったと述べている。また「深山幽谷と自称した書斎にとじこもって、ひたすら自己の文学世界に身をひたしておられた」師・宇野浩二と、「晩年、松川事件に関心をもたれて急に大衆に眼を向けられ」た宇野の友人の広津和郎を並べて、両者への親近感を語っている。この認識は当初から自覚的だったというよりも、むしろ実作を繰り返す中で次第に言語化されていったと思われるが、ただしそれがこの時代に「水俣」に則して語られたのは、水俣の公害問題を描くことは「今日の世を生きる以上、加害者としての自己告発」（全集二〇巻「あとがき」）だからである。まさに『雁の寺』で実践した「私小説」プラス「社会派」であり、狭義のミステリジャンルにとどまらぬ社会意識の拡張であるが、以上の意味において水上文学は間違いなく「戦後文学」なのである。

「私小説」にして「社会派」

視点を変えて述べれば、前節で論じた水上文学の方法は、一九七〇年代以降の同時代の文壇における動向との関係の中で積極的に解釈し直すこともできるのではなかろうか。この時代は「第三の新人」の作家たちの成熟期であり、また古井由吉や後藤明生や坂上弘ら「内向の世代」の活躍があり、遅れて評価された野口冨士男、和田芳恵、川崎長太郎らは私小説の伝統に寄り添いつつ、いずれもそれだけにとどまらぬ新しさを持った作家たちであった。ここに幻想性を帯びた私小説を書いた藤枝静男や色川武大、先述の吉田健一や、さらに八〇年代以降は自身の家族の問題を繰り返し描くようになる大江健三郎なども加えられるかもしれない。つまり、ますます複雑化する時代の中で、古典的なリアリズムを離れて、作品に表現される「私」が更新されようとする一つの分岐点があったということだ。[6]

水上は『一休文芸私抄』（一九八七年）の中で、「私小説」について「事実を書くといったって、当人が書くのだから嘘をまじえてもいいわけ」で「『小説』はどうせ小説である」と述べており、戦後作家らしく実体としての「私」とそれが小説に書かれた時の「私」を明確に区別している。実際、水上の私小説は伝統的な私小説の約束事をしばしば踏み破っており、同じ出来事を語り直すたびに記述が変わってゆくことからもわかるように、事実即小説ではない。その記述のどれが事実でどれが虚構かも判別しがたく、さらにそこで書かれたことが現実の作家存在にも戻っていくような、いわば物語り、物語られる中でそのつど現れる「私」なのである。だから、極論を述べれば、ほとんどの作品に作者の分身性が見られる水上文学とは、いずれも「私小説」のバリエーションであると考えることさえ出来る。さらに言えば、それは小説にとどまらず、エッセイや講演で登場する水上勉像まで含めて、様々な真偽不明な「私」であるかもしれないのだ。つまり、水上はその文学において常に「私」を基盤としながら、自在に「私」を操作したということである。水上は『冬日の道』（一九七〇年）の中で『雁の寺』執筆期を振り返り、「探偵小説も書き方によっては作者の恨みつらみをつめこむことが出来る気がした」と書いているが、同作でまさに社会派推理小説に私小説を接続したように、「私」を現実の作者から切り離して様々な文学ジャンルに接木したのである。

そのことにかかわって最後に一点指摘しておきたいのは、本書収録の編集者インタビューの中で鈴木力氏と大槻慎二氏がそれぞれ別の文脈から指摘していた、水上と世代的に近い「第三の新人」の作家たちとの近接性である。彼らは、先行する戦後派の文学とは異なり、戦後社会における個人の問題に拘った作家たちであり、そのことで批判的に語られることも多いが、吉行の「性」や遠藤の「信仰」など、各々のテーマは異なっても、いずれも個と社会や歴史との関係を問い続けた作家たちであることに特徴がある。私小説との距離の取り方や文壇登場の経緯、何より世間の作家イメージはかなり異なるだろうが、案外水上文学との距離は近いように思われる。

類比されうる要素はそれだけではない。「第三の新人」を中心に研究している小嶋洋輔は、『遠藤周作論――「救い」の位置』（二〇一二年、双文社出版）において、「『純文学』の仕事と『ジャーナリズム』／『金のため』の仕事の書き分けを行った、特に、行い得た作家としての『第三の新人』を考察する必要」を主張している。「金のため」とは少々聞こえがよくないが、これは遠藤・小島信夫・庄野潤三・安岡章太郎・吉行淳之介が参加した座談会「文学と資質」（一九六五・七『文藝』）において吉行が露悪的に用いた表現であり、戦前の葛西善蔵に象徴されるような貧しくても芸術に殉ずる「文士」意識から転換し、文学が大衆化した時代の作家のあり方を自覚していたということだ。彼らは水上同様に一九六〇年代に文芸誌と中間小説誌にまたがってさかんに創作を発表し、そこで純文芸と中間小説を書き分けた遠藤、両方に書きたいものの性格が接近していた吉行、書き分けなかった安岡という違いはあれど、[7]そして七〇年代以降は純文芸誌を中心に戦線を縮小したように見えながら、実際はそれまでの人気を背景としながら、以後それぞれの文学的テーマを存分に追求したのである。また、「狐狸庵先生」として知られた遠藤周作の「ぐうたら」シリーズや、安岡章太郎の『なまけものの思想』などの「〜思想」シリーズ、吉行淳之介の『軽薄のすすめ』などの「軽薄」シリーズ、阿川弘之の『南蛮阿呆列車』など一連の乗り物エッセイはよく知られているが、軽妙なエッセイやその他の活動で作家自身のイメージを流通させ、それが作品と相乗効果をもって受容されたことも水上と共通するところがある。そのことから、小嶋は「第三の新人」を「マス状態が深化し、中間化が進む時代状況で『純文学』作家として登場し、メディア環境、そして文学界においても自らの場所を見つけた」作家たちと定義している。

　もちろん以上のことは、世代の近い水上を「第三の新人」に含めるべきだと主張するために言うのではない。そうではなく、戦後の高度資本主義社会の到来の中で、どのように社会や大衆、その中の文学という存在に向き合ったのか、そして個人と社会との関係をいかに作品化したのか、という同世代性を考察してみる価値があるのではないかということだ。その共通する時代感覚の中で、マスとしての読者に受けいれられ、戦前の「文士」たちとは異なる経済的な余裕も持ちつつ、それぞれ固有の文学的テーマを追求できた点で、幸福な時代の作家たちであったとも言えよう。そのように文学の輝いていた時代は二度と戻ってこないかもしれないのだ。なお、その「第三の新人」の作家たちの中で水上が最も私的交友の深かったのは吉行淳之介であり、出会いは戦後まだ吉行がモダン日本社や三世社にいた時分に水上が原稿の持ち込みをした時代に遡る。「田舎者」だった自分を「もっとも都会派の精鋭」だった吉行がいつも歓待してくれて、「通俗小説を志望している私などにも寛容なところがあった」（「吉行さん追悼」一九八九・九『すばる』）と水上は振り返っている。

以上、本稿ではこれから水上勉を考えてゆくためのいくつかのアイディアを示したにとどまるが、少なくとも言えることは、水上勉は「社会派」だけの作家ではないし、逆に「私小説」だけの作家でもない、ということだ。もちろんどちらの側面も重要な要素ではあるのだが、「私小説」であると同時に「社会派」なのであって、またそれがいかなる時代の文脈の中で、どのようなテーマと方法で作品において実現されているのかを具体的に検証してゆくことが今後求められるであろう。宇野浩二の弟子であり私小説を出自に持つ水上が、なぜ金閣寺放火事件や公害や原発を問題にしたのか、それを考えることが現代において水上文学を読みなおす意義につながるのではなかろうか。このように、「不純」であるがゆえに「純」でもあるような不思議なあり方が、水上勉の作品および作家像の一番の魅力であると筆者は考えている。

1963年10月、『飢餓海峡』出版記念会（朝日新聞社主催、日生ビル）にて。左から吉行、水上、叡子夫人（槇野尚一氏撮影）

《註》

1　大村彦次郎『文壇うたかた物語』（二〇〇七年、ちくま文庫）など。

2　『日本近代文学大事典』（一九七七年、講談社）の瀬沼茂樹筆「中間小説」の項目より。

3　中間小説の歴史的展開については、丸山倫世「昭和二〇年代における中間小説―その文学的位置づけと変遷」（二〇一五『人文研究』）、高橋孝次「大衆雑誌懇話会賞から小説新潮賞へ―『中間小説』の三段階変容説」（二〇一五・二「中間小説誌の研究―昭和期メディア編成史の構築に向けて」研究報告書）などを、倶楽部雑誌については塩澤実信『倶楽部雑誌探求』（二〇一四年、論創社）を参照した。

4　以上は吉野泰平「松本清張と「文学」をめぐる言説配置―「小説新潮」から「純文学論争」へ」（二〇一六・九『昭和文学研究』）が指摘していることである。吉野は芥川賞受賞後に推理小説へ移行した松本清張が、純文学論争の中でいつのまにか生粋の推理小説作家として文壇の外部へ位置づけられ、ミステリ作家の中心に位置づけられる様子を論じている。

5　この分身性についても、藤井淑禎による『清張闘う作家』（二〇〇七、ミネルヴァ書房）第四部「松本清張と水上勉」他での指摘がある。本稿を執筆するうえで同氏による一連の清張研究およびそれに付随する水上研究、および『高度成長期に愛された本たち』（二〇〇九年、岩波書店）など文学と時代性の研究は重要な導きとなった。ただし、藤井氏と筆者では水上文学に対する評価はほぼ逆であり、後述のように筆者は藤井氏が欠点と見る私小説性にこそ水上文学の魅力はあると考えている。

6　そのことを象徴する文芸評論として、高橋英夫『元素としての「私」　私小説作家論』（一九七六年、講談社）、饗庭孝男『批評と表現　近代日本文学の「私」』（一九七九年、文藝春秋）、三浦雅士『私という現象』（一九八一年、冬樹社）などがこの時代に続けて刊行されている。

7　以上は小嶋洋輔が「安岡章太郎の書き分け戦略―「中間小説誌」との関連を中心に」（二〇一四・七『語文論叢』）、「吉行淳之介の「私」―昭和三〇年代の吉行淳之介」（二〇一六・三『昭和文学研究』）などで指摘していることである。そのような視点で「第三の新人」を研究している者は珍しく、本稿の執筆において大変参考になった。

『一休』

《盲目の女が、地獄の旅ぐらしに培った精神のゆたかさに、一休は目をみはり、眼あきの弟子どもにはみえぬ此岸を説いているとみてよい。この一事から推察して、森女はもはや、悟入といわれぬまでも、有漏路、無漏路のさかい目のひとやすみの場所に、どっかとあぐらをかいた存在に見えてくる。》

初版　一九七五年四月　中央公論社刊

一休宗純の生涯をえがいて谷崎潤一郎賞を受賞した本作は、権力を嫌い、教団を痛罵し、酒食女犯に耽り、庶民の生きる地獄のなかに仏土を見出す一休の姿に強く関心を寄せ、年譜を追いながら、堅牢な行文で諸説突き合わせ、実際の一休の生涯について学問的考証をなしてゆく。しかし、筆者は盲目の森女と一休との悦楽境を証し立てるのに、それとわかるように偽書をもってし、そこに一休の禅境を呈示する。『春琴抄』を思わせる、虚実入り交じる構成は評伝を超えて、水上文学の代表作といえる。現在入手しやすいものに中公文庫版（一九七八年初版）がある。（高橋）

『破鞋　雪門玄松の生涯』

《大股にね、腰をふってね、衣の裾を紐でもう一つたくしあげて、破れわらじの素足でした。そのうしろ姿がね……まだ、この眼にのこっております》

初版　一九八六年十月　岩波書店刊

高岡国泰寺の管長をつとめ、西田幾多郎、鈴木大拙らも参禅した明治の高僧でありながら、水上の郷里若狭で乞食僧として没した雪門玄松の謎に満ちた生涯に迫る評伝。雪門玄松が管長の座を捨て在家禅を唱導するも故郷へ帰って還俗し、放浪ののち再び宗派も異なる小寺に身を寄せたのは何故か。筆者は僅かに残る資料と当時を知る者を訪ねて得た記憶をつむぎあわせていく。摩訶般若波羅蜜多だけを唱える「大睾丸」の破天荒な禅僧の姿に、筆者は教団への批判と庶民のなかで生きた仏教のあり方をみている。現在比較的入手しやすいものに同時代ライブラリー版（一九九〇年）がある。（高橋）

インタビュー

父・作家としての水上勉を語る

水上蕗子

水上勉の長女である水上蕗子さんに、父として、そして作家としての水上についてお話をうかがった。私小説作家の家に生まれ、物心つく前から作品に書かれてきた自身のこと、波乱万丈な水上の人生に長い間付き合ってきた体験を、幼少期から振り返ってとても率直に語ってくださった。これまでもいくつかの回想録やインタビューなどが発表されているが、これだけの長時間にわたるインタビューは初めてであり、もっとも近しい家族の立場ならではの水上の人間らしい側面や、自伝的な作品の背景について知ることができる貴重な記録となった。

幼少期の記憶

——今回、お話を伺うにあたり、蕗子さんのインタビューや水上先生について書かれた文章などを読んできたんですけど、「ジーパンと演歌」(『オール讀物』一九七四年一月)という文章がなかなか面白かったんです。「オーマイパパ」というコーナーで、お父さんがジーパンをはいていたという話で、「この間までは、ジーパン、パンタロンの類は、玉乗りのはくものだ、あんなものをはいてくれるなと言わんばかりだったのに、大体言うことが一致してないんだから」と書いていています。

水上蕗子さん

水上蕗子さん（以下水上）　話したことをまとめてくれたんじゃないのかな。でも書いたのか、インタビューなのか全然記憶にないわ。

――時々このような取材があったんでしょうか。

水上　（グラビア用に）家族の写真を撮影とかはあったけど、文章を書けというのはあまりなかったんだけどね。

――一番古い時代のご記憶はおいくつぐらいですか。

水上　伊勢の丁子屋さん。その名前はあなたがたのインタビュー記事（北野英子さんらのインタビュー参照）で知ったんだけど、だからあんな大きな家だったのかなと。

――やっぱり大きかったんですね。

水上　そこのシーン、いまだにパッと映像が浮かぶの。私はまだ這っていて、回り縁があって、昔で言えば水屋みたいな台所があって、暗い、よく古民家の展示物見に行くとあるような構造なのね。中庭があって、黒光りした縁とか、建具とか。二階に上がる階段があってずっと明かりが入ってきていた。

――よくご記憶ですね。浦和時代の家（内田家）のことも覚えていらっしゃいますか。

水上　土蔵と言っているけど、床の間付きの立派な離れを借りていたんです。それで、母屋まで回り縁が続いて、座敷があって、お茶の間があって、広いおうちなのだけど、内田（潔）さんに「麻雀は廻り縁に近い端でやってたでしょう」と言ったら、「そうだよね」って。昼間からやるので、外光が入るから、はじっこに麻雀台を置いていたのね。こっちに本屋さんもあったわね。

――内田書店ですね（内田潔さんのインタビュー参照）。

水上　このお宅も土間に昔の農家のようなお竈《くど》さんがある構造だったと思う。上がったところでご飯を一緒にいつもいただいたりして。お父さん、すぐにどっかへ行ってしまうから。

――内田さんのご兄弟が幼い蕗子さんを世話してくださったそうですが、急にお兄さんお姉さんがたくさんできたような感じですよね。

水上　そうですね。だけど、（まだ幼いので）事情が分かっているわけじゃないから。

――三歳くらいですからね。

水上　そう。順応力があったのかな。あまり苦にしていないって言うのかな。すごく気が強かったのよね。「若狭では、気に入らないと唾を吐きかけたり、つねったりしないように」と注意する父からのはがきが来ていたから。多分、これはしませんということがはっきりしていたので、ストレスにはならなかったんだろうね。内田さんから聞かれたと思うんだけど、浦和でお父さん、バラックのような家を造って、一回引っ越すのよね。その時も子どもが随分ごろごろ一緒にいて。おやつでテーブルにつくでしょう。練乳をちょっとしたお湯呑みみたいなものに入れて、おさじでなめる。それを隣同士で量を見合ったりしていた。二人か三人ぐらい子どもがいたような気がするんだけど。

左が浦和時代の蕗子さん（内田潔さん提供）

――おそらくお母さん、松守敏子さんのお姉さんのお子さんたちですよね。

水上　そうだったのだろうけど、そういう事情も全然わからないのね。一瞬一瞬を断片で覚えているだけで。

――家を建てて、越してすぐ戻ってきたっていう話ですからね。

水上「だまし取られたんだよね」って内田さん、言っていたね。その頃に、ディズニーの『バンビ』（日本公開は一九五一年五月）が劇場でかかって、見に行ったの。その時に買ってもらった、ふうって膨ませるとバンビができる黄色に斑点のゴムの風船、子どもが乗ってもいいぐらいの大きさに膨らむんですよ。それを、すごく覚えているんだけど。

――それは誰と見に行ったのでしょうか。

水上　お父さんでしょうね。母親は次の男性のほうに行っている頃でしょう。『新評』（「想い出の相違――父と私」『別冊新評・水上勉の世界』一九七八年七月）に書いた、どっちがどうのってシーン（「どっちが私をとるかで、父と母が私の両手をひっぱり合った場面」のこと）があったのは、そのバラックの家でした。両親は協議離婚したから、そういう家庭内のことが話されて、それで清算したのかもしれない。東劇の『アンナ・カレーニナ』も覚えている。ビロードのカーテンがスクリーンの前に下がっていて、それが上がると映画が始まる。そのカーテンと、『アンナ・カレーニナ』のラストシーン。

――こちらも一九五一年九月に公開したようですね。蕗子さんは五歳か六歳ですね。

水上　多分、七つ上がりで少し時間があったから、六歳かもしれない、そのあと若狭にいくはずだから。最後の娯楽で『アンナ・カレーニナ』だったのかな。もう一つ覚えているのは、お父さんの手から母の元に行った時に住んだところで、競馬場の近くだった。

――浦和の競馬場ですね。

水上　平屋建ての町営住宅のような造りがまとまって建っているうちの一軒に、松守のおばあさん、つまり母の母親と母と私と三人。ずっと昼間はラジオがついていて、『尋ね人の時間』（ＮＨＫラジオ）というのをよく覚えているの。尋ね人、要するに戦後の混乱でまだ出会ってない人の名前をアナウンサーが言うのね。それがずっと流れているの。家から、どこかの駅に出るのにバスに乗った記憶が何回かあります。

――全集の年譜（祖田浩一氏作成）だと、昭和二十四年に妻・敏子、子どもを置いて家出。近くの下宿を転々として、文京区青柳町に移ると書いてありますね。蕗子さんはその時におそらく浦和にお母さんといたということですね。

水上　松守のおばあさんと母がいて、三人である時期、ひと月であってもそこにいたことはたしかなのだけど、その尺は分からないですね。その同じ頃、母が働いていた白木ホールというダンスホールに行ったことがあるの。ものすごく広いところで、楽屋にずらっと鏡があって、たくさんの女性がいた。

――『凍てる庭』に、水上さんが護国寺によく蕗子さんを連れていって、そこでいろいろな人たちと会ったエピソードが出てきますが、そのような思い出はありますか。

水上　今、思い出したんだけど、水あめをこねながら紙芝居を見ました。紙芝居は浦和でも行っていましたね。その私がよく見に行っていたおじさんが、『凍てる庭』の紙芝居のなんかだったの？

――『凍てる庭』の中ではそうなっています。よく蕗子さんが見ていた紙芝居屋が宇原源造という人で、本業は幻灯作家なんです。それで親しくなって幻灯の仕事をするようになったという話ですね。でも、話ができすぎているので、フィクションという可能性もあります。面白い人物がたくさん登場するんです。

水上　戦後すぐだから、いっぱしの人がなんでこんなことをという境遇が、起こりえたんじゃないかな。護国寺は、お寺の正面がどこだか分からないのだけど、青柳荘は正面の入り口ではなかったと思うんですよ。森閑としている感じでした。

――その青柳荘時代のお部屋の記憶はありますか？

水上　二階建てだったと思うんだけど、ビルではなかった。木造でしょうけど、がっしりとしていました。部屋は、四畳半か六畳一間じゃなかったか。アパートの入り口がフライングドアで真鍮の把手。長い通路を挟んで各世帯の部屋が入り口を向かい合わせて並んでいた。その通路を抜けると裏道に出られる構造だった。部屋にはガスはなかったかも。電気のニクロム線の調理器具で、奥のほうに押し入れがあって、布団が入るスペースがあって。流しは共同で使うところがあった。何世帯あったかは分からないんだけど、それほど大きくないアパートでしたね。

――護国寺の前の大きな道路に、すぐ面していたんですか。

水上　交通量もなかったから、にぎやかな感じは一切なかったんですけどね。

――今とは違う感じですね。

水上　全然違います。都電は通っていましたけど。入り口からカギ型に曲がって道路へ出る構造だったから静かだった。片側に大きな共同のトイレがあって遮られている。大家さんは二階にいて、その老婦人のところに父と一緒にあいさつしに行って、「この子が、今度一緒に住みます」と言ってあいさつしたのは覚えている。

護国寺の時代の水上父子。
左は同じアパートの住人（水上蕗子さん提供）

――不躾な質問ですが、その時代はお母さんと別の女性が家に来ますよね。どんな思いで接していらっしゃったんですか。

水上　その人のこと、女中さんみたいに思っていたの。私ってなんでそうなのかね。親がいたりいなかったりが激しかったから、その都度、置いてかれた感はずっとありましたよ。神田の印刷所から始まって、親は自活の道を探るために必死で動くから、ずっといるわけではない。子どもなんてものは、初めからそんなもんだということですよ。私はその環境にいたから大して違和感がないという。だから父が作家になった後も大して違和感はないんです。

若狭時代の思い出

――若狭時代の思い出も「想い出の相違――父と私」に書かれていますが、若狭ではおじいさんおばあさんがいて、だいぶ環境が変わりましたね。
水上　それなりに遊んだりはしていたんだけど、すごく退屈感があったわね。でも何が退屈なのだか、よく分かんないんだよね。子どもなんてそんなもんなのかな。
――東京とは全然違う環境ですからね。遊ぶところも少ないでしょうし、内田さんのお宅は子どもがたくさんいる環境だったから、遊び相手も少なくなったとか。
水上　いや、村の中だから子どもたちで村下《むらしも》に集まって集団登校をしたんですよ。時には踊りを自分たちで考えてつくって、敬老会みたいなときに村の人たちの前でレコードをかけて披露したり、お寺の境内でドッジボールをしたりとかね。学校が終わって、土曜日は半ドンだから、そうするともう必ずゴム段飛びとか、みんなで遊ぶというのが普通だったの。でも、お人形さんごっこのときだったのかな、「『こんな同じようなこと毎日していられない』と言って、ばたばたっと片付けて帰っちゃったわよ」って人に言われたことがある。
――それはずいぶん大人びた子どもですね。
水上　なんか、退屈感をいつも感じていて、大人言語で言えば、所在ないというか、やっぱり、ここは私の何なのかっていうことがあったのかもしれないね。
――その頃はお父さんと手紙でやりとりをしているんですよね。
水上　おばあちゃんに「書け」とか言われないと、そんな書きたいものではなかった。お父さんからはそんなに来るわけでもないし。
――『凍てる庭』に出てくる犬について、小説のあのくだりは父の創作だろうと書いていますが、実際に何匹か犬がいたんですよね。
水上　そう。男の人はみんな鉄砲の鑑札を持っていて、冬場のタンパク源調達で、現在のようなスポーツではないんです。だから若狭にいる時には肉屋というのが世の中にあるの、知らなかった。
――自分の家で調達するんですね。
水上　鶏をつぶして食べるとか、冬になるとクマとかイノシシとか。全部食べましたよ。ツキノワグマから、イノシシから、カモ、キジ、オシドリも食べたことある。そういう感じの環境なんで、猟犬を持っているんです。雑種だったけど、老犬の賢いエスというのがいて、タマっていうのが後から来たかな。犬もチームを組んでいくから、追い出しとか役割があって、勇敢な犬は獲物のイノシシに脇の下をがばって牙で抉られて、怪我をして包帯を巻いて帰って来たりね、そういう話を聞くのが面白かった。海も近かったのでシカがいた。大島って、今、原発銀座になっているところはシカが多かったみたい。昔は冷凍庫もないから、雪に埋めてね。猟に行った皆で分ける。犬が一人前に数えられます。毛皮を剝いで捌くところを、みんなで遠巻きにして見るんです。別に残酷だとかなんとか思わないで、面白いものが見られるかららって。

——東京にいたらできない体験ですね。

水上　そうですよね。神田の生まれですよ、私。

——海にも行きましたか？

水上　行きました。でも私、塩辛い水は刺激があり過ぎて、あんまり泳ぎはできなかったし。父の一番上の兄（守さん）は、ちょっと離れた村で散髪屋さんをやっていたんだけど、その伯父に女の子が三人いて、二人は私と大体年が一緒で、月曜日は散髪屋がお休みだから、自転車で前に子どもを二人、後ろに一人を乗せておじさんが海に連れていってくれて、そんなことで夏は割とよく行っていましたね。

——その頃は、お父さんが書いた本を読んだりしたんですか。

水上　若狭の小学校一、二年の時だと思うけど、お父さんが宇野浩二のゴーストライティングをした童話、ゲーテの『キツネの裁判』（ゲエテ原作・宇野浩二訳『世界名作物語　きつねの裁判』童話春秋社、一九五〇年一二月刊）と、もう一冊を「お父さんが書いた本なんだけど」と言って学校に持っていったら、朗読の時間に先生が読んでくれたりした。

あの頃は綴り方とかで作文が盛んだったじゃないですか。後ろの黒板に、詩とか作文とか、私のものが書かれたりするのも結構多かったんですよ。お昼のお弁当の時間に放送室から自分の作文を読まされたり。それが嫌で嫌で、私、数ヶ月不登校だった。

——文才があったんですね。書く練習をお父さんからさせられたりしたんですか。

水上　全然ありません。だから、そのころは何の苦もなく書けたみたいですね。

『霧と影』の構想

——年譜では、一九五六年（昭和三十一年）三月に蕗子さんは福井から東京に戻ってきたとあります。

水上　私は一九四六年三月の早生まれだから、三月に福井で五年生を終えて、六年生として四月から東京の礫川小学校に行きました。そこは当時すでに創立八十五年と校歌にあって、鳩山薫子さんが卒業生で、式典にも来られた。

——その時のご自宅は、文京区富坂の加藤嘉（俳優）さんの家だったところなんですよね。

水上　そうです。二階だから学校の校庭が見えたの、朝寝坊だったから、継母が「まだ大丈夫よ」と言いながら髪を編んでくれて。それで中学一年の時は松戸（下矢切）にいたのかな。六年生の途中から電車通学して卒業したの。総武線で通ったんだけど、ひどいラッシュでね。その頃に父が『霧と影』（一九五九年、河出書房新社）を書くんだけど、ある日ものすごい台風で、荒川が増水して総武線の線路が冠水寸前になった。父が乗った電車が、橋の上であわや、という状況です。その時に『霧と影』を発想したっていうの。

途中の停車駅でみんな乗ってこようとするんだけど、もう満員で。それ以降は止まってしまうかもしれないというので、みんな乗りたいから座席の上にも立っている。で、車内の人たちはこれから乗ってくる人を窓から傘で突いて乗り込ませないようにする。もういっぱいだから乗るなって。お父さんは要領がいいから網棚に座って、その阿鼻叫喚を見ていたんだって。人間というのはひどいもんだって。それで市川駅に着いて、そこからバスで国府台とか、ずっと高原のような土地を何十分か栗山坂下って停留所まで来なきゃいけないの。バスは止まっているから、ズボンをまくり上げて、水の中を歩くわけ。一時間も二時間もかかったと思うんだけど、やっと帰り着くと家は停電して、ろうそくの明かり。「小説書こうと思う」と言って、筋書きをずっとろうそく明かりで聞いた。タイトルが『箱の中』という。

——『霧と影』の最初のタイトルですね。

水上　電車の中で発想しているから『箱の中』なのかなと思ったんだけど、ほとんどの筋書きができているような感じ。

——執筆していた頃は、松戸で書いていたんですよね。

水上　『箱の中』を発想したころは、洋服の行商で売って歩くので、毎日出掛けてはいた。だから書いている状況は、知らないんだけどね。家でも書いていました。足に痒い痒いができちゃって、クレゾールを薄めたバケツの液に脚をつけて書いていたとか。そういうシーンは、私は毎日通学しているから、見ていないけれど。

——昭和三十三年九月二十七日に、狩野川台風というのが来て、多くの死者行方不明者が出ているので、恐らくその構想のスタートはこの日ではないかと思います（この日の思い出は「昭和三十三年のある日」として『泥の花』〔一九九九年、河出書房新社〕にも少し書かれている）。『箱の中』については、設定や場面について、こんなことを考えているんだっていうようなお話だったんですか？

水上　そうでしょうね。情景が浮かんでくるように話すから、こっちも、それで、それで、となる。もともと、分教場の子どもたちにもお話上手で受けていたし。でも、『箱の中』を、ろうそくの下で聞くような団らん的な親子の時間というのはなくなるわけですよ、その『霧と影』を書いたら。家は事務所みたいなものになるから。お父さんが二階で仕事をしていたら、「電話ですよ」とか、「きょうは誰々さんが何時に来られますよ」とか、そんな会話で暮れてしまうのだから。缶詰め状態も多かったですから、「お父さん、帰ってくるよ」っていう、そういう感じのお父さんになっちゃったんで。

流行作家の生活

——年譜を見るとずいぶん引っ越しを繰り返して

いますよね。昭和三十二（一九五七）年九月に文京区富坂から松戸市下矢切に移り、三十四年十月に文京区小石川初音町、さらに豊島区高松町に三十五年十一月に移って、そのたびに蕗子さんは転校していたってことですか。

水上　東京では転校は中学だけ。六年生の時に引っ越しはしたんだけれど、電車通学で終えて、松戸市立第二中学校に入って、中学二年の途中で文京区立第三中学校に行った。そのあとに家は替わったんだけど、学区が文京区と豊島区だったから、そのまま通ったんです。高校は「女は竹早」と先生に言われて、その高校の何年かの時に成城に引っ越すんです。

――成城転居は三十八年九月となっています。進路について何かお父さんとご相談されたことはありますか。

水上　ないです。私は慶応に行ったんですけど、お父さんは柴田錬三郎さんとか親しくて、一番文壇で仲いいのは柴田さんだって言うくらいで、だから私の大学の保証人は、最初は柴田錬三郎さんだったんです。柴田さんは慶応の中文だから。その後、池田弥三郎さんになったみたいなのよね。そういう書き物の世界で交流があったから、慶応に行くと言ったら喜んだの。

――蕗子さんの高校時代にはもう水上はものすごく人気がある時代ですよね、クラスメイトとか先生に父親が人気作家だということは知られていましたよね。

水上　だけど、あんまりそれでどうのということはなかった気がする。メディアが今のようではないから。一応、作家ということは知っていても、口にするような下品なことはなかったのね、生徒にしても先生にしても。逆に家庭の時間になってからのほうが、取材とか、お父さんと一緒に写真とか、そういうのがすごくいやだった。

――一気に人気作家になってがらりと変わった感じがしたのは、直木賞を取った時ぐらいですか。

水上　もちろん電車に乗ると広告とかに父の顔が出ているようになるんですけど、内田さんちの土蔵の時からお父さんはなんか書いていたから。とんとんって（原稿を）そろえると、遊んでもらえるって条件反射で思っていたみたいで。父親が働いてお金を稼ぐとかいう発想は小さい頃ってないじゃないですか。勤め人の家だったら勤め人の時間帯の日常を見ているんだけど、私はそういうのも見ていないから。初めから父親っていうのはこういう人で、再び作家になる前の期間は若狭に預けられるので、逆に知らないんですよ。だから、驚きをもって受け止めるってことは皆無でした。

——そうですか。でも生活は明らかに変わってゆくわけですよね。

水上　経済的にはそうですよ。でも、以前から貧乏なのに早々とテレビを買ったり、洋服も行商とかしていたので、おしゃれな売れ残りものとかは着ていましたよ。でも私の方はお父さんと写真撮るために着る服がないという心配はありました。制服で撮るのは嫌じゃないですか。そういうのは成城に転居するぐらいまでありましたね。あとは、北杜夫さんが私が高校入学した時に、出版社の方と高松町の家に来て、プレゼントの本を持ってきてくださった。英語の本だったんであまり読まなかったけど、お父さんのお客さんが私にプレゼントくださるとか、そういうことがおき始めた。

——大学は仏文科でいらっしゃいましたっけ。

水上　哲学科、美学です。一年の時のフランス語の成績が良かっただけの理由で仏文に行こうかなと思ったんですけど、その試験に一時間ぐらい遅れちゃったの。相変わらず寝坊して。

——仏文に行きたいと思われていたぐらいだから、小説は結構読んでいらっしゃったんですか。

水上　世界文学全集とかが一番隆盛期じゃない。どのご家庭でも、応接間に書棚があるという暮らしが普通になっていった時代で、うちは潤沢にそういうものが集まってくる環境だったから。電車に乗るときには本を必ず持って出て、だから二段組みの文学全集とか、『モンテ・クリスト伯』とか、そういうのを読むようになった。だけど偏っていますし、そんなにたくさんは読んでない。お父さんのもほとんど読んでないし。

——それは、あえて触れない感じだったのでしょうか。

水上　切り抜きとか、いろいろそういう雑用をさせられるから、そっちが忙しくて。いわば家内制手工業だから、人の接待、お茶出しとか電話番とか、そういうのはそつなくこなさなきゃいけないわけ。それをやっているだけで（本の）中身はほとんど分かってない。お父さんまた文学賞取ったの、みたいな。その程度。

――私小説を書いている作家ですから、ご家族やご自分のことが書かれているというのもありますよね。

水上　それはもう記憶からかなり遠ざかっているけど、でもずっと、澱のようにイヤなものがあった。しゃべる人が死んだから、随分解放されたもの。ずうっとイヤなものでしたね。だから、あんまり父の話を人としたくないのは、そういう興味を持っているということは分かっているから。そっち方面に話がいかないようにしていたかもしれない。

――どうしても、この人があの小説の中に、たとえば『凍てる庭』（一九六七年、新潮社）に出てくる「蕗代」さんだ、みたいに思いますからね。

水上　出版社の人なんて、あいさつ代わりですから。お世辞を言っているような気持ちでおっしゃるわけね。「あなたがそうですね」、みたいに。（前掲「想い出の相違」の際に）なんか書いてくれって言われたときに、『凍てる庭』は読んだんだけど、イヤなものを読んじゃったなって、そういう感じですよ。

――でも、蕗子さんについては愛情がどの作品からでも伝わってくる感じがありますよね。お母さんのことは、別れたりしているので時にはひどくも書いていますけれども。

水上　純粋に、母のことが一番好きだったみたいなの。あと、私の前に、疎開の時に子どもを一人亡くしていて、その前に誠一郎という存在（窪島誠一郎氏）があったのだけど、空襲で死んだと思い込んでいたから。分教場の生徒とかにも全部誠一郎の影があったのかなって、ずっと本人の中には誠一郎のことがあったんじゃないかなって思うんだけど。自分が小僧に出された過去があるじゃない。親として子どもを手放すのはどうなんだという疑問があって、でもそれを自分もやっているわけだから、そういう葛藤みたいなものがあったんじゃないですか。

――子どもへの思いは強いですよね。

水上　自分の子についてはまんべんなく。でもよその子をかわいがるということはあんまりなくて、人が連れてきた子どもをかわいいねとか、そういうのはあまりなかった。子どもはうるさくて嫌いな人だと思っていた。

――誠一郎さんのことは、蕗子さんはずっと知らなかったんですか。お父さんは全然口にされなかった？

水上　しなかった。ただ、養父の方、向こうのお父さんが成城に電話かけてきたの。その電話取ったのが私なの。水上勉さんの息子をずっとお預かりして、成人させて、立派に今、社会人として働いていていますって。それで「立派に社会人に育てましたということを言いたかっただけです」と言って電話を切られた。お父さんが帰って来てから、こういう電話あったよって言ったら、「そうか、俺の子かどうか分からないんだよ、それは」って言ったね。そういう話もそういう感じでするんですよ、私の父は。離れた時期が長いからかな。客観的、みたいな感じなのね。

――蕗子さんも、そのときは何のことだろう、みたいな感じだったんですか。

水上　何のことだろうというか、そのことだろうという。それは知っていたとか知らないとかいうことじゃなく、そのことを話しているという受け取り方だよね。それは重大なことですねって。そういうふうに返事できる私の生い立ちなんですよ。ずっとよそへ預けられてきているわけだから。そういうことは共感できるというかな。

――随分若くしてそんなふうに思えるのは、すご

1975年秋、軽井沢の山荘にて『一休』の谷崎賞の受賞を知る。（槇野尚一氏撮影）

いですね。

水上　それは私的には異常だとは思わないけど、まあ結構異常なことなのかもしれないね。私、二十七歳の直前で未亡人になったでしょう。その後に軽井沢にいたんですけど、朝日新聞社の出版写真部にいらした槇野尚一さんが、東京二十三区に新聞の附録で配る『YUYU』というタブロイド紙を発行するから、そこの編集部に来ないかって誘ってくれて。「人物ルポ」というページがあって、私は割とその頁を担当したんです。著名な方では、植草甚一とか、山本寛斎とか、高橋竹山の取材もやりました。

――その取材を受ける人は、蕗子さんが水上勉の娘だってことは知らないのですよね。

水上　もちろん知らない。ああ、一つだけ、野坂昭如さんの密着ルポ一週間というのをやったのね。野坂さん、電話しても出ないし全然つかまらなくて。当時成城に川上宗薫さんが住んでいて、私が通りを歩いていたら、道路を挟んで向こう側に川上さんが歩いていて、松戸で交流あったし、「野坂さんに電話するの、どうしたらいい?」と聞いたら、野坂さんは当時『黒の舟歌』（一九七一年、日本コロンビア）を歌っていたから、楽屋に行けばいいということになって。それで名刺を出して、水上勉の娘ですというようなことを言ったかもしれない。野坂さんは直木賞の時に父がすごく推したのね。それで感謝の気持ちを持ってらっしゃったから、それを利用したんだよね、私。

――大学を卒業した後は、就職していらしたんですか?

水上　朝倉摂さんに俳優座を紹介していただいて、その制作部でした。父の演劇作品の舞台美術がほとんど朝倉さんで、そんなお願いもできるような感じでした。

軽井沢、京都、勘六山

――軽井沢の別荘ができたのはいつごろでしたか。

水上　軽井沢にも三軒くらい建てたし、最初の貸別荘は私が高校の時。

――直木賞取ったぐらいの後から、ずっと軽井沢に行っていたんですね。夏は毎年そこに滞在したんですか。

水上　そうですね。行きっきりという感じじゃないけれど、寒くなるまで出たり入ったりしていました。そのうち（次女の）直子の病院通いもあったから、蓉子さん（水上の妻・叡子の姉）が免許を取って、運転手のようにしてゴルフ行ったりしながら、軽井沢生活を送っていたんですね。だけど、蓉子さんの手が東京からなくなるとまずいので、男の子を二人雇っていた。

――京都にも仕事場を持っていたんですよね。

水上　京都は、百万遍のマンションに、最初は事務所みたいな形で持って、そこには女性二人を雇って、初校は自分のうちで見て、入稿原稿は清書してもらって渡すような作業を始めたの。それまでは常時泊まる旅館が二つぐらいあったみたい。

――そこでしばらく滞在して、仕事をしたりされていたんですか。

水上　旅館は長期逗留みたいなことはなかったと思うんだけど。やっぱり京都ものとかあるから、檀家回りと称してバーをはしごするんです。まず入るとき扉をぐっと押して、「きょうは娘と一緒だ」って言うの。めったなことは言うでないと箝口令をしいてから入る、みたいな感じね。

――面白いですね。

水上　東京では飲み屋さんへ一緒にということはほとんどなくて、檀家回りについて行くのは京都だった。お花代がばんばん付くようなお姉さんがたがいるじゃない。お父さんは話し上手だから人気者じゃない。そういう人たちの身の上話を聞いて、『西陣

軽井沢時代（槇野尚一氏撮影）

の女』とか、ああいう京都ものに脚色していくんじゃないのかな。

——話を聞き出すのが上手なんですね。

水上　あんたどこの出や、みたいなところから始まって。いまは京都だけど、地方から来ましたんや、というような人がいっぱいいるじゃない。寂聴さんが書いているよね。『京まんだら』（一九七二年、講談社）という、お父さんをモデルにした作家が芸妓、舞妓と遊ぶ。寂聴さん、お父さんの没後の京都でのお別れ会とか出席してくださったんだけど、お父さんのそういう話しかしないの。

——寂聴さんは、ご自身も若い頃にいろいろあった方だから、何か共感があるんでしょうね。

水上　お父さんと気が合ったんでしょう。

——先ほど、川上宗薫さんの話も出ましたけど、他にはどんな方と親しく付き合ってらっしゃった感じですか。

水上　松戸から越した春日町の時には、佐藤愛子さんも来られたし、川上さんとの関係もあって、真継伸彦さんとその奥さんも。発刊ラッシュの始まった頃だから、週刊誌、雑誌の編集者の方とかもたくさん。

——後年はどうですか。

水上　吉行（淳之介）さんは成城へ越してからの家での麻雀で一回ぐらいお見かけした。度々の麻雀の卓を囲むのは、新潮社の麻生（吉郎）さんと沼田六平太さん。それに私がよくお見かけしたのは、原卓也（東京外語大名誉教授）さんというロシア文学の方がよく来られていた。麻雀そのものはあんまり強くはなかったと思うんですけどね。私が若狭から東京に来た時も、家族三人で麻雀していましたよ。その後は家族内で来客交えての花札もはやったし、その春日町の隣家に、東京新聞のまだ若手記者時代の渡邉哲彦さんが、もう一人同僚の方と下宿していたの。継母は行って麻雀していました。お隣の二階から夜な夜なガラガラかき混ぜる音が降ってくるみたいな感じでした。

——晩年にこの勘六山に越してこられてからは、だいぶ生活が変わった感じでしたか。軽井沢とは違いますか。

水上　父の内面は変化したでしょうが、形態は全然変わらない。いつでも他人がいっぱい。建物をいっぱい造って、誰を置いてもいいような感じで、必ず風呂、トイレ、台所を付けるんですよ。だから、宿坊みたいな雰囲気ね。でもおかげで維持が大変で。

――軽井沢の時代にも、器を作ったりとか、竹で紙を漉いたりとか、すでにいろいろされていたんですか。

水上　「竹人形」は七〇年代から南ヶ丘でやって、窯も持っていたし、絵も描き始めました。

――小説とそういう多彩な趣味はどういう関係があるのでしょうね。一緒のものなのか、全く別々

現在の勘六山の自宅を玄関側から見る。

母屋の周囲には各種作業小屋が点在している。
水上の趣味の広がりによって次々に建て増しされていったという。

のものなのか。

水上　空間把握というのがあるでしょう。お父さんって、こんなもん作ってくれよって、ざっと書いてやってもらうのが好きで、先に図面引いて持ってくる建築デザイナーとか嫌いなのよね。気に入らないと、細かいところを変えちゃうわけ。それが要するに小説構造と一緒なんじゃないかと、私は思うのね。細かいところ、建具とか、このガラスの仕切りなんて、来る人はこんな家初めてって言うのよね。

――小説につながるところがある気がしますね。

水上　あるでしょう、細部に宿るものがある。そういう、空間把握力というのが発達しているような気がするな。

――最初から全部決めるのではなくて、一つのところをのばして形作っていくようなところは、小説と近い感じがしますね。でも、そういうところにお金をだいぶ使っているということですよね。

水上　だいぶどころじゃない。本人が死んで、建物も劣化して、残された私が大変。

――いろんなことやりながら、よくあれだけ作品を書けたなと、純粋に驚くところがあります。スランプらしい時期が見当たらないです。

水上　でも、六十過ぎたぐらいから、「頭に石っころつまった状態だ」とかは言っていましたけど。七十の時に心筋梗塞でしょ。その前に、左手がしびれるので、それで土をこねていると楽になるというので、それで土をこねていると楽になるということで、自家療法的な発想もあって。千年灸というお灸を据えたりしていたけど、それも全部心筋梗塞の予兆だったみたいね。心筋梗塞の前の月にインドに行っているんです。取材費が出版社から出て、カメラマンも一人付いて、あとフリーランスの編集者が付いてずうっと回ったんだけど、それは過酷な旅で。暑いインドのがたがた道を、ブッダの足跡を訪ねる旅。大量の写真も撮って帰って来ているんだけど、翌六月に心筋梗塞になっちゃうわけですよね。三月には一滴文庫の劇場の竣工で、こけら落とし、四月には「道元への旅」というテレビ取材で中国へ行ったりで、すごく過密だった。それで、その前からしびれると言っていた状態が、天安門の時に始まっちゃったんだね。

中国のこと、旅のこと

——その中国で天安門事件に遭遇して、戻ってから心筋梗塞になられた辺りの話をあらためてお聞きしたいんですけれども。

水上　父は、日中文化交流協会の団長として行っているから、だんだん険悪になっていく状況は日本の新聞でも出ていたので、出発前から「本当に行くのか」という感じは持っていたのね。それで事件が起こった後で東京の日中文化交流協会のほうから連絡があったんじゃないかな。救援機が出てそれに乗って帰るって。時間は分からないけど大体こんな見当で羽田に着くからということで、私は羽田に行ったんですけど。

——で、帰ってからご体調が悪くなったんですね。

水上　状況が険悪になっていく中で、三日だか四日だか、ホテルで動きが取れなくなって、食堂に行けばご飯は食べられるんだけど、だんだん品数が減っていくとか客が減っていくとか。国交のない時代から何年も続いている文化交流事業の団体だから、そういう絆を信頼した形じゃないですか。だからお父さんは統治者側の許可の上で行っているので、突然拘束するというようなことは考えられないけど、でも『ブンナよ、木からおりてこい』に出た学生たちもテントで泊まり込みしていて陣中見舞いに行ったとか、そういうような状況だから。公には、その人たちに加担するようなことは軽々しくは発言しないけど。（文化大革命の）四人組とかの時代にも中国に行っているんですよ。

——蕗子さんは一緒に中国行ったことはないですか。

水上　ないです。日中国交正常化三十五周年の節目の年回りに、劇団青年座による『ブンナよ、木からおりてこい』の訪中公演が日中文化交流協会と中国側機関の連携で実現し、私は日中文化交流協会のお招きで、初めて中国へ行きました。上海作家協会の方が呼んでくださった時に、「お父さんは五〇回来ているから、あなたもこれからたくさん来なさい」と言われました。

——戦前の、満洲に行っていた時代の話は直接聞

病後、1992年に勘六山の自宅にて（水上蕗子さん提供）

いたことありますか。

水上　ないです。私は「小孩《ショウハイ》」（『すばる』一九七九年一月）などを読んで聞いたような気になっているけど、直接はないと思う。毎月来る雑誌に掲載がないかチェックするところから、あるいは電話の番をしながら、作品を全部読まなくても拾い読みしたりするじゃないですか。でもそれで聞いた気になっているだけで、本人から聞いたことはないと思います。

——ほかにも、いろいろと海外に行かれていますよね。

水上　アルゼンチンとか、ブラジル、デンマーク、ウィーン、パリ、ロンドンにも行っているし。アメリカの拠点に在留邦人に講演するという海外版の出版社企画じゃないかと思いますが、その時はNASAにも行って、道元の旅はテレビに残っているけど。インドからはシタールを買って帰った。楽器はよく持って帰っていた、中国からは太鼓系のものとか。

——持って帰ってきて、実際に演奏したりするんですか。

水上　心筋梗塞になった後に、『ブンナ』を人形劇化した時、京芸という京都の人形劇団の協力を得て、その楽器を生かそうとしたみたいで、一部使ったかもしれない。

――普段はご自身で楽器をやるということはないんですか。

水上　尺八は昔、自分の父親の作っていた尺八を見て、自分のも作ったみたい。あと、バイオリンやギターも買ってきたことがある。七〇年代の全共闘のギターね。私もその頃、練習しましたけど。

――旅はお好きだったわけですよね。

水上　5万分の1みたいな地図、いっぱいあるでしょう。中国の地図とか、どこからでも買ってきちゃう。

――「飢餓海峡」を5万分の1の地図でイメージして書いたという話とつながりますね。空間認知が優れているというのは、平面から空間の中に入れる、高低差が頭に入ってくるということですね。

映画と芝居のこと

――映画については何かおっしゃっていましたか。映画はそうとうお好きですよね。

水上　好き。私が若狭から東京に六年生で来て、その時はまだ服飾関係のことをやっていた時で、ペンでは仕事してない時だけど、毎週末は上野とか池袋とかの繁華街に行って一緒に映画を見ていました。

――ご自分の作品の映画化については何か。

水上　そりゃあもう必ず現場に行っていたくらい。芝居もそうだけど、後年は（脚本を）自分で書いていたから。普通は他の人に任せるんだけど、小説を自分で戯曲化した作家ってあんまりいないんですよね。木村（光一）さんの演出が多かったし、楽しかったと思いますよ。稽古には、お弁当持ちみたいな感じで通っていました。

――前にも伺ったと思うんですけど、基本的に作品は口述ではなく全部書いたんですよね。

水上　晩年の『泥の花』（一九九九年、河出書房新社）とかは口述もありますが、それまでは清書はしてもらっても自分です。

――連載小説のときには、電話で送ったりとかしたんですか。

水上　それもあったかも。六〇年代はファックスもまだないし。電話しかないので。でも、最初から電話で送るんじゃなくて、まずはゲラでしょ。「ゲラで締めます」って、例の話（編集者による座談2参照）。

――執筆量は本当に多いですよね。直木賞取った後の時代は、一日平均三十枚月産六百枚書いたそうですね。

水上　月産何百枚とかって、揶揄されているわけですよね。注文が多かったんだよね。私たちは作家になるとそんなもんなんだって感覚しかないんだけど、それで小林秀雄さんとかに、おまえなんでこんなに書くんだと注意されたみたいだけど、娘が生まれて医者代がかかるんです、みたいなことを言ったら小林さんは黙ったらしい。だけど、あるところでは、あんなに多作なのに全然荒れないというような評価もあるし。

――特に六〇年代から七〇年代はすごいですね。

水上　毎年文学賞みたいな年、ありましたね。

――ちゃんと質を保っていて、代表作をかなりその時代に書いています。『飢餓海峡』（一九六二年、朝日新聞社）の連載中に、自分の作品について書いているんですけど、「『飢餓海峡』は、今年最も力を入れて書いている超大作で、一五〇〇枚を超えることになるでしょう」と。そして生涯残るのは『飢餓海峡』と『ブンナよ、木からおりてこい』であるだろうと後年、自分で言っています。

水上　実現している。映像化されて、内田叶夢監督の手腕と映画の功績はすごく大きいと思うんです。この『飢餓海峡』が今でも一番読まれているんです。『ブンナ』も青年座が劇団の持ち作品として定期的に上演してくれることもあるので、読者に愛され続けていて、遺族としてはありがたいことです。

『ブンナよ、木からおりてこい』初版本（三蛙房 1980 年）。『蛙よ、木からおりてこい』から改題され、現在はこの題名で知られている。

――本当に残っている作品なんですね、この二つは。

水上　それはやっぱり、映像の力がすごく大きいと思う。人口に膾炙するという意味のね。『五番町夕霧楼』（一九六三年、東映）とか『湖の琴』（一九六六年、東映）もいい映画だと私は思うんだけど、映画祭とかそういうところでしか上映しないのね。お父さんは映像や舞台、好きですよ。現場を見に行ったりして。原作者が来たりすると現場も乗るんじゃないですか。

――多分そういうところで発破かけるのもうまいんでしょうしね。

水上　私、『電脳暮し』（一九九九年、哲学書房）を初めてちゃんと読んだんだけど、心筋梗塞になってから、お父さんがパソコンに取り組んだというのは、きっと手の衰えが原因なのね。心筋梗塞になったら特に筆圧がないから、ぽんと押すと出てくるというところから、また新しい発想で、電脳の中から言葉をつくればいい、みたいなことを書いている。

――すごく新しい発想ですよね。

水上　そうなのよ。すごいなと思って読んだんだけど。やっぱりパソコンに取り組んだのは、腕の衰えと肺活量のなさからだろうと思う。

――自分の何か足りないところを機械によって補うということですよね。それによってまた何か新しいものが広がっていく。単に補っているだけじゃないんですね。

説経節の世界

――お父さんの作品で一番好きな作品はなんですか。

水上　何だろうな。読まなきゃと思いながらも途中で挫折、みたいなものばっかりなんですけど、『五番町夕霧楼』（一九六三年、文藝春秋新社）っていい原作だなと思った。それは演劇の台本の申請で、頭から最後までずっと突き合わせなければならないようなものが来たときに、これはすごいなと思ったんです。この作品は京ことばのニュアンスが素晴らしいということと、会話を拾っていくだけで演劇ができてしまう。

——『五番町』はいいですね。

水上　いいですか、やっぱり。吉田健一さんが書いている解説がまた、素晴らしいね。

——すごく文壇の玄人から愛されている作家ですよね。小林秀雄さんもそうですし。中上健次さんと親しかったのもありますし。水上の小説は何度同じこと書いても面白く読ませるんですよね。ちょっとずつ違っていて、それでも面白い。

水上　あれは頭の中で反芻しては、こうなのか、あなのかという過程が書いてあるのかしら。物語なんでしょうかね。

——物語になるんですよね。だから現実を書いているものでも虚構でもあるし。私小説作家としては少し破格なところがありますね。

水上　私小説というのは、本当に自分のことを書くということなの?

——基本的には、嘘がないように書こうとするんです。もちろん、いろんな人がいて。例えば葛西善蔵みたいな人は嘘を書くんですけど。でも、次の作品であれは嘘だとばらすように書くんです。だから、嘘と本当という区別が一応はあるんですね。水上の作品は、そこの境目がないというか。

水上　でも宇野浩二さんもそうなんでしょ。

——宇野浩二はそういうところがありますね。

水上　その師匠の作品を口述して原稿にしていたのだから、書き写す中で創作の手法が分かってきたのかもしれない。

——そうですね。口述した時と活字になった時に全く表現が変わっていて、それは事実が虚構になっているのだけれど、そこに感心したと水上は書いています。語り直すたびに、同じ話なんだけど少しずつ違う物語になり、それぞれが嘘と言えば嘘なのだけれども、何か一つの現実みたいになっていくところがある。そこが一番の魅力だと思うんです。

水上　だから、モデルにされた者は気持ちが悪いんですよ。違うでしょ、みたいなところがあるから、名前を使ってくれるなと思うよね。『越前竹人形』は中篇というか、あんまり長くないでしょう。あれはいいと思う。やっぱり、実際に読むといいですよね。

——何かに打ち込んでいる者の姿の魅力ですね。職人小説の代表です。

水上　お父さんのものって、最後必ず（登場人物が）死ぬんだよね。あれ、何なんだろうね。竹人形の芝居のほうでやっている演目は三つか四つなんだけど、それも全部死ぬのよね。でもそれが竹人形にぴったりなの。要するに、竹人形は胴串を持っただけで生命を宿す、手をはなすと物にかえるでしょう。業を背負った命なき木偶が、一時間なら一時間、懸命に舞台の上を生きて死んでいく。依代みたいに見ている人たちの情念を浄化するというのかな。だから、『はなれ瞽女おりん』なんて、みんな号泣する。それでさっぱりした顔で皆さん出てくるのね。私は小さい人形の時代に旅公演にずっと付き合っていて、今日はここがどうだったって言ってほしいと言われて、その役割で舞台を観つづけた。ある時、気が付いたの。これは人の身代わりになって、懸命に生きて、力尽きて死ぬということでみんなが浄化されるんじゃないかって。それで、これからもやっていく価値があるなと思った。少人数で同じ演目なのに何回見ても面白いと、アンケートがそういう感想なんですよ。何度見てもいいというのは究極の説経節の世界なんじゃないかしら。

（二〇一八年九月二九日、東御市勘六山の水上勉宅にて）

『心筋梗塞の前後』


《「まだ、撃っています」

扉があいたので、パチパチという音が廊下をつたってくる。ホテルは廊下がいちばん外の音を吸いこんでいるのだった。広場の方で戦車が発砲している様子だということがそれで知れた。私は息がつまった。

「危険ですから、カーテンはあけないで下さい」

言い終ると、Hさんは他の団員の部屋へ廻るらしく向いのドアへ走っていった。》

初版　一九九四年五月　文藝春秋刊

一九八九年六月に訪中作家団の一員として訪れた七十歳の水上は、滞在していた北京飯店で天安門事件を目の当たりにする。その衝撃により、帰国してから心筋梗塞で倒れ、心臓機能の三分の二を失うが奇蹟的に生還した。その前後の体験を描いたエッセイ集であるが、生死の境をさまよった体験と、歴史の重大事件に立ち会った体験が存分に生かされた、特異な記録文学として本書は成立している。文春文庫版（一九九七年初版）がある。（大木）

『精進百撰』

《芋なら何でもよい。じゃがいももよし、里芋もよし。蒸し器に入れて竹串で刺せるようになたたら、醤油で味つけして、味噌に和えるのである。（三十五、芋和え）》

初版　一九九七年二月　岩波書店刊

病後に北御牧村の勘六山に拠点を構えた水上が、その地でかつて親しんだ精進料理の知識を駆使しながら料理にいそしみ、そのレシピと写真を中心に構成された異色の書。「前書」「後書」には料理や山暮らしへの思いが語られており、晩年の暮らしぶりと水上の多才ぶりが伝わってくる。料理のアシスタントの高橋弘子氏、撮影をした槇野尚一氏、料理を盛り付ける器を作った角りわ子氏らの協力で作り上げられた一冊。入手しやすいものに岩波現代文庫版（二〇〇一年）がある。（大木）

【コラム】
若狭という名の故郷

下森弘之
（若州一滴文庫学芸員）

はじめに（水上勉と若狭）

幼い日に故郷を捨てた。いや、捨てさせられた。そのような境遇を背負うと、人は何をもって故郷を語るのか。そんな疑問に、人生をかけて答えを探したかのような作家がいた。今から百年前の三月八日、福井県の西南端、京都府との県境にほど近い大飯《おおい》郡本郷《ぐんほんごう》村岡田《むらおかた》（現在の大飯郡おおい町岡田）、いわゆる若狭《わかさ》に生まれた水上勉その人である。

　生まれた家は、こじき谷《だん》と呼ばれる山裾の一角、他家の敷地内にひっそりと佇む木小舎。すぐ裏手には竹林が広がり、目の前はさんまいといわれる埋葬地。陽当たりは悪く、うす暗い。家には盲目の祖母と宮大工の父、そして母と兄弟。水上は、その文章のなかで「人は誕生の家を己が球根の土壌として育つものである」[1]と、語っている。

　しかし、この土壌はけっして肥沃なものとはいえなかった。時代は、第一次世界大戦が終了して間もなく。日本のどの家も裕福とはいえなかったが、そのなかでも特に水上家は貧困にあえいでいた。厳しい時代にあってお寺や神社の普請は近在に少なく、父は少ない仕事に出ても家にお金を納めない。母は田圃の小作で一日中働き、どうにか日々の糧を用意する。今日を生きるということ以外、この家には何の余裕もない。水上はその幼き日に、貧困というものの辛さや恥ずかしさをかみしめてきた。そして、この貧困は水上自身の意志とは無関係に、故郷を捨てさせた。

　一九二九（昭和四）年、水上は京都の臨済宗相国寺の塔頭である瑞春院に徒弟として出される。幼少期に親元を離れなければならないその辛さも相まって、水上はこの出来事を「口減らし」と表現する。しかし、母に対しては

> 出家することは家を捨てることである。父母を捨てることである。十一歳の得度式の際に、私は山盛松庵師から、このように得度の意義を教わったが、父を捨てることはまあ出来たよう

に思うが、改札口でぺこりと私に向かって、卑屈なお辞儀を一つした母へつのる情は、捨てるわけにゆかなかった。左様、私はずぶぬれの手拭と、蓑にくるまって、それから母が、どのような思いで、本郷から岡田部落への雪道を帰っていったかを思うと、捨てられるどころか、いつか、この母を安楽な椅子にすわらせてやりたいと願った。私の出家は、つまり母を抱き直す出発であった。[2]

と、書いている。水上にとっての故郷とは、母親そのものであった。いや、母だけではない。もちろん祖母や父、兄弟をはじめとする「人」こそが、水上にとっての故郷ではなかったのか。

生家跡（奥には竹林と埋葬地がみえる）

水上勉が助教を勤めた青郷国民学校高野分校

その後、お寺などでの生活を経て再び故郷に戻るのは、二十歳になろうかという一九三九（昭和十四）年の二月。満洲に渡り仕事に就くも、病を煩い喀血する。その痛みを癒すべく戻るのは、故郷で待つ母親のもとであった。母の庇護のもと、一年にもわたり療養に専念することができたこの期間は、水上にとって至福の時間といえるのかもしれない。しかし、母の気苦労、父との葛藤、将来への展望などが相まって、水上は再び故郷を去る決意をする。

東京で新聞社勤めや雑誌社勤めを順調にこなす一方、同人誌に文章を発表するなど文学活動も活発におこなっていたが、一九四四（昭和十九）年になると戦争の激化もあり、水上は郷里に疎開する。近在の青郷国民学校高野分校に、助教として赴任することが決まり、一九四五（昭和二十）年九月にいたる約一年半の間、若狭に身を置いた。[3] しかし、水上が若狭にじっくりと腰を落ち着けた期間はこれで終わりである。

八十余年の人生にて、若狭でめくった暦は薄い。しかし、水上文学における若狭は、その浅い歳月とは裏腹に、深く、大きく、紡ぎだす文章の全体に浸透している。

在所と人（渡辺淳との出会い）

若狭の匂いがするその人との出会いの切っ掛けは、父の葬儀[4]だった。その席上で話題にあがった渡辺《わたなべ》淳《すなお》[5]という人間に心が惹かれた。水上の在所近くに住み、山の中にこもり炭焼きをしながら描かれる絵画。そのとき耳にした情報の全てに心が動かされた。葬儀が終わるとすぐに渡辺家に向かい、その画業の一端をみた。薄暗い部屋の一隅、八十号の大作『挽歌《ばんか》』、その傍らに立つ口数の少ない大男。水上は、その場で次の著作『わが山河巡礼』[6]の装丁を依頼する。

「こんな暗い所でよう絵がかけるな——」

そんな風に先生はおっしゃったような気がする。帰られる時、靴を履きながら、「今度出来る本の装丁をやって貰えんか」と云われ、僕は言葉が出なかった。

著名な先生の仕事など、考えた事もない僕にはとっさに返事ができなかった。

「いやか」先生は問われた。

「わしに出来ますやろか……」[7]

水上は、渡辺に在所の匂いを感じたのだろう。この人は、自身の想い描く若狭そのものが形になったような人だと。このことは、新聞連載小説『地の乳房』執筆時のエピソードからもうかがえる。水上は、この作品の挿絵は渡辺さんに依頼してほしいと編集者に言った。まだメールはもちろん、ファックスも一般家庭には普及していないような時代。遠方に存する画家とのやり取りにかかる労力や時間などの手間を考えて渋る編集者に水上は「これは若狭の物語だから、その風土をしっかりと身に宿した人でなければ

渡辺淳「挽歌」1969年

表現できない。渡辺さんに頼めないなら、僕はこの物語を書くことはできない」と、言われた。

水上の期待を裏切らないように、渡辺は必死になって応えた。一九八一（昭和五十六）年一月から十月にかけて連載された同作は好評を博し、現在でも舞台などで公演される作品となった。

そして渡辺は、七十を超える水上作品の装丁や挿絵を担当することになる。水上が若狭に戻ったときには、足繁く渡辺のもとに通うようにもなる。渡辺と共に過ごし、多くの場所に出向き、渡辺を媒介して若狭の知己も増えた。

水上は「在所」という言葉を多用したが、ただの故郷や田舎という表現とは一線を画し、そこには「自身の心の根が広がっている場所」[8]という意味合いを付与させている。故郷に張った水上の根は、渡辺という養分を得て、音を立てるかのように大きく成長していったのではないだろうか。

この出会いにより、若狭での水上の夢が大きく花開いたように感じる。

若狭への思い（若州一滴文庫の開設）

水上は、生まれ在所の若狭に立ち、その風土に対する思いを形にした。自らの収集した蔵書を開放して、大勢の人に読んでもらいたいという思いから、若《じゃく》州《しゅう》一《いっ》滴《てき》文《ぶん》庫《こ》[9]という文学、美術、芸能の拠点といえる場の開設に歩みだした。

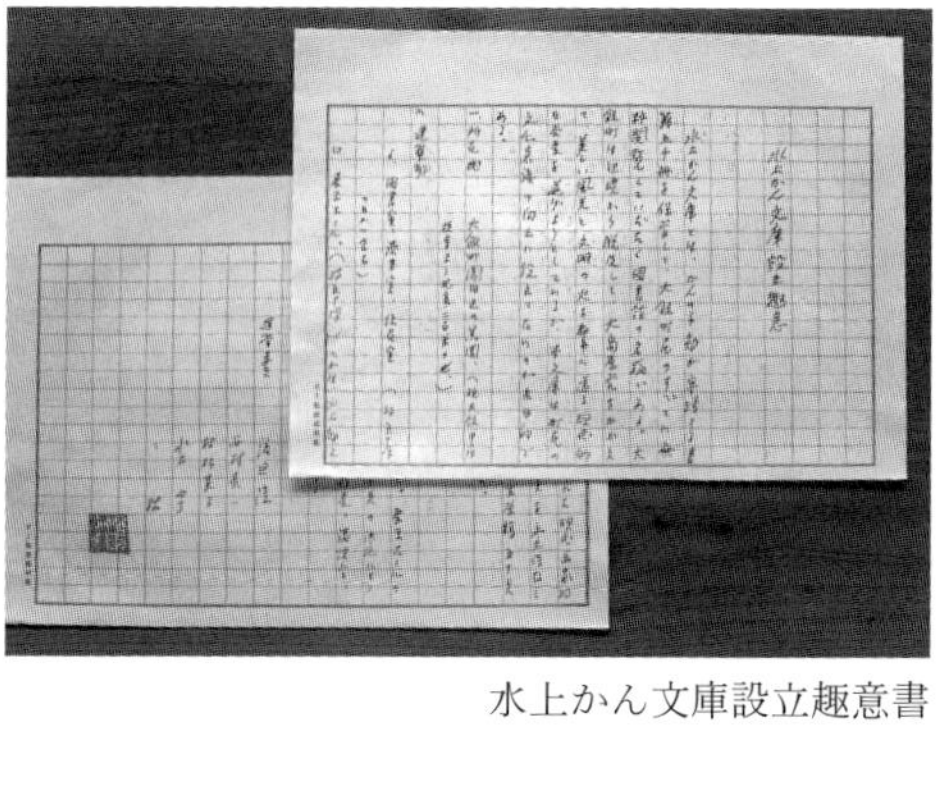
水上かん文庫設立趣意書

自身の幼き日に思いを馳せ、数か所の候補地から最終的に現在の場所が選ばれた。生まれた村の一角、ここは母が幼い兄と水上を連れて、毎日のように通った小作田があった場所だった。建設に当たっては、「ここは田舎だ。その田舎の風土にそぐわない近代建築物は、この場にはいらない」と水上は考え、木造瓦葺の施設を構想した。

その館内に入ると、大人でも抱え込むことができないようなむき出しの柱や梁が目に入る。木材の表面は、職人が手斧《ちょうな》で丁寧にはつることにより、細かな稜が一定のリズムで刻まれている。穏やかに波うつその表面は、一本ごとに表情が異なる。そして、その木材を包み込む壁面には、土壁が採用されている。現代的な家屋の壁面とは異なり、中に含まれる苆《すさ》や砂粒のひとつひとつにも意図があるようにみえてくる。父の影響もあり、職人の手仕事というものに深い理解と畏敬の念を宿していた水上は、若狭の風土と伝統を一滴文庫に集約させた。

本館と竹人形館

水上の様々な思いを感じ取った設立準備委員会は、当初この施設の名称を「水上かん文庫」という母の名を冠した施設にしようと話を進めていた。しかし、水上は、誰もが気軽に立寄れる公の場とするべきなので、個人的な名称を掲げることはそぐわないと判断。最終的に、幕末明治の禅僧である儀山善来《ぎさんぜんらい》と滴水宜牧《てきすいぎぼく》の故事[10]にちなみ「若州一滴文庫」と命名した。

そして、次々と普請が進み、最後のくるま椅子劇場や六角堂といった施設が建つことにより現在の姿になると、一滴文庫構想を陰日向から支え続けてくれた地元の友人たちを前に、「私は、生まれ在所である若狭という特別な地に、連れ合い（友人）をつくりたかったんだ」と、この事業にかけた思いを語った。まさに、この瞬間、水上勉の故郷に対する思いが結実した。自身の思い出に残る若狭は美しい。しかし、その美しさとは「人」であると。人が集える「場」、思いを語り紡げる「場」。水上がつくりたかったのは施設ではなく、その思想ではなかったか。

ここで水上の思いにも目をむけてみたい。水上が文庫を構想するにあたって、根幹として掲げたのは「たった一人の少年に」と題された一文である。

ぼくはこの村に生まれたけれど、
十才で京都に出たので
村の小学校も卒業していない。
家には電灯もなかったので、本もよめなかった。
ところが諸所を転々として、

好きな文学の道に入って、本をよむことが出来、
人生や夢を拾った。
どうやら作家になれたのも、本のおかげだった。
ところが、このたび、所蔵本が多くなって、
どこかに書庫をと考えたが、
生まれた村に小さな図書館を建てて、
ぼくと同じように本をよみたくても買えない少年に
開放することにきめた。
大半はぼくが買った本ばかりだ。
ひとり占めしてくさらせるのも勿体ない。
本は多くの人によまれた方がいい。
どうか、君も、この中の一冊から、何かを拾って、
君の人生を切りひらいてくれたまえ。
たった一人の君に開放する。[11]

　水上は、自身の蔵書を大勢の人に開放したいと考えた。一方、この蔵書はたった一人の少年に向けて開かれたものだとも語られている。これは、単なる矛盾などではない。自らの意志で書籍を選び、自らの意志で夢に向かって歩む、能動的な君一人のために開放した。そんな一人が多数集まり、大きな流れになって新しい文化を築いてもらいたいとの思いが垣間見える。

文学には、それを成す特別な力があると。

結語として（若狭とは）

　水上勉は、故郷である若狭を語るに文学をもって接した。単純に、若狭について筆を進めるのではなく、その風土や人、そして思い出を、物事に対する基準として筆を進めた。幼き日に目にした祖母の所作、母の言葉、父の仕事、友の笑顔、それらが別の姿をまとって水上文学を形作っている。

　では、水上にとっての若狭とは、いったいどのような存在だったのか。理不尽な別れを強いられた故郷は、それでも深く心に刻まれ続け、時代とともに変わり行く若狭を傍観者として外から眺める

くるま椅子劇場舞台

だけの存在にはなりたくはなかったのかもしれない。故郷とつながっていたから文学があったのではなく、故郷とつながり続けるためには文学が必要だったのではないだろうか。作家としてではなく、水上勉という自身を形成するために、若狭という故郷はそれほどに大切な存在だったといえるのではないだろうか。

水上勉という作家は、若狭に大きなものを残してくれた。それは、若狭にまつわる多くの作品や若州一滴文庫などの形あるものだけではなく、それを形成するに至り今につなげてくれた人間の結びつきではなかったか。現在でも、水上作品や若州一滴文庫を介して多くの人が行き交い、様々な意見の交換や新しい出会いが生まれている。故郷若狭の百年を語るのに、一編の学術書ではなく文学作品を基《もとい》とするのも面白いのではないだろうか。

《註》

1　『若狭幻想』水上勉　一九八二年七月　福武書店
2　『わが六道の闇夜』水上勉　一九七三年九月　読売新聞社
3　一九四四（昭和十九）年の五月から、召集のため中部第四十三部隊輜重輓馬隊教育班に入隊。同年七月に除隊し、再び高野分校で教鞭をとる。
4　一九七〇（昭和四十五）年九月に父が死去。この時分、渡辺はすでに炭焼きをやめて郵便配達の請負をはじめていた。
5　渡辺淳（一九三一～二〇一七）。大飯郡佐分利村（現在のおおい町川上）に生まれる。三十六歳で日展に初入選（以後、八回入選）。三十九歳で水上と出会うことにより、以後同氏の装丁を多数手掛けるようになる。
6　『わが山河巡礼』水上勉　一九七一年七月　中央公論社
7　『山椒庵日記』渡辺淳　一九九九年七月　於里満舎
8　『草ぐさの心』水上勉　一九七五年六月　毎日新聞社
9　一九八五（昭和六十）年三月八日、福井県大飯郡おおい町岡田に開館。開館に至るまでに五年近い時間を要した。
10　一滴の水も無駄にせず、その水滴に宿る命を生かしきるべきだという教え。
11　若州一滴文庫パンフレットより

『若狭幻想』

《生れて間もなく（といえばさだかならぬ記憶にちがいないわけだが）、わが耳にきこえたこの世の最初の音は、「おんどろどん」という得体の知れぬものであった、といまも思っている。》

初版　一九八二年七月　福武書店刊

水上が郷里を描いたものは小説にしてもエッセイや回想記にしても数多く、その中の一つである。「私の生まれた福井県本郷村字岡田部落の家にまつわる思い出を折々の風向山河、行事人物にかさねて、勝手に書きつらねてみたものである」（はしがき）と水上は書いているが、単なる回想ではなく、水上を生んだ岡田の地の土俗性が情感豊かに描き出されており、その土地こそ水上の物語の生まれる場所であったことを教えてくれる。比較的入手しやすいものに福武文庫版（一九八六年）がある。

（大木）

『泥の花――「今、ここ」を生きる』

《とにかく直感的に、理屈ぬきにここなら安住できるというところは、暦の根のところへもどってしまえば、母の庇護の元にあった乳呑み児のときのあの壺が待っていてくれるのである。

あそこに入りたいのだけど、七十九年生きていると、地震も知り、天変地異も戦争も知り、飢餓も知るわけで、そんな安住の地はこの世にない、ということは分かっている。ただ、感覚的には、なにかそこさえあればいいのだという場所を求めて、ここ信濃の勘六山へ一人で来ることになったのではないかと思うのである。》

初版　一九九九年十一月　河出書房新社刊

心筋梗塞や網膜剥離の後で編集者の小池三子男氏の口述筆記により完成した（詳細は本書収録の座談参照）。八十歳になっての日々の思いやこれまでの生涯、生老病死に関わる人生観や宗教観、臨死体験、インターネットやオウム真理教にいたるまで、縦横無尽に語る。水上生来の語りの魅力は晩年まで持続していたことがよくわかる。続編『仰臥と青空「老・病・死」を超えて』（二〇〇〇年）もあり、入手しやすいものに河出文庫版（二〇〇五年）がある。

（大木）

水上勉略年譜

作成・高橋孝次

一九一九年　大正八年
　三月八日、福井県大飯郡本郷村岡田に、宮大工水上覚治の次男として生れる。母かん。兄弟は守、勉、弘（三ヵ月で死亡）、亨、祐、志津子。

一九二二年　大正十一年　三歳
　祖母なか死去。

一九二五年　大正十四年　六歳
　四月、本郷村小学校野尻分教場に入学。

一九二八年　昭和三年　九歳
　九月、父と共に本郷に住まい、本郷小学校本校に転入。

一九二九年　昭和四年　十歳
　八月、京都臨済宗相国寺塔頭瑞春院の徒弟となるため上京、一ヶ月ほど修行し、帰郷。

一九三〇年　昭和五年　十一歳
　二月、瑞春院に入り、山盛松庵の許で修行に励む。

一九三一年　昭和六年　十二歳
　二月、瑞春院で得度式を受け、沙弥となる。僧名大猶集英。室町第一小学校に転入。四月、禅門立紫野中学へ入学。

一九三二年　昭和七年　十三歳
　二月、瑞春院を脱走、相国寺内玉龍庵に入る。十一月、天龍寺派別格地衣笠山等持院の徒弟となる。僧名承弁と改める。

一九三四年　昭和九年　十五歳
　四月、私立花園中学校へ編入学。

一九三六年　昭和十一年　十七歳
　三月、花園中学校を卒業。五月、等持院を出て還俗、下京区八条坊城の伯父の下駄屋で働く。のち、むぎわら膏薬の西村才天堂の行商に従事。

一九三七年　昭和十二年　十八歳
　四月、立命館大学文学部国文学科に入学、働きながら通学するが十二月に退学。

一九三八年　昭和十三年　十九歳
　三月、西村才天堂をやめ、堀川上長者町染物屋二階に転居。京都小型自動車組合に集金人として勤める。のち、京都府満洲開拓青少年義勇軍応募係となり、府下を巡回する。八月、「はるぴん丸」で満洲に渡り、奉天の国際運輸会社で苦力監督見習として働くが、十一月、喀血し入院。

一九三九年　昭和十四年　二十歳

二月、帰国し、若狭で療養。文学書を耽読する。七月、『月刊文章』の投書欄に活字化第一作となる短文、「自惚の限界」が掲載された。八月、徴兵検査を受け、丙種合格となる。九月、『月刊文章』に「日記抄」と題した作品を投稿し、高見順の選で、選外佳作となる。

一九四〇年　昭和十五年　二十一歳

四月、文学を志し上京。丸山義二の紹介で日本農林新聞社に勤め、同人誌『東洋物語』『審判』に加わり、三月「山雀の話」、六月「喜劇」を発表。

一九四一年　昭和十六年　二十二歳

二月、報知新聞社校閲部から学芸社へと職を変え、八月、三笠書房に入社。同人誌の統合で生まれた『新文学』の編集に加わる。同人には福田恆存、高橋義孝、野口冨士男、梅崎春生、豊田三郎らがいた。東中野で加瀬益子と同棲、長男凌(窪島誠一郎)をもうける。

一九四二年　昭和十七年　二十三歳

守谷製衡所工場に移る。長男を窪島氏の許に養子に出す。

一九四三年　昭和十八年　二十四歳

四月、映画配給公社に転職。松守敏子と結婚。のち日本電気新聞社に移る。

一九四四年　昭和十九年　二十五歳

三月、空襲激化のため若狭へ疎開。四月、福井県大飯郡青郷国民学校高野分校に助教として赴任。全校生徒は三十二名で、複々式であった。五月、召集を受け、京都伏見の第十六師団中部第四十三部隊輜重輓馬隊教育班に入隊。七月、除隊となり、再び高野分校で教鞭を執る。冬、女児淳子が生まれたが、まもなく死亡。

一九四五年　昭和二十年　二十六歳

九月、国民学校助教をやめて上京。千代田区神田鍛冶町で妻敏子の叔父の経営する封筒工場「二厘社」の二階に住み、虹書房をおこす。

一九四六年　昭和二十一年　二十七歳

一月、虹書房から『新文芸』を創刊、「もぐら」を発表。同月『創造』に「秋風記」を発表。田中英光、梅崎春生らとも親交を結ぶ。三月、長女蕗子誕生。八月、信州・松本に疎開中の宇野浩二を訪ねる。
一九四七年　昭和二十二年　二十八歳
秋ごろ、浦和市白幡町内田辰男方に転居か。途絶えていた『新文芸』が八月に復刊し、十月に「往路」、十二月に「風船」を発表。しかし『新文芸』十一・十二月合併号を最後に虹書房は倒産し、文潮社へうつる。
一九四八年　昭和二十三年　二十九歳
五月、宇野浩二と湯河原に旅行。七月、『フライパンの歌』、九月、短篇集『風部落』を文潮社より刊行。十月、『季刊文潮』に「わが旅は暮れたり――序章　雁の寺」、十二月『文芸時代』に「山雀」を発表。宇野浩二の口述筆記に通う。
一九四九年　昭和二十四年　三十歳
四月、童話集『父の舟子の舟』を文潮社より刊行。妻敏子、家出。弓町邑楽館、東大農学部前、真砂町などの下宿を転々とし、のち文京区青柳町にうつる。
一九五〇年　昭和二十五年　三十一歳
この年、再び喀血。二月、『真実』に「借金の季節」を発表。五月、『小説と読物』に「乳母車」を発表。十二月、ゲーテ原作『きつねの裁判』のダイジェストを、宇野浩二名義で『世界名作物語』として童話春秋社より刊行。
一九五一年　昭和二十六年　三十二歳
七月、エクトル・マロー原作『家なき子』のダイジェストを『小学生文庫』（小峰書房）の一巻として刊行。一方、日本写真通信社の嘱託として、理研計器の小学生向けの幻灯写真の脚本、「野口英世伝」、「アンデルセン物語」、「五重塔物語」などを書く。十月、松守敏子と離婚。
一九五二年　昭和二十七年　三十三歳
六月、『世界の文豪』を『世界伝記文庫』（あかね書房）として刊行。また、『きつねのさいばん』、『ベニスの商人』、『リア王』のリライトを、『世界絵文庫』（あかね書房）として刊行。長女蕗子は学齢に達し、若狭の実家にあずける。
一九五三年　昭和二十八年　三十四歳
三月、繊維経済研究所に勤め、『月刊繊維』の編集に従事する。
一九五五年　昭和三十年　三十六歳
山岸一夫と東京服飾新聞社を興し、七月、『東京服飾新聞』を創刊。
一九五六年　昭和三十一年　三十七歳

三月、西方叡子と結婚。長女蕗子を若狭から呼び寄せ、文京区富坂の加藤嘉方に住む。

一九五七年　昭和三十二年　三十八歳

九月、松戸市下矢切に転居。洋服の行商をする。川上宗薫と知りあう。

一九五八年　昭和三十三年　三十九歳

菊村到と知りあう。松本清張の『点と線』などをきっかけに、推理小説を書きはじめる。

一九五九年　昭和三十四年　四十歳

八月『霧と影』（河出書房新社）刊行。世評高く、宇野浩二、正宗白鳥、青野季吉、木々高太郎らを発起人とした「水上勉君をはげます会」が催される。十月、文京区小石川初音町に転居。

一九六〇年　昭和三十五年　四十一歳

一月『霧と影』が直木賞候補となり、七月『海の牙』「耳」で再び直木賞候補となる。十一月、豊島区高松町に転居。四月『海の牙』（河出書房新社）、十二月『火の笛』（河出書房新社）、『爪』（光文社）、『耳』（光文社）を刊行。

一九六一年　昭和三十六年　四十二歳

二月、『海の牙』（河出書房新社）により第十四回日本探偵作家クラブ賞受賞。三月「雁の寺」を『別冊文藝春秋』に発表。七月「雁の寺」で第四十五回直木賞受賞。九月、次女直子誕生。九月二十一日、宇野浩二死去。八月「霧と影」がニュー東映で映画化。四月『銀の川』（角川書店）、八月『雁の寺』（文藝春秋新社）、十一月『決潰』（新潮社）、十二月『棺の花』（文藝春秋新社）、『野の墓標』（新潮社）を刊行。

一九六二年　昭和三十七年　四十三歳

一月、「飢餓海峡」を『週刊朝日』に連載（〜十二月）、「雁の寺」を大映で映画化。五月『死の流域』（中央公論社）、七月『雁の死』（文藝春秋新社）、九月『虫の宴』（文藝春秋新社）、十二月『眼』（光文社）を刊行。

一九六三年　昭和三十八年　四十四歳

九月、世田谷区成城町に転居。一月「越前竹人形」を『文芸朝日』に発表。六月「拝啓池田総理大臣殿」を『中央公論』に発表し、障害者問題に一石を投ずる。十月「越前竹人形」が大映で、「五番町夕霧楼」が東映で映画化。二月『五番町夕霧楼』（文藝春秋新社）、七月『越前竹人形』（中央公論社）、九月『飢餓海峡』（朝日新聞社）、十二月『越後つついし親不知』（光風社）

などを刊行。

一九六四年　昭和三十九年　四十五歳

一月「越前竹人形」が菊田一夫演出により芸術座で上演。三月「五番町夕霧楼」が劇団新派により新橋演舞場で上演。五月「越後つついし親不知」が東映で映画化。六月「花の墓標」が中国語に翻訳紹介される。十二月「飢餓海峡」が東映で映画化。

一九六五年　昭和四十年　四十六歳

二月『鶴の来る町』（文藝春秋新社）、六月『負籠の細道――日本の底辺紀行』（中央公論社）などを刊行。十月、リハビリテーション施設「太陽の家」を設立。理事職に就く。

一九六六年　昭和四十一年　四十七歳

二月、「くるま椅子の歌」で第四回「婦人公論」読者賞受賞。三月、はじめての戯曲「山襞」を文学座により上演。五月「城」で「文藝春秋」読者賞受賞。六月、直木賞選考委員となる。

一九六七年　昭和四十二年　四十八歳

六月「湖の琴」を歌舞伎座で、「湖笛」を前進座により新橋演舞場で上演。八月「海鳴」を文学座により上演。九月「あかね雲」が松竹により映画化。五月『凍てる庭』（新潮社）、六月『くるま椅子の歌』（中央公論社）、十一月『山襞・海鳴』（中央公論社）などを刊行。

一九六八年　昭和四十三年　四十九歳

六月『水上勉選集』全六巻（新潮社、～十一月）を刊行。九月から「桜守」（『毎日新聞』、～十二月）を連載。

一九六九年　昭和四十四年　五十歳

『弥陀の舞』（朝日新聞社）、『桜守』（新潮社）、『狩野芳崖』（中央公論社）、『男色』（中央公論社）などを刊行。

一九七〇年　昭和四十五年　五十一歳

九月、父覚治死去。「宮大工清右衛門」の連作「思案」「出郷」「放浪」（『小説新潮』七・九・十二月号）を発表。八月「宇野浩二伝」（『海』、～四十六年九月）を連載。『冬日の道』（中央公論社）、『枯木の周辺』（中央公論社）などを刊行。

一九七一年　昭和四十六年　五十二歳

十月『宇野浩二伝』（中央公論社）の刊行により十一月、第十九回菊池寛賞受賞。

一九七二年　昭和四十七年　五十三歳

十二月「飢餓海峡」を文学座により上演。九月

『水上勉社会派傑作選』全五巻（朝日新聞社、～四十八年一月）を刊行。一月、新潮日本文学『水上勉集』（新潮社）、三月『蛙よ、木からおりてこい』（新潮社）、十月『兵卒の鬃』（新潮社）などを刊行。

一九七三年　昭和四十八年　五十四歳

一月「越前竹人形」を国立劇場で上演。四月『兵卒の鬃』（新潮社）、『北国の女の物語』（講談社）により第七回吉川英治文学賞受賞。九月『わが六道の闇夜』（読売新聞社）、十一月、『古河力作の生涯』（平凡社）を刊行。

一九七四年　昭和四十九年　五十五歳

十二月、『金閣と水俣』（筑摩書房）を刊行。日本文芸家協会理事に就任、六月、ヨーロッパへ取材旅行。

一九七五年　昭和五十年　五十六歳

五月、日本作家代表団の一員として訪中。九月、『はなれ瞽女おりん』（新潮社）を刊行。十月、『一休』（中央公論社）により第十一回谷崎潤一郎賞受賞。

一九七六年　昭和五十一年　五十七歳

一月、『あひるの子―アンデルセン幻想』（集英社）刊行。『水上勉全集』全二十六巻（中央公論社）の刊行開始。

一九七七年　昭和五十二年　五十八歳

四月、『壺坂幻想』を河出書房新社より刊行。六月、『寺泊』（筑摩書房）で第四回川端康成文学賞受賞。実子、窪島誠一郎氏との再会を果たす。

一九七八年　昭和五十三年　五十九歳

十一月、『水上勉全集』全二十六巻（中央公論社）刊行完了。二月、ヨーロッパ講演旅行、五月、訪中。

一九七九年　昭和五十四年　六十歳

七月、『金閣炎上』（新潮社）刊行。

一九八〇年　昭和五十五年　六十一歳

二月、母かん死去。『あひるの靴』で第十六回斉田喬戯曲賞を受賞。

一九八二年　昭和五十七年　六十三歳

七月、『若狭幻想』（福武書店）、十一月、『働くことと生きること』（東京書籍）刊行。三月より『水上勉仏教文集』全三巻（筑摩書房）を刊行。十二月より『水上勉紀行文集』全八巻（平凡社）を刊行（八三年十二月まで）。

一九八四年　昭和五十九年　六十五歳

一月、『良寛』（中央公論社）により毎日芸術賞受賞。
一九八五年　昭和六十年　六十六歳
三月、郷里の若狭・大飯町に「若州一滴文庫」設立。
一九八六年　昭和六十一年　六十七歳
六月、日本芸術院賞・恩賜賞受賞。十月、『破鞋』（岩波書店）、十一月、『瀋陽の月』（新潮社）を刊行。
一九八八年　昭和六十三年　六十九歳
中国福建省各地の寺院を取材旅行。
一九八九年　平成元年　七十歳
三月、若州一滴文庫に「くるま椅子劇場」建設。
六月、中国旅行中に天安門事件に遭遇。心筋梗塞で緊急入院、九死に一生を得る。
一九九一年　平成三年　七十二歳
五月、雑誌『サライ』（小学館）に「折々の散歩道」（絵と文）の連載を始める。十二月、長野県北佐久郡北御牧村（現東御市）の勘六山に庵を構え、執筆の傍ら陶芸、絵画、竹紙漉き、野菜作りなど晴耕雨読の暮らしを始める。
一九九二年　平成四年　七十三歳
一月、第八回東京都文化賞受賞。
一九九三年　平成五年　七十四歳
一月、「花畑」を『群像』（講談社）に連載開始（〜一九九四年、二〇〇五年刊）。
一九九四年　平成六年　七十五歳
一月、『醍醐の桜』（新潮社）、五月『心筋梗塞の前後』（文藝春秋）、九月『骨壺の話』（集英社）刊行。
一九九五年　平成七年　七十六歳
一月、『清富記』（新潮社）、『わが別辞』（小沢書店）、十一月、『文藝遠近』（小沢書店）刊行。『新編水上勉全集』全十六巻（中央公論社）刊行開始。
一九九六年　平成八年　七十七歳
二月、『私版東京図絵』（朝日新聞社）、六月、『一日暮し』（角川書店）刊行。
一九九七年　平成九年　七十八歳
一月、『新編水上勉全集』全十六巻（中央公論社）刊行完了。二月、『精進百撰』（岩波書店）、九月『文壇放浪』（新潮社）刊行。
一九九八年　平成十年　七十九歳
三月、眼底出血と網膜剥離となり、二度の手術をする。文化功労者顕彰。
一九九九年　平成十一年　八十歳

四月、『小さな山の家にて』（毎日新聞社）、七月『説経節を読む』（新潮社）、十一月、『泥の花』（河出書房新社）刊行。

二〇〇〇年　平成十二年　八十一歳
二月、避寒のため、ハワイ滞在。三月、体調を崩し鹿教湯温泉病院に入院、リハビリに励む。七月に退院。

二〇〇一年　平成十三年　八十二歳
八月、『竹紙を漉く』（文藝春秋）刊行。

二〇〇二年　平成十四年　八十三歳
十二月、『虚竹の笛』（集英社）で第二回親鸞賞を受賞し、車いすにて授賞式に出席。

二〇〇三年　平成十四年　八十四歳
二月、ヘンリ・ミトワとの共著『辞世の辞』（ビジネス社）刊行。十月、雑誌『サライ』に十三年間連載の「折々の散歩道」を三百回で終える。

二〇〇四年　平成十五年　八十五歳
九月八日、肺炎のため長野県東御市の仕事場にて逝去、享年八十五歳。

本略年譜作成にあたり、『水上勉全集』（中央公論社）、『文藝別冊総特集・水上勉』（河出書房新社）所収の祖田浩一氏作成の年譜、『国文学解釈と鑑賞・水上勉の世界』（至文堂）所収の長谷川達哉氏作成の年譜、『水上勉のハローワーク働くことと生きること』ブックレット（世田谷文学館）所収の略年譜を参考にした。その際、現時点の調査から修正・補足すべき点が明らかなものについては適宜改めた。

あとがき

　本年は水上勉の生誕一〇〇周年であるとともに没後一五年の節目でもある。生前には何度かムック本を中心に作家特集が刊行されているが、没後においては本書がはじめての試みということになろう。『雁の寺』『飢餓海峡』『越前竹人形』を中心に今でも読み続けられている作家であり、少し前にも酒井順子『金閣寺の燃やし方』（二〇一〇年、講談社）で三島由紀夫『金閣寺』と比較される形で『金閣炎上』に思わぬ形で光が当てられたこともあった。まだ古くからの熱心な読者も多くいると思われるため、本書の方向性を決める際に少々迷うところがあったが、若い世代にもあらためて水上勉を知ってもらいたいという思いから、第一に作家入門的な性格を持たせることとした。水上ファンには言わずもがなの作家紹介から始めたのはそのためである。

　ただし、これまでの通説を繰り返すだけでは意味がないし、また新しい世代の読者に訴えかけないであろうから、二一世紀もすでに二十年近くが経過した現代において水上の存在とその文学を再評価するという役割を担うことを、本書は企図している。水上の最盛期をリアルタイムでは知らない編者らの世代から、水上勉とその作品はどのように映るのかを、文学研究の方法から実証的に提示することを目指した。ゆえに一般読者だけでなく、研究者にも是非本書を手にとっていただきたいと考えている。水上を戦後の時代と文壇の変遷の中に置き直してみること、反対に水上を通して戦後社会を見通してみることで明らかになってくるものがあるのである。ゆえに本書のタイトルは『水上勉の時代』とした。

本書の一方の柱は生前の水上をよく知る人々へのインタビューであり、このような試みは前例がないはずである。文壇出発期に水上家と生活をともにした二つのご家族の証言からは人間・水上が浮かび上がり、また創作の現場を知る編集者の証言からは作家・水上の像が形を結んできた。さらに親族で作品のモデルでもある長女の蕗子さんにも、父親として、文学者としての水上を語っていただいた。

また、編者の三人がそれぞれの関心から、編集者・出版人としての知られざる重要な側面、松本清張に並ぶ人気を誇った社会派推理小説作家としての側面、私小説・中間小説その他を縦横に書き分けた文壇作家としての側面から論考を書いた。そこにさらに水上の多面性を示すようなコラムを加えるとともに、若州一滴文庫学芸員の下森弘之さんと、水上と中国との関わりを研究している劉　晗《リュウカン》さんに、水上における「故郷」および「中国」のテーマでそれぞれ寄稿していただいた。これらがもう一方の柱ということになる。そこに、膨大な水上の仕事の中から現在において読み直されるべき作品を二十六冊選び、ブックガイドとして収録した。数年前までは容易に代表作の文庫を書店で入手できたが、水上ほどの作家でも次第に絶版・在庫切れが目立ってきている。この機会に再刊されることを願っている。

ところで、もともと水上勉研究者ではなかった編者らが水上文学に関わるようになったのは、あるきっかけで水上邸に残る資料の整理および調査をすることになったためである。本書には、その過程で発見した多くの貴重な資料の中から、『フライパンの歌』の時代と『霧と影』での再デビューの間を埋めるような未発表の短篇四作品を掲出した。これらは『金閣炎上』の原稿とともに初公開資料ということになる。

なお、その調査の中で北野英子さんに偶然お目にかかることができ、それを端緒に次々と水上ゆかりの方々にめぐりあうことができたことが、本書を企画するきっかけとなった。最初にこころよくお話を聞かせてくださった北野さんと、北野さんをご紹介いただいた奥田製袋工業所の奥田久勝さん、そしてそもそもの調査のきっかけを作ってくださった八木書店の藤曲秀樹さんには特にこの場を借りて感謝を申し上げる。他にも本書中に登場いただいた方々は勿論、調査の過程で出会った全ての方々に感謝を申し上げたいが、これまで取材をした方々に共通するのが、水上についての思い出話があふれるように出てきて尽きないということであった。その全てをここに収録できないのは残念であるが、水上文学の魅力とともにその人間としての魅力が、遅れてきた読者である私たちにも実感することができた。そのような水上の多面的な魅力を本書で充分に伝えられたかは心もとないし、特に演劇や推理小説などのジャンルにおいては、より内在的に再考する必要があるであろうが、それらは今後の課題としたい。

また、本書収録の水上の肖像の多くは、水上と深い親交があり、軽井沢「離山房」オーナーだった写真家の故槇野尚一氏の撮影写真を使用させていただいた。槇野氏のご遺族にも感謝を申し上げる。そして何より、著作物や資料の利用・公開に最大限の便宜を図ってくださったばかりでなく、いつも観光らしいことを何一つせずに資料だけ見て帰ってゆく三人の不愛想な四十男を大きな心で迎え入れてくださった水上蕗子さんには心よりお礼申し上げたい。訪問する度に飾らない言葉で語ってくださる水上の思い出話を聞く時間は、至福のひとときであった。

水上の元担当編集者で本書中のインタビューにも登場していただいた田畑書店の大槻慎二さんに本書の刊行をお引き受けいただけたこと、さらに水上と縁の深い画家の司修さんに口絵をご提供いただけたことも望外の喜びである。編者一同深く感謝を申し上げる。

二〇一九年五月　編者一同

※本書は科研費研究助成「水上勉自筆資料の総合的調査による研究基盤形成」（二〇一六年度～一八年度、代表：大木志門）および「水上勉資料の調査による戦後文学の総合的研究」（二〇一九年度～二二年度、同前）の研究成果である。

【編者略歴】

大木志門（おおき・しもん）
1974年生まれ。立教大学大学院文学研究科日本文学専攻博士後期課程満期退学。博士（文学）。現在、山梨大学大学院総合研究部教育学域准教授。著書に『徳田秋聲の昭和―更新される「自然主義」』（立教大学出版会、2016年）、共編著に『21世紀日本文学ガイドブック6　徳田秋聲』（ひつじ書房、2017年）、『「私」から考える文学史－私小説という視座』（勉誠出版、2018年）など。

掛野剛史（かけの・たけし）
1975年生まれ。東京都立大学大学院人文科学研究科国文学専攻博士後期課程満期退学。博士（文学）。現在、埼玉学園大学人間学部准教授。共編著に『菊池寛現代通俗小説事典』（八木書店、2016年）、『戦間期東アジアの日本語文学』（勉誠出版、2013年）など。

高橋孝次（たかはし・こうじ）
1978年生まれ。千葉大学大学院社会文化科学研究科博士課程修了。博士（文学）。現在、帝京平成大学現代ライフ学部助教。論文に「「中間小説」の真実なもの―「地方紙を買う女」と「野盗伝奇」」（『松本清張研究奨励事業研究報告書』2013年）、「大衆雑誌懇話会賞から小説新潮賞へ―「中間小説」の三段階変容説」（『中間小説誌の研究―昭和期メディア編成史の構築に向けて研究報告書』2015年）など。

田畑書店

水上勉の時代

2019年6月25日　第1刷発行
2019年7月10日　第2刷発行

編　者　大木志門・掛野剛史・高橋孝次

発行人　大槻慎二
発行所　株式会社 田畑書店
〒102-0074　東京都千代田区九段南 3-2-2　森ビル 5 階
tel 03-6272-5718　fax 03-3261-2263
装幀・本文組版　田畑書店デザイン室
印刷・製本　中央精版印刷株式会社

Printed in Japan
ISBN978-4-8038-0360-0 C0095